墨宝非宝　著

一厘米的阳光

江苏凤凰文艺出版社

"请问你是谁?"

盛夏的阳光穿透走廊玻璃,落到楼道里,

甚至每个角落,几乎没有留下任何阴影。

而就在这刺眼阳光里,她看到了季成阳。

"纪忆,我是季成阳。"

Shape of My Heart

目录

楔子...001

第一章　模糊的记忆...006

第二章　太多的往事...019

第三章　故人已归来...028

第四章　你在我身边...042

第五章　我的小心思...052

第六章　惠灵顿的夜...067

第七章　Shape of My Heart...078

第八章　一寸寸时光...087

第九章　生命的暗涌...101

第十章　坚强的理由...115

第十一章　故梦里的人...126

第十二章　藏在心深处...141

第十三章　一曲小离歌...152

第十四章　回忆还醒着...165

第十五章　生命的依恋...174

第十六章　同一屋檐下...189

第十七章　世界的两极...206

第十八章　生命的两端...221

第十九章　亏欠的再见...229

第二十章　故梦外的人...251

第二十一章　何用待从头...267

第二十二章　时间的长度...278

第二十三章 时光最深处...292

第二十四章 相遇的脉搏...306

第二十五章 Right Here Waiting...318

尾声 一生有所爱...327

番外一 黑暗尽头的光...334

番外二 万里阳光...342

随手后记... 343

Shape of My Heart

楔　　子

　　那天，她正在爷爷的书房打转。

　　早上起来就嗓子好疼，觉得头昏昏的。她已经习惯了家里常年白天没有人，尤其是寒暑假的时候，更是习惯了自力更生解决任何问题。

　　可现在的问题，她觉得自己生病了，需要吃药。

　　但是好久没生病，忘记药箱在哪里了。

　　就在翻了七八个抽屉后，她终于找到了药盒。

　　消炎药两片，感冒药两片，要不要牛黄解毒片也来一片？好像去年发烧的时候，妈妈给自己吃过一次，那也来一片吧。

　　她一个个从锡纸板里抠出药片，倒好水，就听到门铃声。

　　她把药片放到餐巾纸上，跑到大门那儿，踮着脚尖看猫眼。

　　盛夏的阳光穿透走廊玻璃，落到楼道里，甚至每个角落，几乎没有留下任何阴影。而就在这刺眼阳光里，她看到了季成阳。

　　后来他才告诉她，其实这是他们的第二次见面。

　　而此时，他对她来说就是一个从未见过的陌生人。纪忆透过猫眼，看到的是一个年轻的大哥哥，高、瘦，他正在低头抽着烟，不像是爷爷的那些穿军装的学生，只是穿着黑色及膝运动短裤和白色短袖……

　　因为低着头，短发略微散乱地从额头上滑下来，挡住了他的眼睛。

　　她没有出声，像是看电影的慢镜头一样，看着他单手撑在雪白的墙壁上，把手里的烟头按在走廊的金属垃圾桶上。最有趣的是他按灭了烟头还特意用手里的那截烟，擦干净了那个灰色的小点，然后，把烟头从侧面丢了进去。

然后，他抬起头，一双清澄漆黑的眼睛望了过来，似乎因为门内没有声音而微微蹙眉。

然后，门铃又被他按响了。

她终于想起来自己是来开门的，就隔着门问了句："请问你是谁？"

这个家属区在整个大院里，想要进来起码要过两道门卫，这栋楼又有密码，根本不会有外人进来。整个家属区都是四层的楼，一层一户人家，互相都是熟得不能再熟的了，可这个人很陌生，应该是哪家在外读书的大哥哥吧？

"纪忆，我是季成阳。"

声音冰凉凉的，却很温和，告诉她，他的身份。

季成阳啊……她想起来是季爷爷家的人，是说好要送自己去汇报演出的小季叔叔。

是季暖暖的小叔。

这是个出现频率很高的名字。

季成阳，六岁开始学钢琴，比同龄人晚，八岁却已经登台演出。小学跳级两次，只念了四年，十六岁就去了宾夕法尼亚大学……这些都是从小一起长大的季暖暖时常念叨的话。

他是在美国念书的人，美帝国主义什么的……也经常会被爷爷念叨。她记得几岁的时候穿了双红皮鞋就能被爷爷玩笑说是"小皮鞋嘎嘎响，资本主义臭思想"，所以这个大学就已经去资本主义国家的季家小叔叔，老是被爷爷挂在嘴边念叨，说什么国内那么多好大学，不好好在国内待着，为国做贡献，非要去国外读书……

不过好像，现在好多了，念叨得少了。

纪忆打开门，仰头看着这个前一秒还在不耐烦的人，叫了声小季叔叔，然后就打开鞋柜给他找出拖鞋，还没等客人进门就自己跑去厨房洗了手。

季成阳换鞋进门的时候，看到她正在搬起碧绿色的透明凉水壶，往玻璃杯里倒了些水，然后蹙起眉，一口气吃下了五粒药。

好苦。

她灌了好几口水，终于把最大的那片牛黄解毒片咽了下去，嘴巴里却因为药片停留时间太久，满溢了苦苦的味道。她想说话，却先被苦得眉心拧了起来，又连着喝水，然后就发现小季叔叔走到自己面前，半蹲下来。

他让自己和她平视，尽量声音柔和可亲："在吃什么？"

"药，"她轻声说，然后摸了摸自己的额头，"我发烧了，嗓子也疼。"

她试着咽了口口水，好疼。

他漆黑的眼睛里有一闪而过的惊讶："怎么吃那么多？"

"吃少了不管用，"她用非常娴熟的理论，告诉他，"我特别爱发烧，以前吃半片就好，后来就要一片，现在一定要两片。"

他蹙眉，手伸出来，放在她的额头上："没有量过温度？"

带了些清淡的烟草味道，手心还有些凉。

她乖乖站着，好奇怪他的体温在夏天也如此低："没有……温度计。"

温度计上次让自己摔碎了，她都没敢和爷爷说……当时还特别傻，用手去捡那些银色的圆珠子，抓都抓不住，就拿了一堆餐巾纸给擦干净了。第二天和同桌赵小颖说起来，她还吓唬自己说那个东西有毒……还好擦完没有立刻吃东西。

她还在庆幸曾经的自己没有因温度计而中毒的时候，面前的人已经站起来，很快扔下一句说回楼上拿温度计，让她别再吃药了。没过三分钟，这位小季叔叔真就拿着一根温度计下来了，让她坐在沙发上，把温度计递到她嘴边："来，张开嘴巴。"

她把温度计含住，才想起来，低声念叨了句："在医院不都是用酒精擦干净的吗……"

她还没嘟囔完，嘴巴里的温度计就被一下子抽出来，她被吓了一跳，去看他。后者白皙的侧脸上，分明已经有了些懊恼，用餐巾纸擦干净温度计之后，又递给她："夹在胳膊下边吧。"她嗯了一声，早早学会察言观色的她，发觉这个小季叔叔真的犯了错误……还是不要揭穿他好了。

不过……刚才含着那个温度计，不会病情又加重了吧？

纪忆把温度计夹在手臂和身体间，拿起遥控器，开始拨电视剧看。

这个时间正好是《灌篮高手》。

不过……她悄悄用余光瞄着季成阳，让客人陪自己看动画片是不是很不好？于是她又一本正经地拨过去，内心十分纠结着把台停在了《新闻联播》，脑子里却仍旧奔跑着流川枫樱木花道……可显然季成阳并不需要看这些东西，他刚才去拿温度计的时候就从楼上带下来了一本书，打开随便翻看着，似乎很有耐心陪着她这个小孩。

纪忆思考了会儿，又悄悄把电视调到了《灌篮高手》。

当晚，他先开车带她去王府井吃了麦当劳。

这是北京开的第一家麦当劳，刚开张不久时，很多同学就去溜达了一圈，虽然大部分人回来说味道实在不怎么样。她记得季暖暖还抱怨过，没有在国外的好吃，可怜她只能分享好吃或者不好吃的经验，没有人有时间带她来吃一次。

开始她还期盼，后来也没什么执念了。

没想到几年后，就在这天晚上，她被季成阳第一次带了过去。不过因为在家吃药量体温，耽误了不少时间，季成阳只好把薯条汉堡拿到车上，边开车边看着她吃完。

那天其实是文工团的汇报演出，她参加的少儿组的节目只是为了尽兴，或者说为了让台下的那些各有功勋的老人看看自家孩子，乐和乐和。因为纪家都忙得不见人影，所以才临时拜托老友的儿子，这个暂时清闲在家，准备出国继续深造的季成阳带她去参加演出。

"不要紧张。"季成阳蹲下身子，低声告诉她。

说完，他的手轻拍了拍她的后背。

他一个二十岁的男人，也没什么哄孩子的经验。

这不是她第一次登台，却是第一次有类似"家人"的陪伴，本来不紧张，反倒因为这清浅的四个字紧张起来，甚至站在深红色的幕布后，开始心跳得看不见前路。

理所当然，她犯错了。

这是她和另外一个男孩子一起表演的藏族舞，因为发烧，头昏昏沉沉的，向后下腰时，头饰从头发上滑下来，啪嗒一声落在了舞台地板上。这是她从未遭遇的，一时间脑子里都只剩了大片的空白，只是下意识弯腰，捡起头饰，然后抬起了头。

一瞬间，就彻底蒙了。

舞台有着聚光灯，而台下看不到人脸，黑暗中只能看到一片片的人。

她真的怯场了，只觉得腿都是软的，心里只有一个念头，就是再也不跳了。最后，她真的就转身跑下舞台，没有完成仅剩十几秒的节目，剩了那个男孩子一个人在台上傻站着……

后来过了很久，人家提到纪家的这位小姑娘，还能说起这件事。

多半是无伤大雅地笑笑，说小姑娘很羞涩，估计是吓坏了。

那晚，季成阳也觉得她是吓坏了，想不到什么安慰的方法，再次开车把她带到快要打烊的麦当劳门口，下车给她买了一杯新地，草莓味的。他回身上车的时候，把用餐巾纸裹好的塑料杯递给她："没关系，下一次就有经验了。"

纪忆接过杯子，打开吃了口冰激凌，真好吃。

她顿时觉得这个始终不太爱笑、不太爱说话的小季叔叔，也挺可亲的。

"我觉得……没有下次了吧……"她吃了两三口冰激凌，想说自己不想跳舞了，但是没敢说出口，继续一口口吃着冰激凌。

"你跳得很好，刚才我在台下听到很多人在夸你。"

她含住了白色的塑料勺子，随着眨眼，眼睫毛微微扇动着，忽然轻声问季成阳："小季叔叔……你是不是特别想安慰我？"

他咬着烟，还没来得及点燃，若有似无地嗯了声："还想吃什么？"

纪忆摇摇头，笑得眼睛弯起，继续一口口吃冰激凌。吃到一半却像是想起什么，咽了口口水，觉得嗓子已经疼得不像是自己的了："我是不是生病了，不能吃冰激凌？"

他看了她手里的冰激凌一会儿，终于嘴角微微扬起，略有些无奈地笑了。

一天之内犯了两个低级错误，始料未及。

从整个下午到夜晚，他终于从那一抹笑容里现出了几分柔和，然后，很快下车给这个小女孩买了杯热牛奶。

路灯连着路灯，昏黄而温暖的颜色。时间太晚，两个能通车的小门都已经关闭了，车只能从大门里开进去。扛着枪的士兵跳下站岗台，查看他的车辆出入证时，他却发现小女孩已经睡着了，而怀里抱着的是还没喝完的牛奶，塑料口袋已经扎好了一个死结，似乎是为了防止牛奶洒出来……

好细心的小姑娘。

士兵敬礼，准许通过。

他伸手去摸她的额头，真是高烧了。

所以……第一次带她出门，就让她发高烧了吗？

第一章 模糊的记忆

季成阳抱着烧得迷糊的纪忆回到自己家里,正好二嫂从厨房走出来,一看就笑了。尤其他的性格,连自己的亲侄女都不肯抱一下,这个画面,实在太值得珍藏了。

"她在发烧,我想带她去医院,她怎么都不肯去。我看她家里没人,就先抱回来了。"季成阳把她抱到自己的屋子里,轻轻把她放在了床上。

然后伸出两根手指,又去试了试她的体温。

"西西家没人是经常的,"二嫂不太在意,"他们家对小孩子是完全精神高压、生活放养政策。"二嫂一边说着,一边帮他拿药。

二嫂是院里子弟小学的校长,两家又是上下楼,熟得不能再熟了。

纪忆怕黑,有时候家里没人,爬上楼来和季暖暖一起睡也是常事。

"精神高压?生活放养?"

"三言两语很难说清楚,给你举例好了。所谓精神高压呢,就是完全看重小孩子的培养,西西四岁半就上小学了,所以比暖暖小,还是同班同学,开始成绩跟不上,数学都考过五十分。后来慢慢一点点追上来,很快就班级第一,保持到现在,这点儿暖暖真比不上她。"

四岁半?的确早了些。

"可是对小孩子的生活啊,就不太讲究了。"二嫂拿来温水和药,自然递给他。

他去试着喂纪忆,纵然是迷糊着,却很好照顾。

给什么吃什么……

"比如学校去春游,别人家孩子至少都有水和苹果吧?他家直接就在桌上放了五十块钱,不知道怎么想的。你说一路上开车去两个小时,小孩子不吃不喝,装再多钱有什么用？还好我在车上，把暖暖的吃的分给她。"

他听了几句，想起下午小女孩吃药的样子。

又想起自己的小侄女，似乎和她是很要好的朋友。季暖暖每次在电话里说到纪忆，都只有崇拜。

"我家纪忆四岁半开始念小学，比我小，一直是我们班第一。"

"小叔你知道吗，她舞蹈、书法、国画，全部都很棒！我怎么就这么笨呢？"

"小叔小叔，你不是钢琴很好吗？纪忆答应我她不学钢琴了，我就靠这个战胜她了！"

所以这算是教育成功的典范？

或者是失败？不过似乎，都和他没什么太大关系。

他把自己房间让出来，在书房打了地铺。晚上时，显然已经忘记了纪忆的存在，走出来倒水喝的时候，正好看到纪忆也醒了，走出来，茫然打开门四顾。

纪忆有些不太记得，自己是怎么到楼上来了，直到看到他。

厨房的灯光下，季成阳戴着一副金丝边的框架眼镜，十分斯文的模样。他在搅拌着刚才冲好的浓咖啡，看到纪忆，也一愣。

纪忆慢慢走过来，轻声说："我回家了，小季叔叔再见。"

他俯下身子，也轻声问她："自己睡怕黑吗？"

纪忆茫然，他怎么知道自己怕黑？

好神奇。

她摇头："把灯都打开，怕着怕着，就睡着了。"

"留在这里睡好不好？"他尽力让自己像一副哄小孩的样子。

她摇头："明早我妈妈回家，很早，回来就走，我要在家等她。"

看起来很坚持？

他也就没说什么，摸了摸她的手臂，也退烧了。

纪忆反倒很好奇，指了指他手里的东西："这是什么？"

"咖啡。"他回答。

国内喝这个的人还很少，尤其是这种革命家庭，白开水和茶就足够了，的确不会认识咖啡。纪忆噢了声，眼睛瞟了瞟杯子里的液体。他笑，悄悄递给她，示意她可以尝一口。

于是这就是纪忆第一次喝的咖啡的味道，没有糖，却是奶香浓郁。

总之，怪怪的。

她喝完了，表情十分奇怪。

季成阳也忽然想到一个严肃的问题，小女孩第一次喝咖啡，会不会晚上就睡不着了？

他果然不适合哄小孩……

纪忆果然一夜无眠到天亮，从床上爬起来，收拾干净自己准备迎接爸妈回家，没想到一直等到中午也没有等到人，只是接了个简短的电话，推迟到四天之后再回来看她。她很失望，在房间里溜达了好几圈，无所事事下，又去把爷爷书柜里所有的书都拿出来，准备都重新看一遍。

书都是旧书，尤其她最爱的《三国演义》和《格林童话》都是竖版的繁体字。

正好适合消磨时间。

四天后的中午，就在太阳光最强的时候，季暖暖竟然提前旅游回来了。她从四楼跑到一楼，拼命去敲纪忆家的大门，以死缠烂打的惯有方式，把她拖到了露天游泳池。等到赵小颖出现，纪忆已经快被晒伤了。

季暖暖不会游泳，就抱着自己的游泳圈浮在水面，扯着她聊天。晒到最后，直吐舌头："今天太阳太大了。"纪忆嗯了一声，闭口气，在水下潜了一分多钟，从游泳池另外一侧浮上来，长吐口气，终于舒服多了。

她游回来时，季暖暖忽然就想到了自己的小叔："纪忆，你看到我小叔了是吗？是吗？"

"嗯。"纪忆把手臂勾住暖暖的游泳圈，拉着她游得快了些。

"我小叔像不像咱们前几天看的那个录像带，那个《一吻定情》里的入江直树？！柏什么！"

"……不像吧？"虽然她知道，小季叔叔是暖暖的偶像，入江直树也是暖暖的偶像，但两者还是差得很远的，都很好看，但感觉差很远。

纪忆继续纠正暖暖的姿势，尽心教她游泳。

因为这个时间太过晒，泳池里基本只有小孩子在玩，大人都在岸上站着。快到两点关闭清洁的时间，赵小颖才出现，而且是红着眼睛。纪忆和暖暖很奇怪，追问半天也没问出所以然，等到看到远处一堆男生时，终于明白了。

最嚣张的那个男孩王行宇，就是赵小颖同父异母的弟弟。

赵小颖当初一生下来，爸妈就离婚了，原因是她家里不想要女孩，但爸爸身为军人又必须遵守一胎的政策，最后没办法……离婚后，赵小颖就跟了妈妈的姓，而她妈妈就从军人家属，变成了普通母亲，幸好她妈妈在小学教书，才能继续在院里住。

"你弟弟又欺负你了?"

"他不是我弟弟。"赵小颖又开始掉眼泪了。

"我去给你出气。"季暖暖抱着自己的游泳圈,拼命蹬水,想要上岸,却游得慢,真是气得脸都红了。

真傻。

纪忆忽然拉住她的游泳圈,悄悄在她耳边说:"让我来。"

她说完,就游到岸边,跳上岸。

按着自己印象在管理室门边找到了绳子,随手打了个活扣。

过了会儿就扑通一下跳回了水里,潜水她很擅长,尤其今天换了水,不用游泳镜也能短暂睁眼视物。她很快潜到王行宇脚下,用绳子利索地套住他的两只脚,拉紧后,头也不回地游走了。

等到钻出水面,就看到远处飞扬跋扈的王行宇开始拼命大叫,一直说有水怪。可是他抱着游泳圈,根本游不动,也挣不开绳子,狼狈得都快哭了……

赵小颖终于噗嗤一声,乐了。

纪忆深吸一口气,补充氧气,看到赵小颖破涕为笑,也弯弯眼睛,笑了。

她们替赵小颖报了一小仇,很快去冲洗干净,换了干净的衣裙走出来。一路沿着烫人的马路,拎着自己的凉鞋,龇牙咧嘴蹦跳着,往住宅区那边走。可刚才经过八百米训练场就被骑着自行车追上来的王行宇一伙人拦住了。

纪忆看看身边两个人。

完了,要倒霉了。

她们三个女孩子,对着五六个男孩子,真心是一点儿办法也没有……暖暖打眼色,想跑,可是光着脚的,怎么能跑得过骑自行车的啊?

纪忆轻摇头,一时也想不到主意。

"纪忆,是你吧?啊?"赵小颖的弟弟直接就看她,"你们几个只有你会游泳。"

她没吭声,继续想办法……

可就在一念间,赵小颖手里装着泳衣、毛巾的袋子,忽然就被一个男孩子抢了过去。王行宇笑得得意:"赵小颖,你妈最抠门了,要是我把你的毛巾、拖鞋和泳衣都扔了,你肯定会被骂死,而且这辈子都没机会游泳了吧?"

赵小颖瞬间眼眶就红了,憋了半天,骂了句:"你混蛋!"

王行宇说的的确是事实,如果真的被发现,赵小颖肯定会被妈妈打一顿,而且也别想再出来游泳了……

纪忆终于开口说:"是我逗你玩的,你想怎么办都行,快把东西还给我们。"
她只是想让赵小颖免去一顿打,可是说完这句话,却还没明白这句话的意义。直到王行宇把她们带到八百米障碍训练场,她就真的怕了。不知道这个小混混一样的男孩子,会把自己怎么办。这可是学员兵训练的场地,八百米的跑道上有铁丝网、有高墙、有爬梯,总之有各种各样她们这种小孩子无法通过的障碍……

王行宇最后停在一个四四方方的沙坑前,指了指:"我可以把东西还给你们,但是纪忆,你要跳进去。"

跳进去?

三米深的沙坑?

她站在沙坑旁边,看着哭得不行的赵小颖,还有束手无策的季暖暖。再去看三米深的沙坑,一般大人跳下去都很难爬上来,只有训练过的人才可以……

"你保证还给我们东西吗?"纪忆看王行宇。

"废话,我当这么多兄弟的面答应你了!"

纪忆把心一横,真就这么……跳了下去……

脑子被震得昏乎乎的。

幸好有好多沙子垫着,但膝盖还是被弄破了。

沙子不细,渗到凉鞋里,擦得脚心好疼。

她觉得自己真的有些晕了,靠着沙坑四周的水泥壁缓缓坐下来,休息了好久,终于听到有人叫自己。暖暖和赵小颖哭着趴在上边,探头看她,问她有没有事情。纪忆摆手,没力气说话,后知后觉地腿软了,也怕了。

好深的坑,她根本不可能爬出去。

"纪忆,等我去找人把你拉上来,"暖暖擦了把眼泪,"我这辈子和王行宇势不两立。"她说了没两句就又哗哗掉"金豆子"了,"纪忆我对不起你,每次都帮不到你,咱们两个可是过命的交情,当初联欢会谁都不肯和我演《新白娘子传奇》,只有你肯做我的小青……"

纪忆真心被逗笑了。

天啊,这种事情就不要提了好吗……

说完,两个人都跑了,去找人救纪忆了。

她休息了好久，终于想起来，今天爸妈回来？！这么一念起她就蒙了，站起来，开始想各种方法爬上去。爸妈从来都是匆匆回来，马上就又走，根本不会等她啊。

刚才那些勇气全都没有了，她想着想着，就哭了，眼泪哗哗地往下掉。

都两个月没见到了啊……

可是四周的水泥壁连缝隙都没有，根本没有爬上去的可能。

她努力了很久，最后就哭着坐下来了。要是爸妈生气下次不回来了怎么办……

随着时间的流逝，她越想越委屈，抱着膝盖坐在太阳晒不到的角落里，只知道哭。这不是她第一次因为想爸妈大哭，却是第一次在家以外的地方这样。好无助的感觉，只觉得此时此刻真的好委屈，那种压抑许久说不出的委屈。

直到，有人跳进沙坑她都没有察觉。

直到，有手指轻轻在她膝盖附近的地方，抚去了那些脏沙子，她因为被牵动了伤口，终于泪眼模糊抬起头，看面前的人。

很多年后，她记不起第一次见面，记不清第二次的冰激凌，却仍旧能记得这个画面。面前的小季叔叔眼睛幽暗吓人，背对着阳光盯着自己，过了会儿却慢慢地，慢慢地融化了所有的怒气，紧抿的嘴唇也渐渐变成了笑。

好看极了。

季成阳本来想凶一凶纪忆，这么深的沙坑都敢跳，万一出了事情怎么办？

可是看到她这双哭得睁不开的眼睛，忽然就心软了。

"西西，疼哭了？"他学着二嫂唤她小名，低声问她。

她摇头，不停抽泣着，说不出话。

那晚她在几千人面前跑下台，都没有哭过，吃个冰激凌就什么事情都没有了。可是现在，竟然哭得这么厉害？季成阳不太理解小女孩的心理，让上边的暖暖帮忙拉住她的手臂，就这样让纪忆踩着自己的肩膀上去了。

等到自己跳到地面上时，发现纪忆已经一边抽泣着，一边拼命往住宅区跑走了。

"小叔小叔，你可千万别告诉任何人啊，保密啊，要不然我一定被我妈打死……"暖暖千叮咛万嘱咐。

"嗯。"他答应着，站起身，拍了拍手上的沙子。

"小叔小叔，你也不能告诉纪忆爷爷啊，她爷爷管得可严了，我见到她爷爷都不敢说话。"

"嗯。"

"小叔小叔,我和纪忆可是过命的交情。当初我们班联欢会,谁都嫌我傻,不肯和我撑着伞演《新白娘子传奇》,只有纪忆最后做我的小青,"暖暖一口气重复完,看到旁边一直脸色白白不说话的赵小颖,"对哦,还有小颖,她是我的许仙。"

这一段……

季成阳倒真是没听懂。

纪忆回到家,完全是安静的,她心顿时松下来,应该还没有回来?可是就在看到桌子上的一盒巧克力和几包零食后,她觉得整个天都塌下来了,已经走了吗……两个月没见就走了吗?她走过去,看到那些留下来的零食,连一张字条都没有看到。

天真的塌下来了。

她走进屋子里,想要找药箱,给自己涂红药水,或者紫药水。可是怎么都找不到,就抱着药箱又狠狠哭了一鼻子。最后还是暖暖带着小季叔叔来了,顺便偷偷从家里拿来了红药水,她才算是收住了眼泪。

在好朋友面前,她从来不哭。

她蜷着腿,坐在沙发上,季成阳非常耐心地低头,先用酒精棉擦干净了她的伤口,她有些疼,缩了缩。然后感觉膝盖一凉,暖暖在她膝盖上吹了一口气,很认真地告诉季成阳:"小叔,你要这么吹一会儿,她就不疼了。"

暖暖说完像是交代好了任务,很娴熟地拿起遥控器,开始拨卫星台看。

纪爷爷为了能看香港新闻,让人在家里装了私人的天线,能收到台湾和香港的电视台。暖暖对香港新闻可没什么兴趣,但是非常爱看台湾综艺节目,尤其有个综艺节目,专门帮女孩子捉奸的。

而被吩咐了任务的季成阳,似乎有些迟疑,最后还是微微低下头,轻吹了吹她的膝盖。

不像暖暖随便那么一吹,他倒是秉持着一种既然做了就要好好做的态度,非常温柔地吹着她的伤口……

"小季叔叔。"她悄声叫他。

季成阳抬起眼。

"你给我涂的酒精在挥发,已经很凉了……"其实不用吹了……

她说完,还扯了扯自己的裙子下摆,防止短裤露出来。

这个年纪,她也大概有些模糊的避讳意识了。

季成阳忍不住笑了，是那种不知道尴尬好，还是自嘲好的笑。总之，他发现自己总能在哄小孩方面犯一些非常低级的错误，完全超水准的错误。

他给她抹了红药水，然后剪了一块纱布，用白色胶带贴在她的膝盖上："如果你家里人问起来，就说是……跑步摔的吧。"

纪忆笑了："他们不会注意的，没事儿。"

因为刚才哭过，她那双大眼睛肿肿的，显得特别可怜。

季成阳还是觉得很奇怪，这个前几天晚上看起来特别坚强的小女孩，怎么今天就能哭成这样。暖暖随手拿起桌上的巧克力，拆开来，吃了一块。

纪忆想要阻止已经来不及，也就笑笑，跳下沙发，去厨房洗干净手，给季成阳和暖暖倒了两杯凉白开。

有阳光透过杯子，落在玻璃上。

季成阳看着她落寞的神情，忽然动了动杯子的角度，做出了一小道彩虹。

非常小，只有她能看到。

纪忆终于笑了。

但同时暖暖笑得更大声，拿着遥控器指着电视里被殴打的负心男，笑得前仰后合，连声叫好……

那晚，季成阳竟然破天荒头一次提出要去院儿里的电影院。暖暖的爸爸非常意外，但是暖暖立刻就跳起来，欢呼万岁。天知道院儿里每周六才会放两场电影，她是有多想去看，但是没有教官证、学员证，或者家属证带着，她们这些小屁孩是根本不被允许进去的……

所以大多数时候，暖暖都是和纪忆一起死缠烂打，或者追着那些学员的身后，蹭进去。

虽然负责售票的那些兵都认识她们几个了，但也实在太丢人了。

拜托，小叔想要去?

那还不是有什么，就给放什么片子?

于是，纪忆也被福泽了。

她吃完饭把自己的碗筷洗干净，就被暖暖叫了出去。三个小女孩跟着季成阳到了电影院，正好第一场已经放完了。很多学员兵排着队走出来，季成阳就两只手插着裤子口袋，有些不自在地带着三个小女孩站在大门口，等人都走干净了，才和她们几个进去。

进去了，发现根本没人。

纪忆非常意外地看着空旷的大厅，低声问暖暖："难道今天只有一场？"

"不是，"暖暖轻声说，"我爷爷和电影院的人说好了，单独放一场我们爱看的。"

"真的？"纪忆眼睛睁大了。

"嗯，我爷爷对小叔最好了，当然说什么是什么。"

太解气了。

终于不用永远尾随别人，死皮赖脸来看电影了。

她们三个小姑娘等着季成阳挑电影，可惜除了那些耳熟能详，每隔一个月就重复放一次的电影，真没什么好存货。

"要不这个吧，"影院负责人递给这位季家小儿子一张卡片，"难得有部文艺的。"

季成阳低头看了眼名字。

《大话西游》。

看起来是《西游记》？他不太认得国内的电影，估计小孩子爱看。

于是他就同意了，带着纪忆她们一起走进影院。漆黑的影院，千余座椅都空着，没有一个人，这种感觉实在太刺激了。连赵小颖都忍不住捂着脸，兴奋得脸红扑扑的，暖暖更放肆，直接叫着太过瘾了，农奴翻身做主人了，从这个入口跑到那个入口，来来去去撒欢儿一样。

季成阳挑了个视线好的位置坐下来，纪忆也坐在了他的身边。

一道白色的投影光从身后照出来，越过两人的头顶上方，投射在大屏幕上。

她也兴奋得心怦怦直跳，没有人的电影院，还有跑来跑去的暖暖和终于放下小心翼翼玩闹的赵小颖。所有的这些，成功把她从阴霾心情里拉了出来，暂时忘记了爸妈的不告而别。她侧头，悄悄看了眼身边的这个小季叔叔，和爷爷那些学生不同，他们穿的都是绿色的衬衫，而他穿的是浅蓝色的衬衫，很不同。

顿时觉得他好高大，比《一吻定情》里永远不笑的柏原崇好看。嗯。

1997年暑假，她终于看到了《大话西游》第一部。

这是她在院里电影院看的唯一一部文艺类影片，印象深刻。

光怪陆离的剧本，让人难以理解的台词，这是纪忆对《大话西游》的最初印象。

当时的她实在看不懂这种爱情片，最后只觉得莫文蔚好好看，而暖暖喜欢的是另一个女演员朱茵。赵小颖一如既往，不发表意见，但也表示看不懂。

过了几年，她在电视台也看到了熟悉的画面，原来这部片子在内地已经彻底红起来了。

而且那时候，她在电视里终于看到了电影的第二部。原来大多数电影的精华都在第二部，第一部只是各路妖精出来大吵大闹，那些感人的"爱你一万年"的台词，都在结尾。

原来她喜欢的莫文蔚，并不是主角，可是这个故事里，莫文蔚才是最大的受害者，她爱了离开了，周星驰都没有在意过，齐天大圣在意的只有他的紫霞仙子。

生活真像洋葱头，剥开一层还有一层，等到泪流满面了，依旧还有下一层等着你去揭开。

电影散场后，他们从电影院步行往家属区走。

电影院的位置靠近大院正门口，十点熄灯号过后，只有这条主路还有灯光。所有的路灯都熄灭了，黑漆漆的只剩了月光。

平时纪忆她们玩得过了十点，都是一路唱着"雄赳赳气昂昂跨过鸭绿江"，跑回家属区。

黑暗，估计是所有女孩子最恐惧的东西。

不过，今晚有小季叔叔。

暖暖和赵小颖不知道因为什么，追来追去的，停不下来。她走在季成阳身边，奇妙地感觉着走在夜路上的感觉，季成阳似乎也不着急，从口袋里摸出自己的烟，刺的一声划亮火柴，慢慢就着那小小的上下蹿动的火苗，轻吸了一口。

然后他吐出了淡淡的烟雾。

纪忆始终看着他，他倒是笑了："这个不能给你试。"

纪忆看了看远处两个好朋友，想了想，还是轻声说："我知道是什么味道。我爷爷也抽烟，我就好奇试了试。"

季成阳眼角微微扬起。

"真的。"纪忆小声肯定完，一副我不稀罕尝试抽烟的表情。

季成阳伸出手指，拧了下她的鼻尖。然后对她伸出了左手。

纪忆惊讶看他，过了会儿，才小心把自己的手放到他的掌心里。前面的两个丫头还闹腾着，学着白骨精和蜘蛛精的大战，她就这么被季成阳牵着，慢慢穿过黑暗，往家属楼那里走。其实小季叔叔不太习惯牵着小孩子的手，握得她有些紧，虽然有点儿难受，她还是始终没有动，因为怕自己动了，他就觉得自己麻烦，不肯再牵着自己了。

她听见，他身上有嘀嘀嘀的响声，她认得这个声音，是BP机。

果然，季成阳把烟咬在齿间，用右手从裤子口袋里摸出来一个寻呼机，就着绿色的屏幕看了眼，然后又丢回了裤子口袋，继续边抽烟边领着她走，没再理会传呼来的内容。

或许是因为这场电影，纪忆和暖暖闲聊时，都在祈祷小季叔叔慢点儿离开，这样她们就能去很多没法去的地方了。家属区以外，院里另外十分之九的地方，军营？靶场？训练场？甚至是每天供奶的奶牛场，她们都想去玩。

她开学就初二了。

已经是个大人了，可以继续去征服余下的那些陌生地方。她的世界，在安全的墙里，每天走来走去见到的人，都是认识的，每天去的地方，都是熟悉的。在这个世界里，所有小孩子都是身无分文，饿了渴了就回家吃一口喝一口，然后继续跑出去玩。

背着书包，走五分钟就是已经征服的小学、幼儿园，右边是正在征服的初中……如此简单平淡。

开学后的一个周末。

老师准备带着大家去春游，于是布置了做风筝的作业。

班里的男孩子找好了竹条，女生就负责找宣纸糊风筝。纪忆从小就学书法，家里有数不清的一摞摞宣纸，她偷偷抱了一堆分给同学，还特地多给了赵小颖二十几张。让她以后可以自己拿来玩。

她中午在家，竟然发现爷爷奶奶都没有出门，在睡午觉。

纪忆很兴奋，悄悄搬了个小板凳，放到爷爷奶奶睡觉的床边，很安静地铺了报纸，然后拿着铅笔刀去削竹条。爷爷睡觉能发出轻微的鼾声，让人感觉暖暖的，很幸福。她抿着嘴，就那么一分神，刀子就削偏了……

因为削的是竹条，所以用的力气本身就很大，这一刀下去，大拇指一块肉连着指甲，都被削掉了。瞬间根本不觉得疼，但是血涌得特别快，她忙握着自己的手跑出去，翻出棉花按住。血没止住，已经开始钻心地疼了。

她疼得龇牙咧嘴，怕吵醒睡觉的爷爷奶奶，就这么捂着伤口，迅速清理战场后，跑出了家门。一跑出去就是楼旁边的车棚，大中午也没有人，她终于疼得受不了，一直甩手："疼死了，疼死了……"

发泄完，转过身，忽然就看到面前掉落一根烟。

她仰头，季成阳正倚靠在四楼的窗台上，对着她比了个噤声的手势。虽然隔得远，倒也还看得清楚，她茫然，就站在那里看着小季叔叔消失，不一会儿他就从楼门走出来。

他今天穿的是白衬衫……嗯。

纪忆下意识去认他每次不同的衣着。

"怎么了？"季成阳似乎习惯了，去问问这个小女孩又遇到什么问题了。

她犹豫着，举起自己被棉花裹着的手指，血是压住了，可是血淋淋的棉花却非常可怕。她自己都嫌弃，季成阳却显然吓了一跳，他两指捏住她的手心，不敢轻易揭下棉花："怎么弄的？用什么弄的？家里又没人？"

"做风筝架子，小刀削掉了一块肉……"纪忆还是觉得好疼，"爷爷奶奶在睡觉，怕吵醒他们，就跑出来了。"

季成阳本来就高，如此居高临下看着她仰起来的脸，更觉得她弱小无助。

本来他扔下一根烟，是想看看这个小女孩怎么了。

结果就演变为，他弯下腰："我带你去医院，好不好？"

纪忆摇头："我不去医院。"

真有医院恐惧症？

季成阳的眼睛微微抬起，看她："那去院儿里的医务室好不好？"

降了个档次，似乎纪忆抗拒心理少了很多。他抱着纪忆直接去了那里，幸好该有的东西还是都有的，护士又是纪忆某个同学的妈妈，对她温柔极了。

她打了针，包扎好伤口，季成阳又把她带回家。进门时，家里又没人了……季成阳不太忍心把她一个人丢在家里，索性留下来，把她的那些材料都拿来。

两个人，坐在阳台上，开始做风筝。

他坐着大一些的凳子，握着小刀的手势非常漂亮，很利索地削着竹子，细小的碎屑都掉落在报纸上。纪忆就坐在小凳子上，在他对面，两只手撑着下巴，认真看他削竹子。他面孔很白，头发略微有些软，低头的时候总能滑下来，挡住眼睛。

眼睛这么专注去看手里的竹条时，倒是没了平时拒人于千里之外的感觉，显得特别温和。

这是暖暖最崇拜的人。

他会很多的东西，从小就成绩优秀，当初说出国念大学也是自己决定的，然后说走就走了。而且……钢琴弹得让女生都疯狂，就是有些不太喜欢小孩子，冷冰冰的。

这些，都是暖暖念叨过的。

他又很快裁纸，糊好了风筝。

纪忆拿着风筝开心得要命，很快把自己画国画的笔墨拿出来，想要上色。季成阳却笑了："黑白色的风筝不好看。"

她踌躇，拿着风筝纠结了。

"我拿上楼，明天给你带下来，好不好？"他弯腰，柔声问她。

她嗯了声，递给他。

第二天风筝拿下来，是彩色的蝴蝶，画得非常漂亮。

她不知道是用什么画的，季成阳告诉她是水粉。她记住了，又默默加上了一个崇拜的条件，小季叔叔画画也非常好。

由于风筝画得太美，她没舍得拿去学校，最后又和赵小颖合作做了一个。而季成阳的那个，被她小心抽走了竹条，只剩下一张宣纸后，很小心叠好，收了起来。

等春游那天，赵小颖拿着风筝放。

暖暖非常兴奋地拉着纪忆说："我小叔那天忽然开窍，送我了一套画水粉画的东西，这可是他第一次主动送我东西！不过好奇怪，好像是用过的，后来我问他，他说是买的时候在店里试用过……纪忆，你买这些东西也会先试用吗？"

……

"嗯，"她仰头看风筝，"一般都会试用。"

脸不红，心却在跳。

小季叔叔撒谎了，而她，也撒谎了。

这算一个秘密吗？

第二章 太多的往事

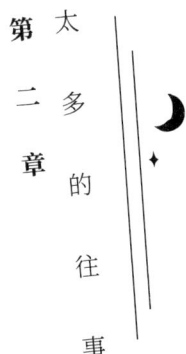

小季叔叔很快离开,据说过年时才会回来。
那就应该是寒假了。

读书时代总觉得时间很慢,尤其是小学和初中,几乎是数着手指过每一天。等到寒假到来时,她已经有些淡忘了他,又开始期盼可以去爸妈家过寒假。大概二十几天的假期,总算有两天妈妈有时间,把她接了过去。

从小她的概念里,家,就是爸妈家、爷爷家,从来没有"自己家"的概念。父母家她很陌生,每隔几个月来一次,但每次来都感觉很自在,或许这就是血缘的力量。

她坐着班车到这里,很顺利摸到门,用挂在脖子上的钥匙小心打开。
这个时间还没有人。
她换了拖鞋,走进去,每个屋子都溜达了一圈,然后才放下书包,开始研究有没有新的东西是自己没有见过的。一样样看过来,却只是旁观,不敢随便乱挪动。直到她看到有两盒雀巢咖啡的大礼盒放在阳台上,忽然想起了……一个味道。
那个发烧后的夜晚,让自己彻夜未眠的味道。
她想打开尝,不过要等妈妈回家。

在这里住的唯一坏处,就是没有人按时做饭,因为中午家里不会有人,不过冰箱里有。她很快找到一盒米饭和很多给她做好的菜,不过都太有营养她不喜欢,就独独把妈妈早饭最爱就粥吃的……青辣椒拌咸菜拿了出来。

超级辣，拌着米饭，吃得超级开心。这是妈妈喜欢吃的，自然她也必须喜欢吃。

后来妈妈回来了，她终于好奇问，自己可不可以拿走喝。妈妈似乎没觉得有什么不妥，同意了。于是第二天回家时，她就提着两大盒雀巢咖啡的红色礼盒，上了班车。班车上人特别少，那个一直开车的叔叔看着她，笑死了："西西，你拿回去送给谁啊？"

送给谁？

她怎么没想到呢？送一盒给小季叔叔好了。

她笑："送一盒，留一盒自己喝。"

"这东西不是小孩喝的哦。"

她抿嘴笑。

才没人会管她呢。

因为拎着的东西很重，叔叔特地进家属区后，把车改了路线，从她爷爷家楼门口拐过，停下来。她从车上跳下来，不管是遇到超市售卖员，还是熟悉的叔叔阿姨，都一一叫过来，无论肩膀上有几杠几星，或者纯粹后勤家属，对她来说都没有差别。

那时，她以为众生是平等的，直到三天后的一件事，彻底颠覆了她的想法。

她和暖暖每周末都会固定有一个上午去景山少年宫，基本属于风雨无阻。

她是学舞蹈，暖暖无聊，学的是航模……

班车会经过北河沿大街，那里有个郑渊洁图书的专卖店，她们两个总会在课程结束后，去逛一圈，然后再坐着班车回院里。皮皮鲁、鲁西西是她们的大爱，也是赵小颖的大爱，所以每次她们周末去，赵小颖都会很羡慕地送她们去坐中午的班车，再在下午五点准时等在上车的地方，等她们回来。

就在这个寒假，纪忆终于觉得，需要带赵小颖去玩了。

趁着赵小颖妈妈不在家，她和暖暖合作诱惑，终于把赵小颖骗上了车。三个女孩子一路开心得快疯掉，轮流唱歌给开车的兵叔叔听。如此情绪高昂着，到了地方，纪忆就很兴奋地带着赵小颖看自己上课的地方。

虽然不如夏天的红墙绿树那么漂亮，可也是大院以外的世界。

赵小颖耐心等着她们结束课程，一起走进了专卖店，从牙膏到帽子，应有尽有。这简直是小孩子的天堂，她看着，每样都仔细看着。

"地主婆，快掏钱。"暖暖催促纪忆。

暖暖父母就是怕她到处跑，真心是分文不给，所以每次来，都是纪忆这个地主婆付钱。

纪忆也理所当然，反正她每次的零花钱也不知道用到哪里，于是就暖暖负责挑东西，纪忆负责付钱，给赵小颖买了日用和夜用牙膏，还有帽子、短袖上衣。如此兴高采烈，像过年一样，就错过了班车的时间。

于是……只能坐着晚班车回到了大院。

路上，赵小颖就开始忐忑了，怕赶不及在妈妈回家前到家。

"没关系啦，"暖暖搂着她的肩膀，"你妈特喜欢我，有我在，她不会骂你的。"

纪忆也忐忑，毕竟赵小颖的妈妈是很凶的，真的会打人。

结果，事情还是往最坏的方向发展了。三个人下车时，天已经漆黑，赵小颖妈妈就站在车站，几乎脸色已经发白，一言不发上来就拧住了她的耳朵："我说了让你在家做作业，你怎么就知道到处跑！啊？！"

"阿姨……"纪忆看着，有些害怕。

"阿姨，我们就是带她出去看看……"暖暖挺胸上前，开始负责阻拦。

可是看上去，似乎赵小颖妈妈真的急了，只知道骂她。纪忆从小就怕看到人吵架骂人，有些犯傻，暖暖最后看赵小颖胳膊都被掐紫了，终于忍不住大吼一声："阿姨你再打她，我就告诉我妈妈去！"

所有人都安静了。

一个小学老师，被小学校长的女儿大吼。如此赤裸裸的威胁……其实暖暖并不知道自己说的话有什么意义，她只知道赵小颖妈妈很凶，但是对自己妈妈却脾气很好……她以为，这样真的就会有效果，可以救下自己的好朋友。

后果却是可怕的。

"听到了吧，听到了吧，"赵小颖妈妈开始大巴掌去打她的后背，"你怎么和人家比？人家妈妈说一句话，你妈都不敢不听。你成绩烂，还不好好学，不好好学，你就等着捡破烂吧！"

一连串的话，像是在说给她们听。纪忆听得懂，每个字都听懂，也听得很难过。

她送给赵小颖的东西都被扔到地上了，最后一样也没带走。

暖暖气得大哭，抱起那些东西就往路边垃圾桶塞。

她就傻傻地站着。

有大人劝走了赵小颖和她妈妈，却不敢惹暖暖那个小霸王，倒是有人摸了摸纪忆的后脑勺，说什么赵阿姨就是刀子嘴豆腐心，不是在骂她们……

后来她没敢再去赵小颖家一次，不敢再踏进去，其实她特别喜欢她们家。虽然房间很小，但是到处都贴着赵小颖幼儿园起的手工作业，各种娃娃，还有她妈妈天天唠叨着让她吃饭让她做作业让她洗澡……

很温暖。

第二天中午，她起得很晚，刷牙时还在想昨晚的事。她分不清，2毛钱的公交车和2元地铁的区别，因为她一直以来都是坐不收钱的班车……

她安静地刷完牙齿，拿着奶箱的钥匙，走到楼下去取奶。

竟然下雪了。

从二十摄氏度的房间跑出来，忽然就走入了漫天大雪里。雪落在枯黄的草皮上，落在车棚上，有些停在车棚外的自行车都积了厚厚一层雪。她把空奶瓶放到箱子里，拿出装满乳白色牛奶的瓶子，忽然走出去，低头，在楼旁草皮上踩了一圈。

去年这时候，她们在打雪仗，不会从昨晚以后，赵小颖就不和她们玩儿了吧？

忽然身上一重，被暖意融融的气息包裹了起来。

她茫然回头。

看到了那个已经半年未见的小季叔叔，依旧是叼着根烟，含混不清地笑问她："低头干什么呢？找金子呢？"

因为把羽绒服脱下来裹着她了，自然他身上就剩了一件深褐色的格子衬衫。

在楼门口还放着个大箱子，箱子上蒙着一层刚才落上去的雪花。

……

她忽然发现，他模样变了，或者说自己想要仔细看他的脸了。

原来他是双眼皮啊。

她抱着奶瓶，摇头。

因为看到了她，季成阳倒是没有着急回家，先把她送了回去。

纪忆把牛奶倒到锅里，热了，然后剥开已经煮好的鸡蛋，放到牛奶里。准备好自己的早饭，就把已经拆开的一盒咖啡打开，先后拿出咖啡和伴侣，给他冲了杯咖啡。等到杯子端到客厅，季成阳倒是有些意外了，低头闻了闻："咖啡？"

"嗯，"她用勺子戳着牛奶碗里的鸡蛋，"可是我冲的没你冲的好喝……"

他忍不住笑，拿起杯子，抿了口，蹙眉："是挺难喝的。"

她继续戳自己的鸡蛋……

"我教你冲吧，不过你这么大不该喝咖啡，你们家人……"他想问为什么没人管她，后来想想，作罢了，这等于问了一句废话。

他真的就站起身走到厨房，把咖啡倒了，然后看着剩了大半瓶的两个瓶子，惊讶于她竟然自己喝得那么多……然后就开始教她要半勺咖啡、一勺半伴侣的比例。其实季成阳自己是肯定要一勺咖啡、两勺伴侣的，到纪忆这里就减半了。

纪忆点头，轻声嘟囔："原来喝得那么快，是因为我冲太多了。"

"你要是觉得苦，可以加糖，"他搅动着勺子，一念间竟然考虑，要不要送小纪忆一套咖啡杯……可是这么小的孩子喝咖啡……哎。

"你加糖吗？"纪忆手扶着柜子，仰头看他。

他低头："不加。"

"那我也不加。"她觉得他的喝法，一定是最正宗的。

季成阳笑起来，想起问她，刚才是不是又遇到什么事情了，心情这么不好："考试没考好？"纪忆微微撅嘴："我一直是第一名。"

"那是怎么了？不好好在家烤暖气，跑去雪地捡金子？"

"我是去拿牛奶。"

她思考了会儿，还是把赵小颖妈妈说的话，还有发生的事，都告诉他。

她说的是叙述性的，带了些小情绪，并非是暖暖那种暴躁，而是困惑伤心。季成阳似乎听懂了，蹲下身子，把咖啡递到她嘴边，她凑过去，抿了一小口。

嗯……熟悉的味道。

"她妈妈说得没错，你能吃到她吃不到的东西，去她去不了的地方，玩她玩不到的东西，这是生下来就决定的，"季成阳自己也凑在另一边喝了口，驱散刚才在雪地里的寒冷，"但是，如果你相信，每个人都是平等的，你就可以做到这一点。你约束不了别人，但可以约束你自己，或者你可以这么想，你天生的优势可以更好地帮助别人，这是你的责任。"

纪忆觉得……她似乎听懂了："我知道了，小季叔叔。"

她又凑上去，抿了口咖啡："暖暖特别伤心，小季叔叔一会儿去和她说两句话，估计她就开心了。"

"她？"季成阳倒是不大上心，"她没心没肺，说不定今天已经忘了。"

她习惯性点头，忽然又反应过来："她也没有那么没心没肺。你去年给她打电话，没有说够三分钟，她伤心很久。"

"真的？"

"真的。"

"那下次给她打四分钟电话好了，我会算好时间。"

……纪忆抱着咖啡杯，跟着他走出厨房。

忽然，有BP机在响，她四顾找寻，季成阳已经先一步走到沙发上，拿起自己羽绒服，从口袋里摸出了寻呼机，看了眼，微微蹙眉，似乎不太高兴。

他一声不响，拿起纪忆家的电话，想回电话，却被纪忆伸手按掉了。

季成阳轻扬眉。

"这是专线电话，"纪忆拿起另外一个电话的听筒，递给他，"这是外线电话。"

他恍然，接过听筒，拨了一连串的电话号码。纪忆坐在沙发上，竖着耳朵听，就听见季成阳拿着电话，好一会儿都一声不吭，那边传来的是女声，声音有些大。

季成阳最后索性把电话扔到桌上，似是懒得搭理。他拿起纪忆放在桌上的咖啡，几口喝完了，纪忆没吭声，摸不清状况，就默默待着。过了会儿才看到他又拿起电话："我是刚回国，没必要单独见面。"

那边说了什么？她不知道。

顿一顿，听到季成阳又回："同学聚会你们随便，我不想参与组织，让王浩然通知我时间、地点就可以。"

电话挂断了，他似乎心情一般。

很快就走了。

过了两天，纪忆竟然收到了新年礼物，是一只小兔子。

她和暖暖一人一只，不知道季成阳从哪里弄来的，纯白色的小兔子，看起来刚出生不久，顺便还附赠笼子。暖暖玩了一个下午就扔到一边儿去了，她倒是很有耐心，把小兔子拿到阳台上去晒太阳，过了会儿又把自己的毛巾拿来，给小兔子擦四个爪子。

到下午的时候，她洗完澡，又突发奇想给兔子也洗了个澡。

等到洗完，就开始觉得不对劲了。

兔子开始发抖，即便是吹干了毛也抖个不停，她起初以为它是冷，拿被子裹着兔子，小声哄它，但后来却发现越来越不对，兔子竟然开始抽搐了。

这下，纪忆真的吓坏了，她不敢离开房间，就拿起电话，打到了暖暖家。

"纪忆？"暖暖听出是她，"怎么了，想我啦？"

"你小叔在吗？"她有些紧张，怕兔子真的出什么事。

"在啊，你等着啊。"

电话交到季成阳手里，她的声音立刻就不正常了，开始有了紧张的哭腔："小季叔叔，你给我的兔子……好像生病了，你能来看看吗？"

季成阳马上就挂了电话，下楼来看。

小小一只兔子基本除了发抖，已经什么反应都没有了。他把兔子捧起来，摸了摸毛还微微湿着，立刻明白了是什么问题："这个兔子刚生不久，估计是冬天洗澡被冻坏了。"

纪忆茫然，然后很快脸就白了："它都快不抖了……"

季成阳看着她眼圈发红，忽然有些急躁，也不知道是气自己送了一只兔子反倒让她这么伤心，还是气她现在的反应肯定又是自责……他用两只手捂着兔子，一声不响，纪忆完全没有察觉他的怒气，越来越自责自己那么爱干净，竟然会害了一只兔子，她想到最坏的地方，声音都有些发抖："小季叔叔……"

"好了！兔子不会有事！"

她眼泪还在眼眶里打转，被他这么一吼就涌了出来。

他忽然有些蒙了，不知道自己在做什么，他伸手去擦她的眼泪，擦得手指立刻就湿了。他一个大男人吼一个孩子做什么？

他怔了一瞬，声音低缓下来："纪忆乖，不怪你。"

季成阳说着，感觉兔子真的要不行了。

他也想不出什么办法，索性解开自己绒布衬衫的纽扣，就这么把兔子贴着皮肤放在了怀里，希望用自己的体温能让兔子缓过来。毕竟是冬天，即使有暖气，揣着这么个冰冷的兔子也不好受。纪忆显然没缓过来，自己抹干净眼泪，可是看到季成阳衬衫半开，露出的皮肤，更加内疚了。

季成阳正措辞怎么安慰她，门铃忽然响起来。

他看纪忆红着眼睛，只惦记兔子，就自己站起来走到门口，从猫眼看到门外的人，眉毛忽然就拧起来。

打开门，没来得及说话，就有一只细瘦白皙的手臂先出现，抓住他的手臂："季成阳，你把我扔在你们家……"季成阳抬起右臂，挡住女人的手："你到底想要闹到什么时候？"女人那样大的力气，看到他衬衫半开，眼睛都红了，像是要和他分个胜负一样地推他："纪忆是谁？你告诉我，为什么我从来不知道？"

"苏颜，"季成阳左手还要顾及怀里的兔子，右手仍旧挡着苏颜的手，眯起眼睛，已再难掩怒气，"你脑子里天天除了男男女女的事，还知道什么？不要……"

苏颜终于看到纪忆，愣住。

纪忆站在客厅，看着他们，也早就蒙了。

倒是苏颜身后的男人探头，看了眼纪忆，像是忽然想起什么往事一样，笑了："西西？"那样人高马大的一个人……

纪忆发现自己竟然真的对这个男人有印象。

只是隐约有熟悉的感觉，具体是为什么呢？

于是误会解除。

那个叫苏颜的女人一腔怒火化作尴尬。

幸好有那个叫王浩然的男人，叹气解释，说苏颜听到暖暖说了句是去找纪忆了，就借故出门，找下楼了，幸好他跟了出来。

"不过我说苏颜，你怎么跟捉奸似的，这么一个小姑娘，哎——你都把人吓到了。"王浩然打着圆场，做着和事佬。

这个年轻阿姨……或者姐姐，是小季叔叔的女朋友？

看起来又不太像。

那种眼神，倒像是班级里，女生倒追男生时候的……

季成阳似乎不太想继续和他们说话，苏颜眼睛仍旧有些泛红。

纪忆听到王浩然低声劝季成阳："那么多年，苏颜一碰到你的事儿就犯浑，你又不是不知道，算了算了。不过，成阳，你大冬天的衣衫不整，干什么呢？"

季成阳轻嘘一口气，让他看自己怀里的兔子。

"哎哟，你什么时候这么有爱心了，"王浩然摸了摸那兔子，冰凉凉的，"死了吗？"

纪忆心里咯噔一下，忙去看季成阳。

季成阳瞥了王浩然一眼。

王浩然直觉自己说错话，虽然不知道具体哪儿错了，立刻就见风使舵转了话题，笑眯眯地去看纪忆："小西西，你还记得我吗？"

纪忆看着他的眼睛："我好像……见过你。"

"小孩记性不错，"王浩然摸摸她的头发，"那时候你还特小呢，我记得你抱着一个娃娃，就蹲在这个楼外边窗台下，也不吭声。记得吗？我和你说过话，那时候这个……"他不知道纪忆怎么叫季成阳，就随口说，"你这个季哥哥也在。"

……她好像想起来了。

那时候爸妈说下午就走,于是她就想到主意离家出走,可以让他们带自己回家。可走远了又怕爸妈找不到自己,所以只能抱着最喜欢的娃娃躲在窗台外,最后等了一个多小时也没有人发现来找她。

后来她就哭着,自己又主动回家了……其间好像是有个大哥哥和自己说话,具体说什么不记得了,但她记得,这个大哥哥的眼睛大大的,像女孩子的模样。

她表情恍然,但真的只记得一个和自己说话的人,而不记得还有季成阳。

王浩然猜到她记起来了:"终于想起来了?那么小就离家出走,你说说,你这孩子是有多不省心?"

她没吭声,倒是看季成阳。

季成阳像是明白她的疑惑,颔首说:"那是我第一次看到你。"

原来……那才是第一次啊。

纪忆这次倒是想努力记起,那是几岁发生的事情了。

可是当时年纪实在太小,记忆真的模糊了。

也多亏这两个从天而降的客人,让季成阳找到了借口,带着几乎已经死去的小兔子离开。

他临走前还安慰纪忆:"我一定让小兔子好起来。"

纪忆大概猜到最后的结果,但是当着那两个陌生人的面,却没有再哭。她嗯了声,把他们都送走,说叔叔阿姨再见。王浩然乐了,最后还埋怨季成阳:"我就大了她十岁吧?怎么就被叫叔叔了,我说,季成阳你这辈分也太大了,都把我叫老了。"

季成阳不知道在想什么,随口说:"随你高兴,让她叫你哥哥,你跟着她叫我叔叔。"

王浩然气得直笑:"我说季成阳,你说话怎么总那么欠抽呢?"

最后,小兔子还是没活过来。

季成阳第二天带了糖葫芦来给她,山楂豆沙的,看着她吃,始终没有说话。纪忆大概猜到他想说什么,咬掉半颗山楂,忽然停下来,剩下满满都是豆沙的半个,递到他嘴边:"这个豆沙很好吃。"

我以后不会再在你面前哭了。

对我好的人,我都要让他们看到我笑。

第三章 故人已归来

两年后,纪忆和暖暖同时考上附中。

她被分到唯一的理科实验班,和暖暖又成了同班同学。而赵小颖,则去了其他班。

这一年,高校收费完全并轨,再也不会有免费的大学了。

赵小颖开始越来越爱听课,却越来越听不懂,附中压力大,她才读了半学期就瘦了一大圈。

纪忆一直不知道怎么形容这种感觉。

很小的时候,北京的冬天蔬菜很少,家家户户都吃大白菜,还有夏天腌制的西红柿。没有电脑,没有手机,没有名车,有蜻蜓有壁虎,有小孩子们聚在一起烤土豆、烤红薯。从那个年代成长的小孩,总会很怀念那些生活……

那时候,大多数人是快乐的。

即使有烦恼,也并非全都因金钱而生。

纪忆上高中后,就选择了住校。

后来到冬天,她才有些后悔。学校安排的晨跑只是他们这些住校生的"福利",而走读的暖暖和赵小颖就好运多了,不用受此"折磨"。

这天,她又起晚了,和睡在她上铺的殷晴晴跑出来时,已被晨跑的大部队甩出去好远。

"纪忆,你干吗?"殷晴晴随手拉开羽绒服的拉链,热得吐舌头。

纪忆站在护城河边,手扶着砖头和水泥堆砌起来的围墙,低声说:"我想从冰上跑过去。"她觉得冬季晨跑真是最可怕的,简直能要了她半条命。

"冰不结实吧……"殷晴晴胆战心惊，也趴在矮围墙上，看河面。

几个老大爷正穿着溜冰鞋，在上面徜徉。

看起来，似乎还挺安全的？

她在继续跑和从冰河上走过，果断选择后者。殷晴晴是个乖孩子，虽然各种羡慕，还是高呼着："你小心啊，我在敲章的地方等你。"然后跑远了。

这里没有台阶，就是一个大斜坡，夏天全是青草，冬天就都是枯草了。

纪忆跳来跳去的，躲过那些脏兮兮的积雪和碎冰，跑到河边，伸出脚踩了踩冰面，断定安全后就一溜小跑跑过去了，身后那些溜冰的大爷看到她，还一个劲说姑娘慢点儿跑。她回头，做了个鬼脸，还不忘提醒险些滑倒的老大爷："大爷，您也小心啊。"

她爬上另外一边，躲在松树后，准备等同班同学都跑过来了，再装着气喘吁吁地跟到队尾。正盘算得高兴，忽然觉得肩膀被人拍了拍，立刻就蔫了："赵老师……我错了……"

回过头，装着一脸忏悔。

忏悔……却僵在脸上。

"西西，"面前的男人叫她的名字，"我是季成阳。"

"嗯……我知道……小……季成阳。"她轻声叫他的名字。

他和那时候是一样的，也不太一样。

小时候看他的时候，看到的是肤色很白，双眼皮这些非常表面的特质。而现在……再看到他，却发现能留意到他不动声色的目光，还有沉静。

"怎么从冰上走过来？"

"我不想晨跑，"纪忆有些不好意思，"所以从冰上走过来。"

他刚想再问。

纪忆忽然嘘了一声，拉着他的衣袖，把他向自己这里扯了扯，然后猫腰，藏在他和松树构成的屏障里。她悄悄撑起季成阳的手臂，从缝隙里看到上进好青年班长徐青大人，带领着班级第一梯队，已经跑过来了。

季成阳回头。

纪忆立刻可怜兮兮讨饶。

他只得又摆出一副靠着树休息的姿势……不知道为什么，纪忆总觉得他身上的淡淡香气混杂烟味，是谁都复制不了的。她轻轻吸了一口气，就像一瞬回到了小学毕业的那个暑假。

"好了。"他的声音如同深潭水，冰冷冷的，淡漠疏离。

可惜对她没有效果。

她呼出口气，站直了身子："你……什么时候回来的？"

季成阳微扬眉："怎么不叫我小季叔叔？"

"我已经长大了，"她眼神飘啊飘，继续观察远处，"而且……你也没有那么老。"

分明就该被叫作哥哥。

他似笑非笑，没说什么。

两个人才说了三两句话，纪忆又故技重施拉住他，挡着自己。可是这次跑过来的同学和她，还有季成阳都发现了一个惊人的事情，就是两个人脚边的枯草烧着了。纪忆惊叫一声，暴露了藏身地，看着晨风里火势越烧越大的枯草，不知道如何是好了……

季成阳迅速把短款的黑色羽绒服脱下来，扔给纪忆，然后用非常快的速度，扯掉了那些连着的枯草，又踢了些土隔开了火和枯草丛。

火由旺到灭，渐渐只剩下了扑哧扑哧的声响，还有几米长的灰烬。

他站在那里，挽起袖子，略微松了口气。

已经跑过来的同班级女生，还有外班的那些女生都看得站住了。她们根本就不知道这场火的起源，只看到一个大冬天穿着单薄衬衫扑灭火势的年轻男人。尤其这个男人生得太英俊，那完全不同于这大街上匆匆走过赶着上班的大叔，还有学校里那些不是傻愣就是热血的少年，总之，简直和偶像剧走出来的男人一样啊！

咦？

他转身去说话的女孩子，不是实验班的纪忆吗？

众女生目光灼灼。

她瞬间就被盯得不自在极了，把衣服递给季成阳，低头说："我走了，再不走，体育老师一定给我记旷跑了。"于是她就在众同班外班女生面前，跑远了。

体育老师敲章时候，还在狐疑，平时一直走回来的纪忆怎么忽然提速了？幸好班长和上铺的患难姐妹各种护短，她才拿了这天早上的晨跑章。

纪忆本想问暖暖，她小叔什么时候回来的，没想到暖暖今天请了病假。

中午她在教室吃饭时，班长徐青竟然为她打好了菜，而且是小窗口饭菜，特地跑来给她。

"我吃不了这么多啊。"纪忆有些愕然。

"那个……"一本正经的班长，竟然说话有些磕巴，"我顺便的。你和暖暖平时不都说小窗口的菜好吃吗？"

顺便?

纪忆吃了一口饭,看班长。

"暖暖今天怎么没来?"班长终于又"随口"问。

"暖暖?"纪忆慢慢吃着,直到彻底咽下去了才说,"我不知道,我住校,她走读,除了周末也不常在一起的。"

……

班长走了。

她大概有些感觉,这个家境贫寒,却很上进的班长对暖暖有那么一点儿小心思。纪忆继续边翻看《不思议游戏》,边吃饭。这些都是同宿舍人借给她的,似乎她的童年比别人单调一些,比如这种人家初中读的小爱情小热血日本漫画,她到高一才真正看到。

可是不知怎的,平时看得很入神的漫画,今天却总走神。

到快上课了,她才把书签放进去,拿着饭盒走出了教学楼。

这个时间,教学楼内的水池都占满了,她却知道一个好地方,学校艺术中心中午是很少有人的,下午放学后才有各种民乐团、交响乐团和舞蹈团的人来训练。

没想到,她刚打开水龙头,就被乐团老师捉到了:"纪忆,你几天没来训练了?"

"……鲁老师,我马上期末考试了。"

完了,她只能暂时又关上了水龙头。

这是交响乐团的老师啊,为什么会管她这个民乐团的……

鲁老师摇头,招手让她过来,她走过去,被鲁老师一把揽住肩膀:"借口吧?听说你最近看漫画看得废寝忘食?"

"没有啊,"纪忆摇头,柔声细语地说,"才不是呢鲁老师,我是冤枉的。我们历史老师让我列年代事件表,然后复印给全班同学复习用……"

老师笑起来。

他们是站在训练厅门口的,没说两句话,就听见有钢琴的声音。纪忆好奇,谁会在这个时间来训练厅训练?这个时候大家都在教室了吧?她探头,发现训练厅东侧的钢琴前坐着的人,竟然是季成阳。

她有些蒙。

就听见鲁老师在说:"我以前带过最好的学生。"

"他……以前也是学校乐团的?学校交响乐团不是没有钢琴编制吗?"

所以很少有人去弹那架钢琴,只有乐团里自己有这个爱好的偶尔才玩。

"以前有,现在没有了。"

离得远,老师也似乎很想继续听下去,就没有立刻叫他。

于是纪忆站在老师身边,看着他,听着他弹。早晨匆匆一见后,心底那一丝丝焦躁和心神不宁都慢慢消失了……弹钢琴的男人之所以吸引人,或许就是因为如此端坐的姿势,还有手指在黑白键上的感觉,完全不同于别的演奏方式。

如果小时候没有放弃弹钢琴就好了,或许,也能和他一样,坐在这里,在冬日苍白的光线下,如此完美地演奏一首曲子。

内敛,喜怒不形于色。还有些拒人于千里之外的感觉。

不管是他的弹奏方式,还是他这个人。

曲终,他似乎很怀念地摸了摸钢琴,起身回头,看到老师和纪忆,微微一怔,随后恍然记起纪忆读的就是自己的母校。他走过来,刚想说话,预备铃声就响起来,纪忆睁大眼睛:"我去上课了——"她转身就往教学楼跑,还有一分钟就是上课铃了。

她以百米赛跑速度爬上四楼,累得几乎趴下,还是没赶上。

讲台上,英语老师已经开始抄写板书。

于是她就拿着还没洗的饭盒,当着全实验班高才生的面,低头,猫腰从讲台前溜进去,坐好。身后殷晴晴火速递来小纸条:去哪儿了啊?

她迅速写下:洗饭盒去了。

纸条扔回去。

她还忍不住透过窗户,去看教学楼东侧的文艺中心。

终于觉得所有的一切都真实起来。

你回来了,还会……走吗?

周末,她回家。

暖暖沉迷 QQ 聊天,却无奈被看管太严,只能趁着纪忆每周末回家,才能痛快玩。所以她一回来,暖暖就来报到了。

"我小叔回来了。"暖暖盯着电脑屏幕,头也不回。

她嗯了声，边看数学习题，边用牙齿一点点把苹果皮咬掉。厚厚的一摞卷子，密密麻麻的都是字和她自己添加的注解。可惜，看起来认真在看，其实神经已经微微紧绷，想听暖暖继续说下去。

怎么不说了？

她瞥了眼电脑，发现……暖暖在打"我也很想你"……

"暖暖，你想谁啊？"她惊讶。

"嘘，你小声点儿，"暖暖回头，轻声说，"是班长。"

纪忆眼睛睁大，什么时候的事，她怎么不知道？

"他在网吧，边做题边和我聊天呢，"暖暖小声说，"回复得真慢啊。"

"网恋……"纪忆喃喃了句。

小时候不觉得，尤其上了高中，年龄差立刻就显得好明显了。

而且暖暖自从上了高中，还特别喜欢叫她小名，以此为一大乐事……

纪忆低头，继续咬苹果皮。

因为说到身份证的问题，暖暖倒是想起了马上要到来的寒假，还有纪忆的生日。每年寒假或者暑假，暖暖都要去成都，陪外公一起住一个星期。"西西，你和我一起去吧，"暖暖终于看到班长回复，马上噼里啪啦敲了一堆，"正好给你过十四岁生日，还有，我小叔也去哦。"暖暖最后一句话是顺口说的，她却听到了耳朵里。

"我们和外公一起坐飞机，不用身份证，回来要自己坐飞机，你记得啊，"暖暖最后还不忘提醒，"没有身份证的小孩子，记得要户口本。"

结果这学期她考得奇好。

等拿到成绩单，又趁着二叔、三叔带着老婆回爷爷家吃饭，爷爷奶奶开心时提出来，想要和暖暖去四川。她说完，低头去吃自己碗里的饭。

"去四川啊，要不要问问你妈？"三婶随口说，她才嫁过来，并不太清楚情况。

倒是爷爷清了清嗓子："你刚才说什么？是要户口本吗？"

"嗯。"她翻看过，自己的户口是在这里的，而不是在爸妈家。

"拿去吧，记得小心保管，听话一些，不要给暖暖爸妈找麻烦。"

她低头，又嗯了一声。

吃了饭她立刻给暖暖打电话，暖暖不一会儿就拎着一个粉蓝色的箱子跑下来:"我妈说你没出过远门,肯定没有这个,"暖暖说完还塞给她一张写满字的纸,"这上边是你要往箱子里装的东西,是我妈让小叔写的。"

非常特别的字体。

其实,她从小到大认识的大人都写字很漂亮。

她曾好奇地问过三叔,为什么军人的字都特别漂亮。三叔笑起来,很理所当然地告诉她,因为闲暇时间也没什么事做,所以大家就都练字了……后来她进实验班,看到班里理科很好的学生,字大多写得很没风骨,就明白了,是因为大家都太忙了,都忙着做卷子了。

可是季成阳的字,却少了些军人笔下的硬气,多了些柔和洒脱。

不是说观字如观人吗?怎么不太像他……

"羽绒服、手套、帽子……"每两个物品都是一行,她一个个读下来,然后,就看到了最后一行,"……卫生巾。"

天啊。

她拿着字条,忽然就觉得很烫手,听见心在胸腔里扑通扑通直跳。

这个字条是暖暖拿下来的,她不会也看到了吧……纪忆竟然有些心虚,还有十二万分的不好意思。她自己去买这些的时候,都要趁着超市人少的时间去结账,甚至有时候结账的是男孩子,都能默默站在远处许久,等着女孩子来换班才好意思上前……

他就这么写出来了……

还是写给她的。

纪忆整个晚上都因为这件事纠结,甚至做了好多小时候的梦,还无数次重复自己第一次去买卫生巾的尴尬场景。第二天,她从床上爬起来,看着那字条好久,最后还是和风筝一起放在抽屉里,加了锁。

无论如何,这些都是别人送给她的礼物。

而且不能让别人看到。

自从装好箱子,她就发现自己犯了一个严重错误,她把平时最喜欢穿的和用的东西都装到箱子里,好不容易装箱又不想再打开,只能别别扭扭地熬到了走的那天。

她背着双肩包,等暖暖来叫自己,等来的却是季成阳。

"双肩包装了很多东西?"季成阳扫了眼她鼓鼓的书包,有些奇怪。

明明有箱子，怎么书包还装了这么多东西？

"都是卷子，"她低头说，"数学卷子。"

为什么看到他，就想到那张字条呢……

等他帮自己拎着箱子走下楼，纪忆才知道，这一行人只有暖暖外公、暖暖妈妈、季成阳，还有暖暖和她自己。

北风吹得特别厉害，把她的短发吹得乱七八糟。

"小西西，你刘海儿都乱了，不美了哦，"暖暖心情大好，替她理顺齐齐的刘海儿，"我们要去征战成都了！还有……"暖暖声音低下来，"我刚才听我妈和小叔聊天，小叔还要去稻城亚丁，我一定会死皮赖脸蹭着小叔，让他带我们一起去的。"

稻城亚丁？

好像是欧洲城堡的名字。

纪忆来不及多问，就和他们一起上了车。

一路畅通到机场，登上飞机。飞机上只有几个穿着正装的伯伯，纷纷起身向暖暖外公打招呼，有个年纪偏长的伯伯看到季成阳，略一愣神，旋即就笑了："这是季家的小儿子吧？"季成阳似乎也认识那个伯伯，礼貌一笑，招呼了一声长辈。

暖暖想要挨着小叔坐，却被她妈妈拉到身边了，最后只能遗憾地望着季成阳这里，对准备独自坐的纪忆招呼："快去和我小叔坐，免得他无聊。"

……

和自己坐，他才会无聊吧？

她走过去，挨着季成阳身边坐下来，刚把书包打开，拿卷子出来继续看时，就感觉他伸出手，啪嗒一声给自己扣上了安全带。

"卷子就不用看了，很容易晕机，"他的声音在头上方，低声说，"等起飞半小时再看吧。"

她点头。

"这些卷子是老师留给她的寒假作业，"始终扭头盯着这里的暖暖立刻解释，"我们班前十都被老师叫到办公室，一个个批评，全都留了好多作业，就连我们班长考第一都被老师骂，说所有科目只有化学是最废的，再学不好就挪出实验班。全班第一啊，还这么被骂，让不让人活啊……"

"你们班长？"暖暖妈妈回忆，"就是那个个子特别高，笑起来挺可爱的男孩子？"

暖暖忽然一愣，心虚地绕开了班长的话题："纪忆'瘸腿'的是数学，被骂了半个小时呢。我们实验班特可怜，第一学期学高一课程，第二学期就学高二的课了，小叔，你赶紧给纪忆讲讲题吧。"

　　暖暖妈妈先笑了："说的好像你不是和纪忆一个班似的，怎么不叫小叔给你讲题？"

　　"讲了我也听不懂，"暖暖蹭着妈妈的胳膊，"妈，我学习不好你也不会嫌弃我的，对不对？"暖暖妈妈笑得特无奈："你以后要去军校子弟班的。"

　　"……我不要啊，我不要天天早起出操啊……"

　　暖暖说得略夸张，她这个被骂的还没这么大感触。

　　直到飞机起飞后，她终于知道季成阳说的晕机是真的了。她和暖暖两个人都是前一天晚上太兴奋没有睡好，这时候起了反应。

　　暖暖侧躺着，在妈妈怀里很快睡着，再也不闹腾了。

　　那些伯伯都开玩笑，说小霸王终于安静会儿了。她抱着枕头，闭着眼睛，想要找个适合入睡的姿势。脸忽然被温热的掌心覆盖住，然后往他肩膀那里轻搂过去，她吓了一跳，没敢睁开眼睛，就顺势当作迷糊着，靠了过去。

　　"好好睡吧。"她听见他说，这次真的是很近很近的声音了。

　　她没吭声，在晕机的难受中，慢慢睡着了。

　　睡得不太踏实，到中途，隐约还感觉他又给自己加了一层毯子，以至于没过多久，她已经热得有些手心冒汗，迷迷糊糊着，把手臂伸出来，轻轻抓住了他的衬衫的袖子，想说好热。但是没说完，已经又坠入了另一个梦里。

　　暖暖妈妈回头看了眼，扑哧笑了："西西脸都红了，你快把她热坏了。"

　　季成阳低头去仔细看她的脸，果然已经热得微微泛红了。

　　他随手，去摸了摸她的额头，出了汗。

　　他总被说智商情商双高，但是遇到西西……好像做什么都会犯错。

　　只是想对她好一些，却没有照顾孩子的经验。季成阳摘下金色的半框眼镜，轻轻揉了揉自己的眉心，忍不住笑了。他把她身上的安全带松开些，打开两个人之间的扶手，把枕头放在自己腿上，让她躺在了上边。

　　刚想拿走外边一层毯子，犹豫了一下，只略微掀开了一半。

　　"嗯，刚想提醒你呢，"暖暖妈妈也觉得好玩，煞有介事赞扬他，"马上拿开会着凉，这次倒真像个叔叔了。"

到成都的当天晚上，季成阳就开始准备第二天离开。

暖暖真如同她自己所说，用尽所有方法，终于让所有人头疼地答应了她，让季成阳带着她和纪忆一起去。

"会有高原反应哦。"暖暖妈妈竭尽全力劝说。

"没关系，"暖暖一边吸着气，一边吃串串香，"外公答应了，有特别有经验的医生一起去的。"

最后的劝说宣告失败。

纪忆也吃得眼泪汪汪的，真辣啊，然后悄悄佩服地看了眼暖暖。

……实在太霸气了，简直是以一敌十的战斗力。

第二天清晨，他们五点就坐车离开了成都。车一路开，她们一路睡着，睡到午饭时间才醒来，吃了些东西，暖暖就开始很开心地抓着季成阳的手臂摇晃、撒娇，或者自己拿着手机，悄悄给班长徐青发短信。她玩手机的时候，纪忆就陪着季成阳说话。

说是自己陪他？其实是他陪着自己才对。

纪忆看着车窗外的景色，轻声说："外边的空气，一定特别好。"

"是很好，"开车的司机在一旁搭腔，"不过也很冷。还有你们两个小姑娘要留着点儿体力，我们这一天的路会海拔越来越高，怕你们到了晚上就吃不消了。"

"高原反应？"暖暖妈妈提到过。

"是啊，高原反应，"司机笑，"不过我们随行带了很有经验的医生，就会比那些自驾游的人好很多。"

她点头。

想追问去的地方好不好玩，又怕司机会觉得自己麻烦，就没再问。

倒是司机很喜欢说话，还解释了一会儿，说有时候平时身体弱的上了高原反倒没什么，身体好的倒是容易病倒。

她听了会儿，觉得自己挺爱生病的，暖暖倒是身体很好。

她探头，手拍了拍副驾驶座上的季成阳，忽然发现他是闭着眼睛的。纪忆怕吵醒他，又把手悄悄收回来，却被他忽然握住了手腕："怎么了？饿了？渴了？"

她窘了，摇头："没有。"

季成阳放开她："还是想上厕所？"

她更窘了，猛摇头："不是。"

"难受？头昏？喘不过气？"

"……"纪忆低声说,"没有,就想问你身体好不好。"

然后就惹出了这一串提问。

季成阳显然没有认真听刚才司机的话,不太明白她的意思,但目光忽然就有了些变化,她没来得及看到眼睛里,就听见暖暖忽然大声问了一句:"怎么没信号了?"司机忙解释说:"这里毕竟不是成都,信号断断续续很正常,而且马上就进山区了,信号会更差。"

暖暖脸色有变,她只想一边玩,一边还可以和班长打打电话,发发短信。

没想到希望彻底破碎了。

到晚上睡觉时,暖暖已经扛不住,在床上翻了个身。

纪忆睡得半梦半醒,被她吵醒。

"明天据说要去小叔一个亲戚家,后天才能到稻城,我不行啊,受不了这么多天联系不到徐青。"

"你就当给班长省钱了,"纪忆打了个哈欠,轻声说,"这么发短信打电话,他就是打两份工都不够啊。"暖暖觉得冷,把脚伸到纪忆的棉被里,直接放到她大腿之间。

纪忆冻得龇牙咧嘴,用手给她搓了搓脚:"你脚好冰啊。"

"我怎么办呢,想他啊,"暖暖继续说着,"手机都是我用私房钱买来送给他的,好不容易他要了,还说以后攒够钱还我……手机费他根本不要我给。"

性别为男的人,应该都不会好意思要的。

她想着想着,又要睡着了。

暖暖再次唤醒她,忽然说:"西西……后天你生日,你和我小叔单独过好不好?"

"啊?"她没懂。

"你好不容易来一次,不去亚丁可惜了,"暖暖自说自话,安排着,"我明天就装高原反应,好不好?你要帮我撒谎,说我一晚上都难受。"

"医生能检查出来吧?"虽然这位大小姐装病成精了都。

"他能检查出什么,"暖暖胸有成竹,"我就说我难受,他们不敢不送我回成都。"

"其实也不是全都没信号,有时候就有啊。"

"我要时时刻刻都有啊,西西——"暖暖真心相思成灾了。

"……那我陪你一起回去吧?"

"不要啊,你去过生日,我告诉你,那里特别特别美,"暖暖回忆小叔说的话,"雪山环抱,雪山下就是村庄,温暖如春,还有各种动物……"

"野羊、鹿,还有藏马鸡……"纪忆接话,"还有古寺。"

这些都是司机在车上说过的,说得她特别心痒。

结果她头一次战胜了自己的理智,真的就在第二天睡醒时,在暖暖成功蒙混过去,被单独送回成都时留了下来。

"你真的不回去?"季成阳用手摸着暖暖的额头,也不太能判断出她是不是真的开始有了高原反应,回头又去问纪忆。

坚持住,坚持住就能看到雪山、草原、红叶、溪流了……

纪忆看着他,轻轻地嗯了一声。

季成阳竟然就如此答应了。

他在继续行驶的汽车上,还在思索自己的决定是不是错的,毕竟是别人家的孩子,接下来又是海拔不断升高的路程,出了什么事实在不好交代……但看纪忆鼻子贴着窗,不停看窗外的惊喜表情,他忽然就释然了。

反正有随行的医生,总不会有太大麻烦。

路越来越难走,都是盘山的公路。

司机一边开着还一边说:"我听说那里在申请什么世界自然遗产呢,说不定十年后啊,这里就成名胜了,到时候路肯定会好很多。"

纪忆本以为会看到一直听说的藏族房子,季成阳却告诉她,今晚去的地方并非是稻城。纪忆这才想起来,暖暖说过,今晚会到他一个亲戚家。

听上去暖暖也不知道这个亲戚,那应该就是季成阳妈妈那边的人吧?

太阳快落山的时候,终于进了一个不大的小镇。

车沿着老街开进去,路是各种长条石板拼接而成的,有稍许颠簸,她隔着窗户看过来,红色的木门和墙,还有荡来荡去的灯笼。等车转过几个弯,已经开到了土路上,再开下去就是河沟和大片的杂草丛了。

最后停下来,司机问季成阳,是不是这里时,他竟然意外地没有立刻回答。

纪忆下车,跟着季成阳先走进了院子的大门,脚刚迈进去,忽然就有"汪汪汪"的犬吠。天啊……她看着面前特别高大的一只黑狗,腿顿时就软了。

季成阳一伸手,就把她护到了身后。

"小黑!"有个老婆婆的声音在制止那只狗,然后人就也掀开棉门帘子,走了出来。

老婆婆看到季成阳一行人，先是愣了愣神，再仔细去看季成阳，忽然就眼睛明显睁大了，甚至还能看到她眼角有泪要涌出来……"阳阳，是阳阳吗……"

季成阳应了一声，叫了声"姨婆"。

姨婆腿脚有些不利索，但还是快着步子走过来，不断去看季成阳，在几句激动的追问后，终于视线落在了纪忆身上："这是……他们家的孩子？"

"不是。"季成阳否认。

姨婆摸摸纪忆的脸，她很听话，没有躲。

其实她刚才想过，是不是该有别的称呼，毕竟自己是要叫季成阳小叔的……可是小叔的姨婆应该叫什么呢，她真的不知道。

于是就小声，跟着季成阳也叫了声姨婆。

"这是季家给你找的小媳妇？"

虽然姨婆说的话口音很怪，但她还是听懂这句了，瞬间就蒙了。

季成阳也是一怔，忽然就笑了："不是，这是别人家的孩子。"

姨婆疑惑，那怎么跟着叫我姨婆呢？

不过她也没有追问，忙将一行人都让到了屋子里。开车的司机和兵都是四川人，聊了两句就熟悉了，季成阳似乎是听得懂他们的方言，但也不太会说，就在一旁烤火。

后来晚上就来了很多的人，季成阳怕她不习惯，就让她在里屋坐着看电视。

没有多少台，纪忆调了会儿遥控器就觉得没意思了，索性把书包里的卷子都拿出来，铺满了床，季成阳到快要睡觉时候走进来，就看着她在黄色的灯光下，握着笔，牙齿还咬着透明的笔帽，似乎被题难倒了。

还不到一米五的身高，又瘦，缩着趴在卷子堆里，只是一小团。

影子更是细小。

"不会了？"他走到她的身边坐下来。

"嗯。"她有些期盼地把卷子推给他，指了指一个题目。

他看了眼题目，声音平淡地说："$y \leq 0$ 或 $y \geq 4$。"

"……没有解题步骤，是零分。"

"为什么？"季成阳接过她的笔，在她的草稿本上开始写解题步骤。

写得很潦草，只大概把能想到的写出来。

"不知道……我以前就因为没有步骤拿过零分，答案对也没有用，"纪忆也很苦闷，看着他写的东西，大概懂了意思，可是还要自己去添加很多，"跳过步骤……也会扣分。"

季成阳顿了顿，又好脾气地重新写了一遍，详细了许多。

"还要写……很多文字，不光是公式……"

"比如？"他是真的忘记了高中时代需要怎么去解题。

"比如，"她认真告诉他，"最后这句，你不能写'C 纵取值 $y \leq 0$ 或 $y \geq 4$'，要写'C 的纵坐标取值范围是……$y \leq 0$ 或 $y \geq 4$'。"

……

他终于无奈地微微笑起来："是不是我到你们班，也会被老师叫走罚站？"

"……估计是。"纪忆实话实说。

她等了他一晚上，都没好意思问他厕所在哪里，这时候聊了半天，终于觉得自己必须去厕所了，才特别不好意思地问他："你知道……姨婆家的厕所在哪里吗？"

季成阳又是一怔，想起她自从到了这里都没去厕所……

估计小孩子忍坏了吧？

他有些内疚，带着她走出去。水泥台上空有一根绳子，上边悬着一个黄色灯泡，照亮了大半院子，狗也被拴了起来，应该没什么问题了。他指了指院子角落的砖墙小屋："快去吧，我在这里等你。"

那里啊？

纪忆走过去，灯光越来越暗，她顺着小路走到砖墙前，已经暗得只剩下月光。

里边黑漆漆的，没有门。

好可怕。

可是季成阳在身后看着自己呢。

纪忆终于在巨大的"我不能添麻烦我不能丢人"的信念下走了进去，真的是农村的老式厕所，她匆匆跑入，又匆匆跑出来，竟然发现连院子里的灯光都没有了，而且院子里没有任何人影了。就这么一眼，手脚都凉了。

季成阳呢？

小季叔叔呢……

太可怕了，怎么和鬼片一样，老旧的院子，还有狗轻吠的声音。

没有人，一个都没有。

"西西？"有声音在大门口叫她，人影走过来。

纪忆猛转过身发现是他，立刻就扑上去，紧紧抱住他的腰，把脸深深埋在他黑色的羊绒衫上，吓得手脚都软了："你去哪儿了……"

第四章 你在我身边

她这一瞬间，只觉得他是真实的，可以依靠的。

对黑暗的恐惧都一扫而空，只有他身上特有的淡淡的香混杂烟的味道。

她感觉他蹲了下来。

他用手臂抱了抱纪忆，然后放开，低声说："抱歉西西，我出去抽烟了。"

"没关系……"纪忆被他的一双眼睛看着，忽然就觉得比黑暗还要可怕，立刻低头，退了两步，硬着头皮走回到屋子里。自始至终，都没敢回头看他。

后来姨婆知道她被吓到了，才愧疚说自己是看着季成阳出了大门，想要省电，就关掉了水泥台上照亮的灯。姨婆说着，还去摸纪忆的头发："大姑娘啦，怎么还怕黑？"

纪忆特别不好意思，脱了鞋，上床和姨婆睡在了一起。

随车的司机被安排睡在了邻居家，只有季成阳带着纪忆住在姨婆这里，三个人睡的一个房间，纪忆和姨婆睡在床上。而季成阳就盖着层棉被，睡在长形的老旧木板沙发上。

他离火炉近，半夜她迷糊醒来，看到姨婆打开灯，去给他披好被角。

纪忆坐起来，疑惑地看姨婆。

姨婆笑笑，轻声说："怕被子烧到火。"

她轻颔首。

姨婆随手把季成阳的羽绒服拎走，又拿了针线盒。

"干活，刮破的。"姨婆知道她不太听得懂，尽量说得简单。纪忆去看他的羽绒服，果然在左边口袋下，被刮开了一个口子。还好羽绒服里边还有一层，只不过这么破着也实在难看。姨婆对着灯，屡次穿针都费劲。

"我帮你吧，姨婆。"纪忆小声说。

"好娃。"姨婆笑眯眯，把银色的针和黑色的线都交给她。

甚至到最后，开始教她如何缝口子。

于是，那晚季成阳半夜醒来，睁开眼却发现灯是开着的。他用右手臂挡在眼上，适应着灯光去看床上的两个人，本是想问问纪忆需不需要再去厕所，却看到小姑娘拿着自己的羽绒服，在认认真真地缝着……

很多年后，他在震耳欲聋的炮火中，躺在混杂鲜血的土地上，面对死亡召唤的时候，看到的并非是天使或恶魔，而是2000年冬天的这个夜晚。这个深冬，纪忆在小山镇里，在这个只能靠火炉取暖的房间里，是如何在昏黄的灯光下，一针一线缝着自己的衣服。

那是……

他的小姑娘，和他的祖国。

第二天快要离开时，姨婆家来了一个叫阿亮的男孩子。

男孩子有些腼腆，看起来比纪忆大两三岁的样子。

那个男孩子是慕名而来的，他低声和季成阳说了几句话，他说，他想离开这里，而且不只自己离开，还要带着镇上的人一起在外面过体面的生活。姨婆笑了，来给季成阳送行的镇长也笑了，杵着男孩子的额头，说小孩子脑子笨、成绩不好就算了，还喜欢做大梦。镇长还说，以后多赚钱娶媳妇才是要紧的。

这个镇有3000多人，已经算是当地大镇。

3000多人，还不及附中那个小小校园里的人数。

知识改变命运，可没有知识……

纪忆伸手在炉子上烤火，想不到，这个小哥哥除了打工，还能怎么走出去。

可是只凭着打工……真的能达成愿望吗？

季成阳伸出手，把小男孩拉到自己身前，非常清晰地告诉他："敢于背负自己理想的人，才能有机会成为别人理想中的人。"

男孩子听着这句话，眼睛亮亮的，可过了会儿又有些羞愧："……我只想能改变自己，改变身边兄弟的命运，想多赚钱，想过比别人好的生活。"

他笑，毫不吝啬地鼓励男孩子："这没有错。"

她想着他的话。

等到两个人上车了，才轻声问他："为什么，你不让他的理想更伟大呢？"

这才是他们从小受的标准教育。

043

她看着车旁来送行的姨婆、镇长和阿亮，竟然有些舍不得教自己用针线的姨婆。

他也看着窗外，却在回答她的问题："你不能要求一个饿着肚子的人，去无私奉献，对吗？不是只有拯救世界才能被叫作'理想'。"

她思考着，轻轻嗯了声。

忽然就看见他用手指随手摸了摸左边口袋下，那是她昨夜刚缝好的破洞。她有些不好意思："姨婆说，打了补丁就不好看了，你这么好的衣裳，就先缝好，免得口子开得更大。等回北京了，再找专业裁缝弄。"

车开着开着就下了雪，路上能相遇的车特别少。

或许真如同司机所说，这里还不是风景区，所以都是特别喜欢探索的青年才会来。开到一半，就碰到了抛锚的人，司机很好心，下车帮着他们紧急处理。那辆车上的三个大男孩凑过来，和季成阳聊天。

可是……其实季成阳不太理他们。

等听到司机叫季成阳的名字，告诉他，差不多可以离开的时候，三个大男孩之一忽然就惊讶了，非常兴奋地手扶着车窗，探头进来："你是季成阳？东城的季成阳？我是罗子浩啊，是王浩然的表弟，刚拿了宾夕法尼亚大学录取通知，是你准师弟。"

季成阳略微沉吟："我好像听王浩然说起过。"

……

纪忆听得想笑，低头抿着嘴唇笑了会儿。

那个叫罗子浩的男人，似乎很崇拜季成阳的样子，和他又攀谈了很久。因为罗子浩三个人已经是返程，所以还特别热情地约在日后，北京小聚……纪忆听着看着，忽然体会到了暖暖的那种崇拜。

暖暖爸爸曾随口说过，每个朋友圈都会有个灵魂人物，只有这样的人存在，才能保持那个朋友圈不散。她只当是听听，可是此时此刻，此地，看到另外一个大哥哥如何崇拜地和他攀谈，甚至另外两个也是那种很仰慕的神情，她忽然就懂了。

小季叔叔……应该就是那个所谓的灵魂人物。

那几个人的车终于临时修好，应该勉强能开到下一个城镇。

季成阳在他们告别时，才想起什么，随口问了句："我记得，你们那个圈子，有个叫顾平生的。"罗子浩立刻笑了："我好兄弟。"

季成阳似乎笑了，在司机准备开车时，扔了盒烟给罗子浩："华人都是精英，不要丢人。"

车开动了。

罗子浩竟然被这句话触动了，也从兜里摸出一盒烟，从窗口扔进来："一路顺风！"

车开始加速，继续沿着盘山的路开上去。

云雾缭绕，美极了。

而那几个偶遇的人，也在转弯后，再也看不到了。

纪忆看着他从那个烟盒里抽出一根，凑在手边，用打火机点燃。然后，在晨光里，缓缓对着窗外吐出了一口烟雾。

风很大，竟然没一会儿就飘雪了。

她有些冷，把羽绒服的拉链拉上，下一秒，季成阳就替她把羽绒服的帽子也戴上了："冷？"她点头："有一点儿。"

"下午就能看到雪山了。"他告诉她。

雪山。

她马上就有了期盼。

午后，他们到了落脚地，却感觉到天气转暖。

当司机说想要继续往深处走时，当地招待的人已经有些担忧，劝说很危险，去亚丁村的路况很差，难行车。"去年还有两个年轻人，就……"招待的人，低声和司机念叨着。可是路程已经不远了，难道就如此放弃？

"有的地方，在没成为景区的时候去看看，也不错。"季成阳最后还是决定带她去。

季成阳抱着纪忆，骑着马，当作脚力，往山里去。

只是人和马踏出来的一条土路，在树林深处，绵延而入，甚至还会路过悬崖。

她靠着季成阳，不太敢看悬崖外的风景，整张脸和头都被围巾围着，就露出一双眼睛，听向导絮絮叨叨地说着。等真看到雪山，已经惊呆了。五彩斑斓的树木群，浓郁的红、黄色，点缀在大片的绿色中，而极目远望，就是皑皑雪山……

几乎算是没有人。

四周除了他们这一行，就只有远处另外一支队伍。

他们停在草原上，竟然看见了彩虹。

这和城市里的彩虹不同，横跨天际，非常美。

纪忆想起，他曾安慰自己，用水杯在桌上摆出来的彩虹。而现在，她跟着他看到真正壮阔的彩虹。她忍不住拉下围巾，呼吸着这里的空气："好漂亮。"

"嗯，"他笑，"很漂亮。"

在这里，只有天地，能忘掉很多烦恼。

纪忆晚上回到接待点，仍旧很兴奋，可是也终于感觉到了不舒服。随行的医生忙给她检查，又拿出了简易的氧气罐，教她如何吸氧。

纪忆把氧气罩放在口鼻上，听话地学习着，偶尔去偷看一眼篝火边的季成阳。

因为火光的照耀，他身上的光影不断变换着，将身影拖得很长，显得整个人更加高瘦了。他五官很立体，如此被火照着的侧面，真是好看。

尤其是黑色短发下的那一双眼睛。

比这高原上的星星还美，如同画出来的一样。

忽然有个藏族小孩子跑过来，在她面前停下，看她的吸氧罩。她对着小孩眨眨眼睛，隔着氧气罩，用模糊不清的声音说："你好。"小孩咧嘴一笑，又跑了。

真可爱。她笑起来，继续低头，吸氧。

因为高原反应，嘴唇也觉得很干。

千万要快点好啊，要不然……下次他该不带自己出来玩了。

下次？她想到这个词，忽然就深吸了一口气，反倒因为纯氧吸得太深，有些难过。

"西西，"她眼前出现了他的登山鞋，抬头看，他已经半蹲下来，"生日快乐。"

……玩得太开心，都忘记是生日了。

她拿下透明的罩子，不太有力气地说："谢谢……小季叔叔。"

"不想叫叔叔也没关系。"他笑，显然看出她不太想这么叫自己。

他把热的酥油茶递给她，说是对高原反应有治愈的效果，自己却喝着手里的酒。纪忆好奇看他手里的白酒，他仿佛是懂了："这是蜂蜜青稞酒。"

她好奇。

他抿起唇角，笑了："这个你不能喝。"

回程的路上，她显然已经恢复正常。

来时要绕很多的路，去探望姨婆，用了三天多的时间，回去时就好很多，差不多一天半的时间，就快到成都了。回程时，她大半时间都是在车上靠着窗睡觉，有时候醒过来，好奇看看季成阳在干什么，然后又继续看会儿风景，再睡。

旅途中的梦，都是支离破碎的，一会儿是被老师数落，一会儿又是乐队彩排，场景变幻着，眼前就出现了那天他在彩排大厅的角落里，弹着钢琴，手指起落，行云流水……

忽然一阵震荡，她觉得自己像是飞了起来。

然后就被痛意惊醒了，睁开眼睛，模糊间，竟然只看到黑色衬衫领口，周身都被紧搂在季成阳两只手臂中，她整个身体都被他环抱着，保护住。

她下意识动，他说："西西，别急着动。"说完，看了前面一眼后，才慢慢松开手臂。然后，很迅速地检查她有没有哪里被弄伤。

"嘴破了？"他低声问她，用食指去擦她的嘴唇。

本来声音就偏冷，所以他刻意温柔以后，总能让人感觉有那么一丝阴柔。

就是这种声音，才能把人从恐惧焦躁中，拽出来。

"嗯。"她心怦怦跳着，不知道发生什么事，也舔嘴唇，可能……是咬破的吧？

在短暂的混乱后，她终于看到了这辆车的惨况。

司机竟然在还有两个小时就进成都时，打了瞌睡，整辆车头都钻到了前面的大货车下。临时打了方向盘，保住了开车的司机，整个副驾驶座的车顶都被刮开了，玻璃碎裂。她看到的一瞬，被吓坏了，司机脸上在往下流血……后来才知道，是被飞溅的玻璃割伤的。

幸好，季成阳没有坐在那里。

他去的时候都是坐那里，只有这半天为了陪她，坐在了后边。

非常快速地处理解决，没有任何纠缠，季成阳第一时间就叫来了车，带司机和纪忆去医院包扎、检查。季成阳坚持让医生给她检查，确认没有任何问题，才带着她回了家。

暖暖妈妈在书房担心得团团转，看到她，才算是松口气。

"西西，"暖暖妈妈非常内疚，仔细看她，问季成阳，"都彻底检查过了？"

季成阳点头。

纪忆反倒觉得是自己给别人添了麻烦。

在离开书房前，想了想，又和他们说："别告诉暖暖了。"

季成阳和暖暖妈妈看她。她不太好意思地说："怕她会害怕。"

她和暖暖的友谊，就是如此。纪忆会内疚自己给暖暖添了麻烦，暖暖也会内疚是自己提前离开，单独把她留下面对了危险……

纪忆离开，季成阳想着她刚才的话，欲言又止。

"想问西西为什么这么懂事？"暖暖妈妈猜到他的想法，"说起来有些复杂。她爸妈是上山下乡那一批人，她妈为了回城和她爸结婚的，没什么感情，本以为后来会散了，不知怎么就有了西西，生下来了。"

"嗯，然后呢？"

"管生不管养呗，"暖暖妈妈叹气，"就让爷爷抱回来了。问题是，西西她爸是他们家唯一不穿军装的，和她爷爷的父子关系非常差。据说，西西她爷爷也只是尽道义，把她培养出来，上心照顾是不可能了。"

他不知怎么，想起来她算计着自己该如何吃药，那种消炎药，就这么随便，一把把往嘴巴里塞，只为让病好不再难受。

暖暖妈妈是个多愁善感的人，提起这些，眼圈都有些红："你和她接触得少，这孩子真特别懂事。那时候没住楼房，她四五岁的时候，就自己在小院里，摇着扇子给自己煮中药了，拿着手表看时间，好了就端下来倒出来，然后晾凉了自己喝，"暖暖妈妈苦笑，"我还见过她用剪刀剪自己的卷子，还有发表在报纸上的文章，然后把那些100分啊，还有文章，都贴在本子上，送给她妈做生日礼物。"

季成阳听着，只觉得心里酸，随手去摸烟盒，发现扔在了医院。

"我担心她到叛逆期会学坏，就问过她一次，生不生爸妈的气，她就和我说'阿姨，我已经特别幸福了。爷爷以前都是光着脚考上的大学，初中没学费了，还走一天一夜回家才能拿到学费'……哎，你说，要按这么算，咱们所有孩子还都比非洲的孩子幸福多了呢，可关键是，不能这么比啊……"

季成阳自始至终都没有发表任何言论。任何人的人生，旁观者都没有资格去评判，因为你永远无法了解她所有经历过的事，不论痛苦，还是幸福。

论物质，她比起大多数山区孩子幸福。

但是，她有一辈子都没法弥补的孤独感。而馈赠者，恰恰就是她所有的亲人。

纪忆浑浑噩噩地和暖暖聊天，两个人拿着扑克，竟然无聊地在玩"拉大车"。

司机那满脸血，还有完全刮开的副驾驶座上的车顶，碎裂的玻璃，都始终在她脑海里盘旋。虽然已经过去了，但是晚上回到季家，面对着暖暖的时候，仍旧有些魂不守舍，后知后觉地后怕着。

她忽然特别想给妈妈打一个电话，就借了暖暖的手机，跑到门外的小院儿里，靠在墙边拨了家里的电话，没有人接，拨妈妈手机，还是没有人接听。

她其实很少打妈妈电话，而且，每次打的时候都心里怦怦地乱跳。

好像特别期待电话接起来那一声"你好"，也很怕，听到这一声……

爸爸更加陌生一些，和她一年说的话也没有几句。

手机里始终是均匀绵长的嘟嘟声，不是占线，而是未接。她蹲下身子，在墙角，不停玩弄着小石子，忽然就听到声音："你好，请问哪位？"

温柔的声音，缓和了她的焦躁："妈。"

"西西？"有些意外。

"嗯……"

"在成都玩得开心吗？"妈妈和她说话，永远像是平等的地位，像是……大人对着大人的。

"嗯……"她想说我今天遇到车祸了，特别可怕，连车顶都被刮开了，可是犹豫了半天，还是问，"妈，你什么时候回爷爷家看我……"

"过一段时间吧。"

她没吭声，然后过了会儿才说："我给你带成都小吃，你不是喜欢吃辣的吗……暖暖妈妈说……"眼泪已经不自觉就往下掉，她蹲在那里小声说，"暖暖妈妈说，这里的东西都很辣，特别好吃。"

"好。"

"那我不说了，再见。"

"再见。"

电话挂断了。

她一只手攥着手机，另外一只手使劲去抠着墙上的红砖。砖因为时间长了，一抠就能落下一片片碎屑。等到把眼泪憋回去了，才回到房间，把手机还给暖暖。暖暖拿过手机就乐了："你怎么满手都脏的啊，多大了啊，快去洗澡吧。"

她心情低落，也没多说，拿了衣服就去洗澡了。

洗澡出来穿着睡衣，却发现暖暖坐在椅子上看网页，没有和班长聊天，看起来不太高兴。纪忆问她怎么了，暖暖哼了声："说不能一直这么发短信，手机又要没钱了，让我早点儿睡觉。他们家又没有网，让我晚上怎么过啊。"

她噢了声，想起刚才的电话，鼻子还是酸酸的。

"纪忆，我们喝酒吧，"暖暖忽然低声说，"我要借酒消愁。"

她沉默了会儿，点头。

于是暖暖就非常快速地跑出屋子，竟然找出了今天下午刚被人送来的青稞酒。暖暖抱着酒瓶子，介绍说这是"绝对和米酒一样的度数，完全醉不倒人的酒……"于是两个人就坐在屋子里放心大胆地喝了。

具体怎么睡着的，竟然一点儿意识都没有了。

第二天爬起来，两个人已经被换了一身衣服，塞到了被子里。

……

纪忆忽然就不好意思了，昨晚是怎么了，这是在别人家做客啊，暖暖也脸色大变："完了，一定是我妈来了，纪忆，你还记得吗？"

她摇头，毫无印象。

可是更诡异的是，这件事就再没有人追究过。暖暖妈妈竟然当作什么都没发生，只在饭桌上，若有似无地提点女孩子们不要多喝酒，以后出门了更不要喝，尤其是酒量这么小的。纪忆低头吃着饭菜，觉得脸都烧起来了。

到离开前一天，季成阳自己开车，带着纪忆和暖暖去随便逛逛。

纪忆和暖暖吃辣，吃得眼泪都被辣出来，她还不忘自己对妈妈说的话，指着冒菜问季成阳："这个小吃有没有真空包装的？"

他反问："很喜欢吃？想带回去？"

"嗯。"

"那就多吃些，带不回去。而且这个，应该在北京也能吃到。"

这样啊……

"那有什么是特别的特产呢？"纪忆非常认真地看他，"要特别辣的。"

"我一会儿带你们去买。"

结果他真的带她们去买特产，又吃了晚饭，等到上灯了，暖暖看路边频繁出现的茶楼、茶馆，觉得一定要去体会下别人的生活。

于是，他就挑了个安静地方，带着两个小姑娘……喝茶。

他点茶的时候，茶楼的服务生特别热情，是那种见到长得干净漂亮的男人所特有的热情。暖暖看得最兴奋，轻声和纪忆耳语："我以前和小叔出去，还有去美国看他，女生都对他这样。你觉得不，我小叔特别招人，他越疏远人吧，人家还越想着能和他说上一两句话，那种……特勾人的劲儿……"

纪忆摇头。

她没觉得他是疏远的……

暖暖翻了个白眼，继续抱着手机，毫无节制地发着短信。纪忆很少喝茶，抿了口自己的铁观音，就又去看他的龙井，甚至仔细看茶叶有什么不同。

她盯着他的杯子。

季成阳就看出了她的想法:"想尝尝?"

"嗯。"

他把自己杯子倒满,递给她。

她抿了口……其实也没什么太大差别。

她想起什么,凑过来,轻声问他:"昨晚……你知道我和暖暖喝醉的事情吗?"

他颔首。

"我们有没有做坏事?"这才是她担心的。

他略微沉默,然后就难得地笑了:"没有。"

她松了口气。

他看着她抽出一张餐巾纸,然后把嘴巴里吃进的一片茶叶,吐在纸上,然后才折好纸,扔到烟火缸里。

如果一个十几岁的女孩子第一次喝醉,就只抱着你哭,重复了几百句"妈妈我听话……"到嗓子都哭哑了也不肯睡觉……第二天却忘得一干二净。

那么,这个女孩的心里,究竟会有多深的一道伤?

连她自己也不敢碰。

第五章　我的小心思

季成阳做了驻外记者。

她只是偶尔，能从暖暖和暖暖妈妈口中零星听到一些他的事情。学校里没有电视，只有每周末回到爷爷家才有的看，她每次都盯着新闻，尤其国外发生大事时，一晚上都不会换台，就想听到连线，或者看到现场连线画面。

只有一次，她记得特别清楚，在12月中旬。

相隔一年后，她终于从电视里看到了季成阳。镜头里是深夜，狂风暴雨，季成阳穿着黑色的雨衣，站在一个遮蔽物中，帽子似乎是刚摘下来的，上半身，甚至连头发都在往下滴着水。

他在介绍身后的炸弹袭击后的现场："我相信，你和观众朋友们都已经和我一样，看到了我身后炸弹袭击后的建筑物……"

炸弹袭击？

纪忆听着有些慌慌的，跑到电视前，仔细看他，想看有什么受伤的地方。

其实只是上半身，真的看不清楚。

她盯着屏幕，没有太仔细听他说什么。

她忽然想到，这是她第一次在电视里看到身边的人，隔着一个屏幕，却在千山万水外的战地。她用手去摸了摸电视屏幕，碰到的瞬间，忽然就觉得不好意思，把手收了回来。

电视里，他做了结束语："……这个问题，我估计全世界正在关注巴以冲突的人都会想到，现在看来，哈马斯已经成为中东局势最大的变数。"

画面忽然就切换到主持人，开始换到阿根廷局势动荡的话题。

她那天看到他。

和一年前看到的又不同了。

她忽然就明白了暖暖形容季成阳"那种勾人的劲儿"是什么意思……他的眼睛之所以好看，是因为那双眼睛背后藏着很多的想法。他的微微而笑，低声笑，或是神采飞扬的笑，都和别人没什么关系。

好像……

他从不在乎别人如何看，不在乎别人定义的成功是什么。

在这个深夜，他在滂沱暴雨中，穿着沾满泥水的黑色雨衣，行过刚爆炸后的废墟……她关掉电视，到厨房，把新买的还没开封的咖啡从柜子里拿出来，仍旧严格按照他多年前的话冲泡好。低头，就着杯口，喝了一小口。

有暖意蔓延开，融入四肢。

五月，夏天就忽然来了。

班上甚至有人开始穿起了夏天的校服，有人趁着老师不在，还提早开了风扇。

最搞笑的是，由于没提前擦掉灰尘，电扇转起来的时候，满教室都是灰尘。

班长哭笑不得，去和老师申请，让大家提前半小时放学，自己则撸起袖子，带着几个班委开始清理教室了……纪忆把要做的卷子塞到书包里，脑子里仍在思考去年高考那道大题，已经被暖暖拉着走到门口。

班长正好直起腰，正对暖暖，眼睛里有些异样闪过。

"班长再见。"暖暖笑。

"嗯，再见，"班长回答得有些尴尬，可还不忘说，"别忘了回去写化学作业。"

"知道啦。"暖暖拉着纪忆，闪人。

因为是周五，校门口早就有了各种轿车来接，暖暖拉着纪忆坐上车："去新街口豁口，我小叔家。"纪忆愣了："你小叔？"暖暖乐了："是啊，他三天前就回来了，我一直没告诉你，就想给你惊喜呢，可憋坏我了。你不是最喜欢和他玩吗？别以为我不知道。"

……有那么明显吗？

可是车真开到小区门口了，暖暖竟然递给她一把钥匙，告诉了她地址后，挤眉弄眼地说："我去给我小叔买点儿好吃的，还有礼物什么的，你先上去吧。我刚才打电话没人接，他现在应该不在家，你就在屋子里待着，该吃吃该喝喝，别客气。他要一直没回来，就等我来了再和你吃晚饭。"

纪忆哭笑不得。

她完全明白暖暖想要干什么了，自从她交了一个外校的朋友，由于电话见面实在太频繁，就被她妈妈禁足了，所以今天说是带自己来看小叔，恐怕只是找了个借口，能出去。

要是真没人……

估计自己要饿到八九点，才能吃饭了。

不过，暖暖这种把小叔家钥匙扔给她一个外人的做法，真的好吗？

她敲了会儿门，没有人来开门。

终于用钥匙开了锁，推开门，走进了他的家。

这是……她第一次走进季成阳的家，据说这个房子绝大部分时间是空着的，因为他始终在国外。可是现在看着，却不觉得没有人气，应该经常有人来打扫吧？整个房子装修都是蓝灰色和白色的基调，客厅和阳台的那道门没有关，正好能看到夕阳西下。

她按照常识，从鞋柜里找到拖鞋，走进去。

却发现卧室门是半开着的。

透过门缝看了眼。

季成阳竟然就这么搂着一床蓝灰色的被子，微微蜷着身子沉睡着，而卧室的沙发上，盖着衣服熟睡的就是他那个叫王浩然的朋友。睡得这么沉，都没听到敲门吗？

纪忆站在门边，看着他。

她忽然就察觉，自己还穿着春秋的校服，蓝白色混杂的颜色，袖口还因为长，挽了起来，有些难看……如果换成夏天的黑白格子裙，会好看很多的。

在叫醒他，还是不叫醒之间，纪忆竟然鬼使神差地脱掉校服外衣，就穿着里边的白色短袖和蓝色校服长裤，悄悄走进房间。站在沙发和床之间，犹豫了会儿，就悄悄地趴上床的另一边，去仔细看他。

好久不见了，季成阳。

比起半年前在电视上看到的时候，他头发有些长了，软软地从额头上滑下来，遮住了紧闭的眼睛。他左眼角下，有小小的一个褐色浅痣，泪痣吗？太神奇了，竟然从来没发现过。她摸摸自己的左眼角，那里也有一颗泪痣。

赵小颖的妈妈特别喜欢研究这些，所以才会告诉纪忆。这个叫泪痣，有的人会经常哭。

她小时候是挺喜欢哭的，难道他也是？

而且他眼窝好深。她也是最近才知道，这叫欧式双眼皮……

纪忆如同发现新大陆一样，仔仔细细地观察着，他的耳垂特别漂亮，很薄，可是……这明明也是赵小颖妈妈口中无福的面相。她终于放弃观察五官，再往下看，他衬衫的领口开了三四颗纽扣，露出了锁骨，好瘦……竟然能看到这么清晰的锁骨。

有一根黑色的绳子从他脖子后，沿着锁骨坠下来，底端穿过一个银色的子弹头。

似乎有什么在心底藏了许久，慢慢发酵，竟就酿成了一个很隐秘的小心思。

很小的一个心思。

纪忆想要悄悄下床，季成阳忽然就伸展手臂，继续要去搂被子的时候，竟然钩住了她撑在他身边的右手臂……

她惊慌的一瞬，后者也忽然醒了。

他下意识松开抱着的薄被，靠着床坐起来。

"西西？"他有些意外，声音困顿而模糊。

纪忆觉得尴尬死了，想要跳下床，却手忙脚乱地向后跌了过去，幸好，王浩然及时伸出手，把她扶着站稳："瞧你把人家小姑娘吓的。"

完了，真心丢人了……

季成阳从床上下来，系上了两颗纽扣，不用问，很容易就猜到为什么纪忆会有这里的钥匙，也就没有多追问，像是习惯了把纪忆当作自己家里的一员，并不介意她忽然闯入。只是在洗手间洗脸时，问了句："暖暖呢？"

他说着，双手捧起一捧凉水，扑到脸上。

水从他的脸上落下来，他随意地用右手抹去了大部分，只余下少许，从下巴上一滴滴地落下来，落到他的衬衫领口……

"她……去给你买礼物了。"

连自己都不信的借口……显然对他不太有说服力。

季成阳低头看她，看了会儿，并没有戳破这个借口，反倒忽然说了一句毫不相干的话："西西这一年长高了不少。"

"是啊，"她松口气，"长了六公分，已经一米五五了。"

还是第一次有人关心她的身高问题。

不过还是要完全仰视他啊，他估计能有一米八七、一米八八的样子？

纪忆胡乱猜测着，等季成阳和王浩然似乎都从困顿的状态中清醒过来，很快就被问,晚饭想吃什么?"我吃什么都行,啊——"纪忆想起豁口那里有个回民小吃,可是话到嘴边,又咽下去了。

"想到吃什么了?"季成阳轻易识破,用食指从她的鼻尖刮过,"不用和我客气。"

轻柔的力量从鼻梁滑到鼻端,还有烟味。她有些耳根热起来。

"不是特别贵的,"纪忆不得不解释了,"就是想吃豁口那儿的回民小吃,鸡胗特别好吃。"

"西西,"王浩然忽然就笑了,"你可真好养活。"

于是那两个大男人,就真决定随便在新街口豁口的回民小吃店解决晚饭。从季成阳住的小区步行去那里,最多也就二十分钟。正是晚饭的时间,店里很热闹。

王浩然把三人的杂碎汤端过来,拿了筷子。

季成阳已经买了一盘子的小吃,放在桌上。

"季成阳,我怎么没发现,你哄小女孩特别有一套呢?"王浩然看着盘子上的东西,立刻就笑了,"你个怪叔叔该不会图谋不轨吧?"

季成阳似乎懒得说话,把整个盘子都推到纪忆面前。意思很简单,这都是买给她的。

一纸袋的油炸鸡胗、四串油炸羊肉串、两个糖耳朵、两个豌豆黄……这是打死都吃不完的量啊。纪忆低头,再看了一眼自己面前的杂碎汤:"我吃不完这么多。"

"听到了?西西说吃不完。"王浩然借机揶揄。

季成阳倒是连眼睛都懒得抬,把手里的陶瓷勺一搁。王浩然笑眯眯看他,本以为会来回嘴仗几句,却未料这位只是对面前已经拿着竹签,插起一块鸡胗的纪忆说:"好像忘了让他们放辣粉。"

"没关系。"

他起身,拿起那一纸袋鸡胗,又走到门口。看人多,就随便在另外的小吃窗口又添了两个驴打滚,拎了一瓶冰可乐,等到作料被重新撒过,才又回来。

王浩然轻扬眉,笑了声。

那意思是:说你胖你还喘,您大少爷还真想把人小姑娘当猪喂?

季成阳只当没看到,把吸管放到可乐的玻璃瓶里,告诉她:"慢慢吃,不着急。"

纪忆嗯了声，明显看到隔壁桌两个七八岁小男孩望着自己面前的吃的，用一种姐姐你真能吃的羡慕眼神，无比崇拜地看着自己……

她发现，季成阳面前的杂碎汤，一口没动过。

确切地说，他好像没吃什么东西，就吃了点儿烧饼和驴打滚。

离开的时候，王浩然也奇怪，还问他不是肉食动物吗？怎么跟巴勒斯坦军队一段时间，就彻底变了："尊重别人的宗教？他们全民吃素？"王浩然如此猜测。

"想知道吗？"他只是笑。

王浩然嗤地笑了："还卖关子？"

他的视线，落在护城河另一侧的积水潭桥，那里车来车往，灯火阑珊："如果让你亲眼看到火箭弹击中战车，十几个士兵在你面前烧成焦尸，或者……前几分钟和你介绍战况的指挥官，就在你面前被狙击手爆头，鲜血淋淋，或者——"

"打住，我懂了，换我也没食欲吃肉，"王浩然看了眼跟在两人身后，只有两步远的纪忆，"少儿不宜。"

他一笑，不再说了。

他比以前爱笑了。

纪忆继续做着他这一年变化的总结。

虽然听着很血腥，但她仍控制不住想听，想了解一切和他有关的事情。

她盯着王浩然的背影，在默默想，这个人不会今晚都住在季成阳家吧？幸好，这个念头刚才起来，王浩然就接了个紧急电话，撤了。

他似乎很喜欢纪忆，都一脚迈进出租车了，还不忘说："成阳，你把手机号给人家小姑娘，要不然找你多不方便。对了，还有我的啊，我的号也给西西——"

他一只手插着自己的裤子口袋，挥挥手，让王浩然赶紧走人。

他朋友走了。

剩了他们两个，从积水潭桥下走过，沿着护城河，一路走回去。

她本来就喜好安静，不太会聊天，在宿舍也是陪着人说话，好像别人说什么，她都能接话说两句，可真让她来活跃气氛就没戏了。所以此时此刻，现在，走在季成阳身边，她拼命想要找些话说，却徒劳无功。

她偷瞄他几次，终有一次，被他发现。

季成阳低头，慢条斯理地笑了："想和我说什么？"

她忽然有一些窘，脸颊很热，扭头就去看积水潭桥上的车海："我在想……开车好玩吗？"真是没话找话说。

"代步工具，很难用'好玩'或者'不好玩'来衡量。"季成阳倒是顺着说了下去。

她噢了声。

两个人走到楼下，季暖暖这位大小姐终于装模作样地拿出一个盒子，将一对泛着冷光的深蓝色袖扣递给季成阳："小叔，生日快乐，祝你越长越招人。"

生日？

纪忆彻底傻了，自己这个不速之客竟然连礼物都没准备，还让他的生日晚宴，陪自己去一个普通的回民小吃店解决了。

她如此内疚着，晚上躺在自己床上了，仍旧想，是不是要补一份生日礼物？可是他需要什么，自己根本就不清楚，第二天睡醒，大伯和老婆，两位叔叔和各自老婆都照例来溜达了一圈，反正住得也不远，连中午饭都没吃就走了。

纪忆从冰箱里拿出剩米饭，挖了两勺午餐肉，弄了两棵青菜，打了一个鸡蛋，给自己炒了一盆米饭，顺便在出锅前又撒了些葱末和香菜末。纪氏料理出锅，电影频道正好也开始放一个完整的片子。

她端着盘子走过去，看到非常似曾相识的一个画面，周星驰举着铜镜，正在看自己的猴子脸……她恍惚间，想起这是多年前看到那个电影的片尾……原来这就是《大话西游》第二部啊？她听了太多同学说，却始终没有在电视上见过。

当那些经典台词变为画面，她竟然发现，自己并没有被周星驰的那段"一万年"所震撼，反倒记住了紫霞仙子畅想自己爱人"我的意中人一定是个盖世英雄……"莫名就被触动，直到最后结尾，紫霞死的时候重复着这句话，纪忆再次被深深撼动，尤其是最后那句：

"我猜中了开头，却没有猜中结局……"

她看完，竟发现自己面前的炒饭凉了，却只动了几口，只得回锅又热了一遍。

一天过得很快，除了吃饭就是做题，快到晚上八点了，才算是搞定了所有周末作业。她在台灯下，收拾桌子的时候，忽然就想到了昨晚，护城河边的那一段很短的散步……

"西西，你电话。"

她跑到客厅，拿起听筒。

"作业写完了？"是季成阳的声音。

她愣了："季……"

"是我，"他再次确认，"写完了？"

"嗯。"她攥着听筒，轻呼吸着。

他说："那现在下楼吧，到旧车站来找我。"

电话就此挂断。

她忽然就乱了手脚。

本来晚上出去就没人会管她，很平常啊。可是被他这么一嘱咐，她倒是做贼心虚了，只想着他要自己下楼，还谁都不能看到，很快就拿出最喜欢的裙子和短袖换上，拿了钥匙，跑出了家门。

楼下有熟悉的叔叔阿姨，散步回来，她一路招呼而过，跑到早先的院内班车车站。因为换了新站，这里已经名存实亡了，不太有人经过。

季成阳那辆黑色的车就停在偏暗处，似乎是看到她了，打亮了车灯。

纪忆跑过去，气喘吁吁地按了按胸口，副驾驶座的车门就已经被打开了。车门打开的瞬间，她抬头看，看到他手搭在方向盘上，在看自己小喘着气……

她低头，努力告诫自己：千万不要脸红，千万不要啊，纪忆同学。

就如此上了车。

"我们去哪儿？"纪忆看着车开的方向，并非是院外。

"去野外练习场。"

"啊？"纪忆惊讶。

去那里做什么……那里晚上连灯都不会留几盏的啊。

训练场外是起伏的山坡和灌木，没什么实质的围墙。

季成阳直接开了进去。

车慢慢停在一个视野极度开阔的场地，在黑夜里看不到边界："来，看好。"

"嗯？"做什么呢？

"我来告诉你我是怎么开车的。"他言简意赅。

这一路的疑惑，终于解开了。

季成阳似乎特别有耐心，操作得很仔细，最后看她紧张，终于笑出来："这里没有人，没关系。"

何止没有人，还没有灯。

除了车灯，只有月光能照出远近的一些轮廓。

夜太深，四周安静得吓死人，如果不是他在身边坐着，恐怕自己早就吓破胆了。

可他似乎真的很了解她最怕的是什么，没有人围观审视，没有人评价对错，只有一个人负责给你准备好一切，哪怕她还有很久才能真正学习开车。

他轻踩踏板，然后忽然就点火："像这样。"
"还不要停吗？还不要转弯吗？"
车灯照着前路，再往远处就已经看不清。
她胆战心惊，他倒是不以为意："没关系，照现在的速度，还有十分钟才能开到尽头。"
五月的天气，她竟紧张得流了汗。
结果到尽头，他说了句"转弯"，停下了车。
季成阳笑："看懂了吗？"
说完就开了车门，下车在这尽头——大片的灌木前站着吹风。
她长长地呼出一口气，去看他的背影，黑色上衣和户外长裤，如此单一的颜色，将他整个人都融到了黑暗里。
风吹灌木丛，瑟瑟作响，他转身，她猛闭上眼装睡。很快就听到车门打开，季成阳问她："累了？"她结束伪装，慢慢睁开眼："有点儿困了。"

回去时，接近十点。车按照来时的路，开出练习场，一路沿着无人大路往回开。他想抽烟，就开了车窗，暖暖的夜风不断地吹进来，吹走她脸上的汗。她靠在那里，余光里能看见他手里的烟头上的星火。
他忽然开口："还有什么想做，一直没人陪你做的事？"
"想做的事情啊，让我想想……"她侧靠在座椅靠背上，看他的侧脸，"想到再告诉你吧。"
有人肯花时间陪她做任何想做的事，而这个人，自始至终只有一个。从十岁就帮她完成了正大光明坐在院儿里的电影院看一场属于自己的电影的愿望，到后来，在高原上，陪她看雪山。还有好多，为她挽救濒死的兔子，甚至为她用杯子造出一道彩虹……
因为得到的少，才弥足珍贵。

季成阳微笑，边开车，边把手臂搭在打开的车窗上，弹去了一截很长的烟灰。笔直的道路，仍旧没有任何的车和行人，只有两侧照明的路灯，如同没有尽头。其实她知道，这条路开到头，转过几个弯就是终点。

到那里，就要和他说晚安了。

到家楼下，刚好路灯就熄灭一半。

季成阳在两个路口外，看着她的身影消失在楼门口，终于把烟头扔到垃圾桶里。

他脑海里浮现出白天王浩然说的话："几年前看见西西，我就觉得每次见她，都特想宠着她，男人想宠女人的那种心情……"

季成阳想起了五六年前的另外一部电影。

她像里边的小演员，没有任何修饰，有着让人一眼便难忘却的小小面孔。同样的早熟，孤独，看似柔弱。只是那电影里的小角色孤冷反叛，而她，却有着让人温暖的温度。

期末考试前一个月，恰好就是民乐团的比赛。

纪忆不得不一边复习，一边排练。

其实这段时间，不光是民乐，舞蹈团、交响乐团、体育特长生都要参加各种比赛。不过大多数人都不太复习，附中特长生历来优秀，夺冠是家常便饭，都能拿到大学保送名额。

所以像纪忆这种刻苦学习的，在乐团里绝对是奇葩一样的存在。

她排练完，收拾好东西，想着继续回教室去自习。

忽然就有个师妹跑进来，神色怪异："纪忆，纪忆，校门口有人找你。"

校门口？

纪忆带着疑惑走出校门，看到校门口负责执勤的学生，都在交头接耳议论横在正门的四辆车。附中门口有车不奇怪，可开车的都是年轻男孩，还是四辆车一字排开，实在很难不让人注意。而且，这些人实在太有名，都出自最有名的那所工读学校。

能进工读的，大多是学校管制不了的未成年学生，或多或少有过一些失足经历，却又不够进劳教所那么严重。所以那里和附中，简直就是地狱和天堂的距离。

尤其在2001年，这种阵势的混混儿，还是不太常见的。

她认得，其中一辆车上是暖暖的男朋友肖俊，还有经常和他一起的兄弟付小宁。

"西西，"付小宁说话总是很温柔，半个脏字儿都不带，甚至比附中的一些差生显得文明，"找你没别的事儿，知道暖暖在哪儿吗？"

"西西，来，那里晒，过来这儿说话。"肖俊不太爱说话，对她倒是客气。

人来人往，躲着那几辆车的附中学生都纷纷回头，看她。

六月底，已经很热了，她站在日头下，这一瞬真是不知如何是好。不出去，这些人一直堵在校门口，出去的话……她根本不想迈出去一步。

"怎么了？"付小宁向着她走过来。

她本能想要退后，就忽然被一个人影挡在前面，竟然是闻讯赶来的班长。班长历来看不惯这些人："附中不许外校人进入的，这位……同学请帮忙，后退几步，给我们放学的学生让个路。"

付小宁轻笑，噢了声："我也没想进去，就是问西西点儿事儿。"

班长听他称呼纪忆小名，反倒困惑了，低声问她："你和他很熟？"

纪忆摇头，含糊说："我和他不熟。"

她难于启齿，尤其更难对班长说，这些人都和暖暖有关。

幸好，他们只想找到暖暖，也不想在她学校闹什么不愉快，就此作罢，付小宁只是最后瞥了纪忆一眼，若有所思地笑笑。

不知是谁，把这件事说给了年级组长听，纪忆被叫到办公室，被年级组长和班主任一起训了一晚上。大概意思是她早被寄予厚望，不要随便和校外人往来，尤其是这种混混儿，很容易惹出大事。

纪忆真是有苦说不出，含糊着，被批评了整个晚自习。

暖暖后来的解释是在吵架，所以手机关机了，她抱着纪忆不停求饶："好西西，我错了……我悄悄和你说，小叔说期末考试完，要带我们去游乐园，算我补偿你好不好？"

季成阳？她心飘荡了一下，忽然就软化了。

"你看，你笑了，"暖暖立刻轻松了，"不过你还真好哄，我们小学春游不就是去游乐园吗？这都多大了，竟然还要去……哎，别看我，别看我，我就是随口抱怨几句。"

她的确很期待，期待极了。

至于暖暖的那个校外朋友，她以为是一个插曲，却没预料到，这只是一个开始。

暑假如期而至。

期末考试成绩会在十天后公布，到时就会有一个全年级的排名。

然后所有人开始选择自己的命运，从文理开始，选择自己不同的人生路。

因为期盼已久，所以在期末考试第二天，季成阳就开车带她们去了石景山游乐园。北京的游乐园她最喜欢这里，就是因为那座格林童话里的城堡。每次来这里，她都能想起小时候看的那本繁体版的《格林童话》。

暖暖玩了一次激流勇进还不过瘾，自说自话又跑去排队。

纪忆远远看着她一边很有耐心地站在队尾，一边拿出手机，就明白她是想找个机会脱离季成阳的视线，好和男朋友电话聊天。

她坐在树荫下的长椅上，脱掉鞋子，把腿蜷起来，下巴垫在膝盖上看飞来飞去的过山车。

身边的季成阳，一只手搭着长椅的靠背，另外一只手拿着矿泉水在喝着。

她特别喜欢他今天的样子，只是穿着黑色短袖和运动中裤，清爽英俊得像个大学生。

也不对，他本来就是大学刚毕业不久。

"下个月去新西兰？"季成阳打开饮料，喝了口，有冰水沿着瓶身流下来，流过他的手臂。纪忆看着膝盖上的一道细小的阳光，这是从树叶的缝隙穿过来的："嗯，我们民乐团比赛拿了第一，去新西兰做交流，"她抬头问，"那里好玩吗？"

季成阳似乎回忆了一会儿："还不错，是个很值得去的地方。"

他说不错，那一定是非常不错的地方。

她继续把下巴放在膝盖上，看着过山车。

他察觉了："想去坐？"

"不敢坐，"她轻吐舌头，"可是又一直想坐，暖暖那个大恐高症，不愿意陪我去。"

真让她一个人去坐，她也不敢。

季成阳忽然探身，挡住了她眼前的视线，她疑惑，就看见他又坐直了身子，手里多了一个空瓶子。原来他是发现她的水喝完了："我去买水，你坐在这里等着，别乱走。"

……她很想说，自己长大了，完全没有被拐卖的危险。

他很快买回来，还拿着两张过山车的票。

她看暖暖那边绕了几圈的队伍，估摸着自己回来了她还在排着，就很兴奋地跟着季成阳去了。可是真坐上了过山车，看着保险杠降下来，扣在自己的肩膀上时，她忽然有些害怕了……"别怕，"季成阳安抚她，"我在这里呢。"

是啊，他就在自己身边，一个手臂的距离。

甚至只要动一动，就真的能碰上了。

她安慰着自己，感觉着过山车缓缓开动，然后一个震动后，就开始向着最高点慢慢开去。整个人都仰躺着，视线两侧除了天空，就只有他。

他挺直的鼻梁，还有眼睛……

他忽然碰了碰她的手臂，把手心面向她，纪忆立刻胆战心惊地把手放上去，紧紧握住他的三根手指，就在想说很害怕的瞬间，整个人都以飞的速度坠落了下去。

第一个高坡是最高的，也是最吓人的。

其实后来再如何翻转，她都没感觉了，因为整个人都吓得木掉了，只知道紧紧抓住他那几根手指，眼睛都不敢睁开，就听着呼呼的风声在耳边刮过。最后停下来都没有任何反应，直到保险杠又升起来，竟然听到后边的女孩子吓哭了……

她睁开眼睛，短暂的模糊视线里，只有他觉得有趣的笑。

季成阳看她呆呆坐在那里，再看看身后哭着的女孩子，终于伸出手臂，把她整个人从座椅上抱了出来，然后牵着她的手，从出口的台阶走下去。

到真正落地了，站在滚烫的水泥地上了，纪忆才觉得自己的腿是软的。

他们走在树荫和阳光的交界处，季成阳刚从烟盒里抖出一根烟，想要咬住。

纪忆忽然嘟囔了一句："我这辈子再也不坐过山车了……"

他听到这一句，终于忍不住大笑起来，惹来经过的两个女孩子回头，很羡慕地看着他们。

这是她第一次听到他真正愉快地笑出声，很好听。

也是同时，她发现自己仍旧攥着他的手，像小时候一样，攥得特别紧。

这趟过山车之旅，在吃晚饭时被暖暖狠狠嘲笑了一番。

暖暖嘲笑完她，忙对从服务员手里接过菜单的季成阳说："小叔，我不吃葱、姜、蒜、韭菜，不吃动物内脏，不吃带皮的肉和肥肉，还不吃——"

"西西呢？"季成阳有意打断。

"我随便，什么都可以。"她说。

"你没有不喜欢吃的？"

她想摇头，却被暖暖揭穿："她不吃鱼，这还是我观察出来的，她吃饭从来不夹鱼。"

其实……她真的随便。

不喜欢吃不夹就好，哪怕别人夹过来，吃几口也死不了人。

季成阳完全意料到了："女孩子不能太挑剔，但要学会适当挑剔，"他翻着菜单，清淡地说着，"你习惯强调自己的'不喜欢'，别人才会习惯去注意你，尊重你、爱护你，不过要记住，特别要求有一两个就足够了，太多要求只会让人反感。"

暖暖咬着筷子，眨眼睛："小叔，你第一次教育人欸。"

他眼皮都懒得抬："这是做人的艺术。你已经没救了，不需要教育。"

……

他随便点了几个菜，然后才问服务员："有没有什么特别推荐的汤？不要是鱼汤，我这里有人不吃鱼。"身边的服务生立刻绕开和鱼有关的，推荐了一道老火汤。

服务员开单离开。

季成阳这才拿了茶，润喉："以后出去吃饭，记得告诉陌生人，你不吃鱼。"

纪忆也咬着茶杯，嗯了声。

季成阳开车把她们送到楼下，准备走的时候，纪忆都下车了，又忽然回身，扒在车窗上仰头问他："你学的是什么专业？"

他笑："哲学博士，还没拿到学位，在休学。"

她不熟悉的专业，不熟悉的表达方式，原来大学也能休学吗？

一年后即将面对的大学生活，对她来说是神秘的，尤其前路已经有了这个天才一样的人存在。哲学……博士吗？

身后有人走过，叫她的名字。

竟然是二叔和二婶，她回头，叫了声，还想着继续去问他一些关于文理科的问题，毕竟十天后，她就要决定自己是读文还是读理了。

二婶却出乎意料地走近，笑着和季成阳寒暄："小季啊，真是好久不见了，听说你最近特别照顾我们西西，多谢你了。"

季成阳说："没什么，我从小就认识西西，已经习惯了。"

"是啊，西西不懂事，从小就喜欢跟着你这个叔叔到处玩，"二婶非常礼貌地打断他，"不过她现在是大姑娘了，也该学着避讳避讳了……"言下之意非常明白，一个快高三的大姑娘，天天跟着个非亲非故的年轻男人到处跑，终归不好。

暖暖听了有些不高兴。

他似乎微微愣怔,然后很快,客气地说了句什么。

纪忆竟然没有听清,她心乱如麻,怕季成阳会生气,就忙说再见,回了家。

她在自己房间塞上耳机,听英语听力题的时候,二婶进来,语重心长说了句:"大姑娘了,不要总是和别人的叔叔出去玩,乖。"

她没吭声,忽然就想起在那个小山镇,他和阿亮说的那句话。

"敢于背负自己理想的人,才能有机会成为别人理想中的人。"

他六岁开始学钢琴,比同龄人晚,九岁已经登台演出。小学跳级两次,念了四年,十六岁就读宾夕法尼亚大学,到现在……哲学在读博士,正在休学。

同时,也是一名战地记者。

如果说她有什么理想,那就是他。

第六章 惠灵顿的夜

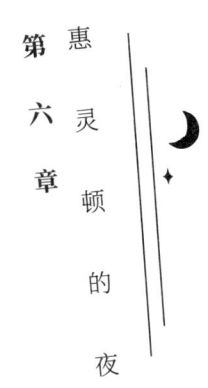

十天后,她交了文理分班的志愿:文科。

其实年级里高一结束已经分了班,只不过实验班的学生因为课程和别人不同,要在高二上学期就学完整个高中课程,所以会特别处理,在高二结束时才确认文理志愿。

整整一个班只有四个人选了文科,老师仍痛心疾首,劝服了两个。

"你别看你文科考试年级第二,我告诉你,纪忆,选文路子窄。学文,那是谁都可以学的,学理才有大出息啊,"班主任在办公室教育纪忆,气得直喝水,"你还有特长加分啊,太可惜了!你看班长,文科排名年级第一,不还是留在实验班?"

她坚持己见,下午就搬着东西进了新班级。

新班级的同学都已经相处了一年,早就熟悉,看着这么个从理科实验班空降的人,多少有些排斥。况且纪忆身在实验班,却考出了文科年级第二的成绩,实在让他们这些已经学文一年的人没什么脸面。

倒是新班主任乐坏了,终于把这个孩子争取过来了。

纪忆看到教室第四排的赵小颖也乐坏了,对小颖挤了挤眼睛。

一个月补课后,乐团的新西兰文化交流定了时间。

八月底离开,九月十日回来。

为此,所有老师都怨声载道,怕耽误学生学习的时间。不过这种活动,学校是基本没有什么发言权,因为同行的还有一些青年艺术家,是个很大的交流访问团。

临行前,她仍旧习惯性地拿出季成阳写的那张小字条,开始收拾东西。长大了再看这些,更会发现他的细心,真的是毫无遗漏的行李单。纪忆看到最后一行之前停下来,没敢再看那让人脸红的字,仔细折好字条,放回原处。

去机场这天,特别热。

纪忆行李托运后,就只剩下一个书包,快起飞前,她把书包放到行李箱里,忽然被同学扯了下裙子。她疑惑:"有东西要我帮你放?"

"那边那个帅哥在看你,盯着你好久了。"乐团的同学低声说,"眼神跟大灰狼似的。"

纪忆回头看,竟然看到了一个让她十分意外的人。

王浩然?

还有身边边探头看自己,边和他笑着说话的苏颜……

王浩然看到她回头,对她招手说:"起飞之后找你。"

她有些反应不过来,坐下来时,身边的同学还低声追问:"你真认识啊?我记得刚才老师说这架飞机上大部分都是交流团的,那个人不会也是吧?"

王浩然是做什么的,她还真不清楚,总共才见过几次。

后来飞机起飞,王浩然真的走过来了,她也终于知道他和苏颜都是这次去交流的青年艺术家。"你不知道?我和你小季叔叔认识,就是因为当初比赛,被他赢了,"王浩然微笑解释,"不过被他赢了也不丢人,可惜的是,他已经放弃钢琴了。"

王浩然是钢琴,而苏颜是小提琴。

纪忆忽然发现自己学的总是那么爱国,学舞蹈学的是民族舞,学乐器也学的是古筝……和季成阳还真没什么交集可言。

这次是乐团出行,节目也是团体的,并非什么独奏节目。

其实自从十岁时丢人地从舞台上跑下来,她就非常怕自己一个人登台了,有几次,就连校内和区里的小晚会,她都拒绝老师独奏的要求。就是如此,她每次上台前都要听歌来让自己不紧张,这次 CD 机里放的是《忽然之间》。

1999 年的一张专辑,第二年赵小颖买下来,送给她做了生日礼物。

她看着乐团同学在面前兴奋交谈,紧张跳脚,听着莫文蔚沙哑温情唱着歌,正在发呆,老师忽然出现,在她面前笑了:"怎么忘了给你涂口红了,这样子上台就太难看了。"

虽然交流演出并没有那么严谨,但还是要化妆的,尤其是舞台妆要比平时浓一些，她被老师擦了很重的口红，感觉很不舒服，表演完从舞台离开，就立刻换了校服，去洗手间洗脸。

小步跑到转弯处，临近的这个洗手间人满为患。

她仰头看提示牌，继续去寻找另外一个，就在转身上楼，刚迈上几级台阶的时候，猝不及防地被人拉住了手臂，她吓得叫了一声。

回头。

忽然，就觉得自己走入了幻境。

恰好就应了还盘旋在心中的那首歌的歌词："世界可以突然什么都没有……"只有一个季成阳。

"演出很成功，"他拉着她走下那几级台阶，弯腰，用手指去抹掉她嘴唇上的口红，"就是口红太浓了，你们老师选颜色的品位很差。"

他指腹被染红。

原来很难看啊？她被说得立刻就脸红了，可还是结结巴巴说不出话："你……怎么，新西兰……"

季成阳笑："我来看你演出，很意外？又不是第一次。"

当然非常意外，意外得快要吓死人了。

这可不是东城区的某个演出厅，这是惠灵顿啊……她忽然想到苏颜，他该不会是为了看苏颜的演出吧？应该不是吧？只是交流演出，又不是世界比赛……

他们站的这个位置，刚好就是一楼的转角。

没有人。

她看着他，脑子里闪过无数个问号，还有无数的兴奋、激动和惊喜。

他却发现自己只是抹去了她嘴唇上一部分的口红，如此对着她因为开心而更加亮的眼睛，还有那残留了一半口红的嘴唇，刚想抹去全部，却又迟疑了。

竟然不再坦然了。

因为小姑娘开始长大了吗？

他来，是因为他有这个条件来做这件事，六年前是在北京，现在是惠灵顿，上次要耗费半天的时间，而现在只是多花了几天时间而已。如果他想要旅游散心，为什么不选择这里，让她可以觉得，她被重视着。

"你……真的是为了陪我吗？"她声音有些发涩，却掩不住欢快和愉悦。

"真的，"他最终选择拿出一包纸巾，递给她，"正好想看看碧海蓝天。"

这样的城市，更容易忘记那些血腥画面。

她脸一瞬间就红了，根本藏不住，掩饰不了。

只能低头抽出一张纸巾，就这么猛低头，不停擦着嘴唇，用了很大力气去擦。

她还在低头继续和他不喜欢的口红奋斗着，已经有十几个人从楼上走下来，很自然地发现了季成阳，而且更让人意外的是，他们都认识他。这些和纪忆一起来交流演出的青年艺术家，竟然都和他相熟。

"季成阳，真是一百年不见了啊，我还记得四年级被你拿走冠军的时候呢，"有个男人搂着他的肩膀，笑着揶揄，"我媳妇儿至今钱包里放着的照片，都是我们五个人比赛后的合照，我心说呢，你简直是我夫妻二人的阶级敌人，一辈子的心头伤啊。"

后来在交谈中，她也大概猜到了原因。

在他那个年代，这些人肯定也是从小就参加市级、全国，或者是国外的比赛。本来七十年代就比她这八十年代的孩子条件更差一些，能从小学习这些的本来就少，能一起参加比赛的估计更少吧？这就是所谓的"竞争对手"变成好友？

纪忆在这些交谈甚欢的男女中，感觉自己成了最不协调的那一个。

尤其这些人也是刚表演完，都穿着非常正统的礼服裙和西装。

面前的十几个人，在飞机上就是整个团队的焦点所在，男人风度翩翩，女人气质夺目，谈笑自如，哪怕是现在，仍旧让人觉得仰慕和羡慕。

王浩然笑了："别逗了，你连我都比不上，就别在成阳这儿嘚瑟了。"他说完，立刻就看到了纪忆，马上就半蹲下身子，问她："怎么口红都擦掉了？刚才在台下看你弹古筝，特别美，像是国画里走出来的。"

纪忆从未被人用如此话语夸过，又是当着这么多揣着各种奖项的前辈面……

"谢谢。"她好像除了这个，真不知道说什么。

"欸？王浩然，我觉得你说话的味儿不对，"苏颜忽然凑过来，"在想什么不好的事儿吧？""说什么呢？我从来都是有一说一，"王浩然向来坦然，在众人都非常八卦地看着他们的时候，索性半是玩笑半是认真地说，"这是我未来的小女朋友。"

苏颜却知道他真有这种心思，笑着说："你终于肯坦白了？"

……身边几个人一愣,旋即大笑。

纪忆未预料,不管是玩笑还是什么,已经有些紧张。

她看季成阳正被刚才说话的男人揽住肩,在说着什么,似乎听到笑声了,看过来一眼。她和他对视,更慌了,说了句再见,就跑上了楼。

"你把你未来小女朋友吓走了,"有人嘲了句,"不对啊,这小女孩不是刚才和季成阳一起的吗?成阳,那个是你侄女?"

季成阳结束谈话,看着纪忆跑上楼的背影说:"朋友家的孩子。"

纪忆躲在二层楼的楼梯,看着他们走远。

朋友家的孩子……

其实他说的没有任何错误,自己对他来说,还是个孩子啊。她有些失望,看着那些如同有着光环的人,觉得自己想要走近他们都好困难。

晚上是会餐时间,附中带队来的老师看到季成阳也非常热情,不停给所有人介绍这位很有名的附中校友。纪忆拿着叉子,看着窗外大风下的树木,忽然发现他站在窗外抽烟……她找了个借口跑出去,他正熄灭了烟。

这里还真有点儿冷,她抱了抱手臂:"你怎么在这里抽烟……"

季成阳说:"室内禁烟。"

他看到她冷,就招招手,她走过去,这个角落正好是墙壁拐角,避风,也不会有人看到。

"这里昼夜温差很大,晚上多穿些,"他看她仰头看着自己累,索性就坐在了台阶上,让她坐在自己身边,"你们老师说后天是自由活动时间,想去哪儿?"

"他们说,这里挺小的?"她好奇问。

"嗯,"他说,"下次有机会可以去奥克兰,好吃的也多一些。"

下次……

她看着他,越发觉得这个普通的词很美好。

远处露天坐着的,正是他的那些老友,她看着他们如此开怀,忽然发出了感慨:"为什么你和你的朋友都这么优秀。"她从不觉得自己能有如此自信,在世界的任何一个国家,都如同在家里一样自信和自如。

"有吗?"季成阳反问。

"当然有。"她认真看他,他对她来说,简直就是一个神奇的存在。

他笑:"这世界上,有很多人活得很精彩。你要学会的,只是如何为自己推开那扇门，比如，"他略沉默，用更简单易懂的话告诉她，"世界上有那么多大学，每一所，每一年都会培养很多人才，哲学博士并不是什么稀有物种。有朝一日，你会发现季成阳也是一个普通人。"

不会的。

她无声否定着。

不是每个人都能说出这样的话，包括从实验班老师口中，她都从没听过这么普通而又充满诱惑力的话。他告诉她，有一扇门，等着你去用力推开。

而他，已经站在了门的另一侧，向你证明了他所说的这番话。

"还有他们，"他笑，看那些昔日的好友，"你是学古筝的，你知道练习的时候有多辛苦，那些人，没有一个不是小时候被打骂着学出来的，要有比一般人更强大的决心和恒心，日复一日，才能成为今天的他们。"

"你也是吗？"她问出了从几岁开始，就好奇的问题。

他为什么会比同龄人学得晚，却又有如此天赋。

"我？"他安静。

最后，也没回答这个问题。

风很大，他忽然问她："想不想去看海？"

当然想，可是后天才是自由活动时间……

"可以吗？"她小心问他。

"应该可以，"他把自己的外衣脱下来，递给她，"我和你们带队的老师非常熟。"

这话她倒是相信。

两个人就在大风里走着，一直走到海边，夜晚的海，望向远处都是墨色的。她站在沙滩上，光是看着，就觉得整颗心都随着海浪起伏着。

这是她第一次看到真正的海。

虽然飞机降落时就已经看到，但和现在不同。

此时，她和海是彼此面对着面。

她在看海，海也看着她，彼此观察，彼此相识。

纪忆很开心地跑近，再跑近，就想这么一直跑进海里去，却被他从身后叫了名字，她转过身，不知道他想和自己说什么。

月光下,季成阳走近她:"站在这里看看就好,不要下海。"

他的长袖上衣是披在纪忆身上的,此时就穿着短袖,在月色下,会看到手臂上侧有很明显的日晒印记。应该是在战地晒的吧?她猜测着,回头继续去看那片无边的水域,仍有些不甘心,但又犹豫着想,他说的话一定是对的。

就在一念间,忽然有浪卷过来,她突然被拦腰抱了起来。

水在下一秒扑过来,浸湿了他的鞋,她却没有碰到海水。

她下意识地搂住他的脖子,在他的脖颈后,用右手紧攥住了自己的左手腕。

怎么就离得这么近了呢。

那眉眼,就在眼前,总是能被头发遮挡住一些,心底涌起一阵冲动,想要伸手帮他拨开。可实在是太紧张了,只能继续紧紧攥着自己的手腕,装着坦然,装着什么都不想做。

"晚上的海水很冷,"他说话时,气息都能感觉到,"对你身体不好。"

他的眼睛总是那么漂亮,像雪山上的太阳一样夺目,让她不敢直视。

这次他回来,好像越来越经常戴眼镜了。在她的记忆里,如果他摘下那副金丝边的半框眼镜,会显得更加好看……

她鼓起勇气,第一次跟随自己的小心思,去认真看进他的眼睛里。

然后松开搂住他脖子的手,捏住他的眼镜架,替他摘了下来。

他笑了一声。

纪忆却看着他。果然,眼镜掩盖住了他脸的完整轮廓,像是刻意而为的面具。

这样,他才是最好看的。

她混乱地想着,忽然就想到,自己被他这么抱着,真像暖暖和朋友的那些亲密动作。

季成阳本来想开两句玩笑,忽然就停住,感觉到她胸前的柔软贴在自己身上,在随着她紧张的呼吸,剧烈起伏着。他有一瞬的停滞,退后两步,想把她放下来,却发现她又搂住了自己的脖子。

"我下午一直循环听一首歌,然后你就忽然出现了,特别巧,"她脸几乎都红透了,就这么不知不觉地说出自己心里想要说的,"是莫文蔚的《忽然之间》,歌词……写得特别好。"

你能听得懂吗?如果听过这首歌的都能听得懂吧?

你的智商这么高，这种暗示应该很简单吧……

就算时间都停摆，就算生命像尘埃……我们反而更相信爱。

这是她纪忆平生第一次的表白。她甚至在说这句话的时候，脑子里想到了很多人，甚至是暖暖，她不敢想象如果暖暖和暖暖妈妈听到自己说的这番话，会不会被吓死。她面对的，是自己最好朋友的叔叔，比喜欢上肖俊和付小宁那样的小混混儿还可怕。

她看着他的眼睛，不知不觉就提了一口气。

季成阳抱着她，又退后了一步，躲开不断涌上沙滩的海浪。

"这是为纪念中国台湾大地震所做的歌，"他忽然开了口，"面对天灾人祸，生命非常脆弱，忽然之间，天昏地暗，眼前的世界忽然消失，分崩离析……"

所以才要珍惜身边的感情。但是最后一句，他没有告诉她。

纪忆失落地看着他，十分意外这首歌曲的背景："这是公益歌曲？"

原来偏公益类的歌曲也可以描述细小琐碎的爱情，并不是每一首都那么大爱。

"算是，也不算是，"他说，"来，帮我把眼镜戴上，我们回去了。"

他应该真的没听懂吧？纪忆自我安慰着，小心帮他又戴上了那个"面具"。

季成阳终于把她放下来。

她回到酒店房间，同住的女孩子已经洗完澡，趴在床上给家里人打电话，看到她进来笑了笑，而且是非常诡异的那种笑："出去和谁玩了啊？"纪忆属于做贼心虚，又被刚才的事情弄得心神不宁，拿了衣服就跑进浴室。

头发吹得半干了走出来，室友已经穿戴整齐，非常兴奋地让她赶紧挑一条漂亮的裙子，说是今天一起交流的学生和青年艺术家，在酒店的酒吧里包场，想要有个轻松的真正人与人之间的交流。纪忆仍旧想着季成阳，不太上心地拿了条连衣裙穿上，她以为像是每次国内演出后的那种传统的庆功宴，由老师们说几句话活跃气氛，然后大家玩一会儿就算了。

没想到到了楼下，却是另一番景象。

昏黄温暖的灯光里，大多刚才认识的人，举着酒杯或者饮料，站着、坐着闲聊。

她坐在几个同学身边，尽职尽责地帮她们做小翻译，其实大部分时候大家交流都没有问题，只是偶尔聊得兴起了，词不达意，就会有人拉着纪忆的胳膊，低声问该怎么说。

一直有音乐，一直有人在弹钢琴，还有白天表演的人拉着小提琴。

她坐了会儿就觉得肚子有些难受，隐约有不好的预感。

"阳！"忽然有女人的声音叫出了这个音。

纪忆反射性抬头，看到几个男女非常兴奋地对着走入人群的人举杯，如此热烈的重逢，将所有人的注意力引向那里。是他，只有他。那些人看到他的神色，如同那年在环山公路上碰到的三个年轻男人一样，毫无差别。

如果是自己，一定会被这些热烈的眼神惯坏，理所当然骄傲。

纪忆身边的几个同学都艳羡低语："果然是我们附中的知名校友，那些人，应该都是以前他比赛的时候认识的吧？"纪忆晚上和他溜出去，并没有听到老师非常详细地介绍季成阳，所以也只是嗯了两声。

因为他的出现，纪忆给自己找了各种理由，又多待了一个小时。

时间渐晚，灯光和曲目也因深夜的到来，演变成了激烈的舞曲，如梦似幻，华丽奢靡。季成阳似乎不太喜欢被人拉进人群里跳舞，就坐在空着的座椅上，陪着这些昔日的知音好友。

太嘈杂的音乐，刺激着身体里流动的血液。

纪忆看了他好久好久，终于鬼使神差地避开自己的同学，走过去。她停步在季成阳背后，看着他搭在吧台边沿的那只手臂，视线一直移动到他正在随意敲打着节拍的手指。然后慢慢地伸手过去，用食指指尖，轻碰了碰他的手背。

季成阳回头。

这一秒，他看到的小女孩完全不同于过往，在如此激烈的舞曲里，她却穿着浅蓝色带着小蝴蝶领结的连衣裙，就这么站在那里，左手紧张地攥住右手的手背。

华丽细碎的灯光，让她的眼睛更加透亮，局促，忐忑，还有一些试图表露的期待。十几岁的年纪，她究竟懂不懂，自己期待的到底是什么？

这一刻，音乐竟如此恰当地过渡到了舒缓的调子。激烈的舞曲中插入恰当的转折，给那些刚才还贴面热舞的年轻人一个彼此凝视，无声靠近的机会。

这种时刻，四周的一切都悄无声息地暧昧起来。

"还不去睡？"

纪忆被惊醒，季成阳移开视线，看着舞池说："时间不早了，有话可以明天再说。"她忽然什么都说不出了，像是刚才在沙滩上一样，只得画蛇添足解释着："我正要回去，看见你进来，就想过来说声晚安。"

"我知道，"季成阳的声音有一种罕见的温柔，"快回去吧。"

纪忆心又沉下来："晚安。"

"晚安。"

为什么忽然想要孤注一掷告诉他自己的暗恋，然后呢？

如果他拒绝了该怎么办，如果……他没拒绝呢？她觉得心浮躁得都要炸开了，在又开始变得热烈的舞曲里，走出玻璃门，后知后觉地感觉到了裙子上的湿意。

完了。

她用手悄悄摸了摸，确认了自己的想法，有些无措地退后两步，临墙站着。

如果早些上楼就好了，现在怎么办，好多同学都在里边，找谁帮她去拿衣服？她打量着四周的环境，不停有三两个人进出这个门口，却没有自己的同学，那些不喜欢玩的早就回去睡觉了，喜欢玩的恐怕还在舞池里享受。

或者，她开始想，去洗手间洗干净裙子。

哪怕湿着半截裙子上楼，也会比这样好上一千倍。

千头万绪，这才理出了一点儿解决方法。

她刚要趁着四周暂时无人，跑进洗手间，就看到季成阳在此时走出来。他向电梯那里看了一眼，然后又看向了这里，好像就是在找她。纪忆怕他看到自己裙子上的红印，用一张快要哭出来的脸，紧张地笑着问："你是要出去抽烟吗？"

季成阳凝视她："怎么还没回去？"

"我在等同学，等他们一起回去。"她向后挪了一小步，蹩脚地解释自己没离开的原因。

他看着她怪异的动作，不太相信。

她眼神闪避，不断想要躲开他的视线。

终于，最后几个乐团同学也走出来，看到她和季成阳笑着招呼："你不是说你回去睡觉了吗？怎么还不走？要一起回去吗？"

"不用，我还想再玩会儿。"她根本不敢在他面前挪动一下，眼看着救星们离开。

季成阳听着她前后并不符逻辑的语言，再去仔细观察她的动作，躲避着自己,一只手轻扯着自己的裙子,他终于猜到了什么。于是不发一言,把衣服脱下,随手裹在她下半身,就如此打横把她抱起来。

"这里临海环山,我记得有个维多利亚山,在那里能看到整个惠灵顿的夜景,"季成阳走向电梯,到电梯口却没有停步,反倒用手肘顶开了一旁楼梯间的门,"离开之前可以找个晚上去看看。"估计是怕她尴尬,他开始说毫不相干的话。
"维多利亚山?"
他回答:"很美的地方,有部小说改编的电影,拍摄时在这里取过外景。"
"是什么?"
"The Lord of the Rings,"他说,"《魔戒》。"
"好看吗?"
"还没上映,应该明年能在北京看到。"
她默默记下来。
楼梯间竟然从头到尾都没有别人,很安静。
连他的脚步声都很清晰。
她其实并不关心什么小说,还有什么电影取景。整个惠灵顿对她来说,最完美的景色就在这里,这个只有他和自己的楼梯间。季成阳抱着她一边走楼梯,一边继续说着,都快成专职导游了。

纪忆悄无声息地搂住他的脖子。
既然他不介意,就这样装傻好了……

那晚他和她说起《魔戒》时,第一部还没全球上映,后来接连三部就如此成为难以超越的经典电影。一部英国小说在半个世纪后,由美国公司投资,在新西兰导演的故乡取外景拍摄,而上映时原作者却已离世了几十年,文学的生命力比人的生命持久多了。
就像《格林童话》,就像四大名著,就像……他说过的这部《魔戒》。
因为季成阳说过这部小说,她后来特地买来译本,甚至还通读了一遍原本,连原作者的生平经历都认真去了解了一遍,当她发现托尔金也攻读过哲学,立刻就联想到了季成阳。
最初的那种喜欢,和占有没有任何关系。喜欢上一个优秀的人,诱惑力是无法想象的,想读他读过的书,走他走过的路,吃他吃过的东西。
想成为和他一样的人。

第七章

Shape of My Heart

她还以为他说维多利亚山的时候，是真的想带自己去看，结果却在意料之外。

第二天季成阳就离开了，去了美国。

他应该是为自己的博士生涯做一个完美告别了吧？

离开新西兰前，同学在买纪念品时还念叨着，就要离开这个世界上最早看到日出的国家了，真舍不得……纪忆想起那晚在楼梯间，季成阳边抱着自己边闲聊时，说到过这个概念，还开玩笑说："好像，很多地方的人都喜欢说自己是最早看到日出的。"

飞机在晚上十点多抵达首都机场，带队老师开始清点人数，严格要求每个人必须跟着学校班车，到学校再解散："任何人都不能提前离队，知道了吗？"老师最后重申。

"老师，我们知道了啊！"大家此起彼伏答应着。

纪忆看到王浩然在远处，和自己招手告别，就礼貌性地摆了摆手。

身边有香港人，在聊着什么，似乎是碰到了令人恐惧的大事情。

她随便听了两耳朵，立刻就认真听起来，总结起来就是凤凰卫视刚转播纽约什么大厦被飞机撞了……纪忆听到纽约，忽然紧张起来，想要再认真听，那些人就走远了。

她的心怦怦跳着，在一瞬间只想到"季成阳"三个字。

"老师，我马上就回来。"她把自己的行李箱塞到同学手里，立刻就向着王浩然离开的那个出口跑去，边跑还边拼命祈祷，千万不要走啊，只有你才有季成阳在美国的联系方式，我根本不知道怎么找他。她冲出自动玻璃门，在人来人往中凭着自己的直觉，往出租车那里找，幸好，真的看到王浩然和身边朋友站在一边，好像在等车来接。

她冲过去，一把抓住王浩然的胳膊："季成阳在美国的电话有吗？能帮我打吗？"

王浩然愣了："怎么？出什么事儿了？"

"我也不知道，"她声音发抖，"就是听到美国有飞机撞了大楼……"

"飞机撞了大楼？美国？"王浩然觉得这种话真的太不可思议了，"不会吧？"可是看纪忆眼睛都红了，他也知道她是真着急："是哪里被撞了？"

"纽约。"她真的声音都开始抖了。

"西西，你别急，他不在纽约，在费城。"

王浩然开始翻季成阳在美国的电话。

很快，拨通了递给她："这是他住的地方的电话，接通了，你就说找 Yang，我问问别人怎么回事。"王浩然转身去问身边的几个人，是不是真发生了这么离奇的事。

纪忆拿着手机，等待着，每一秒都像有一个世纪那么长。

电话终于被接通："Hello。"

"Hello，"纪忆觉得说话的就是他，可是还是不敢确认，"May I…"

"西西？"他意外。

她的心终于落回了原位，咬着嘴唇让自己恢复平静，可是声音仍旧不太正常："是我，我听到纽约有飞机撞了大楼……怕你在飞机上，也怕，你在楼里，怕你……"

"我在家，"他简单直接地告诉她，自己很安全，"很安全。"

"……你不要到处乱跑，"纪忆说完前半句，忽然觉得自己的话特别傻，但还是忍不住继续说下去，"尤其不要去纽约，万一还有什么事情呢。"

"好。"他竟然答应了她这种小大人一样的叮嘱。

他说话的时候，背景音就是现场直播，是那场9·11灾难的现场直播。她大概能听到几句，气氛实在凝重，就没继续凝神听。知道他是安全的以后，她忽然没什么话说了。

最后电话还给了王浩然，王浩然知道季成阳没什么危险后，更多的是追问他那场恐怖袭击的情况。她听了会儿，看到同行的同学已经从玻璃门跑出来，似乎急着喊她回去归队，忙拍了拍王浩然的胳膊："我走了，谢谢你。"

"要回家了？"王浩然问她。

电话那边的季成阳听到这句，和王浩然说了句什么，电话又交给了她。

纪忆有些诧异，不知道他会和自己说什么，拿着手机，没吭声。

"我过两个月就会回北京，"季成阳对她说，"大概入冬的时候。"

"我能给你打电话吗？"

他笑："不太方便，我经常不在家。"

纪忆失落起来。

面前刚好有两辆车开过，速度有些快，还有些近。王浩然忙把她往后拉过去，她却有些心不在焉，竟然没在意……只是想，他不喜欢自己给他打电话。

"我会给你打电话。"他的声音告诉她。

纪忆刚才落到万丈深渊的心，马上就轻飘飘地飞上来了。

"我平时在学校，"她说着他早知道的状况，却还是重复了一遍，唯恐他打电话找不到自己，"周末回家，白天……家里都没有人。"

她终于把手机还给王浩然。

回去归队，顺便被老师又气又笑地骂了两句。

他们坐的学校的大巴回校，纪忆打电话给暖暖，暖暖在家竟也没睡，一直在看凤凰卫视的新闻，告诉她两座大厦都先后倒塌，特别可怕。车窗外那些还不知情的旅客平静地在夜色中穿行来往，神色匆匆。

纪忆靠在车窗上，看着车离开机场，看着道路旁不断掠过的树，仍旧心神不宁，觉得这个灾难如此不可思议。不只是她，车上的学生和老师都觉得这像是个传闻，谁会能想象到，载满旅客的飞机能够直接撞向纽约世贸大楼，这种只发生在灾难电影里的情节，却真实发生在了生活里。

每次灾难，大家都会感慨一句世事无常，珍惜眼前人。

没过多久又都开始为名利奔波，真正能体会这句话的，最终也只有那些真正因为天灾人祸失去所亲所爱的人……对于此时的纪忆来说，季成阳没有在纽约，没有任何安全威胁就足够了。那时的她想不到那么远的地方，最多想鼓起勇气让他知道自己喜欢他，连"在一起"这种念头都只敢一闪而过，又何况是"珍惜眼前人"这么深刻的问题。

回到学校已经很晚了。

纪忆拎着行李箱，一层层爬着宿舍楼。

电梯有了问题，她这种住在最高层的高三生，在这种时候，绝对是最悲惨的。这个时间已经熄灯了，只有楼梯和走廊有灯光，她走着走着，身后就有人追上来，帮着她一起搬箱子。纪忆一看，是赵小颖。

"你这么晚才回来？"纪忆是真惊讶了。

赵小颖高三为了补课，也申请了住宿，这她倒是知道的。

"嗯，在做卷子，"赵小颖笑，"我还帮你记笔记了。"

纪忆啊了声。

其实她想到的是自己早就念完了高三的课程，根本不需要什么笔记，可是转到语言上就成了："谢谢谢谢，我明天请你吃肯德基吧。"

赵小颖连着说不用啊，从小一起长大还那么客气，纪忆直接就说明天放学就去，两个人爬到最高层，终于分开来。她回到宿舍，把箱子先放到床下，简单洗漱完躺在床上，闭上眼却都是季成阳，想到的是他在英文的背景音里，说着中文的声音。

结果第二天放学后，她和赵小颖的两人之约，成功加入暖暖，变成了三人行。

上高中之后，赵小颖很少和她们一起，所以暖暖吃饭的时候总会有点儿别扭没话说，不过好在她有手机，发发短信就足够了。

"你真不打算学古筝了？"纪忆把薯条蘸了番茄酱，塞到赵小颖嘴巴里。

附中特别重视学生培养，只要是肯学的学生，哪怕没有基础，都会安排乐团里愿意教的人来免费教他们。纪忆也是进了附中，知道有这种免费提供乐器和训练厅的惯例，才特意在高一时每周腾出时间教赵小颖古筝。可惜，后来赵小颖没坚持下来。

"不学了，"赵小颖特别不好意思，"我没什么天赋，还浪费你一年时间来教我，我现在满脑子就是高考，做题，什么别的都不敢想。"

"你压力别太大，"暖暖随口说，"小心考砸。"

……

纪忆觉得这位大小姐总喜欢说实话，可也总能戳中别人的软肋。其实大多数时候她都是无心的，但是每个人都长大了，谁能做到真正听着也无心呢？

赵小颖低头喝可乐："我总想考很好的大学，可又觉得自己肯定不行，完全比不上你们。"

纪忆绕开这个话题，催着赵小颖吃汉堡。

周末回家，暖暖特地等纪忆和赵小颖一起，三个人挤在车后座，暖暖正在打电话，纪忆就拿起她的CD机听了会儿，有首英文歌特别好听，淡淡的调子，让人听着就像看到一个画面：纯灰色的世界里，绽放出了一朵艳丽的花。

她低头看了眼CD机上的歌名：*Shape of My Heart*。

"好听吗？"暖暖刚好就结束电话，笑眯眯地说，"我小叔去新西兰之前，在家看了一个电影，这是主题曲。他看了两遍呢，应该挺喜欢的，我小叔喜欢的肯定没错。"

纪忆装着不在意地问她："挺好听的，什么电影？"

"中文名好像叫——"暖暖回忆，"《这个杀手不太冷》，他说是一九九几年的老片子。"

"我看了一会儿，是讲一个小女孩和一个老男人的。你知道我喜欢年轻帅哥啊，年龄差太大了，看着没有共鸣——不过我还是觉得，我小叔喜欢的肯定没错，一定是我不懂欣赏。"

暖暖继续说着，纪忆又悄悄循环了一遍，已是心猿意马。

是什么样的电影？回去一定要看看。

她胡乱想了会儿，再凝神听，歌已近尾声。恰好有一句话，经过她的耳朵：

If I told you that I loved you, you'd maybe think there's something wrong...

如果我真的说喜欢他，他一定也会觉得是哪里出了问题……

纪忆低头看着CD壳上跳动的蓝色时间显示，莫名想到某个冬天他回来，对着站在雪地里发呆的自己说："低头干什么呢？找金子呢？"然后自己回头，看到那么高大的他站在自己身后，穿着衬衫，而他身上的衣服就披在自己身上。

那时候，她只有十一岁。

一定是什么出了错，她从来对同龄男生没感觉，哪怕是付小宁每次的明示暗示，或者是那些乐团男生偶尔拿来的情书，打来的电话，她都一律装傻略过了。

"西西同学，你怎么听个悲伤的英文歌，都呆呆的……"暖暖推了她一下，"想付小宁呢吧，那小子对你可真是就差把心掏出来了。"

纪忆蹙眉："我不喜欢他。"

"啊，不喜欢啊？"暖暖奇怪，"为什么啊，喜欢他的女孩儿可多了。"

纪忆没说话。

"你看，一问多了，又不言语了。"

纪忆无奈地看了她一眼。

开始她还没那么排斥这个人。

直到有一次，她陪着暖暖去约会，几个人在电影院看电影，她吃完冰棍想拿张餐巾纸裹住，就被付小宁随手抽走了剩下的那根木棒，然后她就眼瞅着付小宁把木棒咬到嘴里。从那时开始，纪忆就觉得浑身不舒服，能躲则躲。

星期五晚上。

纪忆和暖暖要来了碟片，看完了这个电影。

这真的是个杀手老男人和失去所有亲人的小女孩之间的……朦胧爱情。她戴着耳机，到结尾 Leon 为小女孩报了仇，在惊天动地的爆炸声里闭上了眼睛。她看得哭了，而且哭得都喘不过气。因为美术的启蒙老师是个喜欢色彩的人，所以她也一直有个习惯，任何书和电影到最后都会在心里留下一些色彩。

而这部电影正如同它的主题曲一样，灰色中却有着一抹艳丽的色彩。

刚看完时，她很难过，始终纠结在一个问题上：那个杀手到底喜欢过小女孩吗？

第二天背单词的时候，她再想起这部电影，却联想到了季成阳和自己……这个念头一旦冒出来就控制不住，悄无声息地和电影画面以及音乐贴合在一起。Shape of My Heart……她想着这个名字，用钢笔在本子上画了小小的一个心，慢慢涂满。

然后，在旁边又画了一个更小的心。

星期六中午。

季成阳开车返回费城。

在 9 月 11 日的那个早晨，他在离开费城前接到了纪忆电话，答应她不能去纽约，电话挂了没多久，他就吃了烤面包和牛奶，离开了家。

虽然这次回来是为学生生涯做个结束，但他有着自己的职业习惯，这个时候，一定要去离现场最近的地方。那天真的混乱，没人会想到纽约会遇袭，而且整个纽约市的紧急措施中心……就在大厦内，大厦被袭，等于全部瘫痪。

季成阳车开到半路，同行给他打了电话，事发后的第一个记者招待会开始了。

……

当晚，他到纽约。

四天后的中午，现在，他在费城。

季成阳打开房间的灯，想要给自己泡一杯热咖啡。

他脑子里仍旧盘旋着那天晚上正式的新闻发布会，有一种不好的预感。

有战争要开始了，会是一场……非常大的灾难。

他轻呼出一口气。

阳光平静地穿过玻璃，落在厨房的地板上。

和季成阳同住的室友走进来，看到他风尘仆仆的样子还有些奇怪："彻夜未眠？"

季成阳不置可否："是数夜未眠。"

室友好奇地追问了几句才知道他竟在这几天去了纽约。两个人就此话题开始了一场激烈讨论，从政治说到经济，再说到日后美国的民众是否会因此草木皆兵，甚至说到了下一任大选……大概说了一个多小时，大家各自一叹。

季成阳满脑子都是可能到来的战争，还有那些爆炸，以及无辜的平民。他看着咖啡豆，已经觉得没有耐心去等待复杂制作的咖啡，于是拿了速溶的，随便冲泡了一杯。

他喝咖啡的姿势总是很特别。

只用两指捏着咖啡杯两侧，凑在嘴边，一口口喝着。

一个小小的声音，在他这放松的片刻，慢慢出现。"我平时在学校，周末回家，白天……家里都没有人。"小姑娘的声音像是一缕阳光，将他心里的乌云密布生生撕开，然后慢慢地融入血液，缓和着他奔波数日的疲倦。

电话铃响起来的时候，纪忆正在给自己泡咖啡，她抱着杯子跑过去，热水溅出来，烫了手指，却还不肯耽搁一秒钟，立刻就拿起了话筒："你好。"

"西西，是我，季成阳。"

"嗯，"她声音根本不受控制，立刻就变成了最柔软的语气，"你睡醒了？"

季成阳随口应对："睡醒了。"

"你读博士是不是特别累？周末要睡到十一点吗？"纪忆去看客厅里的立式大钟，"吃饭了吗？要是饿了先去吃饭吧？我可以等你吃完饭再打电话。"

这一连串的问题丢过去，倒是把季成阳问得笑了起来："应该我来问你，饿了吗？"

"我啊，"纪忆想了想，"做题做到现在也不饿了。"

随便聊了两句,她就开始追问他美国的情况。

季成阳的回答比较简单,但也不是敷衍小孩子的那种:"是恐怖袭击,这不可能是个意外。"

她嗯了声,似乎在思考。

他问:"想到什么了?"

"我在想,高考时会不会有关于这个的题……"她老实交代。

季成阳略微沉默。

他为这件事已经几天没有睡觉,不想在这片刻休息的时间里,还讨论这个话题。他倒宁可关心关心纪忆的学习,或者随便听她说她身边好朋友的小是非,小困惑。

纪忆奇怪:"断线了吗?"

"没有,"他转换了话题,"在文科班习惯吗?"

"挺好的,比实验班轻松多了,"她忽然想到赵小颖,"不过小颖成绩不太好,她总说因为我比她聪明,弄得我都不知道怎么鼓励她了。"

"想向我求助?"季成阳反问,"爱迪生说过一段关于汗水和灵感的话,听过吗?"

纪忆立刻猜到:"天才是百分之一的灵感加百分之九十九的汗水?"

这种话早听多了,不太有感染力。

"差不多,原文比这个要复杂,"季成阳说,"不过赵小颖说得也没错,天分的确很重要。有个美国作家解读爱迪生这句话时,就说过:如果没有那一分灵感,九十九分汗水也只是一桶水。"

"……"

他在帮倒忙吗?

"可是,这个作家也有些言过其实了,"季成阳喝了口咖啡,继续说,"如果普通人真能付出九十九分汗水,虽然不能像爱迪生一样发明出直流电,也绝对可以学会直流电的原理。你们现在所学的都是基础知识,说到底,就是要熟练使用,没那么难,不够用功而已。"

"嗯。"她在消化他说的话。

然后,又不免好奇追问:"你很喜欢爱迪生吗?"

"没有,谈不上,"季成阳说,"他被塑造成了一个明星,说出来,比较能说服你们这些小女孩。"她觉得他说话总是和别人不一样,被他这种言论牵引着,追问了句:"那你喜欢谁?"

"达·芬奇。"

达·芬奇。

她觉得自己也一定会喜欢上达·芬奇,而且会非常喜欢。

她用食指在玻璃上随便画着,画着他的名字。

没想到,电话快要挂断时,季成阳竟关心起了她的成绩。

"现在数学怎么样?"

纪忆心虚:"不够好。"

"满分多少?"

"150。"

"能考多少?"

"120左右。"

"是有些低,考到130到140,怎么样?"

他竟然在给她定目标……

纪忆把心一横:"好。"

"如果达到了这个分数,"他略微停顿,笑起来,"等我冬天回去的时候,会有奖励给你。"

他竟然……诱惑她。

第八章 一寸寸时光

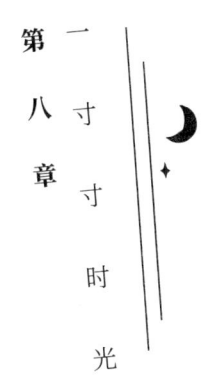

季成阳回国的这天,是星期四。

纪忆坐在教室里,座位就挨着窗口。她把腿靠近暖气,暗暗庆幸,幸好今年7号就提前供暖了,否则赶上每年供暖前的十几天,真冷得难挨。她怕他被冻到。

她心猿意马,一整天都在翻着自己的数学卷子。

把最近的几份都反复看过,甚至还反复确认真的分数都达到了约定。

下课铃声响起,她第一个拎着书包就冲出了教室。

一路上乐团的人看到她,都格外惊讶,还以为她是去排练厅,没想到她根本脚步未停,直接冲到了校门口。不是周末,校门外的轿车并不多,她很快就看到马路对面的车旁,站着的季成阳。

跑过去,她没站稳,就看着他笑了。

止不住地心跳和脸红,完了,根本控制不住。

季成阳拉开副驾驶一侧的车门,送她上车,然后自己从车前绕过去上了车,关上车门,"头发长了?"他忽然问。

"就长了一点儿,懒得去剪了。"这次见面,她都不敢直视他了。

其实她头发一直都在耳朵下边的长度,努力一把,还是能把发梢系起来的,但是不系的话,更方便……至于为什么要这样努力地绑一个小尾巴,主要还是因为听到同学经常说:男生喜欢长头发的女生。

而赵小颖又说过,只有经常绑头发,头发才能长得快。

所以她就习惯每天把头发系起来,期盼着上了大学能长发飘飘。

她以为还要等暖暖,没想到季成阳直接将车开走了。

这就是……特别的礼物吗?

他单独奖励她一个夜晚。

季成阳带她吃了饭,车开向北展,他才告诉她,今晚要看一场芭蕾舞。

半路上,季成阳忽然看到路边有家小店,店门口的玻璃柜里是刚做好的糖葫芦。他笑:"还记得你小时候,我送你的豆沙馅糖葫芦吗?"纪忆点头:"记得啊,我还把好多豆沙都给你吃了呢。"而且是我自己咬过的半个……她默默补充。

"去帮我买一串。"他停车,把自己钱包拿出来,直接递给她。

"你不去吗?"她问。

"我在车上等你,"他笑,"多大了,买糖葫芦还要人陪。"

纪忆只是随口问,被他这么一回就不好意思了,立刻开门下车。可真买回来了,他又不吃了,全让她一个人吃了个干净。虽然吃到最后两个,她略微想过要不要给他剩下一个半个的……可再没有小时候那么坦然,脸一热,自己索性都吃完了。

今天的北展剧院很不同,但又说不清是哪里不同。她不太经常来这里,交响乐团的人拿了赠票,她才跟来看了两场。她学的一直是民乐,连国画、书法和舞蹈也都是偏民族的,对这些不是太熟悉。

她坐在金碧辉煌的大厅,坐在今晚属于她的大红座位上,听到身后人说着并不熟悉的名字,费林、戈拉乔娃,说着莫斯科大剧院芭蕾团,说着今晚的《天鹅湖》。

"这部剧在三十多年前开始排练,去年才在俄罗斯首演。"季成阳示意她脱下外衣,免得一会儿会觉得太热。

"为什么?"

"这就不是我们能知道的了。"

她嗯了声,回忆:"《天鹅湖》是大团圆结局吧?"

他了然:"你是说童话?"

"……我只看过童话。"而且还看过动画片。

当时觉得特别感人,历经误会磨难,最后终于王子和白天鹅走到一起。

"《天鹅湖》有很多版本,喜剧、悲剧都有,"季成阳笑,"今晚演出的版本是悲剧。"

季成阳身后坐着的两个男人,显然也是芭蕾的真正爱好者,听季成阳如此说，就趁着还在入场的时候，低声聊起来。那两个人细数着各个版本《天鹅湖》的优劣势，也对今晚的悲剧结尾很期待，期待这个号称来自莫斯科舞团的最正宗的全新版本。

讨论的热情，感染了纪忆身边的一位老人家，甚至开始回忆起，1959年的时候这个芭蕾团来华的情景，当时闻名于世的全明星阵容，是如何让人难忘。季成阳微笑听着，时不时回应老人两句，像是在和熟悉已久的长辈闲聊。

他在自己身边，自然就吸引了一些志同道合的人，一起说着感兴趣的话题。

这就是灵魂的吸引力。

而她就这样陪着他，看这个……

为什么会是悲剧呢？算了，悲剧就悲剧，反正只是一场芭蕾舞。

今晚是首演，演出开始前自然有大人物接见了艺术家，同时也留下，一同观看今晚的演出。她忽然想到一个问题，季成阳在今天回国，是不是就是为了看这场来自俄罗斯的新版《天鹅湖》？为了……带自己来看？

她这么想着，就看到舞台中央缓慢地垂下了巨幅黑白天鹅的绘画。

她侧头，去看他。

舞台灯光变幻着，在他的脸上蒙了一层光，忽明忽灭。

这次你回来，会在北京待多久呢？

希望可以超过两个月，或者，一个月也好。

演出结束，季成阳去洗手间，她背着书包在一个不会妨碍人的角落里等着，没想到先出现的是王浩然。他和往外走的行人逆行着走进来，看到纪忆就赶紧过来，拍拍她的肩："季成阳呢？"她看着王浩然，不明白为什么他会来："他在洗手间。"

正说着，季成阳已经走过来。

他一边走着，一边戴上自己的眼镜，然后把自己的车钥匙扔给王浩然："麻烦你了。"

"还说这个干什么啊，"王浩然乐了，"不过你这眼睛真要去看看了，怎么总出问题。"

"看过，没查出什么问题。"

季成阳习惯性摸摸纪忆的后脑勺，示意她一起离开。

纪忆却听得忧心，刚才看交响芭蕾的心情都没了。

王浩然笑："那也不能拖着，去做个彻底检查吧，最近也别开车了，"他说着，又忍不住嘲了句，"你也够逗的，刚回国就来看《天鹅湖》，你侄女呢？怎么就小西西一个人？"

"她说今天补课。"季成阳说的这句，纪忆都不知道是真是假。

"她们两个不是一个学校，一届的吗？"

"她学理，我学文，"纪忆忙补了句，"平时比我忙多了。"

王浩然没再继续纠缠这个问题，一句又一句问着季成阳回国之后的安排，当然也很关心他眼睛忽然出现的问题。纪忆在他们的对话中才知道，原来这场表演刚开始，季成阳就觉得开始看不太清楚，这种情况在美国时也出现过，检查也没发现什么问题。

所以他认为是自己累了，第一时间想到的是通知王浩然来帮忙开车，送纪忆回去。

纪忆坐在副驾驶位上，从窗口往外看季成阳，她特别不想先走，可是宿舍楼马上就要锁门了，她不得不接受季成阳的安排，先回去。

路上她就惦记着季成阳，王浩然频频和她找话说，她都没仔细听。

"西西？"王浩然真是无奈了，"你就这么不想和我说话？"

"没有……"纪忆觉得他是季成阳的好朋友，当然也爱屋及乌很喜欢他这个人，"我在想明天早自习的考试。"一个晚上，已经说了第二次谎话了。

王浩然笑了声。

他打开车窗："季成阳也真是的，你一个小姑娘坐在车上，怎么还抽这么多烟，真够没辙的。我开车窗散散味儿，你把衣服穿好，"他说着，看纪忆，"对，把小棉服的拉链也拉上。"

其实她不太反感这味道的。

纪忆把衣服拉好，思绪又溜到了季成阳那里去。

他是不是已经打到车了？今晚睡得着吗？是不是要倒好几天的时差呢？

结果到了学校，宿舍楼还是关门了。

纪忆厚着脸皮敲开宿舍楼老师的窗，幸好老师习惯了她经常出去演出，以为又是一次学校活动，边给她开门，还边说："你还有半年就高考了吧？怎么乐团还不放你呢？"纪忆心虚地嗯了两声，三步并作两步跑上楼。到高二和高三楼层的拐角处，拿了手机，去拨季成阳的电话。

响了没几声，他接起来。

"我到学校了,"纪忆小声告诉他,"你现在还难受吗?眼睛还看得清楚吗?"

"没什么事了,"季成阳笑,"快去睡吧,有早自习的孩子都需要早睡。"

她放心了些,忽然想起来一件大事:"坏了,我忘了给你看我数学卷子了……"

他笑:"我看到了,也给了你奖励,在你书包里。快回去睡吧,晚安。"

奖励?

难道不是那场以悲剧结尾的《天鹅湖》?

纪忆听到查宿的老师走上楼梯,忙说了晚安,就挂断电话。她跑进宿舍,把书包放到床上,很急切地翻着,果然里边多了一样东西。是什么时候放进来的?好神奇。

她仔细回忆,好像今晚唯一离开自己书包的时候,就是他让自己去买糖葫芦的时候……难怪……难怪他不肯陪自己下车去买。

她低头看。

这是一本装订非常精致的书,可又不像是真的书。

纪忆借着手机小小屏幕的光,翻着,发现每一页都是空白的,唯独扉页有他手签了"季成阳"三个字,后缀"2001.11.15"。每一页右下角,有他手写标注的页码。

余下都是空白,这是他亲手装订的空白的笔记本?

纪忆抱着笔记本,猛地躺到床上,忍不住抱着本子滚了两下。上铺的殷晴晴终于忍不住了,探头下来,悄声埋怨:"祖宗,您睡不睡了啊?您是去文科班了,我可还在实验班火坑里呢啊,明儿还要早起,早起!"

"我错了我错了。"纪忆在月色里,作揖。

等到上铺终于安静了,她才搂着自己的笔记本,躺在床上,继续无声傻笑……

不知道为什么,季成阳这次回来特别忙。

忙到从那次看过《天鹅湖》,已经十几天没有和她联系了。她甚至开始有些心慌,是不是自己表现得太黏着他了,让他察觉了,就想要疏远自己?

眼前,是纸醉金迷,穷奢极欲。

她低头看着自己的可乐杯,如此坐在纷乱复杂的迪厅里已经有四个多小时了。如果不是暖暖借着生日的借口,把她骗到这里,她怎么可能在此时此地坐在这个地方?

身边没人，全去了舞池。

这是她第一次走进这种地方，暖暖的交友圈实在太复杂，自从离开了那个大院，她像是突然从玻璃房进入真实的世界。眼花缭乱，只想要尝试任何没经历过的东西……

纪忆觉得嘴唇很难受，不像是在台上表演，专注的是演出，就自然会忘了这种东西带来的不适。她越坐越难过，从书包里拿出餐巾纸，擦着自己的嘴巴。

凌晨五点了。

她觉得自己已经困得有些晕了。

她起身，想去舞池找到暖暖，和她说还是走吧，大不了回宿舍去两个人挤在一张床上睡，也好过在这里。这才刚起身，就被拉着坐下来。

付小宁偏了偏头，笑着在桌上放了几粒药片一样的东西："看看这是什么？只能看，不能吃哦，我的乖西西。"纪忆一点儿兴趣都没有，也不吭声，就拿了自己的可乐喝。

付小宁两指捏着，放在她眼前。

她想不看都不行了，绿色的小药粒。

她透过药片，看到付小宁的眼睛。后者用下巴指了指远处几个抓着栏杆不停疯狂摇头跳舞的人："这叫摇头丸，吃了就和他们一样。记住，以后出去玩，不要喝任何人给的东西。"

他忽然就把那东西扔进她的杯子。

溶解的泡沫忽然喷涌上来。纪忆吓得把杯子放到桌上。

她第一次对毒品这种东西有认识，是看了电视剧《红处方》。剧中少女最美的年华败在了毒品之下。她记忆犹新，也铭记于心，对这种东西形成了生理上的恐惧。

而今天，是她第一次近距离接触它。

在激烈颓废的节奏中，有女人紧抓着栏杆，形象地表演着吃下这种东西的后果。这比见到报道还要让人心底发冷。"我去年工读退学，去了一个小地方，想从做警察开始，因为不是警校毕业，只能先跟着那些人混，"付小宁看她，"后来天天陪着他们喝白酒，喝到吐血，我妈才终于心软，让我回来了。"

纪忆不知道说什么。

她觉得真的待不下去了，拿出手机要给暖暖打电话，把她从舞池里叫出来回学校。

付小宁按住她的手："我就想和你说说话。"

暖暖的电话忽然就打进来了。

付小宁放开手。

她拿起电话，觉得他的一双眼睛就盯着自己，盯得她想立刻离开，多一秒都不想留。

"坏了，西西，快拿上我的包，我在大门口等你。"

"我马上来。"她如被大赦，拎起两个人的书包就往外走，付小宁忽然想伸手去握她的手腕，她跟见到毒蛇一样退后了两步，险些坐在桌子上。付小宁忽然看着她的样子，有些无奈地笑了："去吧，下次别来这种地方了。"

黎明前最黑暗的时间，外边特别黑，黑得都没有星星。

她拿着书包跑出来，暖暖就在大门外，在五六级大风里哆嗦得脸都白了。她看到纪忆就抱住她的胳膊，用一种求饶的语气说："我和你说，这次出大事了，一直追我小叔的那个女的看到我了，我小叔马上就过来，让我就在大门口等着他，哪里都不许去。我告诉你纪忆，你可要给我说情啊，要不这次我一定被我妈揍死。"

季成阳？

纪忆也慌了，拼命去抹嘴唇上的口红。

十二月的北京，凌晨五点，Banana 门外，她们两个就如此站着，真是不敢再进去，也不敢离开，哪儿也不敢去，就这么僵立着。到最后王浩然和季成阳开车过来，两人冻得都已经有些没知觉了。

两个人上了车，看着坐在副驾驶座上的季成阳也不敢说话。

"我说，你们才多大就泡这种地方，不安全，"王浩然从后视镜里看纪忆，替她们打着圆场，"下次我带你们去三里屯，全程陪同，绝对安全。"

暖暖不敢搭腔，也不敢和季成阳说话。

季成阳就真的从头到尾一句话都没有说，后来车开到他家楼下，王浩然停了车。主动下车去"看日出"，给他留下空间教训自家孩子。王浩然本来想让纪忆也下车，可纪忆也怕他生气怕到要哭了，就这么待在车里，不敢动。

车里只有安静。

季成阳坐在车前座，一句话也不说，开始翻找 CD，音响开始慢慢放出来很行云流水的钢琴伴奏。他的手指停下来，不再翻找，然后把前座的靠背往后仰了一些，闭上眼睛开始听歌。很快，车厢的每个角落都被这首歌占满了。

不太熟悉的旋律，又感觉是听过的。

歌者平缓沙哑的嗓音，慢慢绽放出的伤感旋律……
车内的气压直线下降。

季成阳的冷暴力，最让人忐忑。
你不知道他在想什么。
暖暖觉得怕，用口型对纪忆求饶：我肚子疼，我要上楼去上厕所。纪忆快哭了，显然暖暖就是要把烂摊子丢给自己，她握住暖暖的手腕：不行啊，不能留我一个人。
暖暖连连作揖：今天我生日，你就救我一回。
纪忆第一次坚持：求你了，别留我一个人。
她怕极了季成阳会失望，真的怕极了。她一直想要特别完美，特别好地出现在他面前，可是现在简直是最糟糕的。暖暖看她真的怕，索性一横心，一副要死就一起死的模样。
"觉得饿了吗？"忽然，季成阳闭着眼睛问她们。
"饿，饿死了，"暖暖立刻软得像是绵羊，"小叔，你想怎么骂都可以，先让我吃点儿东西吧？要不我们先上楼？"她完全是缓兵之计。
季成阳淡淡地回应："那就先饿着吧。"
……
他不再说话。
一会儿，外边的王浩然都绷不住了，打开车门："我说，这都六点了，我开车去新街口那个永和买早点，你带着她们先上去，多大的事啊，别欺负小姑娘了。"
幸好有这个打圆场的，还有暖暖一个劲儿地撒娇，季成阳终于把她们带回家。
暖暖特聪明，进了房间就说自己困了，钻进季成阳的卧室往床上一躺："我不行了，一会儿早饭来了别叫我啊，我困死了，要睡到下午。"
纪忆知道她完全是用睡觉来逃避。
季成阳也没和她说话，走进厨房倒了两杯热水，她跟着走进去，他就把水递给她。他捏着玻璃杯，示意她握着杯口，免得被烫到。
纪忆明明看到他的示意了，可是脑子里乱乱的，仍旧傻傻地去攥杯子。
立刻就被烫了，猛地收回了手。
"烫到了？"季成阳拉住她的手，打开水龙头去冲，冬天的水格外冰，瞬间就镇了痛。

可是她还是特别想哭。

等季成阳低头去仔细看她的手，发现她眼眶红得都不行了，可就是一副屏着眼泪，不让自己哭的样子，憋得耳边的皮肤都红了。

显得特别委屈。

纪忆生生把眼泪都逼退回去。

她不敢抬头看他，就盯着他的衬衫扣子。

这么冷的天，他穿着衬衫，套了件羽绒服就出去了，连羊绒衫都没穿，一定是因为太生气了……纪忆特别心疼，想到是自己没有拦住暖暖，还被她威逼利诱去玩，就觉得自己真是大错特错，从来没有这么罪大恶极过。

"还疼吗？"他问。

"不疼了，"她低声说，"一点儿都不疼了。"

"以后还去吗？"

"不去了。"她鼻子瞬间又酸了。

其实她特别委屈，她真不是故意的。

季成阳也是有脾气的，就在今天，在这一秒，在这个厨房间里，她真正体会到了。

季成阳拿了另外一个杯子，把热水倒掉一半，然后用两个玻璃杯轮流倒着这半杯开水，他像是在用这种简单动作让自己淡化那些脾气。

那些在接近凌晨五点被电话吵醒，被电话内容激起的怒气都一点点平息下来。他也不过才二十四岁，如果按照正常的成长轨迹，应该刚开始读博，还没有走出校园。即便他比普通人的人生进程快了太多，也才二十四岁，还不够成熟稳重到可以做一个合格的看护人……

他不停告诉自己：

季成阳，你见过很多不堪和绝望。见过那些北非女人拖着大床垫，在马路边丛林里卖淫，见过烧焦的尸体，爆炸后的恐慌和死亡，甚至见过最繁华的都市陷入末日恐慌。

今晚的她刚看了一眼真实的世界，不用这么紧张。

只是在这一个晚上，去了一家舞厅……

"我知道你不会主动去，"他的声音尽量温柔下来，尽管还有些冰冷冷的，"这个社会太复杂，即使你不是主动去那里，也已经去了，如果有什么危险，受伤害的只是你自己。"

水不再烫手了，他放下空杯子，想把那半杯温水递给她。

纪忆察觉他转身面向自己，低声说："我错了……你别生气了。"她觉得委屈极了，却又不敢辩解。她想像以前一样在最委屈无助、最害怕的时候抱住他，却没勇气再进一步。

季成阳握着玻璃杯，停顿半秒，终于伸出另一只手，把她的头慢慢地按在了自己的胸口上。

他手就放在她头上。

纪忆偏过头，竟然第一次听到他的心跳，因为贴着胸口，一下下特别重，可是，她很明显觉自己心跳的速度比他快了很多。季成阳就举着杯子，感觉她整个人都是小心翼翼的。

就像在惠灵顿的时候一样。

季成阳想说什么，终究没说，索性把杯子里的水给自己喝了，这才没喝两口，门铃就响了。他轻拍拍她的手臂："你去叫暖暖起床吃早饭。"

纪忆像被惊醒，忙就收了手，转身出了厨房。

没想到这次王浩然进屋，倒是和那个苏颜一起回来的。

暖暖是真玩累了，觉得又没什么大事，抱着被子翻了个身，继续睡。纪忆叫了两声无果，走出房间，看到王浩然把买来的豆浆、油条，还有两个豆包和三角糖包放在盘子里。王浩然听见她走出来就抬头看了眼："快来吃吧，"他边说着，边自己拿了一个豆包掰开吃着，说，"季成阳，我今天还有事儿呢，不给你当司机了，吃完饭就走了啊。"

季成阳这才从厨房走出来，嗯了一声，没多说什么。

纪忆拉了凳子坐下来，王浩然立刻就把三角糖包掰开来，里边的红糖还烫着，冒着小小的热气，就这么被放在了她面前："小姑娘吃红糖好，我从永和出来特地拐个弯买的，你把这个糖包吃了，油条就给季成阳吃吧。"完全一副大厨分配上菜的架势。

王浩然说着，就坐在了纪忆身边。

季成阳坐在她对面，身边坐着苏颜。

本来两个大男人都不提今天凌晨的事儿了，倒是苏颜很认真地看着纪忆，说教起来："我看和你们一起的男孩可不是什么好人，纪忆你小时候看着挺乖的，怎么长大就——"

"欸？说什么呢，"王浩然倒是先不乐意了，"西西明显是被人带过去的。"

苏颜一副我懒得再说的表情。

两个人是一个团的，自然很多时间安排相同，王浩然有意引导着话题，从舞厅事件说到了去俄罗斯的演出。

纪忆唯恐季成阳听到如此对话又会生气，她握着半个糖包，吃着，用眼睛去瞄他。

季成阳没吃东西，面前仍旧放着那杯温水，她看他的时候，他正摸着自己的裤子口袋。就这么一个细微动作，苏颜就已经察觉了，蹙眉："你怎么就离不了烟了？以前的三好学生，无比清高的天才学生去哪儿了？"

他没回答，站起身，走到沙发那里，拿起自己的羽绒服，从口袋里拿出烟。

然后就走到阳台上，关上门，自己抽烟去了。

"我就不懂了，烟又不是什么好东西！"苏颜喝着豆浆，抱怨了句。

"这你当然懂不了，你小时候就是从这个排练厅到那个排练厅，长大了就是从这个表演厅到另外一个剧场，"王浩然笑了，看了眼阳台上的季成阳，"我觉得每个人都有个潜意识的精神寄托，比如，我就是一定要喝水，随时随地手边都要有一杯水，有了水我就觉得踏实了。他？估计就是要随时随地有一根烟，看见什么死亡啊、尸骨横飞啊，能让他情绪比较安稳。安全感懂吗？这属于对物品的依赖。"

"好了好了，我这早饭也别吃了。"苏颜听到尸骨横飞就反胃了，放下手里的豆沙包，拿了豆浆离开。

苏颜推开阳台门，叫了声成阳，很快反手又关上门。

她对季成阳继续说着话，纪忆这里却完全听不到了，她十分在意，想知道两个人会说什么，可是又不能走过去明目张胆偷听，就这么一口口吃着糖包，心里乱糟糟的。

今天是星期五，本来应该上课的，但是附中因为参与了教育局的一个活动，高三老师全部被召去陪同教育局领导，全体高三学生放假一日。

所以暖暖并不着急睡醒，等家里只剩了季成阳和她，倒安静得让她更不安了。

她昨晚被暖暖带走得太快，书包里没有装复习材料，只装了英语单词册和一个笔袋，实在没有事情做，就开始拿着单词的册子，坐在客厅的沙发上，一个个再背一遍。背几行，抬头看一眼，季成阳还在阳台抽烟……

就这么过了中午，暖暖依旧睡得香。

季成阳终于从阳台走进来："我带你去吃饭。"

她把单词册放到书包里，站起来："我去叫暖暖。"

"不用，"季成阳直截了当说，"她不是上了高三就这样吗？有空就睡一天。"这说的倒是实话。

于是两个人就这么留下暖暖出去了，外边不知什么时候开始下雪了，而且有越来越大的趋势，等吃完午饭，季成阳停在饭店外的汽车上积了厚厚的一层。

难怪在店里吃饭时，就看新闻说是市政府下达了一号扫雪令。

这可是破天荒第一次。

纪忆特别喜欢雪，走过去，用手在他车前盖上捧了一捧："今天雪下得真大。"

"是挺大的，不过好像没有以前积雪厚了。"

"以前？"她问，"以前北京能积多厚的雪？"

季成阳弯腰，用手在自己的小腿上比画了一下："我第一次到北京，第一次看到雪，就遇到了这么厚的大雪，"他直起身，继续说，"那时候我大概五六岁，1982年、1983年的时候。"

纪忆出生在1986年，季成阳在说着她出生前的事。

"那为什么现在没有那么厚了？"

他开车门，让她先上车："全球气候变暖，北京私家车也多了，很难再在北京看到那么大的雪了。"

本以为是直接回家，没想到季成阳就这么开着车到了燕莎。她极少跟着别人逛商场，衣服都是每次有人给她拿来现成的，尺寸总有些大小偏差，但也不会太过分。反正大多数时候她都是穿附中的校服，只有出去演出时才会带两件休闲服，需求不大。

所以，她和季成阳来这里倒有些茫然了。

直到他带自己到年轻品牌的专柜，让服务员去给她挑一件好看的衣服，她才恍然，他要给自己买衣服。服务员热情得没话说，看两个人的样子以为是哥哥给妹妹买衣服，还一个劲地夸他们："这妹妹真是，除了没哥哥个儿高，真是长得周正，都是大眼睛双眼皮，你们爸妈肯定都好看吧？"

纪忆错愕，瞥了季成阳一眼。

他似乎没有什么解释的欲望……那她也不解释了。

十二月已经有小部分品牌开始上春装，而季成阳的意思也是让她挑春天要穿的衣服："给你的生日礼物。"他如此解释。

可是离她生日还有一个多月呢。

纪忆在试衣间穿上格子的小衬衫,看着镜子里的自己,忽然就脸红了。她挑的格子样式和颜色其实和他今天穿的一样,都是淡蓝色的,不大不小的格子。她打开门,从小试衣间走出来,走到他面前,离着四五步远的位置停下来。

季成阳像是什么都没察觉一样,仔细看了两眼:"不错。"

季成阳很有耐心,再加上各个柜台的导购都很热情,在燕莎就耗了三四个小时。

结果两个人出了燕莎,路面上竟然非常意外地出现了车海,整个马路像是积了雪的停车场,她从车窗看两侧的车道,生生被多挤出了一列车。

天渐黑的时候,季成阳的车仍旧堵在长安街上,成千上万的车在艰难移动着。

暖暖终于被饿醒了,打了个电话来,一边看着电视新闻一边和纪忆说:"我觉得完了,我从没见过北京这么堵过,电视新闻说了,路上车都不动的,就是停车场啊。"

"是很难开,"纪忆低声说,"我们还在长安街上呢。"

"那怎么也要八九点才能到家了吧?我要饿死了,把桌上你们剩的早点都吃完了。"

"你去看看厨房有没有鸡蛋……"纪忆指导她,"可以用微波炉,蒸碗鸡蛋羹吃。"

纪忆大概教了暖暖方法。

电话挂断,她看着望不到头的车海,就连公交车道都停满了大车、小车。

时间一分一秒过去,雪渐停了。

差不多八九点的时候,车根本没有任何能挪动的迹象,她远远看见有好多人从公交车上走下来,似乎准备要步行回家,或者到远处再看看有什么的士能坐……这场堵车,真的好严重啊……

季成阳忽然从车后座拿了衣服:"你在这里等我,我很快回来。"

纪忆还没反应过来,他已经开了车门下车。她透过不断滑动的雨刷,看见他很快穿过车海,没了踪影。去哪儿了?纪忆茫然看着左侧的天安门城楼,思考着这个问题。她耐心等着,等了很久,忽然前面的车挪了一段路。

纪忆吓了一跳,第一反应是拿手机打他电话。

但是后边的车已经迫不及待地按了喇叭,简直是震天响。

喇叭声,还有人的咒骂声,让她手忙脚乱的,甚至想要不要自己去试着开一下，反正只是挪动了一小段……幸好，这时候车门被打开了。

季成阳跳上车，随手把一袋子热乎乎的吃的扔给她，把车往前挪了几米。

然后，继续堵。

纪忆拿出一个菠萝派，咬了口，险些被烫了舌头。

正在抽气的时候，忽然发现他有些好笑地看自己："怎么了？"她奇怪。

"你吃了我想吃的。"他咳嗽了一声，有些尴尬。

啊，原来他喜欢吃菠萝派啊。

纪忆忽然觉得他蒙上了一层特别柔和的白光，像是忽然变得生活化，忽然变得温柔了。她很自然地递到他嘴边："那你吃剩下的好了，我就吃了半口。"话音未落，她自己先发觉了不对，太习惯了，小时候的亲近感太难忘记……

这几秒钟被无限拉长。

他的眼睛从菠萝派移到她的手上，然后右手从方向盘上松开，握住她的手，咬了口菠萝派，口齿不清地告诉她："我随口说的，你吃吧。"

她把手收回来，看着他咬过的地方，过了会儿，才一口口继续吃完这个菠萝派。

那晚之前，北京从来没有过如此影响力的大堵车。

那一晚，纪忆一直听着广播，首都机场所有航班停飞，当晚所有乘坐民航飞机的乘客百分之百晚点。好像就是那一场大雪，将这个城市的路况彻底分为了前后两个纪元：这之前，谁都不会觉得堵车能堵到如此惨绝人寰，这之后，人们却慢慢习惯把这个城市当作大型停车场。

那晚很多被堵在路上的人，都不会忘记2001年12月7日，那个星期五，多少人都是五六点下班坐上车，却凌晨两三点才终于到家。

而她和季成阳到家时，也已经是凌晨一点。

暖暖已经再次睡着了。

纪忆把装着衣服的袋子放在床边的沙发上，看季成阳从衣柜悄然拿出干净衣服，用眼神告诉她自己先去洗澡。她看着他离开的背影，忽然觉得这一天好玄妙，走的时候暖暖是熟睡的，回来的时候也是如此姿势熟睡着，好像时间从未变化。

好像这一整天都是偷来的，谁也不会知道。

第九章 生命的暗涌

寒假前，肖俊在附中正门、五道口和新街口连开了三家音像店，他本人就在附中大门口看店，门店距附中大门不过两三百米的地方，去的学生特别多。暖暖自然特别开心，完全一副老板娘的姿态，没事儿下课了就在店里玩。

店面不大，但是生意非常好。

主要是他在社会上混得太早，资源多，店里大部分生意是打口碟和香港来的原版碟。

"古典，摇滚，爵士，"暖暖的长发高高系起来，站在店里像模像样地给人推荐，"这一排都是香港直接拿货的，都要加60块钱运费。"

有人拿起一张碟，问了两句，她立刻就露馅了："这个啊……"

暖暖求助地看向在喝茶的肖俊。

肖俊抿嘴笑了，站起来："这张 Neu！乐队的 CD 啊，出了这家店，在北京城里绝对找不到另外一家店有，170 不还价。"

那人笑："老板不用嘚瑟了，早听说你这尖儿货多，特地来的。"

纪忆看着暖暖和肖俊相视而笑，忽然觉得之前那晚的事，也不算什么。

她特别喜欢看喜剧，看幸福生活的片子，如今有身边人给现场演出，当然最好。

"姐姐，我想买张碟送朋友，"有个小女孩，穿着附中初中部的校服，有些怯怯地小声问纪忆，"我不太懂，你能帮我讲讲吗？"

这小女孩来了很久，一直没敢主动说话，看到坐在收银柜台后看书的纪忆特别亲切，就凑过来了。

主要因为，纪忆穿着高中部校服，还别着乐团的徽章，一看就是好人。

纪忆啊了声，想说自己也不懂。

话没出口，已经有人接了口："我给你挑一张。"

付小宁的手臂从纪忆肩膀上掠过，在架子上挑了几张："都是打口的，直接从国外拿来的原装碟，国内都没有。大哥哥给你挑一张，保证你朋友喜欢。"

付小宁特有的温柔的声音，让小姑娘很快就消除了距离感，很认真听他白扯着什么叫打口碟，有多么受欢迎。纪忆发现，他竟在短短半个月就轻车熟路介绍这些乐队和碟，感觉像是个资深行家，猜到付小宁一定在私下下了苦功夫，不免在惊讶里对他也有了些改观。

付小宁自从上次开始就收敛了很多，和纪忆说话少了，也避讳了。

当他接过小女孩手里的钱，递给纪忆，让她帮忙找钱的时候，意外发现纪忆是笑着的。他忽然就愣了，这还是他第一次看到纪忆对自己有这么友善的笑容，虽然仍旧疏远。

纪忆没太在意，收好书，对暖暖的背影说："去吃饭吧，我吃完还要回去上晚自习。"

暖暖不太舍得离开，可还是说："我走了啊，吃完饭我就回家了。"

"走吧。"肖俊屈指，弹了弹她的脑门，"好好复习。"

暖暖立刻嗯了声，挽着纪忆的胳膊走了。

两个人吃过晚饭，纪忆独自回学校。

经过排练厅时，她看到有低年级的乐团学生在里边弹琴，辅导的正好是她乐团的老搭档。不知怎的，她听了会儿，就莫名想起那天凌晨，在季成阳车里听到的歌曲。

她走进排练厅，趁着低年级人都休息的空当，问自己的老搭档："我那天听了一首歌，你帮我想想，叫什么？"

老搭档立刻笑了："我可不一定知道啊。"

纪忆边回忆，边给她哼出了大概旋律，过了这么久，自己竟还记得清楚。

"啊，这个啊，《天使之城》的主题曲 *Angel*，"老搭档边给纪忆在手掌心写出这首歌的名字边说，"这电影的原声碟挺好听的，比电影出彩。电影是个悲剧。"

又是悲剧……难道他喜欢的都是悲剧？

从这个《杀手不太冷》到《天使之城》，还有那天看的《天鹅湖》。

"你没看过可以看看，"老搭档似乎也非常推崇这电影，绘声绘色地学着台词，"尼古拉斯·凯奇太帅了，尤其是特悲伤说那句话的时候……'I would rather have had one breath of her hair, one kiss of her mouth,and one touch of her hands than an eternity without it.'你听得懂吧？小纪忆？"

她听得懂这句话，并不是非常复杂的句子。

我宁愿只闻一次她的秀发，吻一吻她的唇，真实地触摸一次她的双手，也胜过拥有永恒的生命。

"是挺悲情的，"纪忆喃喃了句，"真的是悲剧吗？"

老搭档乐了："我骗你干吗，反正挺措手不及的一个悲剧，就是男的放弃了永恒生命，终于坠入凡间想要做一个普通人，那时候女主角忽然出车祸死了。天灾人祸，反正挺让人说不出的结尾，就这么结束了。"

她记住了这个名字。

但是没有计划立刻去看这个电影，她发现自己越来越不喜欢悲剧，总觉得不吉利。

从上次到现在，已经过去很久了，季成阳一直没再联系她。

她曾几次想问暖暖他最近在干什么，可是心里装着那层感觉，就不好意思直接问。只是间接去问几句，暖暖都很平常地回答她："我小叔啊，几个星期没回来了，估计又出国了吧？他本来就不经常回院儿里的。"

纪忆想找他，都不知道用什么借口，只有在期末考试之前的晚上，给他发了个短信：我明天要期末考试了，高三最后一个期末考试，忽然有点舍不得高中生活。

短信发的时候，她忐忑不已，可发出去后，却石沉大海。

季成阳没有任何回复。

也就是从那个短信开始，纪忆不敢再贸然做什么，就如此断了联系。

就这样一直到期末考试完，进入了高中最后一个寒假。

1月20日，她的生日。这天下午，家里照例没有人。

纪忆忽然想到了一个很充分的借口，她过生日，如果这时候给他打电话，他应该不会不接吧？她坐在书桌前犹豫徘徊了很久，终于找出他的电话号码，按下拨通。

没有关机，只有不断的等待音。

她紧张地等着，等着，忽然电话就被接通了："西西啊？"

是王浩然的声音？

纪忆愣了："啊，是我，我找季成阳。"

"他在洗手间，"王浩然说，"放寒假了？要来医院看他吗？"

医院？纪忆完全不在状态，就是有种非常不好的感觉，很快追问："他在医院吗？哪家医院？""301，"王浩然的声音告诉她，"我问过他，他说你们院儿里是有班车到这里的——"王浩然完全一副她本该知道情况的语气。

纪忆没等他说完，就追问出了病区和病房位置。

他住院了吗？

完全没打算告诉自己吗？

她根本等不及定点的班车，直接跑出去拦了的士，就去了301。

她很少来这家医院，应该说自从她小时候在中日友好住院过后，她就很排斥住院，竟然在心乱如麻的状态下，不知道绕到了哪里，认错楼，跟着人就进了电梯。电梯到最底一层时，就只剩下她一个人。

门悄无声息打开，静悄悄，阴森森的。

她瞬间愣住，对医院的恐惧忽然就蔓延开，真的就流下了冷汗。

这层没有人，她几乎是咬着牙找到楼梯，然后推开楼梯间的门，再一层层跑上去。一路跑一路吓得想哭，唯独最怕医院，还偏偏在医院迷了路。

她跑到一层，推开大门，仿佛一瞬间重回了人间。

这一身冷汗，直到找到正确的住院楼和房间，仍旧没有退散。尤其他住的这一层本来就没有几间病房，又都关着门，静悄悄的。

她浑身泛着冷，慢慢走进季成阳的病房，然后就看到了他。

一个多月没见的他，被两个护士挡着，坐在沙发上。

有两个白衣护士在低声和他说话，劝着："季先生，你可不能再抽烟了啊，我们都被医生骂了。还有啊，不能再生气了，你这病最忌动怒。"另一个护士附和，小心翼翼玩笑着："是啊，刚才听到您发火，我们都吓死了。"

她脑子里嗡嗡的，刚才误闯医院底层的恐惧，混杂着对他的担心，让她有些思考缓慢。她甚至忘了去叫他，直到护士忽然发现她："小姑娘，你是来探病的吗？"

"嗯……是，我是来看他的。"

护士笑笑，先后收了东西。

"西西。"他叫她的名字。

护士让开身，纪忆终于能看到他。有阳光穿透玻璃落在房间里，落在沙发上，也落在他身上，而他就穿着医院的病号服，坐在沙发上，双眼蒙着白色的纱布。

一瞬间，就像被人抡起铁锤砸中了胸口，心疼得完全喘不过气。

眼泪唰地流了下来。

"你怎么了……"

"过来，来我这里。"季成阳对她伸出手。

动作被他的语言支配，她走到他身边，看到他想摸自己的手，就木木地把手主动递给他。季成阳紧紧攥住，把她拉到自己身前站着。

一滴一滴，带着温度的眼泪落在他的手背、胳膊上。

他停顿了几秒，说："不许哭了，眼睛没什么事，只是暂时失明。"

眼泪止不住，怎么可能因为他一句话就停住。

每个人可能都有过这种哭法，就是一哭就收不住，到最后几乎能被自己眼泪呛到，止不住，不停抽泣，像是受了天大的委屈。不管谁劝都不管用。

纪忆年幼时，曾有过那么一次。

这是第二次。

季成阳劝了两句，听到她一直抽泣着，莫名就有些急躁，可还是压抑着："乖，不哭了，做完手术就会好。"

"百，百分之百，会好吗？"她抽泣，说话就断断续续的。

想要控制自己情绪，完全没可能。

季成阳不是个习惯说谎的人，确切地说，他有一定的道德洁癖，从不说谎。他沉默着，忽然就不说话了。纪忆看着他白纱布以下的半张脸，更慌了："告诉我实话，好吗……"

"是脑肿瘤压迫了视神经，暂时失明，所以要尽快安排手术，"季成阳还是决定说实话，"手术完应该会好。"

她完全没想到，会有更可怕的词出现。

还能有比这更可怕的事吗？"脑肿瘤"，光是这三个字出现在他身上就让人觉得很残忍。怎么可能是肿瘤，为什么是他，为什么没有任何征兆……

"是……癌症吗？"

"是不是恶性肿瘤，要手术后才能确认。"

季成阳很快叫来护士，让人给她叫一辆出租车，开到楼下送她回去。纪忆来时花了半个多小时，在这个房间没到十分钟就要被送走，她不愿意离开，可没有借口，尤其在季成阳还这么坚持的情况下。

她不是他的家人，找不到借口陪伴。

"我明天能再来看你吗？"纪忆紧紧盯着他。

季成阳松开手。

她在他面前，唯恐他摇头，或者说个"不"字。

幸好，他最后点了头。

纪忆跟着护士走出门，看到季成阳从烟盒里抽出一根烟，却没有按照往常惯例去找打火机，只是用一只手在把玩着。白色的香烟，在他的两根手指之间轻转着，他的半张脸都隐藏在了白纱布之后，看不清面容，更看不清情绪。

纪忆不敢再打扰他，走到外边，忽然就拉住了护士的袖子："他真不是恶性肿瘤吗？"

护士表情挺严肃的："术后才能最后确认。"

话音里，似乎不太乐观的感觉。

纪忆心又沉下来，已经哭肿的眼睛，很快又红了。

不过这次她没哭，她很少在外人面前哭，这么红着眼睛下楼，竟然碰到了院儿里的一位阿姨，也是家里人生病住院，并不是和季成阳住一层楼。阿姨看到纪忆，很奇怪地问了句她怎么忽然来301了？第一反应是纪忆的家里人病了。

纪忆忽然想到二婶曾经说的，就没交代实话，只说自己一个同学病了，来看看。

倒是阿姨和她闲话时，主动说起了住在她楼上的季家小儿子："多可惜一孩子啊，才那么大就脑肿瘤了，说很可能是恶性呢。这马上就过年了，还要在医院住，哎。"

马上就要过年了。

纪忆恍惚想起，好像今天是24号，没几天就新年了。

回去的路上，她从出租车窗看外边，看到有个妈妈骑车带着自己的女儿。由于风太大，最后只得跳下车，推车。纪忆想要收回视线时，一阵大风刚好把小女孩的围巾吹散了，小女孩大喊大叫，妈妈忙停下，把女孩脖子上的围巾围好。

车开过这对母女身边。

纪忆扭过头，看着路灯下，那个妈妈继续推着自行车顶风前行。

她也不知道自己在看什么，就觉得想看，特别想看这种让人觉得幸福的画面。

"小姑娘，你怕不怕冷？"司机在身边说，"我能开窗抽根烟吗？"

她摇头："您抽吧，我没事儿。"

司机打开车窗的一瞬，有股寒气钻进车里。她有些冷，想起很多年前在亚丁风景区，他在篝火前，脸映着火光，祝自己生日快乐的笑容。还有那双眼睛，那双比雪山夜空的星星还要漂亮的眼睛，那时候映着篝火，也映着自己……

第二天，她试着打电话探了探口风，觉得暖暖是真不知道这件事。

但季成阳住在301医院，不可能季家的人不知道……应该是故意瞒着暖暖吧？想等手术后，确认了病情再告诉她？

如果是恶性肿瘤……

纪忆不愿意再深想，她收拾自己的书包。她要去陪着他。

等在门口换了鞋，她却记起今天爸妈会回来，据说是过年没时间了，就赶在过年前回来看看。她放下书包，竟然头一次心神不宁地忘掉了期盼，坐在沙发上，愣愣地看着时钟。不出所料，爸妈比原定说好的时间，晚了一个多小时才先后到这里。

仍旧是给她买的零食，还有两件新年衣服。

"怎么不去试试啊？"同样也刚到的二婶，还不忘笑呵呵地催促，"多好看的衣服。"

纪忆很快回去换出来，让大家看了一圈，然后听着他们各自疏远寒暄着。

时间一分一秒过去。

从上午直到中午……她握着遥控器，不断换台，几乎没有停顿地把台调了一圈又一圈，直到听到妈妈说："差不多要走了。"妈妈站起身的同时，她也猛地站起来。

众人都有些错愕。

爸妈很快笑着说，下次再来看她，外边风太冷，就不用送了。

纪忆很快说，自己要去同学家问几道题，很快就去拿书包，先跑了。如此火急火燎坐上车，司机很快从后视镜看她："小姑娘去哪儿啊？"

"301医院。"纪忆内疚地看着小门。

爸爸的车正好从小门开出来，没有任何停顿，开走了。

"这大过年的，有家里人住院啊？"司机说着，点火开车，"怎么就你一个人去看呢？"

"家里人先过去了。"纪忆含糊应付了两句。

车到医院时，迎面有车开出来，纪忆忽然心颤了下，扫了眼，幸好不是认识的车牌。

因为暖暖的不知情，让她也觉得自己理应是不知道的。既不是他家人，又不算同龄的朋友，她总觉得自己来探病，名不正言不顺。

可千躲万躲，还是没躲开来看他的人。

那几个都是季爷爷的老部下，自然也认得从小穿走于季家的纪忆。她推开门的时候，那些人正好从沙发上坐起身，准备走的样子，就这么几个中年男人看着纪忆一个小姑娘，而她也愣愣地回视。

"这不是纪老的孙女吗？"其中一个对她最为熟悉，"叫……西西，是吗？"

纪忆嗯了声，有些无措地点头。

她生怕他们问什么。

但是他们什么都没问，想来也觉得两家关系如此好，探病什么很正常。

等到人离开，房间里没有人了，纪忆才慢慢走过去，走到床边。季成阳听见她的脚步声，开口说："西西，我有点儿口渴，帮我倒杯水。"

纪忆下意识点头，忽然反应过来他看不到，就补了一声"好"。她很快把书包放到沙发上，拿玻璃杯去饮水机那里倒了半杯热水，又加了些冷水。

她走到床边，把玻璃杯放到他手里。

季成阳喝了两口。不知道为什么，刚才那些人来，他竟然没有喝水的要求。等到纪忆来了，他却忽然感觉到自己真的渴了。

自尊心作祟吗？不愿让外人帮自己倒水？

他忍不住嘲笑自己。

纪忆看着他喝够了水，把杯子接过来："你一直坐在这里，会不会很想抽烟？"

季成阳笑了，没回答。

她放了杯子，从书包里拿出了一大包水果奶糖，方形的，她的最爱。这种水果奶糖，绿色的是苹果味的，黄色的是橘子味的，她下意识地挑了绿色的糖，剥开糖纸，递到他嘴边："我给你带了糖，我听我家里人聊天时说过，三叔戒烟就是吃糖，想抽烟就吃一颗……"

她怕他吃不到，手指就这么贴上了他的嘴唇。

因为刚喝过温水，他的嘴唇很柔软。

这么好的人，怎么就会生病呢？

纪忆感觉到他呼出的温热，心钝钝疼着，手指忽然有些抖。

"糖？"他问，反应明显慢了半拍。

"水果奶糖。"

季成阳感觉她的手指已经开始发抖，终于张开嘴，用牙齿咬住了糖。糖块滑到嘴里后，他随手去握了握纪忆的手，很凉，是刚从外边进来的温度："昨晚天气预报说，这几天都在大风降温。"

她顺着他说："风是挺大的，我昨晚回去时候，看到人顶风骑车都骑不动，只能推着走。"

他仿佛不太在意地说着："快过年了，天气又不好，不要到处乱跑了，一会儿就回家去。"

她愣了。

刚进屋没十分钟……就要走吗？

多待会儿不行吗？

她想问，却想到护士强调过不能惹他生气。

挣扎了会儿，还是顺从地嗯了声。

"我吃完一颗糖就走，"她坐在床边沿，也给自己剥了一颗相同味道的，"说话算数。"

各种颜色的水果奶糖，味道很单一，什么颜色就是什么味道。

纪忆看着窗外积雪的树枝，不敢多看他，不知道怎么了，看到他就会鼻酸，想哭。她小时候也去过一次医院，去看生病的叔叔，好像就是哭了，被家里人说太丧气。

后来她就懂了，在医院能不哭，尽量就不要哭。

吃到最后太甜了，她拿起他用过的玻璃杯，喝了口水，想了想，又递给他："糖好像太甜了，喝水吗？"

季成阳没说话，却忽然摊开了手心。

一个小如纽扣的纸衬衣躺在他的掌心，是用糖纸叠的。

怎么可能？

他看不见，怎么还能叠这么小的糖纸？

虽然小，却很精致。

"我六七岁的时候，练琴间隙觉得无聊，就经常叠这种东西打发时间，"季成阳不用看到她的表情，就能猜到她是什么想法，"不用看，也能叠出来。"

能熟练到这种程度……他小时候是有多无聊……

季成阳把那个纸衬衣放到手边的桌子上，笑了笑："新年快乐。"

他这是在催她走。

纪忆悄悄把那个可爱的小东西拿起来："新年快乐。"

过年前，附中高三所有学生返校，参加高考模拟考试。

年级组长之所以把考试安排在这两天，就是为了让高三学生随时绷紧神经，过年也要在考试卷子里过，一刻不能松懈。这一次模拟考试，纪忆完全不在状态，连英语听力都频频走神，好不容易挨到最后一天上午，卷子交上去后，她轻呼出一口气，对坐在斜后方的赵小颖说："我请你去吃饭吧？"

赵小颖因为考得不好，心情不好，她是因为心情不好，考得不好，凑在一起也没话说。纪忆和她并肩走出学校大门，打量马路两侧有什么能吃的东西。大年三十的中午，店家早早关门过年，也只能去吃快餐店了。

她有点儿恍惚，接下来的一秒，迎面就泼来一大盆冰水，带着大块的冰，砸在她脸上。水连着冰块，将她上半身淋得湿透。

从天而降的冰水，不只泼向她，还有身边的赵小颖。

她还没找回自己的意识，就被人猛推开，撞到身后推着自行车的学生，手腕被车前闸划开，血马上就流了出来。这里因为她，乱作一团，而赵小颖已经同时被人一脚踹到地上："赵小颖，你妈和你就是一对贱货！"

她那个飞扬跋扈的弟弟王行宇，就这么在她身上啐了一口："你个贱货，撺掇你妈去找我爸，想复婚怎么着？你以为你是什么东西，不过就是个女孩，你以为我爸会要你？会要你妈？别做梦了！"

王行宇说着，拳头就要挥上去。

纪忆顾不上什么，冲上去，狠狠推开他。

连着手腕上的血，在他身上落了一个鲜红的手印："王行宇，"纪忆退后一步，挡在赵小颖面前，"你敢打人，我就报警了。"

"报警？"王行宇倒是乐了，"我抽我自己家里人，警察也不管啊？真不好意思啊，连你也被泼水了，谁让你从小就爱护着她呢？同甘共苦呗——"

他前行一步。

纪忆没退，手腕上的血滴落在地上。

身后是一群群走出来的高三学生，前面的人已经停步，可是后边的人却不知道发生了什么，仍旧往前挤着……她想求助，可身后的人都一脸躲避，都不敢有人好心上前去扶赵小颖，更别提有人来管她了。

"怎么着？还想替她挨打啊？你以为是小时候让你跳个沙坑就可以了？"王行宇笑起来，"我是真不想抽你，何必呢？"王行宇似乎特享受这种俯视感，伸手去扯纪忆的手臂，没想到握住了她受伤的手腕。

他猛甩开纪忆。

身后的学生，都往后退着。

纪忆走投无路，绝望极了。

没想到王行宇还没威风完，就被身后冲上来的人踹倒，摔在了地上。这一脚踹得凶狠，让他整个人都佝偻起来。付小宁不知得了谁的信儿，就一声不吭跑来，他下手完全不像之前王行宇欺负她们的嘴脸，真是生生往死里打，黑色的军靴只往他脑袋狠狠踹。

随后而来的十几个人，也不问缘由，混入群殴……最后王行宇也被打得鼻子出血。

尖叫，恐慌，所有声音混杂着，身后的学生都不再看热闹，潮水似的往后躲。

最后很多高三老师都冲下来，可这种场面，连老师都不敢上去拦着。

纪忆怕极了，几次想拉开付小宁，完全难以接近暴力的中心。

"西西，西西，"暖暖拼命推开身前的同学，从身后猛抱住纪忆的腰，把她往后拉，脱离那个暴力的圈子，"你千万别上去拦，他们好多不认识你，会连你一起打啊，千万别上去，"暖暖吓得脸都白了，"这是怎么了，怎么了啊？"

她语无伦次地说着，死命拖着纪忆往后躲。同一时间，实验班班长也拨开一层层学生，跑上去，脸色煞白着把赵小颖拖离那个地方。

随后而来的肖俊看这场面，也觉得事要闹大，顾不上是不是自己人，从外到里都给了一拳，直到把人都打开，才终于揪出了付小宁："你疯了？想出人命吗？！"

不知是谁报了警。

警车一路过来，吸引了全部往家赶的路人，最后停在附中门口，下来了三四个警察。暖暖吓得脸都白了，拉着纪忆就往学校里跑，到教学楼拐角停下

111

来，这才转过身抱住她:"没事没事，这是怎么了？忽然就打起来了？付小宁都一辈子没打过架了……"

纪忆是真被吓坏了，眼前都是血。

暖暖自说自话，打电话拜托班长买来酒精和白纱布，给她处理着手腕上的伤口。伤口已经结疤，在透明液体的冲刷下，暗红一点点被洗去。暖暖不敢硬揭血块，觉得消毒了，用白纱布绕了几圈，打结:"下午别考试了，我们回家吧？"

纪忆茫然看她，她直觉，这次真要出事。

果然，她想回教室请假的时候，原来实验班的班主任就急匆匆走来，神色复杂地看她:"纪忆，来，跟我来办公室。"

纪忆心一沉，跟着原班主任走过去，就听着老师在身边叹气:"你们班主任今天请假，找不到人，等过年回来真要被吓死了。你说你，要不然不出事，怎么一出就是大事。你可把我们吓死了，这还是附中第一次出这么大的事儿啊。"

班主任推开办公室的门。

里边只有两个老师在，都是原来在实验班教过她的老师，房间里坐着的还有两个穿着制服的警察。那两个老师看到她进来，都多看了她两眼，似乎没有离开的意思。

纪忆脑子蒙蒙的，想起自己衣服上还有好多自己的血。

"是纪忆吗？"其中一个警察打量她，"我们就来问你几个问题。"

她连点头都不会了，看着那两个警察。

"刚才在你们校门口打架的人，和你有关系没有？"

她下意识摇头:"我不知道……要打架。"

"你不认识他们？"

她不敢说谎话:"认识。"

"认识就对了，"另外一个警察看了眼她手腕上的纱布，说话略微温和一些，"刚才有人报案，那些打架的都被我们带走了，你下午还考试对吗？考完了去城区的派出所做个笔录，和你家长一起来。"

她不知道如何回答，事情已经严重到需要做笔录的程度了吗？

"好了，你先走吧，记着来做笔录。"

纪忆像是做了一场梦，回到教室，考试已经开始。她只记得警察要她考完试去做笔录，就拿起笔，真的开始写卷子。班里的同学都有些惊诧地看她，很快又低下头，她写着写着，觉得手腕越来越疼，所有的字都飘荡着看不清楚……

叫家长？做笔录？会被开除吗？

这张卷子，她根本不知道在上边写了什么。

怎么办？要告诉爸妈吗？还是要告诉爷爷奶奶？这个时候，她发现"家长"这个词对她来说特别难定位，她不敢告诉任何一个亲人，想象不到他们知道了会怎么样。

出考场，她仍旧没有主意，倒是暖暖提前交卷，下课铃声一响，就冲进了他们班。老师还在讲台上收拾卷子，看到暖暖，蹙眉不语。暖暖顾不上别的，拿起纪忆的书包就往外走，看都不看赵小颖一眼。

"我告诉我小叔了，他说他马上就过来。"暖暖带她下楼，边走边说。

"你小叔？"纪忆这才有了些意识。

"刚才我提前交卷，班主任特地找我，说警察要找你做笔录，还要你们家人去。你们家又没人管你，我也不敢告诉爸妈……就把小叔叫来了。"

纪忆还没接受这个现实，季成阳的车已经到了校门外。

王浩然看见她们，神色紧绷着走来，检查纪忆身上的伤，看到她手的时候立刻就心疼了："究竟怎么回事？怎么和小混混儿打起来了？"

纪忆没吭声。

"我小叔呢？"暖暖奇怪，后车门也在此时被人从内打开，暖暖看了一眼，脸色顿时变了，"小叔你怎么了？！眼睛怎么了？"

"先上车，"季成阳语气不善，谎话倒是说得不露声色，"被光伤了眼睛，休息几天就好。"

他穿着黑色外衣和卡其色的绒布长裤，除了眼睛上有一层白纱布，真就像是暂时受了些小伤，没什么大碍。纪忆坐在副驾驶座上，看着后视镜里的他，这几天的想念，糅在今天所受的惊吓里，融成了一种非常复杂的情绪。

笔录并没有她想象的那么可怕，做笔录的警察就是去学校找她的两个人。

只是例行公事问着问题，最后送走她的时候，还对王浩然说，小女孩才十几岁，最好离那些社会上的人远一些，还有，最好亲自去和受害人道歉，否则人家追究起来也麻烦。

大年三十，整个城区的过年气氛已经很浓。

等把纪忆和暖暖送到院里，季成阳竟让王浩然开着自己的车回去："我今晚在家过年。"王浩然想说什么，看了眼不知情的暖暖，作罢了。

季成阳走到楼下，忽然停下来："暖暖，你先上楼，我和纪忆说两句话。记得，回到家爸妈问什么都不要回答。"

暖暖本来已经觉得事情过去了，听他如此叮嘱，立刻被吓到，领首，跑上楼。

"这里……有什么别人看不到的地方，带我过去好吗？"季成阳听着暖暖离开的脚步，忽然对纪忆这么要求。

纪忆看向四周。

这个楼是家属区最后一栋楼，挨着一个院内的景观公园，冬天除了松树和常绿灌木，余下的都已经凋零了，没什么人。今天是年三十，更不会有人，她拉住季成阳的手，带他走进没有围墙的公园，在一个回廊前停下来。

今天的风特别大，有五六级，松树都被吹得摇摆不断。

纪忆松开手，终于能说出心里话："对不起，我一直在给你添麻烦。"

天黑了，这里没有灯，只有季成阳的声音是清晰的："手上的伤严重吗？"

"还好，"她轻声说，"不是特别疼了。"

季成阳蹲下身子，面对着她伸出手臂，纪忆愣了，过了好一会儿，终于靠近。她觉得心里特难受，空空落落的，空得根本不知道要去想什么。季成阳抱住她，低声试着哄她："不用怕，有我在，这些都会过去的。"

纪忆搂着他的脖子，闷闷地嗯了声："我现在……不怕了。"

季成阳继续说着："我刚才打电话问过，那小男孩被打得不轻，可能你回家的时候，他爸妈已经在你们家了。我猜你父母也会回来，或者，至少你们家的很多亲戚会在。"

"他们会去我家？"纪忆忽然就慌了。

"差不多，"他不想这时候说好话安慰她，一会儿她回到家，要独自面对很不好的场面，他一定要让她预先准备好，"记住我说的话，你只需要道歉，余下的我会处理。"

季成阳眼前漆黑一片，感官却很敏锐。

他能感觉纪忆在紧紧抱着自己，忍着害怕，忍着委屈。他的小姑娘，是真被吓坏了。

第十章　坚强的理由

打开门，客厅灯光明晃。

电视机是关上的，纪忆拿钥匙开门的时候里边还吵闹着，等她真正走进去了，瞬间就安静下来。客厅里都是人，王家人，爷爷，二叔、二婶和堂弟，三叔、三婶……还有赵小颖和她妈妈，所有人，无数双眼睛都看向她。

她放下书包走过去，看到王行宇的妈妈，要说话，后者已经冲上来，一把将她推向沙发，动手就要打人。

纪忆跌坐在沙发上，蒙了。

"怎么能动手啊？！"三婶想拦，却被三叔扯住手臂，"怎么了，再怎么说也是纪家孩子……"

"谁也不许管她！"

纪家最权威的人开口了。

爷爷转身，走进书房，砰的一声将门撞上。

这么一说，真没人再敢拦。

倒是王行宇父亲主动挡住自己的老婆："都已经这样了，你打人也没有用！"王行宇妈妈肿着眼，恨恨看纪忆："我孩子怎么你了？你就敢找一堆小流氓，往死里打？！"她说着，使劲将一团纸扔到纪忆脸上，是检查的单子。

纪忆慢慢站起来，腿紧紧挨着身后沙发，不敢捡掉在地上的纸团。

赵小颖在她妈妈怀里，显然在她回来前，已经被训斥过了。她脸色惨白地看着纪忆，好不容易鼓起勇气，小声说了句："是王行宇要打我，纪忆帮我……"她妈妈狠狠拧住她的手臂，低声呵斥："别胡说，那些小流氓和你有关系吗？啊？你怎么什么话都敢说啊！"

赵小颖红着眼，咬住嘴唇，也不敢说话了。

纪忆本以为自己还有解释的余地，却没想到面对的是一场单方面的兴师问罪。

赵小颖有妈妈护着，王行宇爸妈为孩子讨公道，二婶也唯恐自己儿子被吓到，把堂弟带到书房里躲着。只有纪忆一个人靠着沙发，孤立无援。

她想说清楚事情的来龙去脉，却没人给她机会说。

王行宇父亲已经先声夺人，拿着腔调，当着众人训斥纪忆。他话说得非常明白，王行宇被打得非常严重，甚至还经过抢救，差点死在手术台，就是现在被抢救过来了，也要休学静养，能不能参加高考还不知道。

王行宇父亲反复强调，义正词严："这事一定要追究到底，尤其是聚众斗殴的主犯！"

他继续说着，如何追究，如何赔偿。纪忆听了好多好多，只记住了一个数字，四十万。她听到这个数额的瞬间，整个人就空了，像是被推到了悬崖边上，脚跟悬空着。不敢用力，不敢思考，什么也不敢想。

以她的人生阅历，完全应付不来这种场面。

不管是受害人家长的打骂，还是这一系列的追究，这骇人的条件。

她能做的，只是继续听着。两只手就这么在身后拼命搅在一起，让自己别哭出来。

暖暖说过，付小宁家条件特别不好，父母也是常年不在一起。这次竟然全是因为自己，被关在派出所，还要赔款。

她用指甲无意识抠自己的手，人家再说什么，也没再听进去。

直到王行宇的爸妈离开，赵小颖被妈妈拉着也要离开这里，赵小颖才扑过来，抓着她的手想说话。话没说出来，已经痛哭失声。赵小颖想要道歉，可是根本没有勇气当着自己妈妈的面说什么，只是看着她哭，直到最后被妈妈拉走。

纪忆看着饭厅里坐着旁观的自家人，没说话，从客厅回到了房间。

她锁了门。

很快就听到门外，三婶抱怨："四十万，够在偏一点儿地方买套房子了，真够敢开口的。"

"又没让你出，话那么多干什么，小心爸又发火。"三叔语气不快。

"我告诉你啊，这事儿且折腾呢。王家和那个小混混要四十万，刚他们都说呢，那伙孩子还一个不到二十岁的，哪里来钱？到时候小混混爸妈还要找这里来，你等着。哎，出这么大事儿，西西爸妈也不回来，"二婶也忍不住，"我们算什么啊，大过年的点头哈腰一晚上，真晦气。赶紧把爸叫出来，吃饭吧，我去热饭。"

"不回来正常，你知道她妈接到电话说什么吗？把老头气的啊，"三婶学舌，"她妈也不想着出这么大事，回来处理处理，还在那头说，当初西西生下来，好多人就说她生辰八字就是克父母，到底还是没躲过去。"

"是躲不过去，她刚十几岁，想甩责任？再等两年吧。"

"看着挺乖的孩子，真是没想到，早和社会上的人混了。你说人家为了她，真敢杀人放火，多可怕。还是我们家孩子好点儿，平时皮一点，倒不敢惹大事。"二婶继续感叹。

……

纪忆打开台灯，拿出一摞没做过的数学卷子，开始做题。她从来不知道自己出生的时间日期，早就被定性成克父母。

台灯开到最亮的光。

她开始做选择题，一道又一道，只求速度，顾不上质量。

不知道怎么办，也不知道明天会发生什么。

很快，客厅里有了电视的声音，每年例行公事的春节晚会开始了，堂弟在叫着饿，没一会儿家里人就吃饭了。她听见三婶说让她出来吃饭，爷爷却拦住了："饿着，让她反思反思。"

……

纪忆低头，继续看自己的卷子。

憋了一晚上的眼泪终于都流出来，噼里啪啦地落在卷子上。

她完全不知道，有人就和她隔了一墙，始终在等着她经过这一场单方面的责难。

漆黑的楼道里，季成阳就站在两侧楼的拐角处，听着楼下王家的人离开。

他从口袋里摸出烟盒，抽出一根烟，轻放在鼻端。刚才隐约听到了一些吵闹，哭的声音，有小女孩在哭，不是纪忆。

熟悉的烟草味道，让他的情绪渐趋于平静，直到彻底冷静。

刚才那个家里有多少人？纪忆家人，小男孩的父母，他猜，应该还有纪忆的那个好朋友。这件事起源很简单，说到底是别人的家事，儿子打女儿，怎么延展也不会有钱财官司的纠葛。

可对纪忆来说，就是一场无妄之灾。

他很熟悉附中校规，即使这场斗殴不是她主导，可就凭着和校外青年交往过密，还被警察亲自来学校谈话，光是这一点就足够校方处理这个优秀学生了。

而且……这还只是学校方面的事。

那个男孩子……

季成阳有些不太舒服。

他把烟折断，放在窗台上，那里已经放了很多断的烟，还有草黄色的烟草细屑。

那个男孩子因被外来暴力殴打，造成全身大面积青肿，右小臂、左小腿、右肋骨多处骨折，肝脏破裂，腹腔内瘀血……孩子现在在协和，王浩然特地打电话托人问的检查结果，医生都感叹送来得及时，否则后果不堪设想。

……

季成阳忽然想到自己十几岁时，在初中校门口亲眼看见几步远的地方，有学生死在几个混混刀下。那是他第一次见到鲜活的生命死在面前，那时他也被吓住了。

过了很久，他终于从口袋里摸出手机，摸到1键，长时间按住。

因为职业关系，他手机里的号码实在太多，有时候怕找不到纪忆的电话，索性把她的电话号码设置成快捷拨号，1号键就是她。

很快，电话接通。

他听到纪忆喂了一声。声音很低，似乎还有些鼻音。

"结束了？"他低声问。

"嗯。"

他刚想再说话。

窗外就传来震耳欲聋的鞭炮声，左耳是窗外的声音，右耳是纪忆那里传来的声音。两个人，一个在一楼房间里，一个在一楼和二楼走廊转弯处，都因为鞭炮声太大，没有说话。等到四周渐渐安静下来，季成阳才问："我刚才在车上听暖暖说，过一会儿广场上会有烟火？"

她答："差不多十一点的时候有烟火，每年都会放一个小时。"

"我记得我出国读书前，北京还没有禁放，"季成阳笑，"刚才暖暖才和我说，禁放以后，院儿里每年就会在广场上放。"

纪忆又嗯了声。

- 118

不太爱说话。

痛极无言，笑极不语。

以前两个人打电话的时候，都是纪忆说得多一些，有时候叮嘱，有时候汇报生活状况，有时候会请教些困惑。她是个早熟的小姑娘，可再早熟，也不是钢筋铁骨。

她的阅历还只在校园。

季成阳尽量多陪她说了几句，觉得她情绪比他想象的稳定很多，终于略放了心。

他必须回家了，这是一个棘手的问题，最棘手的是他马上就要动手术。脑肿瘤的位置不好，导致手术有很大的风险。他一边思考着，一边考虑是不是要交代一下王浩然，跟进后续的处理情况。站在这个漆黑楼道里的他，眼前也是漆黑一片，竟有种要料理后事的急切心理。他唯恐上了手术台不能再下来，就会留下她一个人面对很多的麻烦。

她才十几岁。

季成阳把烟盒里最后一根烟攥在手心，狠狠攥成团，又扔到了窗台上。

两个人没说一会儿话，第二波新年贺岁的鞭炮声就响了起来。

"有烟花了，"纪忆借着窗口的爆竹声，放大了声音告诉他，"广场那里开始放烟花了。"

季成阳笑起来："过年好，西西。"

"过年好。"

"晚上好好睡一觉，新的一年开始了。"

"嗯。"

"再见。"

"再见。"

纪忆挂断电话，看了眼通话时间：九分二十一秒。

后来暖暖提到过，那晚季成阳到家的时候，家里人已经吃过了年夜饭。暖暖的爷爷原本被二儿子接来吃顿年夜饭后，就会被接走参与别的活动。可季成阳却意外回了家，他主动要求和暖暖的爷爷谈话，老人家很惊讶地跟着他进了书房。

至于两个人在书房说了什么，谁也不知道。包括门外的季家人也不知道。

这个大年夜的晚上，纪忆梦到了一些曾发生过的事。

她在梦里，一直在哭，有人走过来问她怎么了，是不是走丢了，家在哪里，她指了指身后，其实这个窗户里就是她的家。那人又说了一些话，劝不住她。直到有个男孩走近，递过来一个透着粉色的小塑料瓶，是给她的。瓶子形状很可爱，瓶口是锡纸包装的，一撕就能打开来，瓶身上写着喜乐。

她醒来，想起这是第一次和季成阳相遇的情境。

虽然那天只记住了王浩然的脸，但她肯定，那个递来喜乐的人一定是季成阳。

这场无妄之灾如飓风过境，来势迅猛，咆哮肆虐，掀翻民居树木后，却又在第二天消失无踪，只留得万里无云的碧空。都听说，王行宇的父亲趁春节这几天登门季家，给难得小住在大儿子家的季老拜了个年。那一室谈笑，都认同小孩子吵闹并非大事，自然干戈化作玉帛，困难也就迎刃而解了。

这其中是非，也没人想要多嘴去议论。

当她十年后到监狱采访一名十七岁少年犯，听着那个光怪陆离的案情时，忽然就想到，如果在2002年这个春天没有季成阳伸出援手，付小宁是不是也会是这个样子：坐在椅子上，一边说着没什么逻辑的话，一边强迫症似的频频去看高窗外的碧空。

到年初五，高三全体学生返校补课。

因为已经是高三下学期，附中理所当然要求所有学生都住校，为了专心备考。初四上午，暖暖母亲提前送她和暖暖返校，车到校门口，暖暖母亲让暖暖带着司机，把行李先送上宿舍楼，留纪忆一个人在车上。起先暖暖还不乐意，后来发现母亲是非常认真的，只得离开。

车门关上，纪忆看暖暖母亲。

"西西，不用紧张，"暖暖母亲安慰她，"季爷爷让我和你聊聊，我正好也是这么想的。"

纪忆点头，猜不到谈话内容。

暖暖母亲的谈话从她爷爷奶奶讲起，这让她有些出乎意料。纪忆奶奶是童养媳，没文化，从小就到纪家，纪爷爷离家到北京求学，纪忆奶奶守在广西的一个农村里。后来，纪忆奶奶离开广西来了北京，终于在四十岁的时候有了个儿子，却因文化程度相差太大，离婚了。

纪忆爷爷娶了后来的妻子，又生下两个儿子。

当年离婚时，有和纪爷爷不和的人，给纪忆奶奶出主意，让她大闹特闹，本以为能改变结果，却还是照旧分开。那时离婚的老辈人不少，却只有纪家闹得沸沸扬扬。

"所以你父亲和你爷爷，父子关系很差，"暖暖母亲语言有保留，"你父亲在东北下乡时，认识了你母亲，都吃了不少苦。等两人返程，你奶奶就病逝了，你父亲就因为这件事，和你爷爷动过很多次的手。"

纪忆父亲恨纪忆爷爷抛妻弃子，纪忆爷爷也恨儿子如此不孝，光是断绝父子关系的契约都写了好几份。这些事，旁人讳莫如深，季爷爷在这几天才告诉暖暖母亲。

"所以，西西，如果你爷爷对你不亲近，不是你的错，"暖暖母亲说，"这些话不该阿姨来告诉你，但我和你季爷爷、季叔叔，都看你长大，你又这么听话，不想你因为不知道一些事而受到伤害。大姑娘了，了解总比被隐瞒好，对吗？"

"嗯。"

"你爷爷老了，你两个叔叔和媳妇、孙子都常年在身边，感情很深，他们说的话，你爷爷也都很相信。也不能怪老人家，毕竟人老了，就要指望在身边侍奉的子女，那些不孝顺的都只当没生过，人之常情。"

纪家子孙满堂，老二老三都孝顺，伺候周到，是好儿女。而好儿女捕风捉影，耳边吹风的那些话，自然落在老人家耳朵里就是真的。

纪忆的两个叔叔婶婶，都认为纪忆住在这里，就是纪忆父亲刻意为之，想要日后分家产的时候能有谈资，毕竟父子关系已决裂，孙女才是唯一联系他们的人。这种话，纪忆两个婶婶逢人就说，和纪忆爷爷也常念叨，久而久之，众人也就都当了真。

大儿子和媳妇不尽孝道，还经常和老人家动手，的确也寒了老人家的心。

人越老，记忆构成就越简单。只能记住对自己好的人和对自己坏的人。年初一的早上，季爷爷和纪忆爷爷谈过心，老人家提到大儿子的名字就情绪激动，破口大骂，连带指着门外，让纪忆也滚得越远越好，季爷爷就知道接下去没什么能说的了。

这真是家事，外人只得旁观。

幸福的家庭总有相似，不幸的家庭，各有各的不幸。

不了解的人都像是听故事一样，故事套着故事。有时候你看社会新闻，没血缘的两个人可以做到不离不弃，而有时候，你也能看到，有血缘的人形同陌路。

血浓于水，这句话并不适用在任何地方。

"你家人说你的话，你听听也就过去了，不用往心里记。以后做什么，小心一些，毕业就好了，"暖暖母亲替她捋顺额头的刘海儿，"高中毕业，进了大学，你就可以靠自己了。暖暖爷爷让我告诉你，他十岁父母就都不在了，也好好活到现在，这些都不算什么。"

纪忆看看暖暖母亲："谢谢阿姨。"

纪忆回到宿舍，收拾行李。她将一个月的日用品都塞到床底下的木箱子里，看看表，时间还早，还来得及去趟301医院。如此想着，就在高三楼层越来越热闹的时候，离开了宿舍楼。

宿舍楼阿姨看到纪忆，马上就跑出来给了她一大包晒干的红枣："这个脆甜脆甜的，补血。"纪忆看阿姨的眼神，明白她是知道年前的事，想安慰自己，她连连道谢，接过来塞进自己书包里，匆匆跑了。

到了医院，季成阳这楼病区的护士很快认出她来，也就没阻拦她入内。

纪忆沿着走廊走进去，转弯过来，发现季成阳的病房门是虚掩的。似乎每次来，他这里都有探病的人。她刚要推门，就透过虚掩的门，看到套间外间的沙发上坐着一个短发年轻女人，背对着她，在和同坐沙发上的季成阳说话。

浅棕色的沙发上，他的身体因为沙发的软绵而深深沉入其中，去认真听身边人说话，他手里握着透明的玻璃杯，食指还在无意识地摩挲着玻璃杯的外壁。

除了那手指细微的动作，整个人安静得……仿佛已不属于这个空间。

本该是穿走战火硝烟中的人，本应有一双能望穿你的眼睛，此时此刻却在这里消磨时光。可他仍如此坦然，他对命运，有着超乎自身年龄的坦然。

"我一直想做瑞克埃金森的专题。"年轻女人说。

"让我猜猜你们会介绍什么，"季成阳似乎对这个话题有些兴趣，起码他有说下去的欲望，"他擅长写报告文学，有本关于西点军校的《长长的灰色线》。"

他的声音仍旧如常，冷且静。

"嗯，这些我都查过资料了，还有呢？"

"还有？"季成阳沉吟，"我知道的，你都能查到，这个人，不只喜欢写战争题材的报告文学，本身就是个记者。"

纪忆想敲门进去,可又怕打断他们如同工作一样的谈话,就转而在门口慢慢踱步。

"他父亲也是个军人,"那个女人也笑,似乎心情非常愉悦,"和你一样。"
季成阳未接上这个话题。
他继续说:"他1982年和1999年分别获得了普利策新闻报道奖,可惜现在已经2002年了,再说两三年前的事,不会有什么新鲜感。"
"所以才和你聊聊,看看有没有什么新鲜一些的说法。"
"新鲜的?比如,可以大胆做个预测……他应该还会第三次获普利策的奖,他已经形成了自己的风格,而且很符合普利策那些评选委员的胃口。"
"你就这么肯定?"女人的声音带着笑意,继续刚才的话题,"他能再拿普利策?"
"如果没有意外的话,我想他这两年就会再次获奖。"
纪忆听着这些话,觉得季成阳离自己很远。
他是专业的、职业的、让人尊重的。即便挡住了那双漂亮的眼睛,他的神情在说着这些话的时候,稍许一个微笑,就已让人觉得,这样的男人……一定藏在很多人的心底。

纪忆听着里边有短暂的安静,想要推门,手却停住。
季成阳从上衣口袋里摸出一块糖,熟练地剥开,将奶绿色的小方块扔到嘴里,吃着。
"什么时候有吃糖的习惯了?"那个年轻女人问他,"不是不喜欢甜食吗?"
……

"怎么还没进去?"护士忽然出声,就在纪忆身后。
她心扑通跳了下,内里的谈话已被打断,她也只得伸手推门。
坐在沙发上的年轻女人转过身来看她,眉眼间,和人物栏目的女主播非常像,只是没有屏幕上看到的那么知性,如此淡妆,更亲切,年龄也显得小了些。
纪忆回忆她在电视屏幕上的名字,刘晚夏。
刘晚夏看见纪忆也笑了,原来是个小姑娘。
这位当红主播见来了人,很快说台里下午还有会,又温软地抱怨着刚刚年初四就要如此工作,连累她连探病都能和季成阳说到工作。
护士轻声和季成阳说着话,好像是告诉他一个时间表,几点几点要做什么检查，会有谁带他去。刘晚夏细心听着，追问了一些问题，听上去，对他的事情很上心。

纪忆等着护士和刘晚夏都离开了，终于自在了些，在他身边坐下来："普利策是什么？"

"这是一个人名，"季成阳笑了，言简意赅地给她解释，"这是一个美国的报业巨头，他死后创立了这个奖项，算是美国新闻界一个举足轻重的奖项，发展到现在就覆盖了很多方面，比如文学、音乐之类的。"

她大概懂了。

所以他们刚才说的瑞克埃金森一定是美国新闻界的一个名人。

"西西，麻烦帮我把床边抽屉里的电脑拿出来。"他忽然说。

纪忆应了，找到电源插线和网线插口，连接好，开机。

"桌面上有个Outlook，我需要你帮忙回一封邮件。"

"找到了。"她双击图标。

屏幕上蹦出一个窗口。

"要密码？"

"770521。"

纪忆记得，这是他的生日。那天她陪他吃过新街口豁口的那家，他没吃多少，他还说他是因为看了太多的血腥暴虐场面，看了太多明明生在和平年代，却仍死在战火中的人的尸体，终于对内脏这些东西再无食欲，甚至心理抵触。

季成阳问："打开了？"

她收回心神："打开了，一直显示在收邮件。"

这邮件一收就是十分钟，上千封未读邮件蜂拥收进，她看着左侧不断跳跃出来的新邮件就觉得神奇。他是有多少的事情，需要这么多邮件往来？

等都收全，季成阳告诉她一个邮箱地址："你键入前两个字母，就应该会有自动跳出，搜索一下，看到他发给我的最后一封，念给我听。"纪忆按部就班，却有些心神不定，仍惦念那串密码："他最后一封……问你什么时候回去。"

季成阳指导她回复邮件。

大意是交代自己这段时间身体不适，不能看电脑，可能需要做一个手术。"手术会在三天后，"季成阳用英文告诉她这段话，"等我身体恢复了，会再和你联系。以上由我的一位朋友代笔。"

纪忆愣住。

三天后手术？

手术后的未知，让她瞬间感觉到了恐惧。是那种站在黑暗的甬道前，看不到下一级是台阶，还是黑洞的恐惧感。很无力，不敢面对。

她慢慢敲入最后一行英文句子，检查一遍后，替他署名Yang。点击发送。

"这是我在美国的室友。"季成阳告诉她。

她脑袋混混沌沌，应了声。

她关机，想要把笔记本电脑放到原来的地方，从沙发上站起身来。

没走出两步，却又折返："你真要三天后手术吗？"

"没有意外的话，是三天后，"季成阳仍旧坐在那里，抬手碰到她的肩膀，"我忽然想起来，忘了告诉你一件事情。"

"……什么？"她莫名紧张，怕他说一些手术风险之类的话。

季成阳摸了摸她的黑发。

如果他的眼睛是正常的，那里面，一定有着不曾被人见过的宠溺和温柔。

他用手慢慢感觉她头发的长度，判断着，是不是又长了些，短暂沉默后，继续告诉她："忘了告诉你，《魔戒》第一部已经出来了，等我做完手术再陪你看。"

第十一章 故梦里的人

"中文版？"她轻声问。

"中文版通常都有删减，"季成阳笑了，"我陪你看原版，如果没有中文字幕，我会替你一句句翻译过来。"纪忆低头，喉咙感觉有些酸涩："原版……我应该也能看懂。"

她和他曾在真实取景地讨论过这部电影，时间悄无声息地前行着，转眼电影已全球公映。而此时此刻，她却听懂了，季成阳在给她一个承诺，活着的承诺。

附中对这件事的最终处理结果，是校长亲口告诉纪忆的："本来是一定会给你留校察看的处分，但你过去一直品学兼优，我们开会决定，还是给你记过处分，全校通告。不过你放心，处分不会记录在个人档案。"

结果很明显有偏袒成分，不记入档案，就等于完全对未来没有影响。

雨过，就一定会天晴。季成阳的手术非常顺利。

三天后，病理报告出来，肿瘤为良性。

纪忆当时在排练大厅，和老师做最后的交接，她看到"良性"两个字，心跳得像是要从胸口冲出来。手忽然就撑在陪伴自己两年多的古筝上，一时心酸一时欣喜，都不知道自己是该庆幸地哭，还是该开心地笑。

季成阳在术后两天转回监护病房。

她周六去医院看望他前，和他通过一个电话，没敢问眼睛的事情。那天下午，她推开季成阳病房的门，看到他仍是白纱布蒙着眼，心沉下几寸："我来了。"

年轻的女护士也跟着进来，看了看季成阳的状况，季成阳对护士说："麻烦你，稍后再有人来探病，就说我已经休息了。"护士应了，关上房门前，脸上是笑着的。

纪忆只顾得想着他的眼睛。

安静着，不敢问。

怕听到不好的结果，一个字都不敢问。

"外边阳光好吗？"季成阳问她。

"挺好的，今天是晴天，"纪忆挨着病床，半靠半坐，因为他提出的问题，转而去看窗外。虽然能看到的都是杨树的枯枝，但她觉得春天不远了。

已经2月底，她来这里的路上，还看到了迎春花。

季成阳让她帮着打开电脑，从一个邮件的链接地址，下载了一个视频文件。邮件名字是"2002年2月22日，小布什清华演讲视频"，不就是昨天的？纪忆昨天听老师提到，小布什就在昨天上午去了清华。

季成阳的意思是，让她放了视频来听。

纪忆将放在床上的小桌子打开，把笔记本电脑放上去，和他并列靠着床头坐着，目光很快被小布什的讲话吸引过去。"如果不是这次手术，我倒是很想带你去昨天早上的现场，"季成阳说，"未来几年的战争，都会和他有关。"

"未来几年？"

"9·11的后续，美国一定会借此对外展开军事报复行动。"

她觉得战争离这里很遥远，遥远得像是一个传说。

在祖国的这片土地上，好像战争只是祖辈所经历的，好像未来，未来的未来，都不会有"战争"这种词语发生在中国。可季成阳不同，他总能让她感受到传统教育以外的东西。

比如，他的反战。

比如，多听他说这些，就会觉得世界上有一个地方，在受着战火折磨。与之相比，和平是如此宝贵，而和平下的这些生活波折，都显得渺小了很多。

"……什么国家？"她问。

"伊拉克？"季成阳猜测着，声音有些低沉，仿佛冰下流动的水，缓缓叙述着，"二十天前，小布什已将伊拉克定为'邪恶轴心'国，指责他们拥有大规模杀伤性武器……"

视频里，小布什热情而绅士，正在和平的天空下做着外交演讲。

季成阳却在给纪忆讲述着预计到来的战争。

他不过寥寥数句，又沉默下来。

纪忆以为他是在认真听小布什说什么，没想到，他却忽然说："今天的确是个晴天。"

"是啊，阴了好几天了……"

纪忆回头，就这么愣在那里。

一股难以言说的喜悦感从心底涌上来，淹没她。

季成阳不知何时已经自己摘下眼睛上的阻碍，他的眼睛完好无损，此时就只倒映着她一人的模样。时隔一个多月，她终于能看到完整的季成阳。纪忆转过身，像十一岁时初次见他时，趴在猫眼上观察他一样的心情，仔细、忐忑，还有很多纷繁复杂的感动。

季成阳只看着她，同样，也安静地被她看着。

此时此刻的那双眼睛，是犀利的，深沉的，漆黑的，清冷的，更是迷惑人心的，眼底的暗潮汹涌，让他的五官格外生动、清俊……

两个人像是很久未见，重逢偶遇的故人。

一霎的惊喜过后，忽然涌出很多情绪，纷繁复杂，无从说起。

对视太久，纪忆鼻子酸酸的，脸却泛起微红，先躲了开。

她低头，在笑。

季成阳问："想到什么了？"

"嗯……"纪忆扬起脸，"你手术的那天，我去雍和宫了。"

"然后呢？"

她声音软软的，仍旧不好意思笑着："我在想你拆下绷带，会不会像雍和宫里的那些和尚。"

季成阳也笑："出院的时候，也差不多可以长出来一些了，估计更像刚还俗的和尚。"

那也是最好看的……还俗和尚。

季成阳今天似乎心情很好，他说他想吃面，想吃东直门的老北京炸酱面，纪忆瞠目结舌，这是想要横跨半个北京城吃一碗炸酱面吗？别说是距离，就是此时的情况，他也不能离开这间病房。关于对炸酱面的争论，和视频里的清华学生提问一起交杂着。

等视频放到尽头，两人的意见也达成了一致，出院后，再补回来。

这天晚自习，纪忆握着笔，趴在课桌上，写着写着就笑了。

笔尖轻轻划着草稿纸。

同桌被吓得不轻，边低头看着自己的数学题，边轻声说："你没事儿吧？吓我不轻。"纪忆轻轻用牙齿咬着笔尾端，轻声回："我想吃炸酱面了，东直门那家。"同桌无语。

座位斜后方的赵小颖，小心翼翼递来一张纸条。

从正式补课起，赵小颖就没再敢和纪忆说话，今晚终于鼓起勇气，想打破这个僵局。纪忆顿了顿，接过纸条，展开来看：对不起，西西。

赵小颖的对不起，两个人都明白，是指那晚让她孤立无援。纪忆曾告诉自己，只要她先说一句对不起，就原谅赵小颖。她要像季成阳一样，对命运里的任何人和事都坦然面对，季成阳都顺利渡过难关了，这些事根本就不值得放在心里。

季成阳出院这天是周六，也是她每周唯一的休息日。

她算着时间，早上九点多就离开宿舍，却在门外被暖暖拉住，暖暖站在宿舍楼的大门口，环抱手臂："去哪儿啊，好几个周六都不见踪影，都没人陪我了。"纪忆含糊其词："我……去补课啊，我们历史老师让我悄悄地，每周六去她家补课。"

不知从什么时候开始，季成阳变成了纪忆的秘密。

他的手术，他的康复，还有他今天出院，暖暖都毫不知情。在暖暖的心里，她的小叔一定在这世界上某个地方，做着让人羡慕而崇拜的事情。

"这么神奇？好学生就是待遇高，"暖暖倒不怀疑，"我忘了和你说，付小宁让我告诉你，他很谢谢你。"纪忆听到这个名字，有些不太忍心，手攥着双肩包的带子说："那你帮我告诉他，是我该谢谢他，然后……以后就别做朋友了，祝他幸福。"

纪忆不想再惹出任何事，不想再让季成阳有任何的失望，她没有家人指导前行，就要更谨慎走好自己的路。幸好暖暖也没多说什么，她没告诉纪忆，付小宁认为是自己鲁莽害了纪忆，也很内疚，早已做了不再是朋友的准备。

纪忆坐地铁到积水潭，不过是一段地铁路程，竟已从细雨绵绵演变成倾盆大雨。她撑着伞，沿着运河边踽踽独行，鞋子和裤脚慢慢就湿透了。

走了不过二十几分钟，到后半段路时，暴雨就如此过去，天放了晴。

她到了他家门外，从书包里拿出纸巾，弯腰擦净帆布鞋上的沙子和泥，再去敲门。

大病初愈，又是第一天出院，应该有很多客人吧？

门悄无声息被打开，季成阳眼前就出现了如此的纪忆。

因为有伞,她上半身幸免淋雨,背着粉蓝色的双肩包,下半身的蓝色校服裤子却从膝盖开始,一直到脚踝都被淋湿变成了深蓝色,白色的帆布鞋也都湿透了,蓝色的长柄伞收起来,伞头就戳在地面上。

伞尖下,有一小摊清水。

纪忆本来是低着头,在转着手心里的伞,听见声响,抬头。

她对他笑,笑弯了一双眼睛,将喜悦都折进眼角眉梢,露出左侧一颗小虎牙的尖尖。她小时候的虎牙没这么明显,随着年岁增长,这颗小虎牙越来越突出,只要笑,就能露出一个尖,却不自知。"家里没客人吗?"纪忆轻轻探头,发现客厅空空荡荡的。

季成阳伸手,要接她手里的伞。

纪忆摇头:"放在门口吧,拿进去会弄湿你家地板。"

他住的小区是全电梯通行,一层只有一户,又在十四楼,肯定不会有闲杂人拿走伞。纪忆将那把蓝色的伞,靠在门口,墙与门的拐角处。

伞支撑在那里,仍不停滴着水。

有些话,他还不能告诉她。

季成阳看着纪忆换上白色的拖鞋,走进空荡的客厅,她的身前和身后是室外投进来的阳光。他透过阳光,看见细微的尘埃在空气中飘浮着,有些温暖的浮躁感。

2002年的3月,她看到了第一部《魔戒》。

这是季成阳陪她看的第一部原版外文片。

一个多月后,这部电影在大陆上映,看过原著的人都评价,整个第一部只是个大铺垫,精彩仍在未来的第二、第三部。

缓慢的剧情,繁多的人物,的确是铺垫。她看了会儿,就被闷得睡着了。

睡在季成阳的藏书室里。

她来了他家几次,从未见过这个藏书室,门是在他外书房的东面墙壁上,粗看去是放置期刊的书架,推开来,别有洞天。

如果说书房还有些现代装修气息,放了些近年的藏书、影碟,还有杂志期刊,那么推开那一道门,就仿佛进了古旧的图书馆。四面墙壁都是书架,暗红色，没有窗，只有灯，每面墙壁书架有属于自己的两盏灯。全室木质地板，只有正中有地毯，还有个双人沙发。

她打开上边的灯，照亮的就是上十层书架，下十层依旧会藏在阴影里。

当时她只觉得震撼，震撼于这些藏书的美感。

季成阳这个人，在她的世界里变得立体。

在她的印象里，她是从那天开始，真的开始慢慢走近他……

因为她特别喜欢这里，季成阳就放弃了小型家庭影院，把电脑拿进来，陪她坐在这里的沙发上，看电影。没想到，没到十几分钟，纪忆就缩在无比舒服的沙发里，歪头，睡着了。季成阳原本是把电脑放在大腿上，发觉她睡着了，轻放了电脑在左手侧，然后把她的头放在了自己的腿上。

身子有些别扭地偏过去，开始看这一个多月以来的邮件。

他看邮件的速度极快，几乎是掠过一眼就跳到下一封，需要回复的都标记下来，免得打字声音吵醒睡着的小姑娘……

纪忆睡醒，发现自己就睡在他的腿上，不敢妄动。可是人一旦睡醒，就很难保持睡着时的安然姿势，没一会儿，她就浑身难受，想要动一动。

再坚持坚持……

注意力太集中的坏处就是，压在下边的右脚抽筋了。

她欲哭无泪，抓住他裤子的布料："我脚抽筋了……"

季成阳忙把电脑放在地毯上，起身，帮她慢慢揉着她的右脚。他有一双漂亮的手，此时却攥住她的整个右脚："好了吗？"

掌心的温度，还有手轻轻转动的动作，让她脚很快恢复正常，但是另一种难受更折磨人啊。纪忆终于忍不住，猛抽回了脚。

季成阳看她。

"我脚怕痒，别人碰一下都不行。"

他哑然而笑："只有脚怕痒吗？"

"……哪儿都怕。"

"我知道了。"他在说着，也在笑着。

此时的他，穿着简单的白色长袖 T 恤，因为室内恒温二十四摄氏度，挽起的袖口就在手肘下方。他这个人如果抛却极致的理想化，并没有那么多犀利的棱角，嘴角有微微笑意，带着想捉弄人的邪气。

纪忆尚未及反应。

他的一双手已经伸到她腋下和腰间，酥麻的痒，瞬间反应给她的大脑。纪忆反射性尖叫一声，想逃脱，完全无力挣脱他这么一个男人的控制范围："不要啊——我求你了，不要痒我——"她眼泪都笑出来了，最后整个人从沙发上滚下来，趴在地毯上。

身后的手未来得及把她抱起来，她已经顾不得拖鞋，光着脚就跑出了藏书室。

跑到书房，还特地绕到沙发后，眼神警惕地看着季成阳抱着电脑从里边慢悠悠走出来。她脸红得一塌糊涂，还喘着气，看到季成阳望向自己，立刻求饶："我错了，我不该看电影睡着，你罚我什么都行，别痒我了。"

季成阳的一双眼黑得发亮，笑道："你校服应该干了，去换回来，我带你出去吃饭。"

纪忆仿佛得救，乖乖去换衣服。

因为自己校服被雨淋湿，她穿的是他的T恤和运动裤。在阳台上被雨后的太阳晒了四个多小时，勉强算是晾干。初春的季节，仍有些寒意，季成阳随手拿了一件黑色外套，又拿了个黑色的棒球帽戴上。

他头发刚长出来一些。

纪忆看着他这个样子，回忆他过去的样子。

好像都挺好看的。

他的车很久没开，两个人先去了一趟加油站。车开进加油站，季成阳走下车，纪忆坐在副驾驶座上，隔着积了层灰的前车窗，看着他走来走去，和人说话，付钱。看着看着，他忽然就凑过来，敲车窗。

纪忆打开车窗。

"口渴吗？给你买好喝的。"

她点头，想了想，很快追加一句话："我只喝矿泉水。"

他微笑："我记得你也喝别的。"

"以后都不喝了，"纪忆告诉他，"喝矿泉水健康。"

他笑："咖啡还喝吗？"

纪忆摇头，很坚决。

他离开，去加油站的超市买了两瓶矿泉水回来。

纪忆拧开来，喝了口。

她在他手术那天，去雍和宫特地许愿，如果季成阳真的能康复，她这一辈子都不会喝任何饮料。她说到做到，那些可乐、雪碧、美年达、芬达、咖啡、热巧克力……下辈子再见啦。

因为车太脏,他又去洗车。可真等万事俱备,准备去吃两个人早说好的炸酱面时,台里却来了电话。他们的行程只得临时修改,先去台里。

她跟着他走进电视台的一楼大厅。

身边有三两人走过,有个认识季成阳的,很热情地打着招呼:"哎哟,我们台花回来了啊?"季成阳懒得理会,挥手,算是招呼过了。纪忆却觉得有趣,和他在电梯里时,还频频想要追问,为什么他会被叫"台花"……不过,直接问他,好像还少了那么一些勇气。

季成阳将她带进一个化妆间,让里边的年轻女人帮她照看着纪忆,自己先一步离开。纪忆好奇地看这个房间,那个不知道是哪个台的主播也有趣地看着她:"你是附中的学生?"纪忆的校服上别着附中校徽,并不难辨认,她点点头,有些腼腆。

这是她第一次进电视台,和想象中有些不一样。

哪里不一样呢……说不清,就是感觉应该特别高端的一个地方,其实和老师办公室也没什么差别,没有特别的装修,到处都堆着东西,杂乱却好像又有章法。很普通的一个化妆间,那些主播就是从这里走出去,然后再一本正经、衣冠楚楚坐在屏幕前的吗?

"坐吧,现在还没什么人,一会儿就人多了,"那个年轻女人笑着,让纪忆坐下来,"人多了,台花他要是再不回来,我就要把你移交给别人照看了。"

纪忆有些不好意思:"要是人多了,我就去一楼大厅等他,不会打扰你工作的。"

女人笑,从化妆台下一摞摞塑料化妆盒里,抽出自己的,打开,开始熟练地给自己上底妆,边看镜子里的纪忆边和她闲聊。纪忆看那一摞摞和饭盒一样的化妆盒,发现每个上边都贴着一个标签。

标签上的名字,她竟然认识好几个。

季成阳的同事都挺热情,上次见到的也是,这次见到的也是,让她很快放松下来。这个主播特别爱说话,和她聊着聊着,就把"台花"的典故说出来了:"那时候特别逗,大家内部闹着玩,上了几十个女主播照片,非要选出一个台花,结果呢,不分上下的太多了,谁都不好意思拿第一……然后刘晚夏就把季成阳照片发上去了,于是他就折桂了。"

纪忆低头笑,真难想象,他折桂时候的表情。

"季成阳可有不少忠实观众呢,别看他不经常露脸,"那个女人想了想,笑说,"台里有好几个栏目都想请他做嘉宾,他不在国内,难,回来了……又病了。这下好了,痊愈回来,很快就会有人找他了,估计还有人要拜托刘晚夏吧?"

"拜托刘晚夏?"纪忆喃喃。

"两个人是高中同学啊,都是附中毕业,又最后都在一个台,关系好。"

纪忆抱着自己的矿泉水瓶子,想起与刘晚夏在现实中初遇的那天。

看起来……的确关系很好。

女人说着,口有些渴,起身倒了杯水喝。

然后看了看自己的衣服,琢磨了会儿,支了熨烫衣服的架子,竟然开始用熨斗烫平稍许的褶皱。纪忆站在她旁边,倒是觉得不是她陪自己,而是自己陪她。

因为这个大姐姐,实在太爱说话了……

其间有两个男人先后推门而入,又匆匆离开,都会好奇地问这个穿校服的小姑娘是谁。

这位负责照看的大姐姐,都很八卦玩笑地告诉每个人:"这是台花的人。"

她们的话题总离不开季成阳。

"啊,忘了给你讲,特别特别好玩儿的一件事,"女人兀自笑了,"1998年有场特大洪水,他来这儿做实习记者,去现场和好几个记者轮流替换直播。那阵子直播全是暴雨,他就在大雨里播报洪水,不停说'洪水已经淹没我小腿了','洪水已经到我腰了,灾情严重',最后他竟然靠在树干上,说洪水已经要淹没我胸口了'……当时导播室的人都快吓死了,真怕他和摄像被冲走。那场洪灾出了好几个不要命的记者,台花就是一个。"

人家讲述得趣意盎然。

纪忆听得胆战心惊。

门被推开。

季成阳看进来,说:"多谢了。"

"别客气,"女人也熨烫完自己要穿的西装上衣,"完璧归赵了。"

季成阳的眼隐在帽檐下,再次道谢。他对纪忆招手,纪忆起身边走向他,边把双肩包背好。两个人出门,她忽然去握他的手。

季成阳意外,旋即微笑。

他收回手。

然后把食指和中指并拢,示意她握住:"我手太大,你攥着手指好了,比较方便。"

纪忆心扑通扑通跳着,然后慢慢地,用左手握住他的两根手指。

两个人沿着走廊,往外走。
"我们去哪儿?"纪忆问他。
"去吃炸酱面,"季成阳垂眼看她,笑了笑,"不是早说好了吗?"

这晚,宿舍熄灯后,同住的那十一个人不约而同说起来了高考的志愿。
虽然现在还不知道政策是考前填报志愿,还是出了分数再填报志愿,却不妨碍每个人对未来的憧憬。高三的学生,看着即将到达的一个人生终点,都有些热血沸腾。
"我以后想当记者。"纪忆在众人表态时,忽然表达了自己的想法。虽然她只通过季成阳了解了这个职业,但只他一人,就让她体会到那种理想极致化的生活态度。
只有理想,才能在灾难面前给你勇气。
只有理想才能让你在滔天洪水里,哪怕水淹到胸口,还要对着镜头讲述灾情严重;只有理想才能让你在死神面前,坦然行走,哪怕下一秒所站的地方就是炮弹落点,是生命终点,也毫不畏惧前行,只为将这个世界战争最前线的画面传达给所有人……

宿舍里都是实验班以前的同学,理科生,对记者这个职业没什么向往。
唯独上铺的殷晴晴很感兴趣,在众人都安静下来时,忽然从上铺悄悄爬下来,钻进她的棉被里,轻声说:"我和你说,我特别想当主持人。"
纪忆往墙壁那里靠了靠,给她让出一些地方,低声回答:"我今天刚见了几个主持人,都特别平易近人。"
"真的?"殷晴晴兴奋。
纪忆大概给她讲了几句,含糊说是朋友带着自己去的电视台,她眼神中很有一种向往和骄傲的感觉,越发勾起殷晴晴的兴趣,当然也勾起了殷晴晴的暧昧猜测:"纪忆,你早恋了?"纪忆被吓了一跳,瞬间就感觉心跳如雷,她支吾着,摇摇头。
"肯定是,"殷晴晴看她迟疑,越发肯定,凑在她耳边激动地说,"我去超市买东西的时候,看见你在天桥对面下车,里边坐着个戴着棒球帽的大帅哥,是不是?特别高,是不是?他坐车里我就看出来了,和咱们学校篮球队那些人一定差不多高。你们啊……肯定有情况,要不然你怎么不在校门口下车?还要自己走两条马路过来？"

耳边，是殷晴晴说话时喷出的热气，暖暖痒痒的。

她忍不住推殷晴晴，不好意思再继续下去："不和你说了，快去睡觉，明天还早自习呢。"

殷晴晴笑了，又顺着扶梯爬上去。

纪忆手揽住棉被，侧脸躺在自己的臂弯里，在渐渐安静的房间里，甚至能听到钟表指针的跳动声。她这个角度，恰好就能看到宿舍唯一的木桌上放着的闹钟，涂着夜光粉的指针已经在漆黑一片中，悄然指向十二点。

她猛然闭上眼睛。

快睡，快睡，纪忆，不要多想了……

到四月，模拟考试她考得非常好。

季成阳为了奖励她，带去她去看孟京辉的话剧，这个《恋爱中的犀牛》的巡演反响很热烈，季成阳说，这部先锋话剧必会成为经典："我们来猜猜十年后会有多少版本，你猜对了，我带你去东欧。"

四版？五版？还是六版？到底有多少个版本才算正常……季成阳看着她的纠结。

他坐在她对面的单人沙发里，背对着褐色的落地玻璃，不动声色笑着。

最后纪忆投降，她实在不懂这些。

季成阳终于放过她："就是和你开个玩笑，如果真想去东欧的话，不用等十年，到你大学毕业以后就带你去两个月。"

她点点头，忽然就静下来。

季成阳所说的每个字，都是诱惑。像有人迎着日光吹出了一个个五彩缤纷的肥皂泡沫，她想伸手去攥住，却又不敢碰。他已经二十四岁了，已经是可以结婚的年纪了……马上就会有女朋友了吧？

她想起电视台的大楼，想起往来走过的人，想起主播们的化妆间，想起那一张张播报新闻的脸……想起，她隔着电视机屏幕，摸到的是玻璃，而不是远在巴勒斯坦的他的脸。

那是他的世界，离她很远。

这个距离如果用时间来丈量，至少还有五年。

四月底的那个周六。

季成阳带她从市区开车，去郊区，去一个叫阳坊的地方，他告诉她全北京就属这里的涮羊肉最好吃,尤其王浩然来过两次后就特别推崇。早年私家车少的时候,的确有很多人开车从很远的地方慕名而来,就为吃一锅阳坊的铜炉涮肉。

"或许以后就没有了,"季成阳边开车,边看着路边的蓝色指示牌,判断到哪里需要转弯,"有些餐饮品牌的寿命很长,但前提是要开在交通方便的地方,这里确实有些太难走,现在餐饮业发展很快,再不是以前的北京了,为吃口秘制的涮羊肉还要开一个多小时的车。"

尤其路况还不好。

纪忆默默补充,透过车窗看外边枝繁叶茂的白杨树。

两边不断有大片的稻田,远近的平房村落,像是进入了另外一个城市。这是她第一次来北面的郊区,途中季成阳还下车问了一次路,最搞笑的是,他问完为了表示感谢,从菜农那里买了各式各样的蔬菜。

"这么多,"纪忆目瞪口呆,喃喃着,"怎么可能吃得完?"

季成阳笑得无奈,继续开车前行,很快他们就开始看见各个军事重区,从炮兵团,到防化研究院,据说前面还有工程研究院和坦克兵团……马路宽阔,没有几辆车,还微微扬着黄土沙尘,最后终于看到了所谓的"阳坊涮羊肉"总店。

或许因为生意好,马路两侧竟然分别开了一个大店。

两个人在车上还很认真讨论了会儿,到底哪个是真正最开始、最正宗的那个涮羊肉。最后季成阳凭着自己的印象选择了其中一个较小的,直到两人落座,问了服务员,人家才笑着说,都是一个老板开的,马上还要再盖五层的大酒店,因为生意实在太好了。

季成阳将外衣脱下来,帽子也摘下来。

他的头发已经长长了一些,被帽子压了黑发,更显柔软。

服务员将餐单放在他面前,又递了一根笔给他:"这里的羊肉和牛肉是我们自家养的,一定要吃,还有酱料,也要选秘制酱料……还有糖醋蒜也要,还有烧饼——"

人家是唯恐他错过特色的东西,千万叮咛。

"谢谢你。"他道谢。

菜一碟碟上来,铜炉里的炭也烧红了,季成阳将羊肉一盘都丢下去,筷子沿着铜炉的一圈将羊肉在水里拨开,均匀烫熟:"你刚才在车上说,要去北大考小语种?"

纪忆嗯了声。

"怎么要考这种偏门？怕考不上重点大学？"季成阳倒是对北大北外这些学校的小语种招生有些了解，都是提前笔试面试，然后统一参加高考，最后的分数线也是单独划的。也就是说，通常会以低分进几所重点大学。

"不是，"纪忆咬着筷子头，含糊解释，"我是想……可以学一门奇怪的语言，和英语一起比较有用。"比如这次招生简章上的阿拉伯语、缅甸语、印尼语、俄语，听起来，以后如果和他一样去战地……应该很有用。

季成阳问她："什么时候报名？"

"5月11日，"纪忆记得清楚，看到羊肉熟了，马上夹起一筷子放到他碗里，"熟了。"

季成阳也给她夹："不用管我，你多吃些。"

两个人吃完，开车回去，发现身上都是涮羊肉的味道，季成阳就把车窗都打开了。他把外衣脱下来，扔到后车座上，只穿着短袖在开车。

四月底，又是艳阳天，她坐在前排被晒得开始出汗。

季成阳也感觉到热："去坐后排吧，坐在我后面。"

纪忆很听话地爬到后边，趴在他驾驶座上，凑着和他说话："这条路和来时的不一样？"

"这条路经过坦克博物馆，"他笑，"总开一样的路，看到的都是一样的风景，也无聊，不是吗？"她脸贴着座椅的靠背一侧，嗯了声。

车开了没一会儿，就被迫停靠。

这里是一座石桥，此时马路边两侧的小红砖房子旁，有信号灯闪动，红白相间的栏杆缓慢地降下来，挡在马路两侧。马上有火车要来了，这是在清路，保持铁路轨道的畅通。

这条路本就偏僻。

车只有一辆，除了他们的车，再无其他。

人却有三个，右手边的红砖房子里有位老大爷在值班，然后就是车里的他和她。

纪忆被打断思绪，看铁轨两侧，火车还没有来。

他们刚才聊到哪儿了？

哦对，是战地。

"你会害怕吗?在战场上?"

"会,"季成阳倒是坦然,他笑,笑容在前窗照进来的阳光里,显得特别遥远,"有时候你闭上眼睛,会想,是不是睡着了就再也醒不过来,因为随时会有炮弹落在任何的一个角落。在战争中的国家,没有一寸土地能让人安稳入睡。"

是遥远。

他说这些的时候,真的是遥远。

她觉得自己真应了那句"井底之蛙",对他的话,只能感慨,却无法有真实感受。

季成阳忽然解开安全带,示意她下车,纪忆不知道他要做什么,打开车门跟着他,两个人走近那条铁轨。季成阳看了看左边无人的红砖房子,带着她走到房子另外一侧,这个角度,那个看守的老大爷看不到他们在做什么。

火车从远处转弯而来。

季成阳和她站到石桥上,四周防护措施简陋,只有锈迹斑斑的一道铁栏杆。

她疑惑地看着季成阳,刚想问他什么,就被他从身后护住了,整个人都惯性一样,紧紧地靠在了他的身上,耳朵听到的最后几个字是:"不用怕,看着它开过去。"

火车飞驶过的一刹那,头发和裙子全部飞起来,拍打着脸和腿,有些疼。

剧烈的风,随时都能将你卷到铁轨下的风。

心跳渐渐急促。

如果没有他,说不定她真会被卷进去。

季成阳靠着栏杆,她靠着他。

面前是火车,背后就是几米高的桥底河滩。

这一瞬,她的血液在身体里疯狂流动着。一节节车厢飞速驶过,巨大的噪声充斥在耳边,眼前只有不停变换的黑色火车皮,恐惧和刺激的双重快感,在火车终于最后一节都驶过后,仍旧在她心里转换不息。

他终于松开她,半蹲下身子,一双手擒住她的腰,将她转向自己:"就是这种感觉。"

纪忆的心再次猛烈跳起来,越跳越快,这会儿倒觉了后怕。

季成阳低下头笑笑,盯着她瞧:"怕了?"

她嗯了声,腿有些软。

又是这种温热的浮躁感,季成阳对着自家这个小姑娘,越来越没什么抵抗力。

甚至这种时候,她在看着自己,努力压制眼底那后怕的小情绪,嘴巴一张一合地说着"刚才有点儿怕,现在好了"这种简单而没有任何诱惑力的字眼,都让他想要去做些什么。

你眼底一个波澜,已有人为此溃之千里,爱情呵。

第十二章 藏在心深处

她过了生日以后,因为接连发生了好几件事,所以一直没有时间去办身份证,到马上要高考报名了才想起来。高考报名应该可以赶上,但是北大小语种的报名就来不及等身份证了,于是她不得已,只能回家去和爷爷再要一次户口本。

自从发生那些事,她已经减少了回家的次数。

季成阳似乎了解她所有的想法,在周五晚上亲自送她回到院儿里,只不过为了避嫌,他也回了一趟家去看望自己的兄嫂和暖暖。两个人约好了,两个小时之后,八点在原来的小学校园里见,纪忆按照时间出来,恰好就看到暖暖也依依不舍地挽着季成阳的手臂出来,看到她的背影,叫了声:"西西。"

纪忆回头,一脸佯装的意外。

"你多久没见我小叔了?"暖暖的眼睛弯弯,"快来说说话。"

"……小季叔叔,"纪忆有些不太自在,"你最近忙吗?"

季成阳平淡地瞅了她一眼:"有些忙,你们都快高考了,要抓紧时间多看看书。"他又道貌岸然地说了两三句,却多半是和暖暖在说着,到最后暖暖都招架不住了,一个劲推搡季成阳说:"你快走吧,快走吧,让你和西西说说话,怎么成了我的小型批斗会了?"

纪忆忍不住笑。

看着他摸出黑色的车钥匙,车在夜色中随着他的解锁,响了声。然后,他就坐上车,一路扬长而去。

暖暖知道纪忆已经不常住在爷爷家里,看着时间也八点多了,催着她快回学校:"天都黑了,我明天晚上去找你,听你说小语种的报名的情况,快走吧。"

纪忆颔首,背着书包走入夜幕中,也算是脱了身。

她有些发虚，走了会儿，回头去看暖暖，确认她已经返回楼门，终于走入楼旁的小花园里。从黑夜中穿过这里一定不会有别人看到，过了几个回廊，就是幼儿园的旧址了。而幼儿园旁就是她曾读过的小学。

季成阳把车停在旧车站，自己徒步走过来，恰好她也刚刚穿过花园。

两个人在没有人，只有路灯的水泥马路上向着对方走过去，同时在小学的小铁门前停下来。不知道为什么，她一步步走过来，就像是走近一个可望而不可即的梦。

近乡情怯吗……

她看着路灯下他的轮廓，看着这个已经算是人生成功的男人，怀揣着对他的那一份单纯眷恋的感情，喜欢却不敢妄想占有的感情，忽然很怕他会知道。

"这个小学没有人了？"季成阳伸手去推那扇小铁门。

"是啊，说是家长都认为院里的老师不够好，就都把学生送出去了，所以好像小学就关闭了。"纪忆也是听家里人闲聊时知道的。

门永远都不会上锁，如今荒废了也是如此。

这个校园出奇地小，左手是四百米跑道，环绕着篮球场和几个乒乓球台、高低杠、双杠，正中是小操场，竖着光秃秃的旗杆，右手侧有一排绿色木门，就是用来上课的教室。

很小的教室。

"我在这里的时候，还没有开子弟小学和初中，"季成阳回忆说，"可能那时候还没人有这个需求，只有幼儿园。现在又都关闭了，看来享受过这种福利的只有八十年代的孩子了。"

她想了想，觉得好玩："那你小时候就在院外读书？多好啊。"

"对男孩是不错，"季成阳说，"不过，女孩小时候还是适合简单的环境。"

季成阳边走，边看着她曾就读的小学。

院儿里小学的墙从来就是简单的，只有成人那么高，还是简单的铁栏杆。以前他经过的时候，随便望两眼，就能看到小孩子在里边上体育课，早一些，还能看到小操场上站了几十个孩子，大声唱着国歌。

那时候，没觉得有什么不同。

现在想想，或许里边就曾经有纪忆，她个子小，一定站在第一排。

纪忆穿过教室前的一排树叶已经浓绿的白杨树，跳上教室前的台阶："这里每个年级一个班，每个班八九个人，全校升旗的时候也才不到六十人。"

纪忆走到第四间教室，发现教室的窗户都用报纸糊上了。

她站在教室门上，摸着上边的门缝，只有她读过的这间教室有这个裂缝。她的手指从上边轻轻滑过，忽然就想起小时候无忧无虑的时光。就如同暖暖妈妈所说，小时候爷爷送自己进小学考试，那时候年纪太小，太紧张，竟然连小学校长问自己中国的首都是哪里，都傻傻站着，完全怯场到头脑空白一片。

幸好，后来是她的新疆舞征服了校长，同意她入学。那时候真是傻，根本不像现在的小孩子恨不得几岁就很娴熟能上网了。爷爷还笑呵呵说没关系没关系，可是现在……她刚才回到家里，进出两次的爷爷根本一句话就没和她说过。

暖暖妈妈说得挺一针见血，人老了真的脾气就会变。

如果……人和人的感情永远都能一成不变，停在最美好的时候就好了。

"想进去吗？"季成阳的声音像是从天外传来，将她拉回现实。

她目光闪烁地看着他，有些期待。

季成阳用手扶住门，慢慢推开。

月光随着门打开，慢慢浸入这个漆黑的教室。

纪忆站在教室门口的台阶上，看着那扇深绿色有着一条大裂缝的木门，看着黑漆漆的教室，有一瞬的怔楞。啪嗒一声轻响，身边已经有火苗出现，飘飘荡荡地在季成阳手指边，照亮着教室。

"快灭掉，"纪忆拉住他的手臂，压低声音说，"学校里没有路灯，都是黑的，我们要是弄出火亮，巡逻兵看到就麻烦了。"

季成阳反应了一秒，松开拇指。

打火机瞬间熄灭。

因为按了有几十秒，已经有些烫手，他在手心里颠了颠，才又扔回了裤子口袋。

纪忆已经走进教室，实在太黑，不得已扯下窗户上贴着的报纸。

可惜扯得太顺手，反倒忘记这里已经封了大半年，到处都积了灰。季成阳被呛得蹙眉，将她拽到自己身边，避开那些扬起的灰尘。

纪忆也咳嗽，跟他退到门那处，兴高采烈地指着第一排第二个座位："我以前坐那个位子，"她似乎不太甘心地抱怨，"想睡觉都不行，就在老师眼皮底下，从小到大我都坐第一排，从来没坐过后排。"

季成阳端详着月光下的那对小桌椅，笑了："为什么？因为老师最喜欢你？"

"才不是……都因为我太矮了，坐在后边儿看不见黑板。"

季成阳也笑，和他想象中的答案完全一样。

所有这些往事，落到季成阳的耳朵里就像是有人在一页页给他翻着她的童年相册，带着老旧的黄色，是那种岁月独有的古旧色泽。

他继续打量教室，随口问她："你小时候的照片多吗？"

他记得暖暖每年快到生日，都会照相，记录从小到大的生长轨迹。

"不多，我不喜欢照相，"纪忆笑着从季成阳身边走开，走上讲台，竟发现黑板底下的木槽里还有粉笔，"好像……只有百日照，还有三四岁时候的几张，全都穿着小军装，还戴军帽，特别像男生。"

"你以前登台呢？"季成阳想起第一次带她去跳舞，竟然忘了给她照相，"没人给你照过？"

"好像有吧……只有大合照，"她从灰尘里，拿起粉笔，随便在黑板上画了一撇，"就是你送我去的那年，我跳过一次双人舞，后来就没跳过了。"

她说着，又要去画那一横，却猛地停住。

身后，季成阳的眼睛也从棒球帽子下露出来，他整个人都静止在黑暗里，看她写出来的那一笔。

纪忆也傻住了。

天啊，我在写什么？

太习惯了。

竟然已经完全养成了习惯，只要一拿着笔，就会在纸上写他的名字，就像是与生俱来的习惯，自己有时候和暖暖一起去买水笔，都会习惯性地写"季"这个字试笔芯。暖暖每次都笑她果然是真爱，竟然不写自己的那个"纪"，反倒写季暖暖的那个"季"。

只有她清楚，自己写的是他的姓氏。

粉笔在黑板上停着了几秒。

她轻轻咬住嘴唇，装着不在乎一样，将手里的粉笔头扔到了脚下。

拜托，千万别看到刚才那一笔，千万不要……如果看到了……

这个念头在心里一个角落疯狂滋长出来，蔓延开来，紧紧缠住她整颗心。

忐忑和期盼，两种情绪纠结着，让心变得沉重。那里灌注了太多情感，起搏得如此艰难。

"快九点了。"季成阳的声音，在身后告诉她。
"嗯。"她莫名不敢转身，心虚得一塌糊涂。
结果还是季成阳走近，一步迈上讲台。
他也从灰尘里挑拣着找出了一根黄色的粉笔，也在手里把玩着，似乎也想写什么。她在月光里，在月光里飘荡的尘埃里看着他，心疯狂跳动着，可就是不敢继续说话，只是盯着他衬衫的第三颗纽扣，轻声呼出一口气。
她觉得浑身血液都在疯狂流动着，不能停止。
粉笔落在黑板上的声音。
季成阳一言不发，就着她刚才的那一笔，写下了自己的姓，然后笔锋一转，几笔就添了另外的一个字。季成阳两根手指揉捏着那根黄色小粉笔头，低头看她，看着她额头微微分开的刘海儿，似乎轻轻叹了口气。那声轻叹，有着想要掩饰的感情，似乎很轻，也很重。
"是不是想写这两个字？"
两个？
她抬头。
月光里，黑板上，真的有两个笔风劲透的字：是……"季"和"纪"。

两个字——"季"和"纪"。
她发现了一个微妙的巧合，这两个字的起笔写法，都是一撇一横，只不过一个是分开来，一个连了起来。而这两个字就被写在了她小学教室的黑板上，这块黑板，写过很多她曾学过的英文单词，数学公式，现在，就只有他和她的姓氏。
"嗯，"纪忆轻轻呼出一口气，觉得心都跳得有些疼了，"我……就是想写这两个字。"
季成阳笑了一声，将黄色的粉笔头放回到粉笔槽，抬起手腕。
他在看时间。
这个动作她很熟悉，也很配合地四处翻找黑板擦，可是没有找到，怎么会只有粉笔没有粉笔擦呢？她转身要去翻讲台下的抽屉，被季成阳拉了回来："不用擦了，一会儿我把门锁上，谁都看不到了。"
不擦吗？
可是……

季成阳轻轻在她身后拍了拍，示意她可以走了。纪忆有些心虚，最后瞄了眼黑板上的字，还是听话地离开了这间教室。季成阳随手撞上门，啪嗒一声落了门锁，今晚的一切都像是个秘密，被关在了这扇门的背后。

季成阳开车将她送到附中，已经是晚上九点。
"我送你到校门口？"
纪忆想了会儿，摇头："我自己走过去吧，这里天桥和马路都很热闹，很安全。"
纪忆跳下车，绕到驾驶座这侧的车窗外，和他道别，然后背着双肩包自己一个人走上过街天桥。他手搭在完全敞开的车窗上，隔着前挡风玻璃看见她一级级走上天桥的红色台阶，然后慢慢经过天桥上卖光碟、娃娃、杂货的地摊，目不斜视。
也不算目不斜视，她总会看向这里，这辆车的位置。
季成阳摘下帽子，扔到副驾驶座上，仰头靠上座椅靠背，手指有一搭没一搭地敲着车门外的那层金属。经历过战争炮火的人，一年的历程都仿佛是疾行，能赶超普通人十年，甚至是二十年经历，他希望看到和平，希望世界上所有的死亡都再和枪炮无关，他希望有朝一日自己的镜头下都是简单而幸福的画面。
如同，此时此刻。
他望着的这个还不成熟的小姑娘，走在北京的这个普通天桥上，在频频偷看着自己。

季成阳看着纪忆消失在转弯的路口，终于离开。他在半小时之后到了电视台，例行会议。开完会，嬉笑吵闹一番，大家各自准备接下来的工作。季成阳走出大门，迈了两级台阶时就被身后的声音叫住。
刘晚夏很快从玻璃门内走出来："天啊，我一路追着你，叫了三四声，你都没听见。"
身边有人经过，都笑着和刘晚夏招呼，她是个性子温和又热情的女人，这种人如果再加上端庄美好的一张脸，放到哪里都会受欢迎。季成阳记得她从高中起就是领奖专业户，不过说是高中同学，其实他和刘晚夏并不怎么熟悉。
刘晚夏走上来，笑着说刚才遇到的趣事，似乎什么事情经过她一描述就会变得格外生动有趣，果然天生是做主播的女人。
"我听说你要上一个访谈节目？"刘晚夏将挎包拎在手里，跟着他往停车的地方走。季成阳倒是意外，这件事刚才确定不到几个小时而已："是答应了一个节目，主要他们做的专题就是战地记者，还请了几位我很尊敬的前辈。"

刘晓夏笑："说起战地，你打算如何？总不能一辈子往那里跑吧？"

"暂时没什么太长远的打算。"他做的这件事本就不需要什么长远职业规划，既然选择的是战地，那就意味着不会太考虑什么现实问题。诸如年资？诸如升职？诸如其他。

"这算是……你们家庭遗传的英雄主义情结？"

季成阳笑了声。

他指了指自己的车："我到了。"

刘晓夏啊了声，恍然自己竟然走出台里这么远，跟着他一路到了临近小区的停车场……"我怎么来这儿了？我今天没开车来啊，"她笑，非常直接地瞅着季成阳，"我要去的地方离你家很近，也是北三环，顺路送我一程？"

季成阳无可无不可，自己从裤子口袋里摸出车钥匙，示意她上车。

刘晓夏对季成阳这位老同学未来的职业规划非常在意，车在宽阔的马路上前行时，她就在这里分析他所不知道的台里局势。季成阳知道她的好心，自然也看得出她和自己说话时，眼底总若有似无的那么一丝再进一步的意思。

他不是不知道刘晓夏的那些小心思。

有的人喜欢不紧不慢规划自己的每一步生活，在和平的都市里喜欢用性格沉稳还是外放，父母是否仍旧健在健康与否，或者家里的亲戚是否有什么拖累或者能够支持的背景，对方工作是否稳定且可持续发展，等等，很多具象化的东西来选择自己的爱情，或者更直接一些地说是选择伴侣。

这没什么错。

比如现在，此时此刻，他就在感觉身边的这位美女在用最普世的方式，为他思考着未来的一份稳定工作。季成阳从来都不排斥现实主义者，但仍旧坚持做一个理想主义者。这世界上有极致的现实，就有极致的理想。

哪怕坚持后者的人只有千万分之一，其存在的意义，就已超越生命的长度。……

季成阳从车后镜看了眼后边的路况，手一打方向盘，停在了积水潭桥下："我家门口的那条路很安静，不太容易打到车，放你在这个路口下来，比较方便一些。"

刘晓夏有些窘迫，起码按照一个正常人思维来说，如果她已经说了她要去的地方离他家很近，季成阳应该礼貌问一句地点，如果近的话更应该秉持着一个男人姿态亲自送她过去。这些念头在刘晚夏心里飞速滑过,她笑,解安全带,动作有些慢。

这个从高中时代就坐在最后一排的高才生,永远都不太一样,至今仍旧一样。

"我阿姨家住在这里,我可能会在这儿睡一晚,"刘晚夏的声音轻柔似水,"我记得尚科他们也在这儿附近住,不如我们老同学明天中午约了,一起吃顿饭?"

车里的灯色很暖,将他的眼睛衬得清澈明亮。

他难得笑着,真心是笑着说:"明天可能真的没什么时间,我要陪我朋友去报名考试。"

说不清楚怎么就这么说出来了。应该是刘晚夏若即若离生怕被看破,却又想要靠近的那种气场,让他忽然强烈地想起今晚刚才坐在副驾驶座上,解开安全带,下了车,还要再刻意绕到他这一侧车窗外告别的小姑娘。

有些刻意,非常美妙,而有些刻意,就让人觉得枯燥烦闷。

这个评定标准和任何都无关,只和你爱着谁有关。

纪忆第二天起得特别早,她把镜子放在窗台上,认真梳头,一丝不苟地照着自己的脸,然后慢慢呼出一口气。怎么就这么紧张呢?

身后端着脸盆和毛巾的殷晴晴走进来,乐了:"你紧张什么,不就是个小语种报名吗?还没考试呢,就开始心如擂鼓了?"

纪忆叹气:"不知道。"

她说这话的时候,有些心里没底。

连随乐团演出都没有这么心虚,没着没落的感觉。

后来坐进季成阳的车里,她仍旧如此,眼睛望着窗外的街景。阳光明媚,那些人和景色都流水一样从视线里滑过再滑过,她脸贴着车的靠背,发了会儿呆,忽然就察觉出了一丝异样。轻轻凑在靠背上闻了……是特别甜的一种味道。

她太习惯坐这个位置,这里稍许变化,就能察觉,尤其才隔了一个晚上。纪忆继续看车窗外,不自觉地开始勾勒这个香味的主人,慢慢地,心情更低落了。

季成阳将车停在附近,想要送她进去。

"我自己进去吧,"纪忆说,"我经常来这里玩,知道红楼怎么走。"

季成阳想了想,倒也觉得没什么:"我去买些东西,你自己走进去报名,过一会儿我在红楼外等你。"

纪忆嗯了声。

她走下车，沿着大门一路前行。

虽然说有时候会来这里玩，但是，现在作为想来这里读书的人，心情还是完全不同的。第一次进来这里，看待这里的眼光和自己从小住的大院没什么区别，都是一个围墙，围着好多外边看不到的景色，或者说和公园没什么区别。

但是现在，却不同了。

她想经过这里，离他再近一步。

报名的人已经排了很长的队，纪忆到队尾，站了不到一分钟，身后又接上来了二十几个人。她看着后边，再看看前面，竟然看到了附中别的班的同学。

对方也看到她，对陪同而来的家长也看到她。

纪忆是学校乐团的，又是实验班，有时候年级家长会时候都会特地点名表扬，同年级的学生和家长大多知道这个名字。

她忽然心慌，一瞬间想到了什么。

"那不是你们学校打群架，"那个学生家长，低头问自己的孩子，"怎么没开除？""她啊……"那个学生很老实地回答，"妈你小声点儿，她是记过处分，说是校长特批的。"

那个阿姨蹙眉，挺不理解，恰好身后也有家长好奇追问，于是就平铺直叙说了两三句："聚众打群架，把一孩子打得半死，说是当天学生老师都吓坏了，附中这么多年都没出过这种事件。我还以为这种学生早被开除了，没想到学校还留着……不是说这种重点大学都不招有不良记录的学生吗？"

有家长，也有学生，所有目光都投过来。

好奇，探究，或者是直接看她，或者是闪烁着去看。

一瞬间她就成了焦点。

这么长的队伍，那么多人，她越来越无所适从。

"是啊，就是报名考上了，最后录取提档，不就退回来了吗？"

她低头，这不是事实，她没有聚众打架，她也是受害者，她们说的根本不是事实……可这也是一个事实，被处理的的确是她。

纪忆左手紧紧攥着自己右手。

打架不是事实，但她档案的处分记录是事实。

她根本就忘记了这一点来报名，就是笔试面试通过，审了档案，这里也不会要她。只有……等高考前，重新填写一份档案。

校长给过她承诺，只要她一直安安分分不会再出事，高考前，她就会有一份新的干净的档案。

可是这种提前招考的专业,她没希望了。

太多目光和议论,好奇追问,最后连负责维持报名点秩序的老师都走过来,询问情况。

她听到有人回答的声音。

听见那个老师啊了一声,也在嘟囔:"这种情况的学生,就是报名了,审档案有处分记录……我们也的确不会要。"

她没再继续听下去,两只手攥着自己的书包背带,离开这个报名的队伍。沿着未名湖,想要走出去,离开这个校园,可是走着走着就停下来,她不知道要往哪里走了。

五月的空气里,已经有了些初夏的浮躁热气。

纪忆不知道自己走到了哪里,身边有年轻的男男女女,有的穿了短袖,有的还是长袖衬衫,却也因为热,挽了起来。她这时候才觉得热,她穿着附中的校服,春秋的那款,后背都已经湿透了,额头上也都是汗。

直到视线里,季成阳走近自己。

"报完名了?"他问她。

她看着他,鼻子酸酸的,没吭声,其实是怕自己一说话就会哭。

季成阳很敏锐地察觉出她有什么不对,也不说话,就牵着她离开这里,他将车停靠在了南门外的一条街上:"你在这里等我,哪里都不要去,我去开车。"

纪忆没吭声,他就也没动。

过了会儿她终于开口,含混不清地说:"我没有报名,我念不了小语种了……怎么办?"眼泪不由自主地往下掉,她仍旧怀着一些侥幸心理,站在他面前,小声问,"要不然我们去北外试试,北外是几号报名啊,你知道吗……我没查……"

她不想哭,可看见他就只想哭。

那么多人面前她可以不哭,自己家人面前可以不哭,可只要看到季成阳,就像是被碰了泪腺,所有的眼泪一涌而出。她终于明白,人本就是如此,只有在真正对自己好的人面前,才最脆弱。

这里人不多,可往来的人看着一个女孩对着个男人哭,总有侧目。

季成阳觉得心底压着一股说不清道不明的无名火,无处可消:"你在这里等我,千万不要动。"他必须立刻把她带离这个地方,可根本不敢挪动。

"嗯,"她答应他,"我等你。"

这时候有计程车从校内开出来,是空车,季成阳想也没想,拦下车,将纪忆带上车。他顾不得取车了，就那么停着吧，他现在要带她回家。

等到了他家，纪忆还没察觉，季成阳把车丢在了海淀区，就这么带她回来了。

她就是跟着他进门，满脑子都想着，万一还有别的影响怎么办，万一高考报名的时候也是这样怎么办，万一那些人还会提到处分怎么办？

跟着他，进了房间，把书包放在门廊的小沙发上。

季成阳蹲下身子，从柜子里拿出她一直穿的拖鞋，放在她脚下。他抬头，终于看到她眼睛都肿了，红得吓人。

她喃喃着，想问他怎么办。

她能看到的只有季成阳，看到他漆黑的眼睛也在一瞬不瞬地看着自己。

第十三章 一曲小离歌

季成阳觉得自己整个人的心情和状态都极其糟糕，糟糕透了。

所有计划被全盘推翻，那种不确定的浮躁感，他在最糟糕的状态下，做了让自己从没想过去做的一件事。他早就将一切安排都想好，报名考试完，陪她在那个校园里走一走，他丝毫不怀疑纪忆能进那所大学的能力，甚至在她提到自己要去报名小语种时，就已经开始和在那里做教授的朋友联系……他在按照自己的习惯来规划她未来的生活。

迫不及待，用尽所有的关系和能力，全身心在安排这些事……

却不敢告诉她，自己一周后就要离开中国。

目的地是阿富汗。

美英联军已经向阿富汗发起"狙击行动"，美阿联军也开始在阿富汗东南山区搜寻，迄今，华人媒体只有香港有进入那里。他需要周旋，找到一些时机，或者放弃自己现有的工作，加入可进入的媒体……

可是现在，此时，在这里，他首先要解决的是自己的私人问题。

门廊的灯光下，季成阳戴着那副金丝边的框架眼镜，与她的视线撞到同一点。纪忆眼睛红红，眼泪仍旧啪嗒啪嗒掉着，她不敢动，看着季成阳，隔着那薄薄的镜片，看着他。

他能看到她手腕上的伤口。那阵子大事小事接踵而来，他想要将一切都处理妥当，却独独忽略了这里。那晚他在黑暗中问她手上的伤严重吗，纪忆回答他"不是特别疼"。过了三个月，血痂已经消失，却留下这么长一条痕迹。

他可以看着面前的炮弹落下去，炸碎一切，然后义无反顾冲上去，和摄像看到第一时间的战争残害，但他不想看到任何不好的痕迹留在纪忆身上。这是一种错误，没人会不受委屈，没人会一生平坦顺心，挫折就那么几种，受过才能懂得应对，早晚而已。

早晚而已。

但道理和情感总是相悖，这种感觉过于微妙，有些磨人。

"对不起，西西。"他的声音在嗓子里压了太久，压得有些哑。

沙沙的，宠溺的，也是温柔的。

纪忆心扑通扑通跳着，紧紧看着他。

他会说什么？

季成阳将眼镜摘下，用自己最真实的面容面对她："我想等你足够成熟，等你真的知道你想要什么样的感情。"

或许，她适合的是那些适龄的，生机蓬勃的年轻人。

等到她二十岁时，自己已快三十岁，看过太多的生死，心早已苍老到超过四十岁。而她刚刚二十岁……就像当年自己第二次见到她，带她去登台演出的年龄。

二十岁的季成阳，人生刚开始，有太多的想法，也可以舍弃太多无关紧要的东西。

几年后纪忆二十岁，也必然如此。

"我们做个约定，"季成阳最后残存的那一分理智，将他牢牢捆绑住，他不能用自己一个成人的感情观去桎梏住纪忆，"两年后，如果你真的愿意接受我，我一定会负责。"

纪忆不敢置信地看着他。

心底烧出了一把火，将血液烤得沸腾翻滚。

天旋地转心花怒放不敢相信，她不知道用什么词形容自己现在的心情。只是在这种混乱的心情里，孤注一掷地问他，所谓的那个"负责"是为了什么。

季成阳鲜少见她如此，他竟觉得十分有意思。

楼下有人在弹钢琴，听起来不甚流畅，像是小孩子在练习钢琴。

琴声戛然而止，再重新来过。

季成阳想起自己从四川的那个大山深处的小镇子，来到北京的那年，他第一次面对钢琴时候的反应。起初他弹钢琴，也像是这样的感觉。

那段年少时光太遥远了，他钢琴获奖那年，她甚至还没有出生。

"我八岁的时候拿了市里钢琴比赛的冠军，你还没出生。我进入大学那年，你刚小学四年级。西西，我们差了很多年，"季成阳告诉她，"作为一个成年男人，我必须等到你长大，再平等开始一段感情。等到你觉得，你对我的感情真的是爱情，而不是依赖。等到那时候你告诉我，或者只需要给我一个简单暗示，告诉我，你想要什么。"

"只要我想……就可以？"她甚至已经不敢直视季成阳。

所有的勇气，都用来问出了最后这个问题。

"只要你想，就可以。"

这就是他，季成阳想要给纪忆的爱情。

他的感情，绝不是生活的全部，但他全部感情的选择权，属于她。

这段并不直接，甚至稍显隐晦的话，就是她记忆里，她和季成阳感情真正开始的一刻。

虽然她明白季成阳所说的每个字和背后的意思，她却很自信地肯定，不管过多少年，如果让她做出选择，她的答卷上都只会有一个答案。

季成阳说完这些，竟有些尴尬，用手掩住口咳嗽了两声。他不敢让自己再继续留在这个门廊，于是起身，重新戴上眼镜，进书房让自己忙碌着去提前整理所需要的物品。

纪忆则蹲下身子，想要去解自己帆布鞋的鞋带。

她这个角度能看见季成阳在书房里翻找资料的背影，下意识用手指摸了摸自己的嘴唇。忽然就脸红了，是那种彻底红透，完全没有任何遮掩的红。

纪忆低头，迅速解开鞋带，换上在这个家里唯一属于自己的那双拖鞋。

她忽然很开心，想吃好多好多东西，芥末墩、炒肝、爆肚，她觉得自己饿坏了，她要让自己彻底吃饱，然后开始努力奋斗。已经五月了，马上就要进入高考倒计时，小语种不能上没有关系，她仍旧要考年级第一，进最好的大学。

她要进电视台，或者进报社，她要做个和他一样的记者。

她要自己真正和他在一起的时候，让每个人提到季成阳的女朋友，都会觉得是理所当然的一对。纪忆一定会成为季成阳的女朋友，最优秀的那个。

对于她在报名当天的状况，季成阳只追问了几句，在得到答案后并没有多说什么。他只是告诉纪忆，关于处分记入档案的事情，虽然影响了这次提前招考的报名，但只要不出任何违反校规的状况，就不会影响到她的高考。

这是他和曾经的恩师，现在的附中校长之间的口头协定。

一个星期后，季成阳离开北京。

他离开的那天，正好是他生日前一天晚上，纪忆晚自习结束后特地拿着手机跑到篮球场，给他打电话，她想等到过了十二点第一个祝他生日快乐。但是明显那时候季成阳已经在飞机上，关了手机。

所以只能提前两个小时。

电话接通后，她明显听到了机场特有的那种声音，温和催促人办好手续，上路离开这个城市的声音。"我办好登机手续了，"季成阳拿起手机，就对她说，"我坐在，嗯，一个临时休息的地方在喝咖啡。身边坐着两个中年男人和一个带着小孩的年轻女人。"

她轻易勾勒出一个场景，他所在的场景。

"嗯……"纪忆看四周，"我坐在学校篮球场里。"

"没有灯的那个篮球场？"

她笑："现在有了，不过晚上灯已经关了。"

"嗯，"季成阳显然对这个校园的布局了如指掌，"你千万别往篮球场右侧走，那里有很多小路，通往实验楼、食堂之类的地方，容易惊飞鸳鸯。"

纪忆笑，她独自一个人坐在篮球架下，捡个扁扁的小石头，一下下划着篮球场的水泥地。

她将脸埋在自己的膝盖中，低头看着地面。

认真和他讲着电话，手里的石头去胡乱地毫无章法地哗哗哗乱划着。

忽然身后有一只手抽走她的手机，纪忆被吓了一跳，下意识去抢。暖暖乐不可支："竟然不回宿舍睡觉，在这种地方坐着打电话，绝对有问题啊——"她本来是开个小玩笑，没想到纪忆却真有些急了，和她抢回手机。她第一反应就是去看手机屏幕，电话已经断掉了，幸好幸好……"谁啊？"季暖暖低头，凑过来，轻声问，"你们班的？"

纪忆躲开暖暖探究的目光，把握着手机的手放到校裙口袋里，仍旧心有余悸地攥紧，谨防季暖暖再来抢走手机。幸好暖暖不是什么执着探究别人隐私的人。

纪忆和暖暖一起回到宿舍楼。

高三的都是最晚下晚自习的一批人，都赶在熄灯前洗漱吵闹着，四处都是人，她再没找到机会给他打电话。等真的洗漱完，躺到床上，早已过了他登机的时间。

阿富汗，塔利班，9·11。

当初她从新西兰回国，在机场上听到9·11灾难的消息后，不顾一切地找了王浩然和远在美国的他取得了联系。那时候听到他安全的消息就已经觉得灾难都过去了，却难以预测到，一年后他就是因为那场恐怖袭击的后续，而去了一个危险国度。

……

纪忆辗转反侧睡不着，忽然想到一个严肃的问题，刚才那个电话打了那么久竟然没有说"生日快乐"。这么懊悔着，她更睡不着，索性从床上坐起来。因为临近高考，宿舍里都是理科实验班的学生，理科生压力真心比文科生大，宿舍统共十二个人，除了她，余下的都是夜夜捂着被子手举手电闭关修炼。

她从床上坐起来，晃动了床。

上铺顶着薄被子里伸出头来，一双眼睛嫉妒地看着她："数学卷子比我们简单的那位同学，你不睡觉，想谁呢？"殷晴晴绝对是口无遮拦的典范，她这么一说，余下那些也都纷纷从被子里探头，抱怨老天不公。

手电筒的光晃动着，都嫉妒地晃纪忆。调侃、低语、轻笑，让这间深夜宿舍的小小世界在月色和手电筒的双重光亮下显得特别温情和睦。

纪忆被十几道手电晃得哭笑不得，拉过薄薄的被子，也蒙住自己的头。

六月中旬，开始志愿填报。

身边每个人都在谈论这件事，为了避免同班级的竞争，老师还要负责协调开家长会，比如报考首都师范大学的人太多，就要适当劝家长改成北二外之类的学校。纪忆的志愿倒是简单，只有一个学校一个专业。

在统一填写机读卡的时候，老师实在检查不过来，就让她帮着同学检查机读卡。

密密麻麻的志愿，从提前录取，到一类本科，再到二类本科，然后是专科，都一定是全家人开会所讨论出来的慎重决定……她不知道替多少人擦了填写不合格的机读卡，又替多少人重新拿铅笔认真填上学校的区号和专业号码。

走到赵小颖那里，后者竟捂住了自己的填报志愿的机读卡。

纪忆有些奇怪，也没深究。

这个疑问，直到7月10日，在她和暖暖庆祝高考圆满结束时，季暖暖才给了她一个解读："我听我家保姆说的，赵小颖两次模拟考试分都不高，估计什么

- 156

学校都希望很小,所以她妈妈去找过她爸爸,想要让她进南京学校的子弟班。"

难怪,她会挡着自己的志愿表,应该也和自己一样没填什么学校吧?

赵小颖妈妈对那段被抛弃的怨气根深蒂固,却能为了赵小颖的未来而低头……纪忆咬着插在玻璃杯里的塑料吸管,想,大多数父母对子女的爱,真心没有原则,那些自尊心在自己孩子的未来面前,都变得不值一提。

她们坐在东方广场旁的仙踪林里,一口口喝着冰水,从玻璃墙望出去,对面胡同的老旧楼房里,就是肖俊和父母住的地方。因为这里离肖俊家最近,差不多就成了季暖暖的食堂,几个服务员全都认识她。

"以后结婚了可不能这么吃,老老实实去菜市场学怎么买牛肉、青椒,自己回家做,几根牛柳加点儿青椒,再来点儿黑胡椒和白米饭,根本不用花这么多钱。"肖俊一边嘲笑暖暖要吃这种不好吃又不实惠的东西,一边却摸出钱包付钱。季暖暖用银色的叉子,边吃饭菜边含混不清地控诉:"这已经算是快餐了。如果不是你每次都要付钱,我一定会带你去吃好东西。"

肖俊笑:"让你付钱?这事儿我可做不出来。"

她们吃完午饭,跟着肖俊横穿过马路后,沿着胡同一路绕进去。老旧的楼道没有门,墙壁的角落里有小广告贴条,都是"装修""疏通下水道"的广告。

"房子有点儿小,别介意,"肖俊走到三楼停下来,从口袋里摸出黄铜钥匙,"这里地段好,楼房又旧,我们家一直在等着拆迁。"季暖暖伸出手臂,从肖俊身后抱住他的腰:"我和你说,以后结婚我可不要和你爸妈住,住得近没问题,但不能住一起。"肖俊乐了:"你就是想和我爸妈住,我都怕他们受不了你。"

等到门真开了,纪忆才明白他所谓的"房子小"是什么概念。

就只有一个过道,厕所和厨房紧挨着,然后就是一个房间。

过道旁放着个弹簧床,就是肖俊每晚睡的地方。

暖暖的房间是这整个一居室的面积,房间里都是被半隔开来,有她独自的读书区、睡觉区,还有摆放各种从小旅行带回来的纪念品墙……肖俊进门后从厨房拿出罐可乐递给她,纪忆摇头,就要了杯白开水,他开了电视,顺手把阳台的门也打开了,显得空间宽敞些。

起初她坐在沙发上,两个人在阳台上小声说话,能听到一些欢笑,慢慢地,两个人开始没有任何动静。她装作什么都不知道,继续看电视。

似乎能听到暖暖在说:"不要,不喜欢你爸妈的床。"

她越发不自在了。幸好两个人很快离开阳台,嘱咐纪忆在这里看电视,肖俊顺便给她从柜子里拿出来薯片和瓜子，让她打发时间。然后很快，两个人就关上了大屋的门，将她留在这里。她百无聊赖，调到专门播放 MTV 的频道，听了会儿歌。

怀旧金曲，杜德伟正在唱《情人》。

然后是邰正宵……

竟然还有《无法抗拒你的容颜》……

她喝了太多水想太厕所了，就站起身自然而然地去开门。

门被打开的一瞬，她就被眼前的画面吓了一跳。在光线并不充足的走廊里，季暖暖仰头，在和肖俊无声地亲吻，像是青春电影里的影像。被开门声打断，暖暖偏过头，嘟囔着抱怨："西西，你怎么不出声？"

这是她第一次见到暖暖和肖俊真实的拥吻。

不知怎的，脑子里满满都是自己和季成阳在一起的那些片段。

肖俊倒是镇定，轻轻含住暖暖的嘴唇，眷恋地吮吸了半秒。暖暖又气又笑，推搡开肖俊。肖俊这才笑问纪忆："要上厕所？"

纪忆脸被烧得通红，心虚地嗯了声。刚才看得太清楚，她眼前挥之不去的都是这个画面……最后实在无法继续镇定地待在这里，面红耳赤地找着借口逃走了。

高考后，忽然没有了任何必须要做的事情。

没有必须要早起，必须要上课，必须要完成作业，也没有了必须应付的大小模拟考试。纪忆有些无所事事，鬼使神差就来到了季成阳的家。他走之前给她准备了一把钥匙，方便她随时进来，本来她想着，他不回国自己就不会来。

没有季成阳的他的家，不过就是个房子吧？

不过当她将钥匙插入钥匙孔里，转动的时候，竟有种他会忽然出现的错觉，这个房子果然还是特别的，因为这是他的家。

推开门，里边安安静静的，没有任何声响，窗帘全部都是拉上的，她想着两个月没有人住的房子，也不一定比鞋底干净，就没换鞋，径直走过去一把拉开了深蓝色的窗帘。

然后打开阳台门，让新鲜空气在客厅流通。

果然，阳光下能看到地板上有一层灰尘，她在一个又一个房间里随便溜达着，最后走进他的卧室，看着罩在床上用来防尘的床单，忽然就有冲动把它都掀起来。

最后她也的确这么做了。

纪忆想起两年前，季成阳因为太过疲累睡在这里，他的好朋友就睡在沙发对面，两个男人竟然听不到门开的声音沉沉睡着。那时候，她还不敢直接去看他，只能趁着他熟睡的时候小心趴到床边沿去观察他闭上眼睛的样子。

她坐在床边沿，悄悄躺下来。

侧脸贴着他睡过的枕头，虽然有些长久无人的灰尘味道，可还是觉得很舒服。纪忆躺得高兴了，翻了个身，闭上眼睛想在这里睡一会儿，可很快就想起了他走之前的情景。

纪忆忽然从床上坐起来，觉得胸口有种莫名的悸动，她坐在那里，忽然想到遥远而不切实的未来。她会不会和他也自然地亲吻，然后像今天下午看到的那样……她竟然就如此因为一个念头变得心跳如擂，将脸整个都埋在枕头里。季成阳，季成阳，郁结在胸口的想念慢慢融化开，渗入五脏六腑和四肢皮肤。

晚上回到家的时候，二婶已经在收拾碗筷，看到她回来了还是很长辈地关心了两句，问她前几天高考的感觉怎么样？有没有觉得超常发挥，或者有没有哪科不如意："对了，西西，你报了哪个大学？"纪忆说是北外，二婶有些奇怪："怎么没去清华、北大？"

她随口搪塞了一个理由，帮着收拾了碗筷。

二婶仍旧奇怪着，嘟囔了句："难道高三成绩下降了？"

她仍旧没说话，将碗筷都放到水池子里，家里的保姆帮着洗。保姆看到纪忆，竟然觉得生疏，打了个磕巴才笑着说："西西回来了？"因为老人家老了，儿女又不能日日在跟前，家里就请了一个保姆专门负责老人家的饮食起居，纪忆这学期不常回来，自然不熟悉。

季成阳临走前录的那档节目，首播的时候她在学校，今晚刚好是重播。

晚上十一点，保姆擦着桌子，最后收拾着房间的时候，她拿遥控器调到那个台。电视屏幕里有坐在小高座上的主持人，话筒就放在嘴边上在一个个介绍嘉宾。这个访谈节目她看过几期，嘉宾都是西装革履地上节目，唯独季成阳的这一期，他和其余两个被邀请的前辈都穿得很舒适随意，一看就不是高端的精英，而是常年跑在外边的驻外记者。

季成阳的眼睛很亮，穿着黑色的上衣和运动长裤坐在沙发上，就能让人想到一个特别咬文嚼字却很形象的词——玉树临风。

"我听说你在读书的时候，是全美大学生射击比赛的冠军？"主持人看他，

"在战场上有没有碰到过特别危险的情景，需要拿枪自卫？"他摇头："没拿过枪，有时候那些士兵会提供枪支，一般我们都只接受防弹衣，别的不能碰。"

"为什么？"主持人自然了解背后的原因。

但为了观众的兴趣，总要将话题引导得越发有趣。

季成阳在笑："战地记者从拿起枪的那一刻就不再是记者，不再受保护，这是默认的准则。所以就算是最危险的环境，我们都要克制自己自保的恐惧感，我们唯一拿的东西只能是相机而不是武器。"

他说这些话的时候，让人感觉特别热血沸腾，说不出是什么原因，就有这种莫名的人格吸引力。保姆也听着这个话题很有意思，停下手里的抹布，看了几眼电视，笑着说："这小伙子长得可真好，爹妈也舍得他一直往打仗的地方跑？"

纪忆笑，继续看屏幕里的季成阳。

这是理想。他的理想。

五月录制的节目，屏幕里是两个月前的他……现在一定不是这个样子了。高考前他给自己打长途电话的时候，还在低声笑说自己找不到充电的地方。"已经几天没有刮过胡子了，我自己摸着下巴颏都有些刺拉拉的，"季成阳当时在电话里是这么说的，"下次回来，让你摸摸看。"

纪忆最后一次回附中，是拍毕业合照的日子。

附中正门口内的宽阔走道两侧，贴了七八张大红榜，写着所有人的名字和考取的学校，上边北大、清华永远是第一位，北大占了两列，然后是清华的两列，原来实验班的同学四成都在这四列里。然后依次是外交学院、人民大学、北外、复旦、交大、南开、中科大……

北外的人不算多，她的名字是第一个。她终于如愿以偿。

很多实验班的同学看到她走过，都将她强行拉过来，和大家一起照合影。纪纪站的位置也很微妙，左边就是曾经的班长，右边是季暖暖。照相的老师连着拍了两张后，让大家解散，换下一个班，纪忆看班长，笑："我刚才没注意看榜单……你去清华？还是北大了？"

"军校，"班长不好意思地摸了摸自己的板寸头，"我去军校了，提前录取那批。"

"军校？"这倒是奇怪了。

班长继续笑，让她等在那里，然后跑到一侧花坛上拿来同学录，递给她："就差你了，"班长说完，还特别翻到暖暖写的那页之后，"知道你俩关系好，这页特地给你空着呢。"暖暖也笑："是啊，他特地给你留了这页呢。"

纪忆真是比他们还别扭，这两位倒是坦然……

她认真写了一段祝福语，想了想，又加了一行："我曾经的大班长，军校可是男女分管的哦，你大学四年要打光棍喽！"班长笑，接过本子，他叹气，看暖暖和别的同学说话的背影，忽然对她说："她男朋友我见过几次……我不好说，你最好劝劝她，我觉得她前途无量，应该找个更好的。"班长笑的时候脸上会有酒窝，可他这时候笑，只是提了嘴角。

纪忆咳嗽了声，她含糊其词，应着好。

如果分手这种事能一说出口，两个人就同时系统格盘，互相没感觉就好了。可惜，总有人走着走着，就回到了原地。如果是季成阳，她攥着笔，想不到他会不遵守他的承诺，她也不相信自己还会喜欢上别的男人。

盛夏的阳光特别烈，特别灼热，烤得她手臂生疼……

她将同学录塞回给班长，用手挡着日光，和他告别："我先走了啊，我们班要在花坛那边照相。加油。"她仍旧记得那天校门外连老师都吓到，不敢阻拦时，只有暖暖和这位徐大班长跑出来，将她和赵小颖拉了出来。

那些无休止的考卷，还有亲密无间的早自修晚自习补课的老同学，再见了。

季成阳似乎很怕她不能立刻适应大学生活，特地在开学前的一个深夜，和她约了时间，打了两个小时的越洋长途。因为是深夜，两个人身边都是静悄悄的，纪忆怕被门外时常夜晚起身的保姆听到，就将头蒙到空调被里，小声听他说话。

"刚到大学的时候，要和寝室里的同学搞好关系，天南海北的都是从不同的地方来，生活习惯总会不同，慢慢就会适应了，"季成阳像背书一样，声音带着一丝丝疲惫，告诉她，"行李也不用太多，不方便，你如果不想经常回家，就把夏天还不需要的衣服放在我家里，我走的时候给你理出了一个空衣柜。"

"嗯。"纪忆仰面躺着，用膝盖顶着蒙在身上的空调被，顶出了一个小小的空间。

她时不时压住轻薄的被子，用手压住电话听筒的线。

"西西？"

"嗯？"

"困了？"

"没有，"她轻声说，"我在听你说话。"

她喜欢听他说话。

说什么不重要，只要他说的都好听，所以她不想打断季成阳说话。

季成阳在电话线的这一端，能听到她手指摩擦着电话听筒的声音，还有她小声笑，不好意思地告诉他"我在听你说话"。她表达感情的话太含蓄，不会像暖暖拿起电话就说"小叔我想你了，快回来快回来"，可是他情商不低，能分明听出这句简单的话里的想念。

他仰面躺在简陋旅店的床上，看着低矮的天花板。

他睡了一个多月地铺，终于能有个机会睡床，还是为了深夜的这通电话，特地要求的。

在祖国的这个夜晚，有颗年轻的心在为他剧烈跳动着，这个念头，甚至能让他暂时淡忘白日里所看到的一切，医院里的那些被燃烧弹烧伤的儿童身体，那狰狞可怖的疤痕，还有整张分不清五官的脸，已烧瞎的双眼……

季成阳用手臂挡住脸，察觉到自己的眼睛已经有些湿润。

作为记者，他一直让自己不要在采访报道时表达出个人情感，他需要最真实地捕捉到被采访者的心情，而不是用自己的怜悯去影响他们。可是现在，在这个漆黑的房间里，他听着心底深处最想念的声音，忽然就牵动了情绪。

"你睡着了？"纪忆小心翼翼地问，像是怕吵醒他。

"有些困。"他的情绪有些波动，不想影响她今晚的睡眠。

"那你快睡吧，"纪忆的声音，越发轻，"反正我也一直提心吊胆，怕被保姆听到。"她在让他更有理由挂断电话，体贴地说出自己也想挂断的理由。

他顺水推舟，和她说晚安。

电话听筒放回到电话机上，季成阳的情绪也开始慢慢稳定了。

他开始回忆白天的那段采访，那个四五岁的小女孩，告诉他，自己是因为想要捡飞机上投掷的东西被烧伤。他当时很诧异，问小女孩为什么要随便去捡飞机空投的东西，小女孩很理所应当地告诉他："以前会有飞机空投食物。"

季成阳恍然。

以前，偶尔有西方国家投来物资食物。

而现在，在这场战争开始后，空投的就是炸弹了。而那些贫民却仍旧抱着希望，将那些空投的杀伤性物品当成了食物包裹……

他要回国了。

最多还有一个月。

大学的第一个月，果然像季成阳所说，因为不适应太新奇，还有各种难以言说的感觉，因为世界忽然被打开了，变得有些兵荒马乱。不过，纪忆高中一直住校，还是很快就融入了环境，因为要适应一种新的上课方式，适应忽然出现的公共课，还有各种面对新生的讲座，时间开始流动得湍急而剧烈。

她桌子上的台历，很快就翻过去了一页。

十月的国庆周，季成阳回来了。

他挑在这个时间回来，是想不让她上课分神，可相对应地，就要适应可怕的国庆假期人流。她到机场的时候正好是下午这种最高峰时间，在接机口几乎都找不到立脚的地方，她索性就不和那些人去挤走道旁的空地了，抬头看提示牌，等待飞机降落。

时间变得很慢，慢极了。

手腕上那块手表的表盘上，连秒针都移动得让人焦急。

飞机已经降落。

她打他的手机，一直是无人接听状态。

应该是和同事在一起？还是在提行李，没注意口袋里的手机？纪忆站在巨大的立柱旁，慢慢地，一步步地，用脚丈量着机场的这块地面长度。

每一步，都是脚后跟抵着脚尖，如此轮换，消磨时间。

大批的人流走出，先后抵达了四架飞机，旅客都几乎是同一时间走出，她张望了会儿，根本看不清拥挤人群里层层叠叠的脸，低头，继续去拨电话。

"季成阳，你干吗呢？不打车啊？"忽然远处有人喊。

她猛回头，却看到近在咫尺的人。

完全意外的出现，让她等待的焦急感瞬间变成了紧张。

心怦怦地跳着。

季成阳仍旧穿着黑色的外衣和长裤，清爽爽地站在她的面前，神情闪过一丝丝无可奈何，显然是想给纪忆惊喜，却被不知情的同事拆穿了。他回头，对同事挥手："你先去打车，不用等我了。"那同事八卦兮兮地望着这里，望着被季成阳挡住大半的女孩子，忽然就笑了："好嘞，小别胜新婚啊，你继续，我走了啊。"

那人拉着行李走了。

纪忆被那句"小别胜新婚"搞得更加窘迫。

她攥着手机，站在那里，看着他回头，看着他完好无损地站在自己的面前。她看着季成阳，就觉得塞满整个机场大厅的人都成了他的背景，他就像是盛夏时炙热得让人不敢直视的太阳，让身后的那些人，那些杂音都黯淡了。

季成阳将自己的行李箱放在身体的一侧，他笑着，坦然而又直接地对她伸出双臂，纪忆也不再犹豫，快走两步，猛地扑到他的怀里，将脸埋在他因长途旅行而有着陌生灰尘气味的黑色上衣里，深深埋在他的胸口上，抱住他的腰。

很快，她就彻底被他双臂围在了最坚实的怀抱里："我刚才从出口走出来，一眼就看到你了。西西，你今天很漂亮。"

这是……他第一次表达对她的赞叹。

当他拉着行李从出口步行而出，就看到穿着墨绿色长裙的女孩子在有些焦虑地低头打电话。大片浓艳的绿色随着她的脚步，在轻微飘荡着，这个他一眼望去就移不开目光，为之魂牵梦绕的侧影，就是他季成阳在无数个炮火纷飞的日夜让自己安稳入睡的真实理由。

第十四章 回忆还醒着

纪忆和他坐在出租车上,就迫不及待给他讲自己的大学,季成阳听得认真,过了会儿,忽然告诉司机,直接去她的大学。纪忆被吓了一跳:"不回家吗?"

"我想看看你未来四年要读书的地方。"季成阳说。

"噢。"纪忆抿嘴笑,看窗外。

季成阳回来了,真实地坐在自己身边,这种感觉真的太好了。

他拉着行李,跟着她走进这个大学,看周围景色。纪忆边给他讲解,边想起了什么:"我们学校的美女是出了名地多,在北京两所学校最出美女,人大和北外。"

"哦?是吗,"季成阳随口应付,"因为女学生的比例多吗?"

"估计……是吧。"她转过身,继续一步步给他带路,却控制不住因为开心而嘴角上扬,怕被他看到会不好意思,就一个劲去欣赏校园里对她来说还不算熟悉透顶的景物。因为十一长假,人不多,有没有回家的学生,两个人就在食堂解决了晚饭,纪忆给季成阳买了洋葱肉片和咖喱鸡丁的盖饭,自己则吃的是西红柿鸡蛋和莴笋肉丝。

她让他安心坐着,亲自把饭放到他面前。

然后再去端另外一份。

两个人吃的时候,她特地把自己的鸡蛋和肉丝都挑给他,就看着他摘下棒球帽放在行李箱上,低头握着筷子吃饭。他的身高,坐在座椅上立刻让周身的空间变得狭小拥挤。纪忆撑着脸,看他:"我上大学之前,还不知道菜放在饭上,就叫盖浇饭了,"纪忆轻声说,"多好玩啊。"什么都很新鲜。

就是这种细微的小地方。

她告诉季成阳，宿舍里的姑娘有少数民族的，开学的时候还是穿着民族服饰来的，她告诉季成阳她还特地去阿拉伯语系，想看看那个原来总是主持少儿节目的主持人却无功而返。季成阳在听她说，顺便品尝鉴定她平时吃的这些饭菜："港澳通行证办好了吗？"

"办好了。"

"那我们明天出发吧。"

她应声，低头吃西红柿炒鸡蛋，酸酸甜甜的。

季成阳看她吃得仔细认真，倒是停下来，多看了她两眼，虽然只能看到刘海儿垂下来，是鼻尖，还有拿着筷子一口口加紧速度吃的动作，但就是看得很享受。他想起飞机回来，同一班的两位同事的闲聊，两个男人在讨论这一趟行程里的唯一一个比男人还男人的女记者，话题七拐八绕地就真绕到了女人话题上，在讨论关于女人为什么一直没有安全感瞎折腾的特性，比如在男人拼死拼活的时候还在掰扯着是不是爱着这种问题，他们说的时候，也问过季成阳。季成阳从小到大一直对女人保持一种敬而远之的旁观状态，他很坦白，说自己并不了解女人，其实除了能察觉出谁对他有亲近的意思，别的他是真不了解。

不过，他想，他应该不会感觉到纪忆心情起伏波动时，不去理会。纪忆也应该不会像他们所说的，在自己疲惫归家时忽然想起七八天前吵架的由头，没理由地又理论一番。

生活……还很遥远。

慢慢来。

这次香港之行，不算是两人第一次结伴出行。

但绝对和稻城亚丁，和新西兰完全不同，因为蒙着一层隐秘的情愫，所以一切都变得小心翼翼。不过季成阳除了叮嘱她不要对人说之外，倒是显得比她坦然，纪忆真的是做足了隐秘功课，坐在飞机上了，还四处乱瞄，会不会遇到什么熟人。

等真到了尖沙咀，她终于踏实了。

"我第一次来的时候是跟乐团交流演出，"纪忆看着自己房间窗外的海和对面的香港岛，"就是住在香港岛上，现在都忘了酒店叫什么名字了，就记得是正对着墓地，晚上都不敢开窗户。可白天再看那些墓地的墓碑，每个石碑的样子都不同，有高有低，看着也挺新鲜。"季成阳觉着有趣就听着，小姑娘连看到墓碑都会联想到神秘感，这是多好的年龄，对任何事情都有着热情和新鲜感。

她的房间就在季成阳的隔壁，早一些时间两人吃了晚饭，还在他房间玩了会儿，用他带着的笔记本电脑上网，季成阳就坐在沙发上看电视。

不知怎的就溜达上了QQ，很快季暖暖就敲了过来：明天我去你学校找你吃饭？

她以为纪忆是住在学校没有回家。

纪忆心里咯噔一下：我出去了，和同学出去旅游了。

季暖暖那边沉默了会儿，打过来：那回来再说吧，玩得开心点儿。

暖暖的语气有些不太对。

纪忆追着问了两句，她都说要等她回来再说。

她关上QQ，想了会儿，猜测暖暖可能是因为要出国的事情，毕竟她这次高考考得不好，只去了一个普通的大学，家里人准备让她读完大一就出国去读书。她表达过抗拒，但实在没什么强硬理由不出去……

"早些睡，明天我们会早起。"季成阳关了电视。

房间忽然就安静下来，纪忆嗯了声，将电脑关机，抱起来放到了书桌上。她回头，看到他走进洗手间，拧开洗脸池的水龙头，往脸上撩着扑了两把凉水，然后用右手抹去脸上大部分的水。她站在洗手间门口看他。

他看着镜子，察觉了她在身后。

这里是陌生的酒店房间，不是季成阳的家。

陌生的环境，尤其是酒店，总能让异性之间的吸引力增大，尤其……纪忆靠在墙边，眼睛因为洗手间的黄色灯光，变得越发亮，她仍旧不敢相信两个人真就如此出来旅行了，说话的时候也因为心里的那些蠢蠢欲动，变得有些轻："我要上几点的闹钟？"

"九点，差不多。"

她笑："那不用闹钟了，我七点就自然醒了。"

"作息这么健康？"他侧身，去右侧的架子上拿毛巾，那是块深蓝色的毛巾。

她发现，他这个习惯和自己很像。

不管住什么样的地方，出门时一定要带自己的毛巾，才觉得舒服，还有床单被罩……这点季成阳倒没那么挑剔。季成阳拭干脸和手上的水，重新挂了毛巾，回身再次看到她的眼睛，他终于有些无奈，用倦懒懒的语气逗她："还不去睡？是想摸胡子吗？"

他竟然还记得这句话。

纪忆耳根腾地就烫起来，扭头，去看毛巾，给自己找借口："我就是发现你和我有一样的习惯，出门都习惯带自己的毛巾。"季成阳略微停顿："这样感觉比较舒服，起码陌生的环境里有个东西你很熟悉，就会让人有安全感。"他说着，上前一步，微微欠身，示意她可以摸摸试试。

纪忆愣着恍惚着，真就伸手去摸了。

虽然看不出有什么不同，但胡楂儿显然已经开始有些许冒头。她轻用几根手指去摸，指腹有刺拉拉的感觉，但并不难受，倒像在过着细微的电流，有些麻，有些……她猛地收回手："你早上……没刮胡子吗？"

她将那只手臂藏到身后，不停紧张地搓着自己的手指尖，好像这样就能让自己镇定下来，可是那种感觉太难以摆脱，酥麻的感觉从指尖顺着血液流入心脏，她觉得自己耳根更烫了，何止烫，眼前都有些虚虚的白影。

太暧昧了。

"刮了，现在看着不明显，用手能摸到，"季成阳的声音也有些低哑，"明早起床如果不刮胡子，就能看出来了。"

天啊。

她为什么要大半夜在这里和他讨论刮胡子的问题。

纪忆有些乱，说着去睡了，匆匆逃离了他的房间。

谁知道刚撞上门，就发现自己的房卡还在他房间的桌子上，不得已再去拍门，季成阳打开来，看她。"门卡，"纪忆顺着他和门之间的缝隙，去看沙发前的玻璃桌，"我门卡在你桌子上。"季成阳没吭声，去给她拿回来，看着她第二次逃走。

他扶着门，听到她刷卡的声音，还有关门声后，才安心再次关上门。

他回到沙发上重新坐下来，随手扯过来自己的外衣，从口袋里摸出烟和打火机迅速点了根烟，深吸口，将刚才那因为短暂的触摸而勾起的躁动，从身体里强行剥离去。

他偶尔会盘算着戒烟，不过还没什么强大的理由来完成这件事。或许以后真正和西西在一起了，要顾及她亲吻时的感受，或者健康，应该很容易放弃这个多年养成的习惯。季成阳用夹着烟的那只手的无名指，轻点着自己的太阳穴，因为这个很诡异的念头，彻底笑了。

季成阳为了方便带她玩，就住在尖沙咀的海港城。

第二天他想要坐计程车去海洋公园，却被纪忆否决了："我想坐地铁和巴士。"对于纪忆的这个要求，季成阳倒是没什么异议，反正他们住的地方交通如此方便，真坐地铁换大巴也不会很麻烦。每次他一个人来这里出差，也总习惯选择地铁作为主要交通工具。

"我们去金钟站,"纪忆进了车厢,第一时间就是仰头看路线图,"然后从 B 出口出去。"

她昨晚已经查好了交通攻略。

上次来因为没有做好准备,竟在下午三四点才到海洋公园,大多数时间都在摸索着路线,也因此耽误了看海豚表演的时间。这次一定不会错过了。

她两只手握着栏杆,头轻轻抵在上边,和季成阳小声聊天。

自从进了大学校园,再也不会有禁止披散长发的限制,她的头发也自然而然地长了很多。此时此刻,她软软的头发就垂在肩上,衬出了一张清秀的脸。

她一直很瘦,但脸上有稍许婴儿肥。

这种长相,人很显小。

可就是这么一张尚显稚嫩的脸,却穿着一条有些成熟知性的天蓝色连衣裙,腰上系着深蓝色的小麻绳腰带。这身衣服穿在纪忆的身上,就让人联想到一个尚未真正成熟的女孩子,偷来了妈妈的成熟服装,只为和喜欢的人约会。

虽然衣服和她的年龄有些违和,却又让季成阳觉得美好。

季成阳单手握着扶手,低头和她聊天时,总会时不时仔细看她的举手投足。

他不知道,这次回来能陪她多久,甚至会担心下次回来他的小姑娘忽然就长大成人了,自己会错失陪伴她真正成长的那段精彩时光。

"你在想事情吗?"纪忆小声问他。

季成阳摇头,轻声回答:"没有,我在想海豚。"

他漆黑清澄的眼睛,在看着她。

她扑哧笑了:"我们一定赶得上中午的表演。"

季成阳不置可否,现在刚九点,公园还没有正式开门。

地铁转了大巴,她特地拉着季成阳,不让他去坐即将开走的那一辆,反倒是排在队伍的最前面,她想和他坐在顶层巴士的第一排,拥有和司机一样的视野。

"那个位置最不安全。"季成阳提醒她。

"没关系,有你呢。"纪忆笑。

这个回答绝对不能深想,真出了事故,有谁都没用。但是对她来说,从小到大,只要有季成阳在的地方就没什么可怕的。

那天,纪忆如愿以偿地坐到了双层巴士的第一排,而更加让她觉得幸福的是身边坐着季成阳。她手扶着玻璃前的扶手，用余光去悄悄瞄他，视线里有高楼大厦也有季成阳。他坐在她身边，在这个空间里显然因为身高有些伸不开腿，一只腿就只得伸到走道当中，这个姿态显得特别男人。细算起来，他也才二十五岁。

其实……自己和他的年龄差距并不大，二十五岁，在大学里读研究生的年纪而已。

她继续打量他，发现他自从做过脑部手术后，就很喜欢出门戴个黑色的棒球帽。

也没有她小时候的记忆里那么爱穿衬衫了，大多是黑色T恤，再有黑色的外衣，或者有时候是深灰色的，总之，就是那种走在人群里最不出挑的颜色。

纪忆忽然好奇："你为什么越来越喜欢穿黑色了？"

季成阳回头看她，轻笑了声："怎么回答你好呢。"

"有那么为难吗？"她也笑。

"慢慢养成的习惯，"季成阳将左手搭在她座椅后，有阳光从前面的整面玻璃投进来，他看到她被晒得眯起眼睛，忍俊不禁，将自己的棒球帽摘下来，扣在她头上，"这就是做第一排的坏处。"

帽子有些大，纪忆觉得视野一下子就全黑了，只得伸手托起帽檐。

在这一瞬间，她闻到了帽子上有季成阳特有的气味。

为什么独特，她也说不清楚，总之，只有这种淡淡的烟草味道才是属于他的。别人的都是别人的，没什么特别。

纪忆抬高帽檐，催促他："你刚才还没说完。"

"也没什么特别，只是大家都知道这个常规，在战场上越不突出越好，但又不能贴近各国的军人，所以在战地我一般都喜欢穿黑色和灰色。"季成阳说这些很理所当然，就如同一个医生在说着手术台上如何救回一个病人，大多数只会说"今天又抢救了一个人"那么轻描淡写，如果放在普通人身上，那该是多惊险和让人胆战心惊的分分秒秒？

身后有个年轻妈妈，问季成阳可不可以让自己的孩子站在他面前，试试看第一排面对着整面玻璃的视野感。季成阳欣然同意，将小男孩抱到自己的一只腿上。纪忆瞥了眼这个画面，脑海里忽然就构建出当初自己小时候他抱着自己的模样，那时候差不多都十一二岁了，因为骨架子小，倒像是这个八九岁的男孩的身高体形……

那时候，季成阳是多少岁呢？她在心里默默算了算，也才二十岁啊。

- 170

和现在季暖暖的年纪差不多大……

　　她想着，眼神就有些飘。

　　季成阳低头看着自己怀里眼睛亮晶晶的小男孩，竟也想到了同样的事情。一恍惚就过了好几年，他绝对想不到几年前那个白天自己带着一个小姑娘去登台跳舞，就跳出了这么绵延漫长的感情线。

　　那时候，纪忆是多少岁呢？十一二岁。

　　手小，身子小，穿着特地量身定做的藏族服饰，戴上头饰，站在舞台的大红幕布后两只手攥成了小拳头。他当时不知道如何去安慰她不紧张，还会觉得，自己怎么就摊上这么个事儿，莫名其妙在假期回国的时候要替别人家照顾孩子。

　　季成阳看了眼被太阳晒得低头躲避，眼睛却还在帽檐下溜达着看两侧大厦广告牌的女孩子。她长大了，秀气的小鼻尖下是微微翘起来的嘴唇，乌黑的长发在肩膀上披着，发丝很软，他记得电视台和那些人为抵抗疲劳而闲聊的时候，对人的头发有过性格分析，说要是女人发丝细软，大多是因为心思细腻，性格也比较温柔感性一些。

　　纪忆的确性格偏柔和，有时候又害羞，还有些怯场。

　　"那里，那里，墓地，"纪忆扬起黑色的帽檐，打断了他的一些念想，她攥住他的手腕，"我第一次来香港就是住在这边。"她指着右侧的墓地，又去回头看左侧的老旧楼房。

　　季成阳笑："你对第一次记得还真是很清楚。"

　　"我对每一个第一次都记得很清楚，"纪忆告诉他，"你不是吗？"

　　季成阳打了个愣，将嘴角抿起一个不大不小的弧度，纪忆竟然立刻就懂了，她眨了眼睛瞅着他，脸有些微微地发烫。季成阳非常有兴趣地瞧着她，将腿上的小男孩换到了自己左腿上，空出来的右手，伸出手指轻弹了下她的额头。

　　这是默认了他和她的想法完全一致。

　　纪忆将帽檐彻底压下来，这次是真彻底红了脸，从耳后那一小片皮肤蔓延出来了细微的红。

　　等到了站头，男孩子告别的时候，说叔叔再见，姐姐再见。

　　季成阳一个大男人倒是没注意这些细节，还应了，对着小孩子随便挥了下手。纪忆却有些微妙的介意感，她看着站在售票口摸出钱包买票的那个背影，简直已经迫不及待，想要听别人叫自己"阿姨"，这样就和他是相等的称呼了。

那天,她和季成阳真赶上了海豚表演。

只不过晚了十几分钟,所有能躲避太阳的阴凉座位都满员了,前面大太阳晒着的三分之二场地却空无一人。纪忆有些踌躇,季成阳已经拉着她的手直接沿着楼梯一路从看台走下去,既然后几排都没有了座位,索性就坐在最前排任由太阳晒着。

季成阳就是这么个人,能一秒钟就在任何状况下做出决断,这种小事情根本不用考虑。不过她坐下来却觉得真是怪怪的,整个阳光普照的三分之二看台上只有他们两个人……身后有多少双眼睛在任何动物没出来之前就盯着他们了……

音乐声响起。

她在滚烫的塑料座椅上坐下来,吃了口已经因为太阳暴晒而开始融化的冰激凌,眨眼,眼睫毛微微扇动着,忽然轻声问季成阳:"你以前来过吗?"

"来过,"他笑,"就一次,也是小时候的事情,去北京之前先来了一次香港。"

1982年或1983年?

真遥远……

她用最快的速度吃完手里的冰激凌。

"那时候有海豚吗?"

他若有似无地嗯了一声,想了会儿:"我记得,好像看过一个烫着爆炸头的女人亲过水里的动物。"这么含糊的记忆……

纪忆还想追问,已经看到水里有清晰的几个影子游出来,然后两只海豚忽然就齐齐跃出水面,水光闪亮的模样,让所有观众都惊喜地脱口惊呼,包括她。

身后观众被刺激了,纷纷往前跑。

这种可爱的动物当然是离得越近越好。

"好可爱,好可爱——"

纪忆语调有些难得的激动和兴奋,她两只手都攥在他右腕上。季成阳黑漆漆的眼睛就这么转过来,因为阳光太热烈,他的眉心自然地蹙起来,微微眯着去瞅她。她笑,柔和的嘴角弧度,还有介于女孩和女人之间的神情样貌,都让她看上去很漂亮。

纪忆继续去看池中碧水和表演的海豚,时不时晃他的手臂,表达自己的兴奋。

这里的观众坐席很小,他坐在那里,不得已将两只手臂都架在自己的腿上,这个坐姿让他整个人看起来就像是坐在一个军用马扎上,不太自在,却还要时不时被她晃一晃,然后再配合着听她说话。他看了会儿海豚,忽然思考起一个问题,她这么可爱的一个女孩子,会不会有同龄的男同学,对她表现出交往的兴趣，或者热情？然后在她上课时为她占座，下课时装作不经意地陪她去食堂吃饭……或者在图书馆看书。

"西西。"

纪忆应了声。

"在大学……"

怎么问？有没有男同学喜欢你？

纪忆的视线从海豚身上移开，去看他。等待下文。

季成阳却忽然又去看海豚，眼睛隐藏在镜片之下，这个角度只能看到他浓密漂亮的睫毛："在大学……适应吗？"他是职业记者，这种临场改变提问内容的技巧简直是驾轻就熟，掩饰得没有任何瑕疵。

大学生活吗？

纪忆丝毫没有察觉，倒是认真想了会儿，开始在欢笑声和掌声里汇报入学以来的心路历程："开学的时候像打仗，好像什么都赶着，赶着领课本，认宿舍，认教室，还有认食堂，总怕自己跟不上别人的脚步，因为每个人都很优秀。我听他们的分数……都挺高的……"人外有人，天外有天，她真怕每个人都适应了，自己还在兵荒马乱。

季成阳嘴角有笑。

他觉得自己再问下去，她就没心情看表演了。

"看海豚吧。"他及时纠正这个偏离的话题。

纪忆有些糊涂，噢了声。

幸好，开始有饲养员和海豚互动，很快吸引了她的目光。不过她还是觉得，刚才的季成阳有些……奇怪。

第十五章　生命的依恋

香港之行结束时，纪忆特地从季成阳那里要了一张小面额的港币纸钞，留作纪念。

她用黑色签字笔在上边留下了一个日期：2002.10.2—10.6

虽然，季成阳和她还是保持着事先约定好的距离，可她已经默默地认定，这是他们改变关系后的第一次长途旅行。

回来后，暖暖倒像是忽然没了什么心事一样，无论纪忆怎么追问，都含糊带过。纪忆有些不太好的感觉，可无奈暖暖不松口，也就只能暂时放下来。

在纪忆的印象里，曾认为2002年是多灾多难的一年，可当2003年的春节假期过后，她却觉得，和忽然从天而降的天灾比起来，人祸又显得那么微不足道。季成阳在2002年年底去了俄罗斯，因为10月的莫斯科人质事件和随后再次升级的车臣问题。

等他回来的时候，刚好是过年后，农历新年过后，忽然在中国暴发了一场大疫病。

"非典"这个词一瞬间蔓延开来。

季成阳起初不觉得，可飞机一落地，那种行人都戴着口罩的画面，让他感觉这次真的很严重。他到台里，看到大家都在分任务，有人问了句"谁去北航大学看看"，季成阳二话不说，刚才摘下来的帽子又戴上去："我去。"

刘晚夏正好进来，听到就急了，一把扯住他："已经有人去了，主任找你呢，先去主任那儿吧。"季成阳还不算太清楚情况，听老同学这么一说，就转身出门，向主任办公室去了，真进门坐下，聊开来了，他才摸清这件事到底有多严重。

北航是重灾区，很多医院是重灾区，多个大学封校，所有机关大院全部封闭，连粮食蔬菜的车都禁止出入，许多企业放假……

封锁进京通道。

各国下禁令，避免到中国旅游，甚至公务一律取消……

就连季成阳如此冷静的人都有些震惊了。

空气和唾液传染。

光是这个传播渠道，就让人谈之色变。

"我们有记者去了趟协和医院采访，现在被隔离了，她的资料通过邮箱发过来，你整理下，看看能不能电话采访补齐一些资料。"主任告诉他。

季成阳领了工作，从办公室出来，想了会儿就拨通了王浩然那个表弟的电话，上次纪忆的那件事，季成阳也是通过这个渠道，从顾平生那里得到帮助，拿到了小男孩第一手的病历资料。这个季成阳印象里宾法最出众的师弟，母亲就是协和的医生。

谁知道，电话辗转到顾平生那里，后者竟然就在协和。

"情况？"顾平生的声音有些沙哑，温声说，"情况很严重，比任何报道都严重。没什么好说的。"

季成阳握着手机，竟觉得自己当年被采访时，也说过类似的话，战地记者这种职业，说不定哪颗炸弹没落好，名字就载入历史了。

岂料，倒是电话那头的年轻男人难得地先笑了："问吧，你问我答。"

两个人没怎么见过面，却颇有些互相欣赏。

很短的电话，顾医生匆匆就挂了，他在"打仗"，只能趁着自己休息的空当接个如此的电话，说些最前线的情形。

这是一场可怕的吞噬生命的疫情，死亡人数迅速攀升。

"真正的死亡人数？"顾平生很累也很遗憾地叹口气，没回答这个师兄。

季成阳将手机扔回裤子口袋里，看着面前的玻璃，那里有自己的倒影。

他在等那位被隔离的记者的上传资料，竟一时无所事事，溜达进了一间还有人的化妆间。估计大家都是找同伴闲聊，这一屋子凑了七八个人，他进去，就有人推过来一份多出来的午餐盒饭："台花，小的给您留的。"

众人笑，没事逗逗台花，也算是苦中作乐。

北京疫情严峻，每个区每天都有新闻报道传染人数，人人自危，不过作为记者，最担心的还是家里人。"说不定出去买个菜就被传染了，哪怕不是传染呢，接触过非典病人，也会立刻被隔离。"

"是啊，那个重灾区的大学，据说都是整个整个的班被隔离。"

"没办法，传染病都是这么处理的。"有个女人苦笑。

季成阳掰开来一次性筷子，轻轻摩擦着木屑，听他们在聊天。刘晚夏不一会儿就进来了，本来是想拿个东西，看到季成阳在这里，很快就从口袋里摸出个簇新的还没拆封的口罩递给他："外边卖的那些就是一层布，不管用，一会儿出去就戴这个。"

众目睽睽，大家真是被这位知性美丽的女主播的细腻感情打动，不知道是谁吹了声小口哨："晚夏，我那个也找不到了，反正季成阳是出了名的不怕死，干脆先给我得了。"

"快吃饭吧你。"刘晚夏笑，将口罩放到季成阳的腿上，走了。

季成阳吃完饭就从台里离开了。他刚才问过，这段日子北外还没封校，他想去看看纪忆，她还不知道自己已经紧急回到了北京。

纪忆在宿舍里，摆弄着自己的小口罩，有些不太爱说话。

"广州也是，香港也是，北京也是……我都不敢看新闻。"同学在给家人打电话。

宿舍里的人是广州人，每天都会给家人打电话，即使她不打，家里人也会打过来，因为北京也很严重。那个同学蜷在椅子上，还在说着："我这里好多大学都封校了，没事儿的，大家都不出去，不会有什么传染源……"

纪忆倒了杯热水，不太有精神，险些撞到身边的椅子。

幸好打电话的人扶了她一把，她将杯子放到桌上，略微坐了会儿，没喝几口就穿了外衣，收拾收拾书包，规规矩矩地戴了个简易的医用口罩，离开宿舍。因为她觉得自己有些发烧，而且有愈演愈烈的趋势。

她不敢留在宿舍，怕害得整个宿舍的人都被隔离出去。

可真拿了衣服离开了，却又无处可去。

她站在校门口，犹豫着，考虑去哪里住一晚，如果是普通的发烧，她通常一晚上就会退烧，如果真是非典的话……到时候再说吧。她不太敢想后者，就是知道自己必须先要确定自己是不是。今天是周五，校门口却不像是往常有大批的人进出，她出来的时候，还被要求在校门口的一个本子上签上自己的名字。

没想到，这才刚走出来，就看到熟悉的车停在不远处的地方，那个许久未见的熟悉身影就从车上走下来，季成阳显然已经看到她，锁了车走过来。纪忆却下意识退后了一步，等到他走到离自己几步远的地方，忽然出了声："你别过来。"

季成阳的眼睛从黑色帽檐下露出来，瞳孔里映着纪忆戴口罩的模样："怎么了？"

纪忆下意识扯了扯自己的口罩绳子，然后，两只手都攥在斜挎背包的带子上："我发烧了……怕传染给你。"

季成阳忽然就蹙起眉，快步走过来："发烧了？"

纪忆没来得及避开，被他握住了手腕。季成阳感觉到她的皮肤果然温度已经升高，心跳竟然开始飙得飞快，他伸手，又要去摸纪忆的额头，纪忆真是急了："没骗你啊，我真发烧了，你离我远一点。别碰我，哪里都别碰，万一是非典会传染的——"

季成阳本来还没想得这么深，听她这么急着想要避开自己，倒是真反应过来。纪忆还想再说什么，却被他紧紧攥住手腕直接带上了车，她真是急死了，一双乌溜溜的大眼睛就瞪着他，想要下车，季成阳很快就落了车锁。

纪忆是真没辙了，又因为发烧头昏脑涨的，这么情绪激动地折腾过来真就越发虚弱了。她觉得嗓子特别疼，说话也没力气，却还是告诉他："我不骗你，我要真是非典，你现在和我坐在一辆车里说不定就被传染上了……"

季成阳根本就没在听她絮絮叨叨地告诉自己危险性，伸手有些强硬地摸上纪忆的额头，用感觉来判断她是不是烧得很严重。他看着她从小到大不知道发烧吃药了多少次，知道她天生抵抗力比一般人就低，小时候又频繁不限量地吃消炎药……"什么时候开始烧的，有没有量过自己的体温，去医院看过吗？"

纪忆后脑勺靠在座椅靠背上，喃喃着："我想着要是普通发烧，明天就好了……如果明天不好……"

这一句倒是提醒了季成阳。

刚才和那个顾医生通电话的时候，对方也提到过，很多发烧如果能过一晚吃药痊愈的话，也就不是非典型性肺炎了，没必要去医院的发热门诊被迅速隔离在病房。

"你最近一定要注意，"顾平生最后提醒过他，"千万不要发烧，如果发烧了，先观察一天。现在还没有有效的治疗方案和药……希望能尽快出来吧。"

季成阳打着方向盘，将车开向自己家的方向，暂时将她带到家里去按照普通感冒发热的方式吃药治疗，再观察一晚上比较稳妥。季成阳两只手搭在方向盘上，用余光看身边还要说服自己的纪忆："我先带你回家吃药睡一觉，等睡醒了再看看体温是不是降下来了。"

纪忆额头的刘海儿微微分开着，没被口罩遮住的脸显现出发烧时那种异样的潮红色泽。她内心斗争了会儿，轻嗯了声。她没有办法说服季成阳先离自己远一些，不得不放弃，闭上眼睛，心底深处有根弦却也因此慢慢松下来，恐惧的感觉也慢慢被淡化了。

结果那天她真的住在了他家。

没想到她第一次在季成阳家过夜，是因为发烧而不敢在宿舍住，这种情况恐怕也只有这种时候才会发生。季成阳的家没有客房，她就睡在他的床上，半夜终于开始发汗的时候，她烧得都有些迷糊了，手屡次伸出棉被，都被耐心地放回去。

从头痛欲裂，到最后睡着。

再醒来的时候，天已经亮了，窗帘虽然是拉上的，但还是有日光从窗帘的缝隙处透进来。她摸摸柜子旁的手表，看了眼，已经十点了。

可还是浑身酸痛。

纪忆撑着手臂，顺着床头坐起来，她摸着自己的额头，还是觉得有些发烧。烧没有退……这个念头将整个心情都变得灰暗恐惧了，她想到，这一个多月听到的各种新闻报道，抱着膝盖默默坐了会儿，就去摸自己的外衣，穿上。

她还没下床，季成阳就走进来了。

他端着刚煮好的粥，还有一小碟的腌黄瓜，顺便还拿来了温度计。"我刚才感觉你好像又烧起来了，来，先量一下体温，再吃早饭。"季成阳在床边坐下来，将粥和小碟咸菜放在床头的柜子上，没去拉窗帘，反倒是打开床头灯。

她没吭声，靠着床头，等季成阳将温度计递过来，也没接："我在发烧，不用量了……"眼泪开始不自觉地浮上来，在眼眶里晃荡着，她低头掩饰，"你昨天不来学校找我就好了。"

他轻声打断她："量体温。"

她声音越发低，自说自的："要我真是非典，你肯定被传染了，呼吸和唾液都能传染，你离我一直这么近，肯定躲不开……"

"西西。"他再次打断。

"我一会儿自己去医院，"她哽咽着说，"你千万别陪我去。"

"西西。"季成阳的声音很低，想要阻止她越来越偏激的想法。

"说不定你没发烧呢，过几天就没事儿了……"

纪忆低着头，不停用手指搅着被子的边沿，觉得自己简直丧气死了，根本都只会给他惹麻烦。万一真是非典怎么办，怎么办啊……深蓝色的被套在手心里拧成了团，她想到那些可怕的死亡数字，越来越害怕，想到季成阳会被传染，又开始自责，这两种低落的情绪纠缠在一起，让她觉得胃都开始拧着疼，疼得只想哭，眼泪不受控制就掉下来。

有手指摸上纪忆的脸，抹掉那些眼泪："你不会有事，不要胡思乱想了。"

就在她想要继续说话的时候，下巴就被那只手抬起来，季成阳直接用动作击碎了她的内疚和自责。他的手指很自然地插入她因为整晚发烧而有些湿意的长发里，将她的头托着靠近自己，他这次是真的在吻她。

根本不在乎她是不是在发烧。

或者压根就没考虑过她是不是非典，自己会不会因为亲吻被传染。

纪忆感觉自己的嘴唇在被轻轻吮吸着，头晕目眩地抓住他T恤前襟。他的舌尖抵开她柔软的嘴唇，就这么试着去找到她的舌头，微微纠缠着，吮吸了会儿。这种完全陌生和温柔的接触，让纪忆整个人都烧了起来。

她没有丝毫抵抗，只是承受。

连指尖都变得软绵绵的。

他的手掌碰到她的小耳朵，就滑下来，轻轻地揉捏着那里。一瞬的酥麻让她不由自主地颤抖，眼泪珠子还在脸上，滑下来，有些咸，两个人都尝到了这个味道。渐渐地，季成阳开始加深那种纠缠的感觉，深入喉咙，纪忆整个人都被吻得失去意识，喘不过气。

整个过程里，她只迷迷糊糊的，又觉得特想哭。

是那种特别幸福的哭。

这是两个人的初吻。

季成阳觉得自己快沦陷在她温柔的顺从里，近乎执着地加深着这个吻。当所有都开始，你会发现感情累积太久的可怕效果，他贪恋这种感觉，手摸着她的耳垂、侧脸弧度，还有脖颈，直到滑到她胸前，不由自主地抚摸揉捏她柔软的胸。

纪忆被这种太过陌生的抚摸感觉所刺激，微微颤抖着，将身子缩了缩。

就是这稍微的躲避动作，让季成阳突然停下来。

他终于察觉出自己渴望继续做什么，及时松开怀里的人，将她慢慢推开稍许距离："先量体温，好不好？"纪忆轻轻喘着气，茫然睁着大眼睛看他，一秒后，却又低头避开他深邃而暗涌的目光，低头去看盖在自己身上的棉被："好……"

她听着自己近乎疯狂的心跳，视线都有些微微晃动。

季成阳将她被揉开了几粒纽扣的上衣系起来，再次拿起温度计，顺着她的领口进去，冰凉凉的温度计被塞到她的腋下："如果你真的是非典肺炎，我现在也一定被传染了。不用怕，我会陪着你。"

她觉得整个人当真烧起来，都不知道是怎么量完体温，吃完饭和药的。

季成阳去厨房洗碗的时候，她侧躺在他枕过的枕头上，闭上眼睛，仍旧能真实回忆起刚才两个人唇舌接触的感觉。他给她吃的药，有安眠成分，她的心仿佛被烤灼着，分不出是因为后知后觉的羞涩还是因为高烧不退，慢慢沉睡。

当晚，她的烧退下来。

到第二天早晨，她终于获得季成阳的准许洗了个热水澡，她从昨晚就受不了自己退烧后身上的味道，有很重的汗味，实在不好闻。彻底冲洗干净后，穿上暂放在他衣柜里的衣服，是一身浅粉色的运动服，她穿着拖鞋，走回客房。

季成阳躺在沙发上闭目养神，他听到她走进房间的声音，疲累得连眼皮都懒得抬起来，用最不耗费力气的没有任何抑扬顿挫的平缓语调，轻声告诉她厨房里有昨天就做好的早饭，她可以去微波炉加热后再吃："没有胃口也多少吃一些。"他如此说。

季成阳在半夜三四点困顿的那会儿已经洗过澡，他就穿着一件大学时代的黑色长袖T恤，袖子撸起来一些，将左手臂垫在沙发扶手上，头枕着手臂，似乎觉得躺着不太舒服，想要将身子转过去，换个手臂来枕着继续眯一会儿。

呼吸间，已经有女孩子特有的那种温度感，混杂着他最熟悉的沐浴露香味。

"是不是很累？"纪忆慢慢蹲在沙发一侧，轻声问着他。

季成阳睫毛动了动，可还是觉得很累，没睁眼。

纪忆抿着嘴，在笑着。

不是每个人都能有这种经验，在可致命的传染病高峰期，偏巧症状是一样的，那一瞬的绝望是灭顶的。然后就像是被误诊后，得到了正确的确诊单……她现在感觉看什么都是美好的，甚至觉得能蹲在这里看着他都是天底下最幸福的事情。

"是啊，"他有些打趣地回答她，"被你折腾得累了。"

"……我发烧的时候不太折腾人吧？"纪忆有些内疚，可还是轻声反驳，"除了吃药就是睡觉……"

季成阳其实真的是累了，肌肉都是酸痛无力的。

一天两夜的精神压力比他在战地连续三天三夜不睡还要累，那时候支撑他的是随时跟进时政的职业精神，可是这次支撑他的与其说是爱，不如说是恐惧。

他的恐惧是来自害怕生活自此被改变，改变成什么样子却还是未知。

让人恐慌的未知。

幸好，现在，此时，什么都没有变化。

他轻轻呼吸着，仿佛已经陷入了沉睡，纪忆看着他的脸，好像怎么都看不够。

"快去吃早饭。"他终于忍不住笑着催促她，直到他感觉到鼻端的香味更加靠近，在睁开眼的一瞬，他感觉到她的嘴唇贴上自己的嘴角。

纪忆很快离开，觉得自己快要得心脏病了，就是这么一个预谋了几分钟的动作，竟像耗尽她刚才恢复的所有元气。

季成阳有些安静。

十几厘米是个非常危险的距离，尤其对于两个刚经历了一场虚惊，为彼此的健康甚至生死都磨尽了心力之后的人来说，实在太危险。

他甚至觉得这种滋味不太好受。

纪忆鼓起十二万分的勇气盯着他的眼睛。

这是她最大的勇气了，她以为自己能说出，季成阳，我从小到大都喜欢你。还有，其实离两年还有好几个月，但是……可惜她真的一个字都说不出来，她将牙齿咬住下唇，有些期盼地看着他。

如果这次她真的是非典肺炎，此时两个人应该都在医院里，或许就成了不断攀升的死亡人数中的一员了。

有些事，或许不必那么执着。他想。

季成阳隐隐叹了口气，将她整个人都拽过来，真正拥到自己的怀里。

这次不是因为被她不断的眼泪刺激，心底里再没有那种不想让她哭的烦躁和无力感，他头一次感觉到怀里的女孩子身体是柔软而美好的，这和小时候抱着她去医院包扎伤口，或者将她抱着离开那片新西兰夜晚的大海时的感觉完全不同。

从他将她从地毯上抱到自己的身上这一刻，季成阳彻彻底底意识到自己对她的感觉，是一个男人对女人的渴望。

这是酝酿多年，用真实的时间熬出来的一条绵延纠缠的感情线。

他如愿以偿地吻住她的嘴唇，用昨晚第一次实践过后的感觉，继续探求，引导她和自己亲吻。纪忆觉得整个人都被他掌控着，她尝试着将舌尖递过去，只是这么个尝试想要和他更加亲近的动作,就让他彻底吞噬了所有的呼吸。

不同,和昨晚完全不同。

纪忆被他的亲吻深深迷惑住,下意识地顺着他的意识和动作,靠近他的身体,虽有很多不懂,却还是想要把他所有想要的都给他。

静谧的房间里,两个在各自世界里爱着对方很久的人,似乎都陷入了一个令人不想逃开的旋涡。季成阳和她深深亲吻,感觉到她的生涩混杂着羞涩,也能感觉到她贴在自己身上的纤细的腿和柔软的胸。

"西西……"他的手滑到她的衣服里,不断去抚摩她的背脊。

纪忆的身体,只是努力迎合他。

"西西……"他叫她。

她迷茫恍惚,根本不知道自己应了没有。

身后内衣的羁绊被他打开来,她颤了下,感觉他温热的手心顺着后背的皮肤,滑到身前。细微的拉链摩擦声,他将她的运动服拉链从内里拉下,他的视线里能看到她的内衣已经软软地松下来,半遮掩住她隆起的胸,甚至已经能看到里边若隐若现的景色。

季成阳将额头抵到她柔软的胸口上,听到自己轻轻嘘出了一口气。

他的胸口有沉重的撞击感。

身体里呼之欲出的是最原始的冲动,这种想要无限亲近占有的渴望,对于从小照顾陪伴纪忆长大的他来说始终难以启齿,无法为继。可纪忆并不知道,她甚至没有意识到季成阳身体所起的变化,身体有些不像是自己的,浮出细密的薄汗。

她身上的薄汗,让他整个人都沉入更深的欲望里。

再下去,就真是煎熬了。

季成阳将她的衣服拢起来,转而去用两只手捧住她的脸,像是要将她身体里的所有氧气和意识都吸走一样,深深地和她接吻:"西西……我爱你。"

这是纪忆第一次强烈听到自己感情被回应的声音,这个声音比她有勇气,也比她更加坚定,没有自我质疑,也不会有对未来的忐忑。她头昏目眩,天旋地转,浑身没有力气地伏在他胸口,任由他紧紧抱在怀里。

季成阳很快坐起来,他略微仔细看了她一眼,然后,起身去厨房给她做午饭。纪忆仍旧懵懂地坐了会儿,也去找自己的拖鞋,想要跟着他去厨房。直到她弯腰时,终于清醒地意识到自己的运动衣的拉链都被拉开来,连内衣都随便搭在手臂上……

厨房里，有瓷碗碰撞不锈钢池子的声音。

纪忆就在哗哗的水声里，手忙脚乱地将手伸到背后，系好自己的内衣，拉上外衣。

她不敢跟着他去厨房了，盯着自己睡了两天的床，发了会儿呆，就赶紧去撤床单和被罩，都是自己睡过的痕迹，还因为发烧被汗浸湿过……她抱着那一堆深蓝色的布，走进洗手间，塞到洗衣机里，却找不到洗衣粉。

只得一步三挪，挪到厨房门口，小声问："洗衣粉在哪儿？"

季成阳正在洗堆积两天的锅碗瓢盆，还有筷子、勺子，最后索性连没用过的，柜子里的那些碗筷也都拿出来，他攥着洗碗布，满手泡沫地看着她，愣了愣："在阳台上，"很快又打住，改口说，"应该已经用完了。"

他的短发因为刚才涌现出的薄汗后，自己随意胡乱擦了两下，显得有些乱。水池里是放着热水在洗碗，水汽蒸腾上来，让他的轮廓更衬得清俊。

他看她，似乎还在思考，有什么备用存留。

"我去买，"纪忆马上垂了眼，视线落下一些高度，看着他的腿说，"很快就回来。"

纪忆说完，就马不停蹄地离开了。

等季成阳听到门被撞上的声音时，他神情有那么一丝的异样。他终于想起来，家里似乎还有未开封的洗衣液在阳台的某个地方放着，如果再多给他一分钟，他就应该会记起来告诉她。可惜纪忆又开始羞涩，等不到他想起这些。

季成阳抿起嘴，真的是自嘲地笑了，此时的他更像是朝气蓬勃沉浸在初恋美好的大男孩，视线无时无刻不在跟随纪忆，哪怕她不在自己身边，也丝毫不影响他的脑海里反复都是她。

他从不认为自己会如此。

只能说过去太高估自己了。

年龄差距是个巨大的诱惑。

季成阳，你对纪忆的感情，可起源于这个诱惑？

在他眼前只有黑暗的那段日子里，季成阳曾用最冷静、最理智的态度来审视这个问题。对于爱的命题，男人多被诟病冷血，下半身思考，抵抗不住诱惑，或者不是以感情为重心。可以说当社会从母系转为父系社会开始，这几千年来的漫长发展，的确让男人比女人更加看重感情以外的东西。

这些都客观存在，却不能说一个男人的心里没有想要无私爱护的女人。

季成阳在大学时，曾和室友客观探讨过这个问题。他曾假设了一个情景，如果你的爱人看不到光明，你是否愿意将自己的双眼，分享给她，让她重见阳光。

当时只是无聊的假设，而很多年后过去，他回到自己的祖国，就是在绝对的黑暗里找到了感情的答案。当他双目不能视物，却听到纪忆在自己的身边哭，在哽咽。他想到的是，如果自己真的双目失明，甚至失去生命，那起码让他的小姑娘能少受一些生活磨难。

这一念过去，季成阳终于恍然，他已经回答了自己多年前提出的问题。

他正在和老天谈一个条件，用他的一双眼睛，换纪忆能在阳光下安静成长。

虽然当初他提出的命题有些苛刻和极端，但他那个假设真正重点是：

当你从自私，开始变得无私，你就已经开始了一段真正的，也必将刻骨铭心的爱情。

不管他能否想明白这场爱情是如何开始的，但他从那天她遭遇四面楚歌，在她钻到自己的怀抱里寻求短暂安慰的时候，就已经能确定，自己对纪忆的感情，是爱情。

在季成阳的记忆里，2003年的春天有很多事情发生。

3月，他从俄罗斯归国，非典型肺炎正在北京和广州、香港迅速蔓延，面对着措手不及的灾难，他和纪忆的爱情，在这个仍旧天寒地冻的初春悄然开始了；

20日，以英美军队为主的联合部队终于对伊拉克发动了军事行动，如果说阿富汗战争还蒙着一层遮羞布，那么，伊拉克战争才是真正的非法军事行为，因为非典影响，季成阳的出国手续遇到了一些问题，竟在战争爆发后，暂时留在国内做了一个闲人；

这段时间，季成阳的父亲也动了一个大手术，在病床边当着几个儿子女儿的面，亲口要求季成阳放弃现有的工作，他没作答。

"晚饭想吃宫保鸡丁吗？"季成阳在电话里问。

他真的很闲，当别人都在家躲避传染病的时候，他却独自推着购物车，在近乎空无一人的超市里闲逛。因为顾客少，货物竟然也很少，几米长的冰柜里没有几盒东西。

"好啊，"纪忆的声音，呼吸有些重，她应该是刚从教室跑出来，赶着去下一堂课，"能多买点儿花生米吗？我喜欢吃宫保鸡丁里的花生米。"

"没问题,"他答,"我买完东西,去接你。"

"今天要晚一个小时,我临时加了一节课。"

"没关系,我可以坐在车里看资料。"

电话收线,他继续采购。

这种物资贫乏的超市,真说不上"采购"两个字。

就这么短短几分钟,他又接了两个电话,是自己二哥的,也就是季暖暖的父亲,电话里二哥的措辞非常激烈,暖暖已经接连旷课很多天,时不时就找不到人,二哥和嫂子商量着,似乎想要将她提前送出国。可刚巧就碰上了非典,这事儿就耽搁了,但依旧不放心,想着让季成阳能劝劝。"她崇拜你,胜过崇拜我这个父亲,"二哥如此说,"记得小时候吗,她还总喜欢牵着你的手,一直说要换个爸爸?"

他记得,可他一个没有过婚姻和子女的男人,实在无法和一个已经度过青春期的女孩谈话,尤其谈论的还是感情和未来。

作为特殊家庭出身的人,都不习惯电话沟通,事情说完也收了线。

第二个电话算是好消息,他去伊拉克的事情有了些进展。季成阳将采购的食物扔到汽车后备厢,直接去了台里,正好碰上几个大报社负责时政部分的记者,大家都驻外工作过,相互熟悉,就多聊了两句。

那些人也是因为非典的影响,行程多少被耽搁了,在国内无所事事就帮着同事去做些非典专题,有个人做的主题是各大高校的隔离专辑,拍摄了很多年轻情侣,隔着学校的铁栏杆,互诉衷肠的一幕幕。

都是年轻的爱情,在这种致命流行病下,在畏惧的映衬下,更想要迫不及待地表现出相守的愿望。"你说说,这些小情侣还真不怕死的,"男记者翻着相机里的相片,给季成阳看,"我看看有大包大包送零食的,还有隔着铁栏杆接吻的。"

这些人,都是时政记者,和季成阳是一类。

说白了,很多时政记者,一到战场上就自动转属性为战地记者,平时就追踪报道些各国时政,都是见过大场面和生离死别的。对他们来说,真正征服人的,永远是这些看似萧条绝境下的真情。

一张张相片,陌生的青春洋溢的脸。

在相机里,不断掠过。

"等等,"季成阳忽然出声,"让我看看上一张。"

照片倒回去,他看到的不是照片里拥抱的那对年轻情侣,而是角落里的一个旁观的少女,少女的侧脸是前景……

"这张前景不错,这小姑娘正好回头看这对小情侣,我就抓拍下来了。"

"这张发我邮箱,"季成阳用指尖轻轻点了下少女的侧脸,"算了,你到我办公室坐坐,顺便给我拷照片。"

那男记者笑了:"这是怎么了,这么急,照片触到你什么点了?"

季成阳的眉目有些深邃,笑得含蓄且风度十足:"照片不只要给我,还需要删了存档。"

"欸?"

"你拍的是我女朋友。"他坦言。

……

那男记者一愣,和身边两人对视一眼,三个人又对着照片猛瞅了一阵,似乎这才琢磨出季成阳说的到底是什么。有人伸过来胳膊,揽住季成阳的肩:"小子可以啊,绝对很可以。"虽然如此感慨,但大家还是有种这是假话的感觉。

毕竟季成阳这个人实在在这个圈子过于出名。

但又似乎,不太会和女人联系在一起,有种不近女色的感觉。

比如男人坐在一起总会不咸不淡地开些有关性的玩笑,季成阳却惯来不太参与,有时候大家聚会什么的,有意东一下西一下地胡乱撮合,都配合着,单身男女试试看有没有交往意向,季成阳却又是个例外。

如今,平白无故,多了个大学生女朋友。

嗯,原来平日不显山露水的,才是真有道行,众人如此以为。

纪忆在图书大厦里到处走着,询问着哪里有世界地图,她根据提示找到货架的时候,发现了三个不同的版本,最后选择了最大的那个。等到结账走出来的时候,接到暖暖的电话,她一边将世界地图放到背包里,一边按下接听:"喂,暖暖?"

"西西,"季暖暖的声音有些哽咽,冷漠地叫她的名字,"我问你一个问题。"

"怎么了?"她察觉出不对。

"你在和我小叔同居吗?"

暖暖的问题像是颗深水炸弹,忽然投入湖底,瞬间炸碎了所有平静。

她的心猛揪起来:"没有,我们不是同居。"

的确住在了一起,但是是因为季成阳不愿让她住在宿舍楼里,想要避免她大范围和人群接触,才让她暂时住在家里。可是她不知道怎么解释。

季暖暖的声音有些抖,已经在哭:"我在我小叔家,看到你的衣服,难道我看错了?"

"季成阳怕我住在学校，接触太多的人，所以让我暂时住在他家里，我们不是同居……"

"谁让你叫他季成阳！"

"暖暖，"纪忆觉得心都开始疼，"你听我慢慢和你说，你相信我……"

"纪忆你是人吗？你怎么能和我小叔在一起？"暖暖哽咽着声音，根本不想听她任何解释，她只想质问，质问纪忆为什么这么做，"你是我最好的朋友，怎么可能和我小叔在一起？你疯了吗？你是不是疯了？！"

"我一直喜欢他，他也喜欢我……"

"别和我说这些！我小叔疯了，你也疯了！你从小就叫他叔叔，怎么能和他同居……你太可怕了纪忆，你根本不在乎我，你想过我吗？我从小就崇拜他，比对我爸还崇拜……你根本就没想过我……"季暖暖完全语无伦次，哭得已经失了声，"你怎么能和我小叔同居……"

她心里的季成阳有着崇高理想，人格毫无瑕疵。

绝不可能有任何污点，和任何人都不同。

可当她发现季成阳和纪忆在一起，和本该是侄女辈分的女孩同居，而这个女孩还是自己最好的朋友。最尊敬的人和最好的朋友，同时在背叛她，欺骗她。她的信仰瞬间就被彻底击碎，洪水肆虐一样，被卷走了所有的理智和意志。

比天塌了还可怕。

纪忆再说不出话，眼泪不受控制地涌出来。

她就站在书店的正门，手足无措，像是有人将手伸入她肋骨下，狠狠攥住了她的心脏。

她从来没见过这样的季暖暖，她构想过的所有解释都没用了，她想象过暖暖无数的反应，最怕的就是这种，最真实的愤怒。

纪忆无言以对，甚至不敢重复自己说的话，说自己爱季成阳，她怕刺激暖暖。

暖暖的失控完全超出她的想象，她从没听暖暖这么哭过，那种信仰被一瞬间击碎的软弱和绝望感，让纪忆觉得自己就是背叛友情的罪人。

彻头彻尾的罪人。

"西西，你怎么能和我小叔一起，你想过我吗……"

暖暖哭得完全崩溃，只会重复这句话。

纪忆手机慢慢耗尽电量，电话彻底断了线。

她泪流满面地看着漆黑屏幕，跑出书店所在的大厦，想要叫出租车，可这种时期，出租车根本就是个奢侈品。她跑了好几条马路，只看到一辆有人的出租车，跟着车跑了很久，直到车开得越来越远。

最后跑到无力了，只是茫然无措地，慢慢在马路边蹲下来。

暖暖最后的质问，不停徘徊在她的脑海里，暖暖哭得虚弱地告诉她："你根本就没想过我，纪忆，你根本就没想过我……"

暖暖的话，一句句回放，如刀一样反复戳着她的心。

她从没考虑过暖暖，这段感情她始终自私地藏好，当作一个秘密。所有都爆发得太快，所有都没有在她的设想之内。她一直叫他季成阳，不肯叫小季叔叔，总在心底默默和这个禁忌抗争着，忽略他是自己长辈，忽略他是从小一起长大的暖暖敬畏深爱的小叔。因为她始终相信，自己这段暗恋单恋一定会随着长大慢慢消失。

甚至设想过，有一天去参加季成阳的婚礼，在他被往来嘉宾好友灌醉的时候，告诉他，季成阳，我一直喜欢你，从很小的时候开始就拿你当我唯一的目标和偶像。

这些都是她设想好的。

……

可是所有都改变了。

所有都开始向着幸福的方向发展，她依恋他，沉浸在曾经不敢奢望的感情里，而忽略了事情的本质。他们辈分不同，自幼如同家人一样相处，他都是她的叔叔，最后却不受控制地将这种关系变为了男女之间的爱情。

对任何人来说，这都是难以接受的改变，甚至会往最肮脏的地方想象……

身边的报刊亭、大厦都早早关闭，路上也没什么闲人。

纪忆因为刚才的情绪太过起伏激烈，有些蒙蒙的，她努力让自己冷静，找寻最近的公交车站，仰头看站牌的时候，眼泪就荡在眼眶里。她不断祈祷着，尽快找到回家的公交路线，幸好这个方向到季成阳家的车很多，最后她换乘了两辆公交车，在积水潭桥附近下了车。

当她走到季成阳所住那个小区的小马路，忽然，有车灯迎面打过来。

车猛地停在她面前。

纪忆怔怔站住，逆着车灯的光，看见季成阳下车，一言不发地走向自己。他深邃的眉目里都是难以压抑的怒意："为什么关机？为什么不给我先打电话，告诉我你在哪儿？"

第十六章 同一屋檐下

季成阳蹲下身子，双手钳制住她的肩膀，想要继续告诉她她不能这么任性，手机说关掉就关掉，不管发生任何事情都不能如此解决问题。

她眼前是季成阳的脸。

因为车灯直照，突显他难得露骨的怒气，让她很害怕。

"为什么不给我先打电话，告诉我你去了什么地方？"

"我手机没电了，"纪忆轻声解释，"我手机没电了，不是关机，也没有公用电话的小店，只有插卡的那种电话亭，没有 IC 卡，就用不了那个……打不到车，外边没有出租车……可能因为非典，出租车都不出来干活了，就等公交车……"

车灯将她的脸照得惨白惨白的，然后她忽然说："暖暖知道了，她很生气。"

季成阳的心始终被各种不好的猜测压着。

他刚才接到暖暖电话而急速赶回来，将那个哭得一塌糊涂的小侄女劝住送回学校后，他就找不到了纪忆，应该说从电视台接到季暖暖电话开始，他就找不到她。

他没办法让自己不生气。

甚至当她解释以后，他没办法让汇聚两个多小时的压力都烟消云散。

"我知道，我已经和她谈过这件事，"季成阳低声说，"我们先回家再说。"

"嗯。"

他们已经站在小区门外不远的地方，纪忆就没跟着他上车，只是站在地下车库外的楼梯口，等着他。季成阳攥着车钥匙从台阶下往上走，看见朦胧不清晰的月光，笼住她的身形，她穿着有些厚的那种玫红色戴帽子的休闲上衣，瘦瘦米白长裤，头发披下来，很纯情的一个小姑娘模样。

她在安静地等着他。

季成阳想到暖暖扑到自己怀里哭的时候说的话，那些都是他之前就深思熟虑过的，所以没有什么太多的惊讶，因为他是个二十六岁的成年男人，这是他早就考虑过的情况。可纪忆不同，她还不够成熟，自己还没来得及和她深入沟通这些未来的阻碍，她就已经在猝不及防下受了指责。

主要责任应该是他的，不是吗？

季成阳笑了一下，从黑暗的楼梯底层走上去，迎着月光。

纪忆本以为到家后他会立刻和自己谈，季成阳却只用手势示意，让她先去洗澡。她只得迅速冲洗换了家居的衣服出来，正看到季成阳猫着腰从冰箱里拿出一些食材。

纪忆走近，能闻到四周淡淡的滴露味儿。

这段时间，季成阳一直很注意家里的消毒，回到家会立刻擦洗一遍，包括两个人每天穿的衣服也是要当天放到洗衣机里清洗干净，衣服混着洗衣粉就还好，最后不会有消毒液的味道留下来。

但房间里就不一样了。

起初她不太喜欢这种味道，可慢慢就适应了，此时此刻，这种熟悉感倒让心踏实了一些。

季成阳起锅做饭。

抽油烟机的声音轰轰作响，他热了油，将整盘的花生米倒下去。这道菜很快就会因为纪忆的那句"我爱吃花生米"，变成宫保花生米，鸡丁即将成为陪衬。

他拿筷子夹了，喂给她："尝尝。"

这是他回家后和她说的第一句话，只有两个字。

纪忆微微张嘴，咬住皮已经炸脆的花生米，她盯着他，季成阳仍旧在生气，并没有掩饰从眼神到面部神情的冰冷，她就像是被他一眼望穿到心房内，被他看到血液流动和跳动，变得如此不自在。

"好吃吗？"

"嗯……"

"不觉得炒得有些过火了吗？"他问。

"好像有点儿。"的确有些火候过了。

季成阳自己也夹了粒，尝了尝："还好，还能吃。"

她应了声。

他却又关火:"算了,我们吃火锅,我下午买了很多东西回来。"

纪忆又应了声,其实火锅也不错。

她如此想着,季成阳已经双手扶着她的手臂,半蹲下来:"是不是我想吃什么你就会跟着吃什么?怎么没有自己的意见?"

她有些愕然:"我也挺喜欢吃火锅,你想吃,就吃吧,没关系。"

季成阳看着她的眼睛,沉默了会儿,说:"西西,你知道你最大的弱点是什么吗?"

弱点?

纪忆想了会儿,很坦诚地说:"我太在意别人的看法。"

季成阳笑:"而且也太重感情。你和暖暖都是真性情,对亲近的人都掏心掏肺。可她外热内冷,别看她今天哭得像天塌了一样,其实她没那么脆弱,你不一样,你外冷内热,看上去很平淡,可心思就细太多了,你将感情看得重。"

纪忆的睫毛慢慢扇动着,垂下来。

是的。

或许因为她缺少这些,就将这些看得很重。亲情、友情、爱情,只要别人给她一些,她就能一直记得清楚,一层层,随着日积月累都厚重地压在心里,恨不得还回去十倍。

她现在都能清楚记得,十一岁时候的事情。有次在季暖暖家,两个人睡到半夜一起去上厕所,她忽然月经来潮,坐在马桶上看着内裤发愣,考虑是否下楼回家的时候,季暖暖已经从洗手间的柜子里拿出卫生巾,蹲下身子。

暖暖边打着哈欠边撕开,结实地贴在她内裤上:"全天下就我不会嫌弃你,"暖暖真的一点儿都不嫌弃她,贴好,才去洗手,眼睛都困得微微眯着,"我怎么就想对你好呢,真可怕,以后我要是嫁人了,我老公一定以为我是同性恋……"

过了半年,纪忆提到这件事,暖暖已经忘得一干二净,愣了会儿哈哈大笑:"那你就记得对我好就行了,我怎么当时就没嫌弃你呢,太可怕了。"

可她就是记得清楚。

每次想起来都很感动,发誓要和暖暖一辈子都这么好下去。

两个人的影子,叠在一起,落在厨房的白色地砖上,像是被水冲淡了的一摊墨。

"不用自我检讨，"季成阳轻声打断她的念头，"每个人成长经历不同，性格也千奇百怪，很正常。重感情是好事，你可以不离不弃，有难相助，但不需要因为她的喜好，就让自己按照她的意愿去做事情。"

纪忆抬起眼睛。

季成阳笑了一下："暖暖把我当偶像，希望我处处完美，我虽然很爱护她，但这种无理要求就无法满足了。我是个正常男人，有优点，就会有缺点，有想正经的时候，就会有不太想正经的时候，我不完美。"

季成阳顿了顿，继续说："今天会是暖暖的指责，明天可能就是你父母，你家里人，后天可能就是邻居……比如我们大院里那个急诊室阿姨，你小时候，她看到我带你去打破伤风针，肯定会觉得季成阳这个人良心可真不错。可如果让她看到我和你现在拥抱接吻，一定会觉得很可怕，她会想，季成阳这个人真是道德败坏，小姑娘还叫你叔叔呢，你就趁着人家年纪小什么都不懂，下手了。"

他说的是事实，可措辞偏就如此轻松。

"那些也是我的长辈，我也很尊重他们，但我不可能因为他们怎么想，就放弃你，"季成阳坦言，"我既不吃喝嫖赌，又不花心滥交，连女朋友都没有过一个，身心健康，过往清白，怎么就不能和纪忆谈恋爱了？就因为她小时候叫过我一声叔叔？就因为我认识的时候她还是个小女孩？就因为我大了她八岁？"

季成阳的语气太有趣，纪忆扑哧笑了。

"从你还没认识我的时候，我就是这种性格，任何人都不要把我想得那么完美，谁都不需要，你也不需要，因为我做不到。你也一样，西西，我们没做任何坏事、错事，你不需要顾及所有人的想法，也完全不用为流言蜚语伤心，觉得我和你感情真有什么问题。相信我，没有问题，完全没有，非常好，现在很好，以后会更好。"

纪忆忍不住笑。

真的是笑着，觉得今天的季成阳特别不同。

哪里不同，她说不清楚。

季成阳这么高的个子，蹲在她和大理石台之间，蹲久了实在有些不自在。既然说完了，看她也笑了，索性就站直了身子。但他又似乎想到什么，很快就补了句最重要的话："还有，我不只是在和你谈恋爱，谈恋爱这么耗费心神的事情，对我来说一次就够了，我用了十分的心来做这件事，就要做到底。"

他很肯定地下了结论，声音中有他独有的那种感觉：

"我们一定会结婚。"

结婚。
结婚……
纪忆觉得自己的心简直要爆开了。
她有点儿晕,脸不由自主地被结婚这个念头染红,通红通红的。

他安静了几秒后,忽然攥住她的一只手臂,低头,用嘴唇去碰触她的。
起初只想安抚,碰到了,却如燎原之火,难以控制。他将她的嘴唇含在唇齿间,轻轻啃噬吮吸,将刚才因找不到她的焦虑和急躁都倾注在这个吻里。纪忆觉得嘴唇丝丝地疼,轻"嗯"了声,想要躲开,却手臂一紧,被彻底扯到他怀里。
到两人分开,纪忆的下嘴唇已经有些红肿,水汪汪的一双眼睛紧瞅着他。
不知道脑子里在想什么,忽然转了身,快步走出厨房……

季成阳看着她的身影消失,听脚步声,是去了卧室。
"我和你只差几岁,勉强还能算是同龄人,暖暖,对我的事情理智一些,"他脑海里浮现出自己下午对季暖暖说的话,"不要用伤害我的方式,来回报我这么多年对你的爱护。"
这是他对季暖暖,第一次用成人方式所做的沟通。
他能理解,让季暖暖忽然发现最好的朋友和亲叔叔在一起的震撼,更何况,一开始就是从"同居"层面来发现,的确很难面对。
但他并不认为暖暖会想不通这件事,只需要一些时间。
作为一个男人,他早就在这段感情开始之前,就将各方面的阻碍和反应都斟酌考虑过,也想过层层击破的应对方法。等纪忆成长到适婚年龄,这层关系上的"尴尬"自然就会减去大半。
他需要的也只是时间而已。

季成阳再次尝了尝炒花生。
花生炒得味道真不错,很脆,也很香,可也真过了火候。

他蹙起眉头,眼神深了些。这种表情,颇有些性感。
他在思考是继续做宫保鸡丁,还是准备火锅。当想到火锅容易让她吃得脸颊泛红,额头,甚至脸颊边都会有晶莹细微的汗珠时……就很痛快地做了决定,将花生米的盘子蒙上保鲜膜,扔到冰箱里,开始准备洗菜切菜吃火锅。

聪明人,有聪明人的好处,也有聪明人的难处。

季成阳在厨房握着小号钢刀削土豆皮的时候,看到纪忆晃进来的身影,就明白她去卧室做了什么,她悄然换了身颜色更漂亮的家居服。

这套衣服,季成阳帮她整理衣柜时看到过,其实她的大多数家居服都只有颜色差别,只不过这件是烟紫色的,很特别,他自然有些印象。

所以……

他大概能估摸出来纪忆的心思在起着如何的变化。

这就是所谓的女为悦己者容。

纪忆走过来,下巴颏儿轻轻靠在他手臂上,专心看着他切土豆,他侧头看了一眼,看到她眸光像是含着一汪水,真就看得如此仔细,将身体自然而然靠在他身上。头发还是微微有着湿意,扫在季成阳的手背上,若即若离,轻扫而过。

季成阳在上高中时,偶尔也会被女孩子如此对待,比如拿着书本来讲个题什么的,或者靠近说话,有时候距离拿捏得不好,也能碰到对方的头发。那时候他并没有这么多的感想,有时候还会刻意提点下:"差不多了,接下来的步骤你可以问问课代表。"然后拿起书包离开,去篮球场,或者去乐团的排练厅。

彼时,他就是纪忆这样的年纪,似乎青春期的大部分时间都用来大跨步前行了,无心流连身边的风景。爱情,在那个阶段并不是生活必需品。后来去了美国,不再是中国传统含蓄的那种感情表达方式,他最尴尬的时候也就是最初参与聚会时,会被只说过几次"hello"的金发女郎摸到大腿内侧,或者同是留学生的华人女孩直接提出要求,陪他一同回家。

……

他只犹豫过一次,在取得大学学位的告别聚会。

那是个与他同一班飞机来美国,已相识四年的女孩子,比他年纪还大了一些。那晚,他因接了实习报社的电话匆匆拿起衣服离开那幢仍旧热闹非凡的房子,女孩子追出来,用最含蓄的方式,问他:"我现在有两个工作机会,有一个是留在这个城市的,你觉得,我'值得'留在这里,继续等你吗?"

中国式的含蓄表达。

季成阳在对方说完这句话后,看着那双美丽温柔的眼睛,从那里看到了太多的期待。他稍微迟疑了两三秒,便就此告别,开车而去。

他想，这是他第一次被女孩子的含蓄感情打动，有了"不忍心拒绝"的念头，可也只是迟疑了两三秒而已，就已经冷静了。

是为了什么？为了冥冥中早已在他十三岁时见过的那个小女孩吗？

对当时的他来说，不可能是这个答案。

但冥冥中，上帝的确给出了这个答案。

……

就在那个夏天，他去了叙利亚。

再回到中国，就重逢了十一岁的纪忆。

这就是聪明人的好处，他总能很合理地分析出在哪个阶段，什么才是自己需要的。可是当你爱的女孩子，用她自己都不太知道的肢体语言，来表达她爱你……

他不可能不为所动。

甚至为此，早已心猿意马。

季成阳的视线落在刀锋上，轻片去一层层的皮，落在垃圾桶里，有一块姜黄色的土豆皮落在了外面。"掉出来了，"纪忆笑，弯腰去捡，再扔到垃圾桶里，"要我帮你什么吗？"

"不需要，"季成阳低头，用下巴颏去碰了碰她的额头，"洗干净手，去看会儿书，顺便把头发吹干一些。"

"噢。"纪忆笑。

季成阳做饭虽不算是顶级大厨的手艺，但胜在熟练，况且吃火锅本就不需要多少准备工作，大概到《新闻联播》的时间，他们就吃上了。纪忆小时候在家住，爷爷也是每天雷打不动地看新闻联播，现在暂时住在季成阳家，他也会偶尔看上两眼。

热腾腾的火锅，《新闻联播》的声音，将这个房间填充得真像是个温暖的家。

纪忆喜欢吃各种蔬菜，还喜欢一下子都扔进去，以前偶尔和同学吃的时候，总被嘲笑像是在吃麻辣烫，而不是火锅。

倒是季成阳不觉得有什么，事实是，不论纪忆做什么，如今在他眼里都不会有什么，他都会往可爱有趣很好非常好的这种方向去思考……只是偶尔提醒一句，肉刚放下去一会儿，不要现在夹菜吃。

吃到半途，纪忆就开始觉得热，脸颊红扑扑的，还不停拿餐巾纸去擦汗。季成阳忍不住笑，拿着筷子的那只手挡在嘴前，虚掩着，咳嗽了两声。

纪忆眼睫慢慢忽闪着，去瞧他，并不太明白他在笑什么。

晚上，季成阳洗了澡出来，换了居家的长袖和运动长裤从浴室走出来，寻不到纪忆，随便在房子里溜达了一圈，发现书房后的藏书室里有灯光。他推开门，看到纪忆打开了藏书室中间的那盏灯，还有一些书架下层的灯也亮着，纪忆坐在地毯上，手边摊开两三本书。

"我发现，你喜欢在看过的书里写一些话，"纪忆扬扬手里的书，翻出一个书签，"达·芬奇的笔记也是种财富，他喜欢用从右至左的方式反方向拼写，笔下的每个字母在纸上都是反着的，需要在纸上放一面镜子，才能辨认出他在写什么。"

她翻看的正是老版的《达·芬奇传记》。

季成阳的确有这种习惯，但这本书他看了太久，已经忘记自己写了什么。

不过他终于明白纪忆在做什么，她正在这藏书室里一本本找他留下的痕迹，去寻找那些她因为年幼而了解不到的季成阳。

她招手。

季成阳走过去，在她身边盘膝坐下来。

"你看，你还学着写了一行反方向的字。"

纪忆将书签递到他眼下。

他感兴趣和了解的东西，真的很多。

就像他喜欢的达·芬奇一样。

她为了更了解季成阳，竟也深深迷上了那些科学家。

达·芬奇，绘画、雕塑、天文、物理、建筑、水利、机械、古生物、医学，甚至是军事工程，是个无师自通的独一无二的全才……她以为她已经足够了解达·芬奇，甚至了解到他是个私生子，这些八卦她都很清楚。

可当她看到季成阳的读书笔记，又发现，自己其实理解得并不深入。

纪忆又翻出了一个书签，继续读：

"西方有人说，上帝将那些自然科学的法则都隐藏在黑暗里，所以，牛顿出现了，将黑暗照亮，将自然科学的法则暴露在世人眼前，所以他是上帝的使者。可达·芬奇更像是上帝也无法预测的人，他的出生，天生就是为了揭露上帝不曾告诉世人的东西，可能有些法则，连上帝也不想让人类知道。"

纪忆念得认真。

季成阳却听得有些尴尬，这就是他十八九岁的想法吗？就是和现在的纪忆差不多年纪时，脑子里在想的事情？

纪忆还想再翻，看有没有什么更有趣的书签，她用脚尖去顶了顶季成阳的脚："你帮我找啊，我怕自己找不全。"她是光着脚坐在地毯上的，指甲在灯光下像是日光下的贝壳，有着健康的粉红颜色，可能因为常年喜欢穿运动鞋或者帆布鞋，她脚上的皮肤竟是最细腻的，仿佛刚被牛奶浸泡过似的。

季成阳垂眼，看她的小脚丫继续顶自己。

"你在想什么？"纪忆抬起头问他，声音里有些疑惑。

"在想你。"他坦然告诉她。

"想我什么？"纪忆注意到他看着自己的脚，有些尴尬，收回来。

"很多。"这一瞬季成阳的脑子里的确掠过了很多，他发现自己的情绪越来越容易浮动，因为面前的这个女孩子。

"噢。"

纪忆看着他的脸，忽然发现，今晚的他特别好看。她想到他在阿富汗的时候，她曾经在电视里看到的他的采访，他在讲解为什么战地记者不能拿起枪自卫……血液在皮肤下慢慢流淌着，带着烫人的温度，纪忆在这短暂的安静中，从坐着，变为小猫儿一样地用膝盖和手爬着，将自己挪到季成阳的眼皮底下。

其实有的时候，她也有些跳跃不安分的细胞。

就像是冬季长跑时，她胆敢自己一个人跳到护城河冰面上，偷跑过去，用来逃避老师的监视。现在的她也是如此。

"季成阳。"她轻声叫他的名字。

季成阳的视线纠缠在她嫣红的嘴唇上，随口应了声。

他暂时还不想告诉她，这个姿势在自己面前说话，她衣领下的所有都一览无余。

面对自己女朋友，他可不想做什么正人君子。

"你刚才说，以前从来没有过女朋友？"

"是啊，"他低声笑了一下，"从来没有。"

"所以，"纪忆轻轻咬住下唇，犹豫了会儿，才继续问，"你和我也是……初吻？"

"是啊，"他继续笑，"初吻。"

女孩子总是喜欢纠结这些。

以前他觉得没有什么意义，毕竟接吻只是嘴唇和舌的纠缠，性爱这件事说穿了也不会有什么花样。可是此时此刻，他看到纪忆嘴边特别满足的那抹笑容，他忽然觉得，从某种程度来说也很有意义。

血液在悄然升温，她觉得手心下的地毯，软绵而温暖。

季成阳在自己之前都是空白的，没有任何女人，光是这种念头就让她飘飘然，毕竟以他们的年龄差来说，这种概率非常小。纪忆慢慢靠近他，第一次主动，去亲吻他的嘴唇。

季成阳抬手，扶住她纤细的腰。

他很享受让纪忆这么主动地张开小嘴巴，将舌尖递过来的感觉，甚至感觉到她会学着自己的样子，慢慢缠绕住自己的舌头和思想。他心头虽然被悄然点燃了一把欲望的火，却刻意欲拒还迎，享受她主动的乐趣。

倒是纪忆先有些急了，按捺不住地离开他，蹙眉抱怨："你怎么……一点儿都没反应。"

"哦？"季成阳故意不解，"要我有什么反应？"

就是这么一句，将纪忆逼得无比窘迫。

她迅速从地毯上爬起来，想要走，可还不忘记走之前拿走了那本老旧的书，将季成阳一个人留在藏书室。季成阳倒是真笑了，这可真是搬起石头砸了自己的脚，他胡乱地抚弄了下自己的短发，从地上站起来，竟又回到浴室。

纪忆回到卧室，把自己扔到床上时，听到浴室的水声，还以为自己听错了。

再仔细听听，的确是洗澡的声音。他怎么又去洗澡了？

她并不知道浴室里的季成阳，已经彻底将热水关掉，任由冰冷的水从花洒里喷出来，水顺着他的肩膀流下来，沿着腰，再流到修长的双腿。自然降温的方法是最有效的，就是有些极端了，季成阳两只手臂撑着墙壁，闭上眼。

脑海里仍旧是纪忆趴在自己面前，从领口望进去那一览无余的风景。太过美好。

"你又洗澡了啊？"纪忆的声音隔着两道门，问他，仍不敢确认。

"在洗澡，藏书室太热，出了汗，不太舒服。"

……

藏书室很热吗？

纪忆一瞬茫然，转身离开。

这天到后半夜，季成阳成功因为初春的一个冷水澡而感冒，第二天他去了台里，特地戴上了浅蓝色的医用口罩，和同事说话的时候，还会刻意回避。会议室里众人看季成阳，有种英雄你终于中标了的感觉，还不忘调侃："没关系，这里坐着的都不太怕死，怕死就不会这时候还来上班了。不过，大家认识这么多年，我还是第一次见你感冒啊。"

有另一人应和:"是啊,还是挑这时候,可真够应景的。"

众人乐呵呵,倒是刘晚夏难得没有参与众人的嬉笑怒骂,在散会后,拿来一盒据说很有效的感冒药,放在季成阳的办公桌上。季成阳待的这间办公室人少,他这才摘了口罩,泡了杯热水,将黑色的保温杯握在手里,拒绝了刘晚夏的好意:"我带了药。"

"那就留着,常备些药没坏处,"刘晚夏如此说,瞅着他的眼睛,"我越来越觉得,你有些地方和高中真没差别,这么多年都没变,最会装傻的人就是你了。"

季成阳微怔,看着面前眉眼有笑的刘晚夏。他想起高中的时候,似乎刘晚夏也是经常来和自己探讨数学题和物理题。不过刘晚夏比那些女孩子聪明许多,她会带着她脑子里的一套解题方法来,边和他讨论,边写在纸上,又多半写到中途就停下来,询问他的意见。

这样一来二去,就能让他多说两句话。

刘晚夏一直很聪明,她不可能忘记,自己曾经明确告诉她,自己有女朋友。

"我真带了药——"季成阳不得不再次重复。

刘晚夏看着他,他今天难得不穿黑色,而是穿了件浅蓝色的细格子衬衫。她想到,她也认识了季成阳许多年,这么多年,不管他是什么身份,不管何等着装,不论出现在哪里,都会有着季成阳式的从容不迫,这种冷静而旁观的气场对任何女人都是致命的吸引。

她转过身,随口说:"你以前可不是这样,说话这么直接,一点儿都不像你了。"

以前吗?

其实,始终没变过。

只不过以前他从不开口说拒绝,而是直接避开。

季成阳拿起那盒感冒药,在两指间晃荡了两下,想起纪忆因为自己没有过女朋友就能那么开心,忽然觉得自己过去远离一切女生,真是明智的选择。他随手就将药扔给斜后方始终"旁听"的男同事方响:"放你那里备着。"

方响笑得很有深意:"谢了啊。"说完就拉开抽屉,将药扔了进去。

季成阳继续喝自己的热水,从上衣口袋里摸出一个透明的药盒,这是纪忆给他准备的,特别袖珍,还有好几个小盖子,里边有退烧药、感冒药,还有维生素片……

方响瞅了一眼:"什么啊?"

"感冒药、维生素片、退烧药。"

"哎哟，台花，你可活得够精细啊，我还一直以为你经常在战场上跑，多不会照顾自己呢。"方响绕过来，仔细研究那个药盒，越看越乐。

"我女朋友准备的。"季成阳解释。

"女朋友？"方响愣了，这才琢磨过来，"那天听他们说，我还不信呢，你真有女朋友了？"季成阳一时啼笑皆非："有什么不信的，我又不是和尚。"

"那你赶紧的，别走时政口了，换财经吧，要不然正常女的怎么受得了？天天不是阿富汗就是叙利亚，要不然就是车臣的，没一个安全地方。"

方响兀自感叹了会儿，溜达着出门，去了剪片室。

季成阳没太在意方响说的话，这些话他隔三岔五地听，早已麻木。

他只是按着纪忆所嘱咐的，一个个打开小盖子，将药片吃进嘴巴里，忽然想到……如果名字前面能有个标签也是件好事，比如，他，季成阳，是纪忆的男朋友。如果能有这么个标签写在办公桌前，不知道能省多少力气。

他如此想着，忍不住就笑了。

如果真能有个标签，估计够小姑娘笑上一整个月，甚至一年的。

到五月，非典的形势开始好转。

五一长假前，纪忆接到一个电话，是远在南京念军校的实验班班长徐青的，她仍旧记得自己在同学录上给他留言的那天，一转眼竟已过了一年。老班长的意思是，他五一会从南京回来，准备安排一场同学聚会。

纪忆当时正在吃午饭，饭盒里是季成阳做的蛋炒西红柿和黑胡椒牛柳，她应了，很快就听到班长问她："你能帮我告诉季暖暖吗？就省得我给她打电话了。"

纪忆手顿了顿："还是你打吧……"

"怎么了？"老班长疑惑，"你不是最容易找到她吗？"

纪忆含糊找了个借口，一个一听就不太对劲的借口，拒绝了。老班长也是个聪明人，就没太追问。纪忆有些内疚，其实她内心里一直觉得或许未来的某一天，老班长也能守得云开见月明，等回他从很早就爱上并一直深爱的季暖暖……

可惜，暖暖和她已经形同陌路。

季成阳说过，暖暖已经答应他不会告诉任何家人和邻居他们的事。暖暖的确做到了，可是她也不再和纪忆的生活有任何联系。纪忆结束通话，低头继续吃季氏午餐，吃着吃着就有些心酸，她给暖暖发的短信都石沉大海，好像，她一辈子都不会原谅自己一样。

等到了同学会那天,班长凑了足足两桌人,除了在外省念书不回来的那些同学,凡是人在北京的都来了,班长甚至第一次喝啤酒,高兴得红光满面,他开心的是毕业一年了大家还这么在意他这个班长,基本都来捧场。

在座的这些人里,当初纪忆是唯一一个去文科班的,自然大家吃喝到兴头上,就开始调侃她,说她当年背叛组织,纪忆被挤对得百口莫辩,班长竟然还真就当了真,跑过来她这桌替纪忆挡着那些不断灌她啤酒的人:"我说你们,可不能欺负女生啊。"

有男生哈哈大笑,说:"班长,你怎么念了一年大学,还这么思想正统啊,我说啊,大班长,你绝对是我这辈子认识的最一本正经的人,我们逗纪忆玩儿呢,哪儿是真灌她。"

班长嘿嘿笑,黑亮亮的眼睛里蒙着醉意,指着那男生说:"抽烟可不好,赶紧戒了,真不好,对身体不好。"

众人笑。

有女孩子望着班长,开玩笑劝酒:"班长,我前几天听人说,别的班连同学会都组织不起来,一毕业人心就散了。其实我们来,可都是给你一个人的面子,还不多喝点儿?"班长笑得都有些不好意思了,二话不说,就倒了满满一杯:"好,喝!"

说完真就一仰脖子,干了。

纪忆看着,今天他是不横着回去不算完了,有些觉得大家闹得过分,甚至还帮着劝了两句。等众人移步到KTV,班长已经彻底霸占了厕所,吐得昏天黑地,被人拎回来的时候,就不省人事地躺在沙发上,昏睡过去。

不知道谁提了一句季暖暖,就有人制止了。

纪忆知道,其实季暖暖不来,不一定都是为了避开自己,可她的性格就是如此,会忍不住内疚,哪怕是暖暖不来的原因里只有10%与自己有关,她也会觉得很对不起班长。哪怕远远看一眼,也是好的吧。

年纪小的时候,笑真就是笑,哭也真就是哭。

可今天的班长,明显在笑着喝着,可总能让人感觉到那笑脸后的心酸。他开始想隐藏情绪了,而大家看穿了,也开始学着不点破了……

大家在点歌、聊天。

纪忆说是要给大家买点儿饮料零食回来,从KTV走出去。这个KTV离附中并不远，她来的路上还看到附中装修一新的校门，还有肖俊和付小宁开的店，已经换了东家，变成了一个小超市，没有了先前的热闹，也没有了先前那个恩爱的老板娘和老板。

她脑子里有些乱，念头太多。

就在KTV一楼的超市里，她提着购物篮，胡乱去拿零食。直到，险些撞到一个人，或者说，那个人看到她故意没有动，止步在那里，看着她。

纪忆拎着金属的购物篮，怔了两秒，笑："这么巧……"

付小宁轻笑着："我也来玩，没想到就看到你了。"他看着已经上大学的纪忆，看着她，忽然就想，怎么那个羞怯而温柔的小女孩，已经长这么大了。这么美。

他想，幸好当初纪忆没有和自己在一起。

自己越来越配不上她。

纪忆没有以前那么怕和他接触，拎着购物篮和他说了会儿话，想起了那个音像店。付小宁倒是有些困惑："怎么，暖暖没告诉你吗？"纪忆摇头，有些不好的预感。

看着她不知情的神情，付小宁也有些难以启齿了："先付钱吧。"

纪忆将购物篮放在柜台上，KTV内部的服务员一边结账，一边和付小宁闲聊，看起来是老熟人："怎么，换了个新的？"

付小宁蹙眉，没答话，直接掏钱包。

纪忆赶紧付钱，付小宁看她这么躲避，打了个愣，随手从柜台上的小架子上拿了根棒棒糖，买了来，递给纪忆："我就想请你吃个什么东西。"

她犹豫着，还是接过来了。

最后将零食和饮料送到包厢，付小宁临告别时，终于告诉她："肖俊有点儿太急功近利，太想赚钱，不留神走了些歪路，我也没劝住他。我眼瞅着暖暖和他分手好多次，看他们也折腾得累了……你是暖暖的朋友，帮我也劝她一句，别折腾了，就这么分了吧，吸了毒的人真心不容易拉回来。"

付小宁尽量说得云淡风轻。

可越到最后，越让她难以接受。

等他全部说完，纪忆竟觉得有些不真实，肖俊走了歪路，在吸毒吗？她怎么什么都不知道？难道在香港的时候，暖暖想告诉自己的就是这些？

"别害怕，"付小宁仍旧像是对着十四岁时的纪忆，总是怕吓坏她，"……总能戒掉的。"他这些话其实不太有底气，但还是尽量安抚她。

纪忆还想追问。

门被推开，班长被人半架着晃悠出来，估摸着又想去洗手间。他的视线里，模糊地看到纪忆还有付小宁后，竟不知哪里来的力气，挣着，将纪忆拉过来。

班长还记得，当年校门口带头斗殴的人，就是站在包厢门口的这个男人。

"你干什么？又想干什么？"班长又摆出一副当年当班头的架势，保护自己班里的每一个人。架着他的男生不明所以："班头，班头？醉了吧？"说完，对着付小宁点头，"不好意思啊，这位喝高了。"付小宁倒是猜到因为什么，笑笑："没事儿。"

他最后多瞥了纪忆一眼，真的告别："走了，西西。"

付小宁转了身。

待人走远了，班长没有需要保护人的意识，立刻就软了身子，彻底失去意识。

纪忆走进去，大家纷纷致谢纪忆的慷慨请客，纪忆笑笑，没多说话，在包房的大转角沙发的尽头坐下来。她攥着手机，给暖暖发了很长一段话，接连7条短信，她想告诉暖暖，无论如何，她都是暖暖的朋友，希望她能和自己联系。

直到晚上，依旧石沉大海。

她回到季成阳家，季成阳正在换衣服，显然也是刚刚才到家："怎么了？同学聚会回来这么没精神？"他将衬衫的纽扣一颗颗扣上，走过来。

纪忆前思后想，并没有将事实真相告诉季成阳："我想回一次家。"

她已经很久没回家了。

以住校为借口，很久没有跨入那个大院的大门，每年所有生活费父母都是固定打到一张卡里，余下的都不再过问。而她不回自小生长的那个家，也是个皆大欢喜的结局，自从她上大学以后，曾经住的那个房间早已被收拾出来，做了个客房，二叔和三叔的孩子轮流住上一阵，她回去了反倒没有落脚地。

可是，现在，她很想回去。

回去试试看，能不能找到季暖暖。

"好，"季成阳没过多追问，他看出她心里有事情，既然不想现在明白告诉他，那就等她想说的时候再谈，"明天早上我开车送你过去。"

"嗯。"

"一直忘了问你，你买张世界地图做什么？"他笑。

"世界地图？"她回忆了会儿，这才想起来自己那天接暖暖最后一通电话时，刚买了世界地图，后来呢？她都忘记搁在哪里了，"你看见了？在哪里？"

"你放在我书桌上，我不知道你要用来做什么，就一直没敢动它，"季成阳用手去捋顺她脸颊边的发丝,"原封不动,还在书桌上。"

都一个月了啊。

"你怎么一直没问我?"纪忆有些奇怪。

季成阳当然不会告诉她,是看出她心情不好,特地找了个话题:"忽然想到了。"

她小心思扭捏了会儿,轻声说:"想贴在墙上,每次你出国的时候,都标上你去哪儿了,做纪念。这样我会觉得,就算你不在我身边,起码我们还在同一张世界地图上……"

他听得微怔,一瞬,竟像是隔着无数惨烈的画面,看着层叠画面后的她。炮火,饥饿,难民,尸体,武器,母亲怀抱婴儿,士兵与恋人在街角的拥吻。

他被她一句话戳到心底最脆弱的地方,对死亡有了具体的恐惧,以前也怕,只是在炮弹落下的一霎,有本能恐惧反应。此刻却更多了对纪忆的不放心,唯恐自己死后深爱的人会哭得昏天黑地,甚至变得生无可恋……

可怜无定河边骨,犹是春闺梦里人。

春闺里的爱人倘若收到死讯,又会如何?

他想,他终于能彻底明白那些经历战争的士兵,也会怕身首异处,但更怕的是死后父母无人依靠,妻儿无人照料。

……

"明天我们几点走?"纪忆怕他觉得自己矫情,在短暂的安静中,转移开话题,"早上?还是中午?"季成阳将衬衫袖口挽起个漂亮的褶子,微眯起眼睛,似乎在思考合适的时间:"要看你准备回去做什么,需要多少时间。"

"回去——"

门铃猝不及防地响了。

她吓了一跳,倒是忘了说什么。

虽然季成阳早就告诉她,这次回来根本就没有告诉王浩然和几个朋友,就是怕大家彼此撞上,让她觉得尴尬……可经过暖暖上次的那件事,她变得越发小心翼翼,唯恐被什么旧识知道她和季成阳在恋爱,惹出更多的是非。

季成阳眉目间有疑惑,倒是没多琢磨,径自去开了门。

"不要惊讶,"带着笑声的女人声音,从楼道里飘进来,"我只大概知道你住在这个小区,问了问保安,没想到你还挺有名的,保安都记得是哪个门。"

是那个女主播?

纪忆认出声音。这是他在电视台的同事,两人还在医院见过,彼时自己和季成阳还没有点破任何关系。忽然来客,她站在客厅里,一时倒不知是进是退了。季成阳曾和她谈过,对待知道两人早先关系的那些人,要等她大学毕业再慢慢公开,所有的影响都会降到最低。可他的同事呢?他倒是没和她说过什么。

尤其是这个女主播,和她也算是旧识的同事。

季成阳只是对着门外的人问:"找我有急事?"

语气不咸不淡,没什么情绪起伏。

第十七章 世界的两极

"没什么事，过节在阿姨家住，想起你在这儿附近，就试着来找找。"

季成阳单手撑在门框上，忽而笑笑，颇有些无奈："那就进来坐坐吧。"他打开鞋柜，拿出一双客用拖鞋放在地板上。

刘晚夏进门，就这么弯腰换鞋的工夫，已经看见了纪忆。

她先是一怔，觉得眼熟，很快就恍然，原来是那个小姑娘："你好。"

"你好。"纪忆温声说。

她想了想，跑去厨房倒了杯热水。

刚要端出去，又发觉好像待客太简陋了，索性走出来，问刚才在沙发上坐下来的女人："你习惯喝茶，还是喝咖啡？"话这么一出口，刘晚夏终于察觉出了不对的味道，这是主人才有的姿态，并非是她刚才进门时所认为的"也是个客人"。

"茶吧，谢谢你——"她想不起来纪忆的名字了。

"纪忆。"纪忆笑。

"不好意思，隔得太久了，忽然就想不起来了，"刘晚夏的声音轻柔似水，"上次见你，还穿着附中的校服，你……高中毕业了吗？"

"毕业了，快大二了。"

纪忆说完，又进了厨房，不一会儿就端了杯茶出来，放在玻璃桌上。

她随手递给季成阳另外一杯咖啡。

刘晚夏看了眼季成阳，后者倒没什么特别的表现，甚至还轻声告诉纪忆，如果不习惯在这里待着就去书房看书，或者找个电影看，一会儿他送走客人再陪她。纪忆也觉得这么对着个挺陌生的女人没话说，很听话地进了房间。

两个人表现得太坦然，刘晚夏这个意外来客倒是有些窘迫了。

她只是刚才在逛街时想到上次季成阳送自己到路口，又曾听他提到过小区的名字，想要来碰碰运气。她相信缘分，就像季成阳和她曾是高中同班同学，如今又都在同一个电视台工作，冥冥中就有种缘分；而她更相信努力，有时候缘分的力量很薄弱，需要有些人为助力……

她坐在沙发上，凭着女人的敏感，察觉出这个房间里到处都是女孩子居住的痕迹。甚至坐在这里，还能看到玻璃茶几下露出的大一英语教材。她尴尬地收回视线，按照她对季成阳一直以来的了解，他并非那些仰仗自己事业小有所成，就喜欢找寻年轻女孩来弥补失去的青春的男人，更何况，这个女孩子在医院时表现得像是他的亲戚。

是亲戚吗？

刘晚夏猜想着，缓缓转动手里的杯子："没想到她都这么大了，"她笑，"在医院看见她的时候，还挺小的。"

他难得笑着，说："是啊。"

两个字的回答。

显得她找出的这个话题，很让人尴尬。

她迅速地改变了谈话的内容，开始和他沟通起马上就要启程的伊拉克之行。美国对伊拉克的主要军事行动只维持了二十几天就宣告结束，接下来就是长久的拉锯战。

"最怕的就是这种时期，"刘晚夏说，"随时有可能爆发小范围冲突……你是不是考虑一下，再看看战争的形势？"

季成阳坐在独立的深蓝色沙发上，他说到这些话题的时候，总让人感觉格外旁观且冷静，他的手指轻轻摩挲着咖啡杯外的花纹，回答她："这种非法战争，估计除了美国自己的记者，很难有人能再进入战地，二十多天就投了2000多导弹，包含500多'战斧'，美国人真是有想炸平大半个伊拉克的打算……可这些都是他们自己公布的，"季成阳面对这样的话题，总能说得多一些，他忽然笑，"地面有多惨烈，只有我们自己走进去才能知道真相。现在是最好的时候，美国人觉得自己大获全胜了，我们正好进去看看他们留下了什么。"

真相。

这就是战地记者所追求的，战争真相。

"这场战争离结束还很遥远。"季成阳忽然如此说。

还很遥远，美国人什么时候能撤出伊拉克？谁也不知道。他也不知道，自己会在伊拉克多久,下一次回国是什么时候。

刘晚夏和他又说了会儿话,就匆匆告辞。她忽然觉得自己有些可笑,冒失前来,却出了意外的状况,而且这种状况完全在自己的意料之外。哪怕曾想到碰到他口中的那个女朋友,也不会有如此的尴尬。

季成阳将她送到门口,看了看独门独户的那个电梯:"我家里还有个小姑娘,不放心让她一个人在家,就不送你了。"

刘晚夏手握了握自己的背包带子,忽然笑:"是啊,家里有个小姑娘是不太放心。"

纪忆看上去虽然小,是那种介乎于女孩和女人之间的年纪,可怎么说也不再是让人真"不放心"留在家里的小姑娘了,可季成阳就说得如此坦然。

她从没见过如此的季成阳。

走进空荡荡的电梯,在电梯门慢慢闭合的时候,看到季成阳家里的大门关上。她忽然想到,那时候班级里的女生不知道有多维护这个叫季成阳的男人,外班的女孩子来打听什么的,一律都是对外封口,甚至抵制外班的女生递来的信。

季成阳,是那时候附中很多女孩的少女梦。

难道,他真的会和普通男人一样眷恋于青春的诱惑?

有时候人看到的,都不一定是真实的。

季成阳看出这个老同学的猜疑,没有解释的欲望,言语解释这种东西,对着想要解释的人来做就可以了。悲欢喜乐,说到底,只有你自己清楚。

季成阳关了门,将客厅里用过的杯子都拿到厨房,洗干净后扔进消毒柜里,设定好时间后,就转而去了书房。纪忆真的很听话,举着一本书仰面躺在他在书房临时放的床上,身子以很舒服的姿势自然弯曲着,在看书。

她明显听到季成阳进来,也不吭声,继续翻过一页,其实也不知道自己看的是什么。她一晚上都没看进去一个字,多半是因为季暖暖的事,少半是因为客厅里坐着一个意外来客。乱七八糟想了许久,慢慢地,想的都是暖暖的事。

她甚至在计划,等找到暖暖深入谈过后,希望能帮到她。

戒毒所……北京的戒毒所在哪里呢?

她并不知道,刚才和刘晚夏的谈话,让季成阳内心深处的那种对她放心不下,甚至恋恋不舍越发浓烈。此时此刻,她躺在他平时睡着的那张床上,毫不掩饰她身体的曲线,对他是多大的考验。

"你客人走了?"纪忆明知故问。

"走了。"季成阳也无奈。

- 208

他在纪忆身边坐下来，翻过来她手里的书，不知道又是从藏书室哪个角落里找出来的，枕边都是书里的书签。纪忆唔了声，想问，又不知道怎么问，就听见季成阳手机有短信的声音，季成阳似乎懒得去搭理，纪忆倒是凭着女孩的第六感，觉得这短信一定和他那个客人有关。她伸手去摸他裤子口袋里的手机，拿出来。

刘晚夏。

手机屏幕上的提示果然是这个名字。

"她还给你发短信呢。"

季成阳忍俊不禁，瞅着她的小脸蛋："想看就看，不用犹豫。"

纪忆立刻笑了，翻出来看：

刚才在你家的那个女孩子，就是你女朋友吗？

纪忆一个字一个字看，看了两遍，这才将手机递到他眼下。季成阳察觉到她有些不开心，也没多说什么，就着她举着的那个手机，迅速回复了一个字"是"，然后就将手机从她手里抽出来，扔到远处的沙发上。

手机没落好，顺着沙发直接滑下来，当啷一声就掉在了地板上。

"摔坏了，"纪忆指着手机，低声说，"你这么摔，真会摔坏的。"

"你从回来就一直心神不宁，在想什么呢？"季成阳倒是没理会她这句话，直接一针见血地指出她的不对劲。

"没想什么，"纪忆守口如瓶，蹭了蹭脑袋，索性将脸枕在他的大腿上，仰面去看他，"就是见到好多同学，觉得挺伤感的，怎么就这么高中毕业了。"

真是走过去了，才会觉得高中是最幸福的一段时光。

有压力，有动力，有良性的竞争，有美好的感情，很多很多，都是之后的时光无法超越的……她本来是用这个做障眼法，可真想到这个点，倒也怅然了。

"我过了五一假期，就会去伊拉克。"季成阳忽然说。

纪忆愣了，茫然看他："你怎么现在才告诉我？"

他笑："不是提前告诉你了吗？"

"没有提前啊……"纪忆整晚低落的心情，瞬间被他一句话打进深渊，说不出的委屈，"还有几天你就走了，这也算提前说吗？"

这又不是公派出差，出去周游世界，这是去最危险的地方啊。

什么心理准备都没有，忽然就告诉她，他要走了，要去伊拉克了，又要去面对枪林弹雨，去吃苦受难，去面对那么大的危险了。所有情绪一拥而上，纪忆越发觉得委屈，混杂着离别的不舍情绪，还有忧心忡忡……

哪里是深渊，她现在的心情简直就是在地狱。

纪忆眼睛慢慢眨了两下，想从他腿上爬起来。

就是她这么委屈的神情，狠狠扯断了季成阳紧绷了整晚的那根心弦。他用手臂压着她，不让她起来，纪忆微噘了嘴，觉得鼻子酸酸的，不想说话。

可是他手臂压的位置，偏就那么敏感。

两个人都感觉到了，她不敢动，他在迟疑，也就是几秒的工夫，季成阳的手臂就挪开了。她以为他要放自己离开书房，两只手撑着从床上坐起来："下次别这样了……起码要提前半个月告诉我。"她轻声说着。

季成阳也知道自己的处理方法有问题，但他根本找不到合适的时间，无论什么时候告诉她，都是一样的结果，还不如最晚让她知道，难过的时间可以简短一些。

他靠近她，想要道歉。

可当握住她的手腕的时候，手掌间那种柔软的触感，让他这段日子始终不愿越界的坚持都溃散了，他的话，变成了行动，就此捉住她的嘴唇，深深亲吻她。

纪忆还在他又要去战场的消息里，失魂落魄着。

眼睛眨了眨，很快就闭上了。

季成阳也想不清楚自己到底想要如何，他的手反复抚摸着她的手腕、小手臂，还有短袖上衣下瘦弱的小肩膀。纪忆靠近他，这不是初次接吻，这两个月两个人经常会有一些亲吻和短暂的身体接触，可都会在恰当的时候停住。

现在却很不同。

季成阳用手掌去感觉她的温度，血液也在因为迅速的流动而升温，他将她整个腰身都搂住，按在自己的怀里，手不断去抚摸她的背。

"下次我会早些告诉你，不生气了。"他将她抱到自己腿上，跨坐着。

要到什么地步。

究竟可以到什么地步。

他的思想都被眼前的人所迷惑，她是自己的小小姑娘，是小姑娘，是小女孩，是女孩，他有着男人的那种并不独特却很直接的占有欲望，想要她成为自己的女人。他将她放在床上，这是他第一次完整抚摸到她身上每个细微之处，腰，腿，指间眼下都是她细腻柔软的皮肤。

纪忆却潜意识地迎合着他，身体贴着他的纯棉长裤和短袖。

他身上的衣料，摩擦着她的身体，麻麻的，让她整个人都恍惚起来。

就是这种迎合，让他意乱情迷。

季成阳终于彻底尝到了那种欲望无处发泄的痛苦。他给了纪忆一个温柔安抚的深吻，走出书房，不一会儿就听到浴室里有哗哗的水声。

纪忆缩在轻薄的被子里，听着水声，身体越来越热，慢慢钻到被子里，抱住自己的膝盖。她仍旧觉得有些疼，可心被填得满满的，幸福感如此呼之欲出。

就这么听着季成阳洗澡的声音，想，以后可怎么办呢……

总不能一直让他洗澡吧？

地板上的手机忽然响起来。

她跑下去，捡起手机看了眼，阮淑萍，这是季暖暖母亲的名字。纪忆猜想这么晚有电话，一定是有什么要紧的事情，心忽然就揪起来，忐忑着祈祷不是关于暖暖的。

她穿好衣服，将手机拿到浴室门口："暖暖妈妈的电话。"

季成阳关了淋浴喷头。

纪忆靠在浴室边，隔着磨砂玻璃能看到一个修长的人影走出来，忽然门就被打开了，季成阳周身有着刚洗过热水澡的那种氤氲水雾，光着脚走出来。

只在腰间围了条深蓝色浴巾。

她看着他赤裸的胸膛，一怔，刚才身无寸缕肌肤相亲的画面又涌上来，尤其他的眼睛就这么垂下来，看着她。

"是暖暖妈妈打来的，"她重复，避开和他对视，将手机塞到他手里，"一定是急事，你快回过去。"她说完，落荒而逃。

季成阳笑了，刚才她将手机塞进来，指尖碰到他掌心的时候，就像是将一根细细的刚从路边揪下来的狗尾巴草，麻麻的，软软的，这么擦过去了。

自己陪她玩过这些吗？给她编过小兔子吗？

季成阳略微回忆了会儿，两个人实在认识得太早，即便有，也早就记不大清了。

他将手机在手里掂量了会儿，清了清喉咙，这才回拨回去。

这个电话通话时间很短，可信息量很大。

纪忆刚收拾好他晚上睡的那张床，就看到季成阳已经换了干净的衣服，拎着车钥匙要出去："我回趟家。"他如是说。

纪忆本来就因为暖暖的事儿心思重，看他急着走，更有不好的预感。

可来不及多作追问，他从沙发上拎起自己晚上扔在那里的外衣，开门，走了。

这一走，就是大半夜，纪忆看书时间，手上的书翻来翻去的，迷迷糊糊就这么睡着，没想到惊醒她的不是季成阳本人，而只是他打来的电话。纪忆没开灯，接了手机，嗓子哑哑地喂了声。"西西，"季成阳声音有些沉，"你知不知道，暖暖现在有男朋友？见没见过？"

纪忆吓了一跳，瞬间清醒，沉默了两秒说："见过。"

"知道不知道那个人的家庭住址？"

家庭住址？

肖俊家地理位置很市中心，也很好认，去过一次就绝对不会忘。可是她不敢说，不知道为什么，就是潜意识觉得不能告诉他。

她心突突地跳着，含糊地说："忘了，我就去过一次。"

季成阳也没多问什么，让她好好睡，自己可能要天亮了再回来。这么一通电话结束，纪忆怎么可能还睡得着，在床上像被反复煎炸的小黄鱼一样，来来去去地翻身，越睡越热，越睡越浮躁。

到天亮了，她听到门响，忙从床上跳下来。

她跑进客厅的时候，季成阳正将外衣扔在一旁，自己整个人就这么在沙发上坐下来，沉下去，累得眼睛都懒得睁，慢慢地能闻到她身上那种温软的香气，手伸出去。

感觉柔软的手放上来，温度适宜。

他将她的手攥在自己的手掌心里，慢慢告诉她昨晚发生了什么。虽然他知道家里对季暖暖的教育方法一直有问题，但也觉得不会做什么出格的大事，可昨晚彻底颠覆了他的认知，先是嫂子打电话说暖暖已经三天没有回学校，找不到人。

所以才有季成阳深夜那通电话。

不过，他打电话的同时，暖暖父亲已经找到了地址，季成阳随后赶到的时候，暖暖已经被打得站不起来，那个男孩子也被打得满脸是血。幸亏有季成阳上去拦着，二话不说，拨开暖暖父亲带的那些人，甚至强硬地推开暖暖父亲，将她横抱起来，直接开车送到暖暖爷爷家。他带走暖暖的时候，人都不知道哭闹了，就是傻坐着，到哪里都傻坐着。

因为怕回到院里影响太大，整个处理过程都是在暖暖爷爷那里。

整个深夜，气氛都很压抑。

起初老爷子也动了大气，吼着让暖暖父亲回来交代，为什么下手这么重，就算真是同居，也要踏实下来好好谈，而不是动手。到最后，知道暖暖父亲找到他们时，男孩子正好犯了毒瘾，暖暖在一边又哭又劝的，这种太过刺激性的画面，才让她父亲真的下了重手。

　　没有多余的话，立刻由暖暖母亲陪着她先出国，刚好先期所有的手续都完成了，本来想等十月入学前再去，经过了昨晚，众人的决定是将她直接送走。

　　季成阳尽量用简短、平缓的字句来讲述刚才过去的那个夜晚，纪忆忽然就站起来，他睁开眼，没等她说话，就先告诉她："你见不到人，机票都订好了，他们马上就会走。"

　　"什么时候的飞机？"纪忆着急地着看他。

　　"西西……"他勉强给了她一个安抚又抱歉的笑，"不要去，这件事你最好当不知道。"

　　这是一个家丑。

　　也是季暖暖的一道伤。

　　哪怕纪忆有一天要知道全部，也一定是要由季暖暖亲口告诉她。

　　此时此刻，最好将这件事放在心底，无限期封存。

　　她知道季成阳的意思，况且暖暖连肖俊染上毒品这件事都没告诉自己，她还没有过自己这一关。肖俊、季成阳，这两个人是她们两个各自的秘密……她忽然觉得从小就在一张床上嬉笑打闹，睡一床被子还要扯来扯去的好朋友，和自己的距离就像是世界的两极。

　　最后，她只能选择，给暖暖发了短信：我和班长聊起你，我告诉他说暖暖在和我生气，所以没有来，但是下次一定会和我一起来参加同学聚会。对了，班长说你欠他一百块钱，我帮你还了。

　　她坐在卧室的沙发上，季成阳是真的累了。肯定这一晚上还有很多事，他都没有详细告诉她，这是她住在他家里这么久时间以来，季成阳初次在主卧的床上熟睡。

　　她出神地看了他好一会儿，这才放下手机，去倒了杯滚烫的白开水。

　　回来时，看到手机上竟然有回复的短信。

　　心跳得有些不规则。

　　拿起来看，竟然真的是季暖暖的回复：找的借口越来越烂，和我小叔一起越来越没脑子。

语气很轻松，像是没有任何事情发生，虽然季成阳根本就是目睹整个事件过程的人，她不可能毫不知情……纪忆赶忙将玻璃杯放在沙发旁的地板上，拿着手机，想要给她回复，可写了好几句话，又都删掉……很快，手机又在掌心里振动。

季暖暖追来一条短信：不用想怎么安慰我了。我明天的飞机，等这事儿过去了再联系你。

纪忆回：嗯，好。

她多一个字都不敢发出去，怕让她多看几个字就会多出各种情绪。

等将手机放下，那从清晨季成阳回来就压在心口的巨石，或者说从上次两人最后一通电话后，就始终不散的悒悒，都慢慢消退。纪忆轻声轻脚地爬上床，掀起轻薄的棉被，钻到季成阳的怀里，他睡得沉，却还是很自然地将她的腰拉近自己，贴在怀里，胸口，继续去睡。

眼睛闭合。

鼻端都是季成阳身上的气味。

她的手，慢慢伸到他纯棉短袖下，去触摸他的背脊和腰。

就是这么触碰他真实的皮肤，才会觉得安心，而且这种地方，在睡觉的时候去抚摸，更多的是恋人间的依赖，和欲望没有太多的关系。

"怎么这么高兴？"他懒懒地开口，低声问。

"暖暖给我回短信了，她应该……没什么大事。"纪忆笑，用脸去蹭他身上的那层柔软衣料，"她回我，就肯定没事了。"

他被她情绪感染，也觉心情放晴。

季成阳用手指抬起她的下巴，看着她眼角眉梢折进去的层层喜悦，还有露出的一个小小的虎牙尖尖，低头，轻用舌尖去舔她的虎牙和软软的嘴唇。

这生活，瞬息万变。

他越发感觉到，人不是神，永远无法预料任何的灾难祸事。这种情绪原先只是在战场上才有，现在，在自己的生活里，也开始越发浓烈。

季成阳承认自己有些乘虚而入。

完全是趁着她终于内心放晴，在此时，再用爱情将她彻底包裹住。

他没告诉纪忆的是，暖暖在他离开前问过，为什么会和纪忆在一起，难道不是对年轻女孩子的迷恋。他给的答案很直接：

他和纪忆之间的那些事横跨了太多年，不可能重演，也不会有人有资格、有机会再代替。

所以必须是这个女孩，必须爱，也必须是一辈子。

而暖暖的事情，也越发让老父亲坚持，一定要让他留在国内，不许再做战地记者这种危险而又没有保障的工作。理想和现实再次猛烈冲撞，还有那些他进入纪家前的幼年回忆，都在他的心底、脑海中不断翻涌。

一边是理想，一边是感情，不只亲情，还有爱情。

他一路回来不是没有嘲笑自己，你并非第一个战地记者，也不会是最后一个，堂堂一个大男人怎么就忽然有了儿女情长？

可此刻，再如何心如钢铁的男人，也会被爱情炼成绕指柔。

我爱的小姑娘，原谅我的自私。不只是你，这也是我这辈子所尝试的第一段和唯一一段爱情，会有纠结，想念，眷恋，依赖，也会有不安，醋意，烦躁，渴望，情欲，所有情绪都是不定的，新鲜的，热烈的。

因为深爱，早已丧失安全感。

这一刻爱情压倒了所有的理性思维，在他的脑海里只有一个念头是坚定的，倘若我能活到那么久，就一定会陪你到白首。

五一长假过后，纪忆返校，季成阳离开中国。

他走时告诉纪忆，他这次为了争取能早些出去，身份并非电视台的记者，他已经辞职，和自己大学室友一起受邀成为一家报社的特约记者。这些都是简短交代，他对于工作的事，对她说得从来不多，主要的原因是怕让她了解得越多，心理上得到的压力就会越来越多。

这次远赴战场的日期，依旧是临近他的生日。

他起初到伊拉克的一段时间，吃住还算有保障，生日那天晚上，他特地和纪忆约了个时间打电话。纪忆告诉他，千万不要挂断电话，将电话放在了钢琴上，然后很流畅地给他弹了一首《Angel》，真的很流畅，其实也不是一首难的曲子。

主要是，在季成阳的印象中，纪忆并没有系统学过钢琴。

他拿着电话，听她弹完，然后又听到电话那头，纪忆拿起电话，问他："喜欢吗？"她说话的时候，声音轻微喘息着，显然是太紧张了。

"特地学的？"

"嗯，"纪忆轻声说，"我练了特别久，就怕弹不好。教我的人还说，这首很简单……可我毕竟没学过钢琴……还行吧？"

"不错。"季成阳坐在窗台上，看月光下的异国他乡。

他想起，自己如果不是坚持着这个理想，那么此时，他应该和苏颜、和王浩然一样在哪里的乐团里，做个青年艺术家。他还记得，得奖那天合影后，有人赞扬过年幼的他们，以后一定会站在大众的焦点处，获得掌声和荣誉。

然而，结果似乎背道而驰了。

他现在的职业，是隐身在焦点背后，作为一双眼睛，来看到这些。

"你还记得这首歌，是什么时候放给我听的吗？"纪忆问他。

"什么时候？"他倒是真不记得了。

"就是……我第一次去迪厅，你早晨把我和暖暖带回来，把我们锁在车里，就是听的这首歌。"纪忆倒是印象深刻，她还特地为了这首歌，去看了电影。

纪忆的声音，有着不甘心。

季成阳笑，恍然，不得不声带哄慰地回答她："是啊，我想起来了。"

"你喜欢这首歌，是不是因为歌词？"纪忆好奇问。

"歌词吗？"季成阳在脑海中回忆了一遍。

大概猜到了她所指的是那一句：

> In the arms of the angel
>
> Fly away from here
>
> From this dark, cold hotel room and the endlessness that you fear.
>
> You are pulled from the wreckage of your silent reverie
>
> You are in the arms of the angel
>
> May you find some comfort here.

在天使的怀里飞离此地，远离黑暗、阴冷的旅店和无穷的恐惧，将你从无声虚幻残骸中拉出，愿你在天使的怀里得到安慰。

他看着窗外异乡的月，他不太记得最初听到这些歌词想到的是什么，或者根本没有女孩子那么敏感的想法，可现在，听到她这种问法，忽然觉得的确如此。这世界上所有反战的人，应该都会有这样不切实际的愿望，想要这世上真有上帝，有天使的存在，最终能将那些无端落入炮火和死亡中的平民带走，带离这人间地狱。

因为月光的照耀，将他在房间地板上的身影拖得很长，显得整个人更加高瘦。"估计是，不过现在忘了，听得太早了。"

"生日快乐。"纪忆的声音特别温柔。

季成阳笑，低头，看着窗台上的岁月留下的斑驳划痕，说："听到了。"

"还有，"纪忆酝酿了很久，终于出口，"我爱你，特别爱。"

忽然有人叩门，室友在叫他的名字。他们最近一直在等待着能采访到美方的人，但很难，各国记者都在蹲守等待片刻的采访时间。他匆匆挂断电话前，告诉纪忆："我可能越来越少给你电话，方便的时候，会通过邮件和你联系。"

纪忆答应着。他已经挂断电话，走出去的时候，室友在说法国记者来给了一个消息，可能有采访机会，也只是可能……

五月过后，很快就进入了夏天。

纪忆学的是西班牙语，也在自己努力学着阿拉伯语，她觉得，以后去做驻外记者肯定学阿拉伯语特别吃香。她目标明确，勤奋得像是仍旧在念高三，以至于夏天过去，秋天来了，秋天过去，冬天来了，都没有什么太多的感觉。

季成阳的邮件，越来越少。

到那年北京降下第一场大雪，她忐忑发现，他已经二十几天没有消息了，没有任何消息。她会每天一封邮件给他汇报自己的情况，但是收到的都是同样一句自动回复：

Got it, thanks. Yang

这种忐忑从很早前就有，还是在夏天的时候，他的邮件已经非常少，也非常短。从不回复，只是简单报个平安……

到这天深夜，她看着邮箱里迅速收到的这个自动回复，再也忍不住，将电话拨给了在英国的季暖暖，那边正是晚饭时间，季暖暖含糊着一边吃着嘴巴里的东西，一边躲到房间里小声和她通电话，在听到她的疑问后，略微回忆了会儿："不会有什么问题，前几天我妈打电话回家还聊起小叔，说一直会收到报平安的邮件。"

"一直？不是自动回复？"

"不是吧，自动回复谁都看得出来啊，"季暖暖继续压低声音安抚她，"我小叔就是这么个人，工作起来不是人，你习惯就好了。你还没和他好的时候，他经常会半年半年没什么消息，我爷爷经常发火骂人……"

暖暖继续说着，像是她在小题大做。

可能，真是自己小题大做吧？

很快就是期末考试，她怕太想季成阳，不敢在他家里住，就一直住在宿舍里，宿舍里的同学陆影今年也不回家，就和她一起搭伴过年，那个女孩子一听说纪忆是附中考来的，就问她，带自己去看看附中如何。

两个人寒假里也没什么正经事，纪忆就带着她回去了一趟，正好碰到乐团要比赛，在假期安排了几天集中排练，纪忆带着陆影走过去："这是交响乐团的，以前我是校民乐团……"

身后有熟悉的声音叫她。

纪忆背脊一僵，习惯性回头，笑："鲁老师。"

"我刚才看到你，还想要问你怎么没跟团出去呢，"鲁老师笑，"晃了会儿神，想起来你都毕业了，大一了？"

"大二了。"

老师笑起来。

他们站在训练厅门口，隐约能听到里边有人在弹钢琴，纪忆恍惚，觉得记忆的碎片瞬间拼接起来，好像有似曾相识的场景，她也是站在这里，和面前的这个乐团老师说话，然后回头就看到季成阳在弹钢琴。

不过，这次回头，看到的是个挺年轻的男孩。

"这个学生太优秀，交响乐团刚好想要添个钢琴编制，就招他进来了，"鲁老师神色愉快，"自从季成阳之后，这是我见过最棒的一个学生。季成阳……"老师忽然看她，"我想起来，好像你念高中的时候，季成阳回来，他说他和你是一个院儿里的，是你小叔？"

"不算是，"纪忆含糊着应着，"是邻居，是我好朋友的亲叔叔。"

这位老师是真心喜欢这个曾经的学生，和纪忆就此展开话题，追问他毕业后的工作生活，甚至还关心感情生活。纪忆应答着，越来越不自在，太想他了，从去年五月到今年一月，都快过去八个月了，马上就是她的生日了，他在哪里呢？连一封邮件都没有时间回吗？

因为老师的深问，连大学同学都旁听得津津有味。

纪忆回到学校，越发心神不宁，不断去刷新自己的邮箱，想要给他再发邮件，可又怕他真的是没有时间回自己邮件，这么频繁发过去没用的信件会耽误他的工作，她又不是没有见识过他那个拥挤得吓人的电子邮箱。她将脸放在桌面上，闭上眼睛，回忆送他去机场的早晨。

那天早晨，不知道碰上了什么特殊情况，机场高速一直在封路。

……

最终她还是没忍住，发了封特别短的邮件：

  1月20日就是我生日了，一定要抽空给我回封邮件，告诉我你是平安的。

西西

她食指轻放在鼠标上，迟迟未点发送，过了会儿，又去修改：

  抽空就给我回封邮件吧，报个平安。

西西

应该足够短了吧？
她寻思着，也就是扫一眼的工夫，就发了出去。

可没想到，仍旧石沉大海。
到1月20日这天，她接到季暖暖的电话，凌晨的时候还不死心地刷着邮箱。季暖暖恭贺她生辰快乐，顺便和她抱怨想回院儿里过农历新年，想要看广场上的焰火，她嗯了两三声，心不在焉，有些意兴阑珊，不太想说话。

快挂电话的时候，才装着好像是随口在问："明天就除夕了，季成阳没给爷爷提前拜年吗？"季暖暖让她等着，特意去拐弯抹角地追问母亲，回来告诉她："好像说是很忙，但昨天也发了邮件报平安，顺便拜年了。他挺忙的，都没空回邮件，只是定期发过来。"

"嗯。"纪忆看着键盘。

"你明天回家吗？除夕总要回去吧？"季暖暖问她。

"回去吧，长孙女要回去拜年，起码要睡一个晚上，守岁完了，年初一吃了饺子再走。"

"我妈让我安慰安慰你，我想了半天也不知道怎么安慰你，后来想起来，没关系，西西，以后你和我小叔结婚了，就再也不用回去了，我们家宠着你。"

她笑。

暖暖这些话说得特别小心翼翼，唯恐被门外的母亲听到。

两个人虽然偶尔会说起季成阳，但还是非常小心的，毕竟这段感情还是个很能引起大震动的秘密，一个只有几个人知道的秘密。

除夕这天早上,她离开宿舍前,心神不宁地又去查收邮件。

这个邮箱本来就是专门为了和季成阳通信注册的,所以只要打开,就能看到那一串的自动回复,他的回信太少,她连自动回复都舍不得删除。

邮箱上,红红的一个"1",让她的心都瞬间复活了。

她忙坐下来,点开那封新收进来的邮件:

　　新年好,生日快乐。

季成阳

第十八章　生命的两端

2002 年是各种难以避免的人祸，2003 年遍布天灾战祸，她以为这些过去就真的过去了，可是 2004 年才是她最不愿想起的一年。

那年，她总能想起自己因为季成阳重复看了两遍，而偷偷去看的那部外文片。

她反复想起的都只是影片开始时的那个片段，Matilda 和 Leon 的那段对话。Matilda 问 Leon："人生好辛苦，还是长大就好了？"

Leon 很平静地回答她："一直如此。"

当纪忆接到实验班一个同学的电话，安排寒假的同学聚会时，因为季成阳简短邮件而低落的心，彻底跌入谷底。她不太敢相信电话里的内容，班长徐青被查出肺癌，已是晚期，男同学在电话里告诉她时间，说是大家一起去探望，顺便还问她："你联系得上季暖暖吗？"纪忆告诉了对方，季暖暖在英国不方便回来，老同学叹气，断了连线。

这是她第一次面对，临近好友的忽然噩耗。

纪忆想了很久，没想好如何告诉季暖暖，毕竟是初恋，即使不爱了，也是很好的朋友。承载着青春少年时最美好的记忆的那个人，已经走入人生最后的阶段，她怕季暖暖受不了，暂时没有说。

约定的日期，前后挪动了好几次，最后很巧合地安排在了 2 月 14 日，情人节。情人节那天，到处气氛浓郁，见面的二十几个同学却都很沉默，有同学见大家都这么消沉，就随手买了一包糖果，分来吃，扔给纪忆的是块酒心巧克力。组织的人拿出一百块钱，放在桌上，大家也各自自觉地掏钱，凑了一沓，然后辗转了两次巴士，去班长的家。

这是她初次来班长家，当年他和暖暖恋爱的时候，暖暖也没来过，大家都知道是北京郊区的一个村子里，到了地方，还真是村子。

冬天，四周都光秃秃，灰蒙蒙的颜色。

班长的姐姐，将大家迎进房间的时候还强颜欢笑着，因为过年，家里还是备着红枣、花生之类的东西，全数拿出来，放在桌子上。纪忆不太敢先走进去，等大家都差不多进门了，才慢慢走进那间大房子。

农村的房子，都很大，站站坐坐二十几个，也显得房间空旷。

她走进的一瞬，班长正站起来，仍旧阳光灿烂地笑着："真是，怎么都来了呢，哎，你怎么样？今年考得不差吧？"本来学生时代就是个一本正经的人，去了军校这么久，说话越发硬气爽朗，那些男同学还都配合，和他闲聊着。

聊什么呢，天南海北，尤其是考了外省的人，恨不得说不停，专拣有趣的说。

班长笑着听，除了脸色不太好，哪里都看不出像是个癌症晚期的人。

到最后，有很多女生忍不住想哭，就掀开布帘，走到院子里，不忍心，实在不忍心。

很多回忆，扑面而来。

组织大家来的男同学从怀里掏出那些钱，想要递给班长，班长猛地站起来推拒："这我不能要，我这次生病没花钱，都是军校给出的，都能报，真不用你们的钱。"他拒绝，他姐姐也帮着拒绝，最后男同学急了，将钱重重放到他手里："给你就拿着。"

纪忆眼眶一酸，悄悄侧转身。

过了会儿，将眼泪憋回去，大家都在告别，握手的握手，说再见的说再见。她等着大家都差不多出去，终于走过去，手揣在口袋里，有些紧张。

是那种，像是最后告别的紧张。

她手心里攥着的刚好就是来之前，被人递来打发时间的巧克力，不知怎的就摸出来，放到徐青手心里："今天可是情人节，"她抬头，眼睛里荡着眼泪，视线模糊不堪，"刚好有块巧克力，没人送你，我补给你。"班长低头，看着巧克力，也笑了："谢了啊，西西。"

他脸上的酒窝因为生病清瘦，没那么明显了，可还是能隐约看到。

纪忆觉得，自己说话的声音都有些发抖，索性过去，抱了抱他："好好养病，下次来看你。"她感觉他也回抱住自己："好。"

- 222

眨眼，眼泪就掉下来。

他是学生时代最正派、最上进的人，纪忆还记得，自己念高一时对他的第一印象是，军训时站军姿都一丝不苟。她还记得，暖暖不只是他的初恋，也是他唯一有过的女朋友……

她还记得，上次聚会，班长还劝阻别人不要抽烟。

可偏偏就是他得了肺癌，为什么忽然就是晚期呢？

纪忆匆匆低头，使劲屏住眼泪，用笑腔说："走了。"

说完，再不敢抬头，转身匆匆而去。

那天回去，纪忆在宿舍里哭了很久，她一直以为好人是有好报的，可偏偏就是身边最善良、最乐于帮助人、最相信生活美好的人，有了这样一个结局。她哭得眼睛红肿的，趴在桌上，给季成阳写了一封很长的信，抛出自己的疑问：

  今天我去看望了一个老同学，他是我见过的，除了你之外最正派的一个男孩。去年同学聚会就是他组织的，他去年聚会上还劝过很多人不要抽烟，对身体不好，可很快就被查出自己是肺癌晚期，他一个不抽烟，生活那么健康的人怎么会得肺癌呢？

  他当初成绩很好，为了给家里省钱就去念军校，我还记得我给他签同学录，还祝他毕业后可以有北大读研的机会，一路高升。我也不知道到底想说什么，就是很难过，为什么这么好的人就要走到生命尽头了？为什么老天不能公平一些，让那些坏人短命，好人都长命？

  你知道，我看他的时候，他还是很乐观，像是很快就会痊愈一样……

  你现在在哪儿呢？为什么给每个人报平安，就是不给我回复？

  你是不是不爱我了？还是觉得我哪里做得不好？给你的邮件太多让你烦了吗？无论如何都请给我一个回复。

爱你的
西西

她对着空荡荡的只有一串自动回复的邮箱，忽然觉得，季成阳也离自己很远。远得快没有联系了。

- 223 -

心底里有深藏很久的恐惧，怕他真的是出了什么意外的那种可怕猜想都冒出来，她甚至在给暖暖电话后，还是不放心，第一次主动去骚扰他的朋友。季成阳所有的朋友都不知道他们的关系，除了那个女主播，所以当纪忆找到王浩然的时候，也是用的一种似乎并不在意的口吻，先是跟王浩然聊了很多闲话，最后才丢出一句：小季叔叔最近在忙什么呢？

王浩然的回答是：季成阳？在伊拉克呢，前几天还给我邮件，说他不打算再回国了，让我帮着照顾照顾你和他侄女。等我回去找你吃饭，再和你细说。

王浩然的短信，她反复看了三遍，确认自己没看错。

他不打算回国了吗？

为什么忽然有这种想法？为什么从来没有告诉过自己？那以后呢？以后怎么办？

纪忆一瞬间觉得天都要塌下来了，第一次有这种想法是在医院看着季成阳眼睛上蒙着纱布时，那种感觉特别可怕，像是忽然就被扑面而来的巨浪卷到深海，完全窒息，不能动，身体都失去重量。

她不敢相信，追问：他说他不再回国了？

王浩然：是这么说的。

纪忆没再追问，她不相信。

虽然给季成阳写邮件的时候她也会追问，他是不是觉得自己一直以小女孩情怀给他发邮件，让他烦了，可她不相信季成阳会是一个对任何事没有交代的人。他是她从小到大的理想，是她一直为之奋斗的目标，想成为的那种人。

大二下学期，她的日子越来越简单，就是学习，给季成阳写信，然后和暖暖不停电话确认季成阳仍旧是平安的。她越来越有一种很恐惧的猜想，季成阳是不是已经出了什么大事，那些所谓报平安的邮件都只是一个漫长的安抚人心的自动回复设定。

暖暖听她这么说，倒是笑她："我说了，我小叔在没和你在一起之前就是这样，半年半年没消息，有消息也就是随手给我爸一个简短的邮件，就四个字——平安，勿挂。我们家早都习惯了……再说，你不是说那个王浩然也说没事儿吗？西西，不慌啊，没事儿，说不定他明天就出现在你面前，单膝下跪求婚了。"

纪忆看着交换生的申请表，心神不定。

"不过明天好像不行，你还没到法定结婚年龄呢。"暖暖继续笑。

当她收拾好所有的行李，准备去香港大学交换一年学习的时候，已经是盛夏。季成阳离开中国已经有十四五个月，她特地回家告别的时候，正好碰上小妹妹过生日，被递来一块蛋糕，三婶随口问她是不是要留下来住一晚，小妹妹奶声奶气问三婶："这个姐姐要住我们家吗？"三婶略微尴尬，低头说："这是你亲姐姐，这也是她家。"

小妹妹不常见她，倒是经常能见到自己的那些表亲姐姐哥哥："文文姐姐才是我亲姐姐。"

纪忆也觉尴尬，匆匆将蛋糕吃完。

推门去书房和爷爷说再见的时候，老爷子就嗯了声，没再看她。

她走出门，心口闷闷地疼，想起了很多特别不愿意记起来的事，当初考大学报考志愿的时候她只报了一个学校一个专业，连老师都吓了一跳，问她有没有和家人商量过，她都是含糊带过，家里人自始至终没问过她关于这种高考报志愿的事。

拿到大学录取通知书后，家里人才知道她报考了哪里。

她从楼道里走出来，看着盛夏的阳光烤灼着灰白色的水泥马路，一时不知去哪里。身后有人几步从台阶上跳下来，拍住她的肩膀："西西。"

她回头，看到两年未见的赵小颖，有些回不过神。

"我难得从南京回来，怎么这么巧就碰到你了，"赵小颖特别开心，挽住她的手臂，"去我家，我妈今天一整天都不在家，明天才回来呢，我给你做好吃的。"

她也无处可去，就跟着去了赵小颖的家。

依旧是儿时记忆里的样子，墙上的奖状和手绘画，还有手工图都贴在老位置，因为贴得太久，纸的边边角角都有些泛黄。赵小颖拿了面盆，一边卖力和面，一边加水，如此反复劳动着："我妈想让我和面包饺子，我都没这么卖力过，我告诉你，我和面的手艺特别好，我给你多和会儿，你吃着就会越好吃——"

纪忆搬个小木板凳，坐在赵小颖面前，看着她不停卖力地揉按着那大块的湿润面团，忽然觉得，自己回到了小时候，那个时候她还是个特别乖、思想特别单纯的小女孩。那时候的自己，爱爷爷爱奶奶爱爸爸爱妈妈，身边有季暖暖，有赵小颖，住着的楼房后边就是小学，小学左边十步远是幼儿园，而初中就在小学的另外一侧。

她对大院儿墙外的世界一无所知。

只知道有个少年宫，少年宫附近有郑渊洁图书专卖店。

……

那晚她吃了赵小颖自卖自夸的满满一盘茴香馅水饺，回到学校，接到王浩然的电话。王浩然告诉她自己即将结束巡演回国，问纪忆想要在哪里吃饭。自从季成阳将照顾纪忆的事情托付给他，他就开始履行这种职责，总是时常和纪忆联系着，问她学习和生活情况……纪忆不太在乎这些事情，说随便哪里都好。

纪忆打开邮箱，例行公事继续给季成阳写邮件。

邮件写到一半时，忽然就进来了一封新邮件。

她猛地停住，看着收件箱，忽然就想哭，可还是强行压住了，这是应该特别高兴的事情，纪忆不要哭，不要哭，他终于给自己回信了。可万一是垃圾邮件，或者广告呢……

她怀着忐忑的心情去打开收件箱。

是他的信。

西西：

　　这段日子发生了很多事，不知从何说起，就没必要再细说了。

　　我开始重新审视我们的这段感情，虽然很难说出口，但我想，我们应该给各自一段空间和时间，开始去适应没有彼此的生活。

　　我准备长期留在这里，不再回国，希望你的生活能继续下去。

季成阳

纪忆到香港后的第二周，收到一封群发邮件。

标题是：告别我们永远的班长。

这封邮件，她一直没有打开过，未读邮件带着对那个乐观开朗大男孩的怀念，被封存在了QQ邮箱的最深处。不会删除，也不敢打开。

2005年夏。

纪忆结束港大交换生的一年学习生活，临走前，她和同班同学结队，去尖沙咀四处闲逛。他们十几个人都穿着白色T恤、蓝色长裤，背着双肩包，因为同学来自各国，所以大家都用英语交流着，纪忆走到码头时，看到冰激凌车，就买了一盒。

艳阳灼人，她坐在岸边回廊的阴凉处。

橙黄的冰，挖起来吃到嘴巴里，还有一年，还有一年她就要大学毕业了。

她手机在响，懒得听。

直到打电话的人都已经走到她身后，看着她低头，慢慢一口口挖，看起来吃得很慢，顺便含在舌尖消暑。

"西西。"

她吓了一跳，回头。

王浩然将手机在手里把玩着，有些无可奈何地看她："我说好了，要在这个时间打你电话，你怎么不接？"纪忆显然已经将这个"说好了"给忘记了，很不好意思地笑笑："太热，有点儿晒糊涂了。"

王浩然正好在香港，知道她要回京，就约了个时间，想要带她在香港玩。

其实也没什么特别好玩的地方，纪忆想了会儿，说，去看海豚和大熊猫吧，后者对纪忆也属于言听计从的类型，从初次相遇看到她在自家窗台外哭开始，就觉得这个小姑娘很惹人疼，不自觉也就惦记了这么多年，其间不敢太接近，怕年龄差距吓到这个小姑娘，最多也就和季成阳提到过……

纪忆和同学做了个简短说明，和王浩然叫了个出租车去海洋公园，来这里一年的时间，她竟然从来没有重温过这段旅程，那年和季成阳的旅程。他们坐缆车到山顶时，刚好接近十二点，正是海豚表演的时间。

纪忆凭着上次的记忆，带着王浩然小步跑着去赶海豚表演的时间，一路跑一路跑就忘记了身后的人，等到气喘吁吁地站在看台的最高处，海豚恰好就在音乐高潮中跳出水面，观众席爆出一声巨大的喜悦的欢呼。

她眼睛一眨不眨地看着海豚，视线去努力寻找着曾经自己和季成阳坐着的地方，过去了这么久，她竟然能凭着印象立刻就认出来。

那里，在烈日下，是空着的。

没有人。

她甚至还能记起当初被季成阳拉着手，在身后无数双眼睛的注视下，走进阳光里，晒得睁不开眼睛，就这么坐在被烈日晒得烫人的座位上……

眼眶酸酸的，特想哭。

还是……已经哭了？

她摸了摸脸，悄悄擦掉眼泪。

心底里那么深刻的感情，却没人知道，所有的一切都只有她还记得。

头顶忽然被帽子盖住，一个冰激凌被剥好了纸质外皮，递到她眼前。王浩然特地给她买了有着 Ocean Park 字母的艳粉色的遮阳帽，外加一个降暑的冰激凌，他笑："这里太晒了，不戴个帽子，真怕你被晒中暑。"

这一瞬，眼前叠出了一个熟悉的人影。

她接过冰激凌，低头吃。

"我想起来一件事，"王浩然看着海豚，慢悠悠地说着，似乎心情非常不错，"季成阳结婚了，据说是战地婚礼，可真浪漫。"

她茫然抬头。

眼泪忽然就掉下来。

胸口，身体，太阳穴，眼睛，疼痛瞬间遍布全身，这种疼，让她气都不敢喘。

"怎么了？"王浩然本来还在看表演，感觉她没有声音，回头却看到她脸上都是泪，眼睛红得吓人，真是被吓到，攥着她的肩膀追问，"西西？怎么了？"

在大洋彼岸的季成阳曾经住过的那个房子里，有一封邮件，从季成阳的邮箱发出，是发到一系列指定的邮箱里，内容简单，而又明确：已婚，勿挂。季成阳。

到今天为止，这个邮箱的主人已在战地下落不明，整整两年。

这个房间里曾经住着三个人，除了迄今为止留在这里的财经记者，余下两个反战人士都在伊拉克战争中失踪，两个人都是以一家媒体特约记者身份前往伊拉克，却在屡次被阻止采访后，决定辞去身上的官方身份，以自由记者的身份深入伊拉克腹地，巴格达周边。

自此，再无消息。

这个受委托的人，根据两人离开前的交代，继续处理着后续的事情。

伊拉克战争，是绕过联合国安理会的战争，是真正意义上的非法战争。

自2003年战争爆发后，截至2005年5月，两名伊拉克国籍的记者遭受不明武装分子劫持，并遭遇杀害后，在该国死亡的记者已达到一百人。截至2005年8月，这场战争记者的死亡人数，已超过越南战争二十年的记者死亡人数总和。

　　我亲爱的朋友，
　　虽然没人会记住你们的名字，
　　但你们，
　　是真正的无冕之王。

第十九章 亏欠的再见

A person who knows why to live can bear anyhow to live.
你知道为何而活,那你就一定知道怎样撑下去。——尼采

* * * *

四年后。

"职业道德,和信仰。"他说。
"职业道德,和信仰。"身边的人,若有所思重复。

说话的男人,有着一双犀利澄清的眼睛,他身上是一身黑色休闲服,鼻梁上是黑色金属框眼镜:"有些女记者也有家庭有孩子,你无法以世人的眼光去评价她们。如果她们冲上炮火前线,就要批判她们抛夫弃子,没有家庭观念吗?批判她们不顾及千里之外熟睡的亲生孩子吗?"

这间办公室的主人沈誉,看着面前的老朋友。
那男人舒展开双腿,仰靠在椅子上:"人人都希望有人勇于奉献,但又希望奉献的那个不要是自己的家人和爱人。"

会议室里还坐着一位褐色头发、眼角皱纹明显的外籍女郎,她右手自手肘下已被切除,只安装了一个金属铁钩,代替真实的手。她在用那个铁钩自如地按住文件夹,左手翻阅着资料:"两位男士,请不要再这么圣人化战地记者。我

们有高薪，有假期，我们做的事情也是领薪水的，也要供孩子读书、买房子。最近我一直在中介的指引下看房子，房租真的很贵，我看，我还是要回伊拉克定居。"

她中文说得真是好，就是有些词用得让人匪夷所思。

比如：中介的"指引"。

他们笑。

外籍女郎也笑，头疼于高房价，她无法理解，为什么这里的房价会这么高。购买这里两三个房间的花费，足够她在自己国家，买一个带着花园的独立房子。

她说着，又接到中介的电话。

"成阳，"沈誉侧过身子，对自己这位曾经的高中同学用最寻常、小心翼翼的语气问了一个迫切想要了解的问题，"在伊拉克这几年，你到底是怎么过来的？"

"我？"他很平静地看着对方，没什么太多的情绪，"没做什么有用的事情，2003年8月被劫持后，死了一个好兄弟。唯一值得庆幸的是，我活着回来了。"

2007年寒假，纪忆有了第一份工作。

在准备硕士毕业论文的同时，她每周都有三天时间挤入上班大军，及时赶到报社，打卡上班。她很幸运，在毕业之前找到了工作，毕竟就业竞争越发激烈。

不少人为了留京，都选择去高校做英语老师。

"纪忆，你是北京人，幸福多了，也不愁找不到工作。等毕业了，在家里住着慢慢找就好。"她听到最多的就是这句话。

面对这样的羡慕，她会保持默认态度。

在一年半前，她大四毕业后，进入另一所大学读研究生之前，就已经和过去所有的人断了联系。小时候，她一直觉得北京城很大，在这一年多，她终于对"北京城很大"有了具体的概念，大到……你不会遇到过去二十几年认识的人。

纪忆站在永和豆浆的收费柜台，仰头看餐牌的价格。

"哎呀，完了，我忘带钱包了，"身边的小姑娘脸色忽然就变了，特不好意思地看了看纪忆，"怎么办，纪老师……我出来的时候太着急了，把钱包放在桌上了。"

"没关系，"纪忆被她叫"老师"叫得也特别不好意思，"我带了啊，我请你吃。"

小姑娘也是刚本科毕业进公关公司工作的，谨记着要对媒体记者老师们很尊重的态度，一个劲地给纪忆道歉，等到两个人都买了套餐，坐在窗边开始吃了，还很内疚地说着："我们公司是有招待费报销的，真不该让你请，纪老师抱歉，真抱歉。"

"真没事，我也能报销。"纪忆不得不继续安慰她。

笑的时候，小小的虎牙露出来，显得特别亲和。

其实呢，因为她是实习生，餐费只有补贴，没有报销。

这一顿午饭两个套餐，吃了她一个星期的伙食费。回报社的路上，她不得不重新计算，这个星期的饭费分配。她从公交车站走到报社楼下的时候，刚好碰上同事何菲菲跳下出租车，看见她，忍不住埋怨："你怎么又不打车啊，工作时间出去，是可以报销的啊。"

"报销要一个月，"纪忆不得不将围巾拉下来一些，露出下半张脸，"我没有多少现金，真等报销……估计就要饿死了。"

"实习生就是这样，"何菲菲感慨，"去年我实习的时候也是，觉得自己可凄凉了，又要和正式记者一样出工，路费、饭费还要自己先垫上，家里给的生活费真不够用。"

两个人挤进电梯，人贴着人这么站着，也不方便聊天。

这是个寻常的下午。寻常得和每个星期来工作的下午一样。

偶尔需要出去办事，或者坐在办公室里开会、帮老记者打下手。

不寻常的是，走出电梯的时候，能看到平时各做各的事情、非常忙碌的前辈们，都在低声讨论着什么。纪忆把自己的包放在黑色转椅上，刚按下电脑机箱的开关，就听到隔壁格子的实习生说新的执行主编终于到位了，是个绝对很有魅力的男人。

据说现在正在一个个找人谈话。

"已婚吗？"何菲菲的问题真是简单直接。

"不知道啊，菲菲姐，被要求谈话的都是重点记者和编辑，我们这种实习生，没这个机会吧，还不知道以后能不能留下来呢。"

同事约莫说着，这个人也是空降下来的，除了总编谁都不知道他的具体履历，不过有老记者认出那个人，是当初圈子里很有名的记者。

毕竟是执行总编，仅次于总编的一个位子，不可能是个纯粹的新人。

"曾经是个战地记者，经历过伊拉克战争，在北京圈子里还挺有名的……我们头儿现在就在里边陪聊呢……"

纪忆本是坐下来，准备打开邮箱收邮件，听到这句话，慢慢地，键盘上的手指停下来。有些疯狂的猜想在脑子里流动着，将她这么久以来被强行压下心底最深处的思念，都一点点地揪出来。

同事还没有说完，就看到纪忆离开自己的小隔间，大步向会议室走去，一路上有人拉住她想要让她帮忙整理一个资料，没想到，她就这么径直走过去了。

直到，站在会议室门口。

就在这里，她终于停下了脚步。

白色墙壁隔开的整个会议室里，传出男人们说话的声音，门有四五厘米那么厚，隔开了真实的对话内容，只听得出是几个男人在说话。

偶尔还有女人的声音，似乎是英文。

她一直告诉自己，所有一切都不是真的，季成阳肯定是遭遇了什么不测，但这种想法也不敢深入，她像是把自己的心都封存冰冻起来，不愿碰触这件事。

如果在这里的是他，她会怕。

怕那些都是真相，在几年前真有场浪漫的战地婚礼。

不是他，她更会怕。

几年过去了，越来越怕听到真正的噩耗……

甚至会期盼他是在某个地方继续生活着，也不要他真失去生命，不要这世界上再没有季成阳。纪忆深呼吸着，胸口闷闷地疼痛，心脏不断地跃起，再重重落下。

她安静着，不敢动。

如果推开门里边没有他……那就说是想要和自己部门领导请假，回学校……

如果里边真的是他……会有这么巧吗？

身边有人走过，奇怪看她："找你们头儿？在里边呢。"

她嗯了声，弯曲着手指，终于叩门。

然后推开来。

会议室内有四五个人，有她的顶头上司，也有主编和不认识的两个人。而当她看到那个侧面对着大门、坐在黑色转椅里闭目养神的男人后，所有的声音、画面，都不复存在了。

视线里，只剩下这么一个男人。

仍旧是那么高且醒目，哪怕此时此刻，病容明显，坐姿有些随意和不太惬意，却仍旧比身边的几个男人要显得高大得多。

"纪忆？"她的上司有些意外，"有事？"

季成阳被一声惊醒，睁开眼睛去搜寻这个名字的主人。

他手扶在白色的会议桌上，慢慢从黑色转椅上站起身。看清楚站在会议室大门口同样凝视自己的女孩。黑色短发在她耳边微微卷起，将那让他刻骨铭心、魂牵梦绕的容颜衬得无比清晰美好，他始终平静如死水般的眼眸里，终于有了惊涛骇浪。

如果说在死人堆里，在朋友的尸体前，在非人酷刑折磨中，有什么理由能支撑他活着，活下去，活到能从人间炼狱爬出来，站起来，活到今天，原因就只有一个。

只有她。

季成阳如此起身，将会议室内这些人的注意力，全都汇聚在一起。大家都随着季成阳去看门口站着的小姑娘，一看就是刚入社会的实习生。

"这是怎么了，成阳？"倒是西装革履坐在会议桌正中的男人，神色有趣地看着纪忆，似乎想到了什么，神色越发诡异。

包括那个外籍女记者，也是联想到什么的表情。

……

纪忆从看到他的一瞬，就失了神。

手紧紧地攥着门边沿，不由自主握紧，心从狂喜，释然，到转瞬低落，彻底压断最后那一丝希望，坠入深渊。她终于彻底明白所有都不是谎言，都是自欺欺人……

情绪变化得太快，她的目光也在波动着。

他活着，看起来很好，很好……

她移开视线。

季成阳背对着落地的玻璃窗，背对着那一室冬日的暖阳，却在深深看着她。

"小季叔叔，"她低声，说出了演练很久的台词，"我们……很久没见了。"

有多久？

从2003年5月到2007年的现在，今天，刚好是四年七个月又七天。

季成阳沉默两三秒，声音有些压抑："四年七个月，零七天。"

其他人的表情都有些变化，被季成阳说出这精确的天数而震惊。但每个人都只是继续保持着各自诡异的猜想，唯有报社总编沈誉的表情最单纯，真认为她就是季成阳的侄女，立刻笑了，开始给纪忆介绍那位新来的西装革履的执行总编刘凯丰……还有报社的特约外籍女记者阿曼达。

等视线再转回到季成阳，倒是没什么名头了："你这小季叔叔，就不用我介绍了，和那两位一样，都经历过伊拉克战争，刚回到国内。"

"嗯，我知道……都是记者里的英雄。"纪忆回答。

她发现自己的嗓子开始发疼，灼热感从胸口烧到喉咙口，每个字说出来都很困难。约莫沉默了两三秒后，她低声说了句："你们继续，我先忙去了。"

说完，就在缓缓闭合的玻璃门后消失。

自始至终，从出现到离去，她都靠在门口，没有迈进会议室半步。

季成阳，慢慢地坐了下来，他忽然很想抽根烟。

记忆倾而尽出，太过汹涌，甚至这一秒，他还能清晰记得1997年的那个酷热夏夜，他为了安慰一个刚刚因为没见到父母而哭成泪人的小女孩，带着她在大院的电影院里看了一部香港明星的代表作。空荡荡的电影院，小女孩怯怯的眼神，都记录在那一个没有爱情，没有战火，更没有生离死别的年代……

到今时今日，已经过了十年。

除了两个当事人，没人清楚这十年彼此走过了什么，而现在两个人之间又隔着什么。

当事人的沉默，并不能打消这一室好友的好奇心。

刘凯丰将自己的领带松了松，手扶在季成阳座椅的扶手上，不敢置信地追问他："如果我没记错的话，在我们去伊拉克之前，我们都在北京的时候，我在北外拍下来的女学生就是她吧？你不是说她是你女朋友吗？"

阿曼达笑："告诉我，你拍的那张照片是不是一个侧脸？"

刘凯丰不解："你见过？"

"见过，在Yang的电脑上，"阿曼达直接说出答案，"就是电脑桌面。"

"女朋友？人家不是叫你叔叔吗？"主编也觉得这件事真是神转折了。

这些人都是本身从事新闻业，见多识广，见并不妨碍他们对这个男人私生活的关心。

凭着成年人的嗅觉，光是季成阳在人家姑娘推开门的一瞬，就惊得站起身，就该知道这背后很有故事，非常有故事。

三个人热情交流着，而负责带纪忆的那个资深记者，已经彻底被这个众人推导出的事实惊住了：季成阳，业内成名久矣的季成阳，和自己组里的实习生曾经是男女朋友的关系？

这个会议室在纪忆推门之前，正在探讨当下媒体行业从业人员的职业道德，而在她离开后，话题却意外和谐地转为季成阳的个人情感专场。

唯有季成阳始终没有理会任何追问，他对有关纪忆的一切都讳莫如深。

他抬起手腕，看时间："我该走了。"

三人都知道他这次死里逃生，在国外被抢救过几次，也动过大手术，还在静养期，也没多留他。季成阳扶着桌子站起来，向老朋友告别。

他走出会议室，沿着走廊走过一个个白色的隔间，这么久，回到这里，站在祖国的天空下。媒体紧张忙碌的工作氛围，让每个人走路都带风，大厦里的暖气很热，让人有种春天将至的错觉。

他的目光在搜寻，想要离开前再看一眼那个身影。

可惜这里太大，他看不到她。

在来这里之前，他怎么都不会想到会如此容易就在这么大一个城市里找到她，那个自从毕业后就不知所终的心爱的小姑娘，连对季暖暖都不谈自己的工作和现实生活的女孩，他找不到任何和她的联系点。

分开四年，会过着怎样的生活，有没有已经重新开始的人生？这些问题郁结在他心底已经太久，久到刚才太激动，忘记已经分开这么久，当初分手的言语和伤害，都是出自自己。

在爱情里的人都这么贪婪，没有原则。

接近死亡，看不到生存希望的时候，希望上帝把所有幸福和好运，都转给她，让她能再遇上一个好人，安稳幸福地继续生活。当有了生的希望，想到她有可能会在别人那里得到了更多幸福，整个世界都陷入了比死亡更深的黑暗……

从他活着离开伊拉克，从他在约旦安曼苏醒过来，在距离伊拉克巴格达九百多公里的医院里想到纪忆，就开始反复问自己：

季成阳，你还有没有资格回去面对她，还有没有机会，再看到她对着你笑？

如果再回到2003年，重新选择一次。

会选择，宣布失踪或是死讯，还是彻底分开？

他不知道，就算让他回到那年的5月交代同伴后事的那一天那一分钟，他也不会知道究竟哪个是更好的选择。人的任何一个选择所导致的结果，恐怕连上帝都无法预测。他是幸运的，因为他还保有自己的生命。

比起那些用相机拍下自己被狙击枪射击的瞬间的同行，他已经足够幸运。

到大厦外，季成阳坐进出租车里，已是精疲力竭，匆匆报出目的地后就闭上眼睛，躺靠在座椅上休息。他面孔很白，没什么血色，面部暗淡毫无健康光泽，头发轻滑下来挡住了紧闭的双眼。

司机本想要沟通路线，但看他的脸色，还是没开口，按照自己最熟悉的路线开了出去。

纪忆对上司找了个借口，离开报社，浑浑噩噩地在学院路上溜达了好几个小时。

季成阳的声音，还有站在白色会议桌后的样子，他的眼睛，都始终在她脑海里盘旋。虽然已经过去了，但是她坐了一个多小时公交车，远离报社，仍旧有些魂不守舍，后知后觉地抗拒着这个事实。

她特别想打一个电话，打给或多或少知道这段感情的旁观人。

可想来想去，竟无人可说，昔日大院里的好友没有一个还保持联系，包括季暖暖。一年多以前，她从香港回来，连家里人都会在闲聊时谈及季家小儿子的婚事。季爷爷虽然很不欣赏那场突如其来的战地婚礼，却终究还是季家的一桩喜事。

那时，她时常有种错觉，自己和季成阳的那一场爱情并不是真的。

现在拿起电话，想要倾诉，这种错觉又回来了。

她回到宿舍，正赶上晚饭时间。

本科同学陆影忽然而至，说要一起吃个便饭，两个人走的时候，顺便带上了纪忆同宿舍的一个女生。等三人到了地方，她发现这里是个吃海鲜的酒家。

包房有四桌人，是陆影男友的生日宴。

她和同宿舍的女生看着这么一屋子不认识的人，尴尬得不行，对视了两眼，想要逃走。"陆影的大学同学？别客气，请坐，"寿星还是个在读博士，说起话来挺学生气的，"是我让她多带两个人来的，反正包了四桌，人又没坐满，吃也吃不完。"

纪忆还在犹豫着，就被陆影按住肩膀坐了下来，耳语劝她："我男朋友过生日，又不是外人，你怕什么？不管他们，吃好吃的，我是带你们两个学生出来打牙祭的。"

"别管了，"同宿舍的女生也笑着说，"我们这种穷学生就负责凑人头。"

"放心，他请的也不是什么社会闲杂人等，全都是学院路八大院校出来的，快坐下，纪忆。"

她无从拒绝，只能坐下，不好意思地对寿星笑笑："生日快乐。"

扇贝、蛏子等已经一盘盘端上来，也不是什么高档餐馆，在吵闹、菜香和一瓶瓶深绿色的啤酒瓶的渲染下，让她慢慢从层叠的回忆里清醒。

一杯冒着气泡的啤酒，出现在她眼前。

倒酒的人不认识。

"干吗呢？"陆影一看就急了，"怎么给我们姑娘倒酒啊？我们还学生呢。"

"你师妹？"这桌子负责倒酒的人乐呵呵地问了句。

"我同学。"

"不是吧，看着比你小多了。"

"她是比我小，二十刚出头。"陆影想要换了纪忆面前的酒杯，竟然被纪忆按住了。

纪忆看着自己面前的杯子。

用手去攥住，像是渴极了的人忽然遇到水，不管不顾，拿起就喝。

满满一杯啤酒，几秒就喝了个干净。

桌边的人都怔了怔，旋即就有人爆了好。

在北方城市，能喝的女孩子不少，如纪忆这般的众人也不少见，没觉得这姑娘有什么不对劲，只瞧着她进来不言不语，关键时刻还挺放得开。

大冬天的，冰啤酒下肚，真不太好受。

她从转盘上的一沓纸巾里抽出一张，低头擦干嘴角，抬起头，眼睛亮亮的，像是被酒呛出了眼泪。"快吃菜。"陆影忙着给她夹菜，看她的眼神都不对了。

那晚她也不记得自己喝了多少，这绝对是自她小时候喝醉后，第一次碰酒精类的东西。酒的品类不同，但作用是相同的，就是喝醉了会完全失忆。她完全没有印象，是如何回到了学校，如何上了四层的宿舍楼，而又是如何被扔到了需要爬扶梯才能上的床。

凌晨四点，腹痛剧烈。

她咬着嘴唇，慢慢从扶梯上爬下来，脚还没找到拖鞋，就看到地上还蹲着一个人影，一动不动，仿佛鬼魅……

心底一空。

她猛地松了手，腿磕在身后椅子上。

"是我……"虚弱的声音，显然是和她一起吃饭回来的女生，"你醒了啊……"

"你怎么了？"她弯下腰，捂着自己的腿间。

"我肚子疼……疼死我了，没力气爬扶梯上床，就在地上蹲会儿。"

她松口气："我也肚子疼。"

"不会是海鲜的问题吧？你吃得少，我可吃了不少，都去了三趟厕所了。"

两个人不敢大声说话，怕吵醒宿舍里睡着的另外四个人，就这么悄悄交流了几句。等到两个人很痛苦地辗转了几次洗手间后，终于得出一个结论，的确是食物中毒了。那个女生很快拨了电话给自己男朋友，求助他带她们两个人去医院。

于是她就摸着黑，裹上羽绒服和围巾，和室友下了楼。

冬天的凌晨五点，外边天色黑到能彻底吞灭所有远近建筑物。

纪忆将围巾拉到鼻子上，艰难地下了四层楼，走到宿舍楼门口，刚想出去，就一把被身边人拉住了胳膊："别说话。"

她愣了，茫然看同学。

同学凑在她脸边，轻声耳语："门口那个人，你看看。"

宿舍楼门口的避风处，有个很高的男人站在那里，手边还有忽明忽暗的星火，像是在抽烟。那里有一盏蒙了灰尘的灯，照出来他的侧影。

纪忆几乎是下意识地，倒退了两步，将自己隐身在同学身后。

心在胸腔里越缩越紧。

她不敢靠近，完全不敢再单独靠近他。

这个男人完全贯穿了她二十岁前的所有记忆，点点滴滴都有他的痕迹。

"真认识？"女同学做贼似的，低声和她说着，"昨晚我和陆影把你弄回来的时候，这人就想把你抱走，把我们俩吓坏了，还以为是色狼呢。不过……他长得也不太像色狼……"

她眼睛一眨不眨地看着他，没吭声。

"然后你哇的一声就哭了，哭得特委屈，死活不让他靠近你……后来我就觉得不对，觉得你应该认识他，就没喊阿姨叫警卫。"正说着，就看到有个男生顶风骑着自行车，艰难地向这里而来，身边同学轻声埋怨了句："真笨，这天气还骑自行车……"她看了眼纪忆，"你怎么办啊？"

纪忆低头："我不去医院了，你多开一份药，帮我带回来吧。"

"啊？看病还有人代看的？你真敢。"

她恳求地看着身边人。

同学犹豫着，想到昨晚那一幕，点点头，算是答应了。

那个女生推开玻璃门，与季成阳擦肩而过，就这么装着什么都不知道，很快坐上男朋友的自行车，隐入了漆黑的夜色。

耳边是寒冬里的风声。

她站在楼梯拐角处，看着玻璃门外的人。这么十步远的距离，甚至能看清他如何从裤子口袋里拿出烟，点燃，只是抽的时间很少，任由烟在指间这么一点点燃烧到尽头。

他安静得像是永远会在那个漆黑的楼门口，等着她。

她不知道看了他多久，好像这是一场漫长的拉锯战，他在等她出现，而她在等他离开。

一楼有女生出来，看到角落里的纪忆，惊得啊了声，捂着胸口抱怨："装鬼啊，动都不动，大半夜的，吓死人了。"

纪忆忙低下头，转身，上了楼。

她这一整晚也没睡，肠胃的疼痛反复折磨着她，不敢上床，就倒了杯热水，靠在椅子上愣愣出神。她不敢相信，自己竟然真喝酒了。

哪怕是在过去四年，完全没有季成阳的日子，她也是坚持着这个许下的愿望。

门被打开，她看过去，室友边走近，边把一个塑料药瓶和两盒药放在她手边，低声说："我吃什么你就吃什么，我让医生开了两份。"

纪忆轻点头，拿起盒子看着服用说明。

"那人还在外边呢，"室友轻声说，"要不你还是出去看看吧，大风天在外边站了一夜。"说完，室友就从保温杯里倒了水出来，吃了药，上床补觉去了。

宿舍恢复了安静。

这么冷的天，又没课，姑娘们当然乐于继续和周公约会。

纪忆继续反复去看盒子上的服药说明，读了七八遍以后，站起身，匆匆穿上羽绒服走出了宿舍。纪忆推开门，两个女生小声嘀咕着看帅哥看帅哥，就这么和她擦身而过走进了宿舍楼。

而纪忆就低着头，在他的目光里，慢慢走近他。

"我刚才看到你，"她的手在羽绒服的口袋里紧紧攥着，"你来找我吗？"

季成阳看着她，经过整晚的站立早已感觉到这身体不像是自己的，只有胸腔里的心脏因为她的走近，而阵阵发紧。

他微微收着下巴颏，低头看她："西西。"

纪忆一瞬失神。

很久没人这么叫过她了。

她看着脚下有了裂痕的水泥路面，轻声说："有事吗？"

"西西，"他的声音很哑，不知道是这段话太艰涩，还是因为整夜未眠的疲惫，"我没有结婚，但确实经历了很多事……所以，会想用分手的方式让你忘记我。这事情太复杂，我想找个时间，在没有外人的时候，和你好好谈一谈。"

没有结婚？

她被这几个字，震得浑浑噩噩。

一瞬间，各种猜想袭上心头，从最脆弱柔软的地方凶猛地狠狠扎入。

她有些怔忡地，几乎是反射性地掩盖住了自己的情绪："是吗？"

她甚至辨别不出，"没有结婚"对自己来说是不是该喜悦的。

因为怕知道更加意料之外的答案。

那些季成阳口中的他经历的"很多事"，她潜意识惧怕知道具体的内容。

季成阳眼前有阵阵的重影，迫不得已将眼镜摘下来，拿在手里，伸出另外的那只手，想要去握住她的肩膀。

她察觉了，猛退后两步："你别这样。"

季成阳僵住手臂，慢慢将手放下来，有些尴尬地插入长裤的口袋里："我前天刚刚回国，没想到这么快就能找到你。给我些时间，我想和你好好谈谈。"

她也尴尬。

因为余光里，连从楼里走出的两三个女孩子，都忍不住看过来，看着他们。

纪忆觉得自己像是脱离了水的鱼，难过极了。

想尽快结束这种对话。

"我今天会很忙……"成千上万的念头排山倒海而来，她喘不过气，只想尽快结束这种对话，"这里很冷……你先走吧，我还有很多事情要做，快毕业了，还有实习，等有空再谈吧。"

"我等你，"季成阳说，"我前天刚回到国内，还没有买手机，都是临时用朋友的，等我买了手机——"

"不要再找我们主编要我的任何信息了，"她慢慢地，一字一句地打断他的话，"我知道你入行早，你的那些朋友都是我的上司，或者比我资历老的同行，你再这样让所有人都知道我们以前的关系，我完全没法再继续工作下去。"

纪忆抬头，看着他，从昨天起她就很忐忑。

"这件事是我没考虑周全，"季成阳再次妥协，"抱歉，西西。"

过去做错了，选择错了，伤害了她，他就彻底认错，用余下的所有时间来补偿她。

他所求的，是她能重新给自己一个机会，不想再错过。是谁折了他的自信和骄傲？是这些年的经历，他不再奢求能凭着自己的一意孤行就去要求她完全顺从自己，再次接受自己。

她没有任何回答，几乎算得上是落荒而逃。

季成阳站在原地又抽了两根烟，勉强让自己恢复了一些精神，到学校东门拦了辆出租车，直接去了医院。这次回国，他并没有选择301医院，而是通过朋友的关系，联系了另外的医院。就在年初，他刚做过肝部分切除手术，需要定期随访，所以这次约见的这家医院肝胆外科主任。对方虽然知道他做过战地记者，却没料到他的身体情况会这么复杂。

医生翻看着病史，他看得出季成阳精神状态很差，所以尽量缩短谈话的时间，只针对一些特殊的情况提出疑问。

比如，他的血液病。

"在伊拉克的那段时间，我曾经被迫去过战争污染区。"季成阳做了最简单的回答。

"是因为污染区？"医生惊讶，神情复杂。

季成阳并没有意外医生的这种反应，从约旦安曼开始，他辗转了很多医院，不管是落后的医院，还是走在前沿的医学专家们，听到战争污染区都是相似的神情。人们之所以对原子弹惧怕，主要原因不完全是因为它强大的杀伤力，而是它所造成的污染，而美国在战争中一直使用的贫铀弹，也出于同样的原因被人所痛恨。

唯一值得庆幸的是，他还没到最糟糕的状况。

一星期后，纪忆接到报社的临时工作，和何菲菲一起负责报社与四大高校合作的演讲活动，她终于知道为什么能在那一天同时见到好几位战地记者，因为他们是被主编邀请来的，包括刚刚回国的季成阳。

而她所在的大学就是起始站。

何菲菲开车把几箱宣传页送到学生活动中心楼下："你先送上去，让那些负责宣传的学生接收下，中午等我来找你吃午饭，下午干活。"何菲菲说完，一踩油门就走了。

纪忆叫来了学生会两个本科学弟，将印刷好的宣传页抱上去，等待很久的负责人拆开箱子，开始有模有样地清点起数量，没数多久，就被围上来的人抽走几张，翻看了起来。"说实话，我真挺佩服他们，我当初想念新闻系，我妈非说现在媒体环境不好，死活不让，就让我学数学了……"有个师妹很遗憾地抱怨。

　　"这个女人好酷，"她身边的人指着阿曼达，"让我想起一个特有名的战地记者，女的，像海盗一样戴了个黑眼罩。"

　　"玛丽·科尔文。"有人记得是谁，提醒她。

　　……

　　纪忆知道那箱手册里，一定有季成阳的，所以她始终没勇气去翻看。

　　她低头，帮着那个唯一还在清点数目的学妹整理宣传页，很快，耳边就传来季成阳的名字："我小时候在电视上看过他的采访，太帅了，我记得那天主持人还开玩笑说他是'台花'呢，这照片拍得不够好，绝对不够好……"

　　大学时，女孩子们讨论男人的话题，很容易就变成评美大会。

　　就连唯一坚持干活的学妹也终于被诱惑，随手抽出一本翻开，找到季成阳那页，好心和纪忆分享着一本。很简单的一张户外照片，季成阳戴着帽子，左肩跨着个双肩背包，专心地低着头，在一个黑色本子上不知道在写着什么，身后是拥挤的人群，像是在广场示威。

　　只能看清楚侧脸，甚至看不到他的眼睛。

　　虽然不知道他是在哪年拍的，纪忆却能很轻易地辨认出这是2003年以前的他。在哪里？她记不清了，在之前的记忆里，她只知道他一次又一次离开，少则十几天，多则数月甚至是大半年才会回来。

　　那时候，那些国家、局势，对她来说都没有太深刻的意义。

　　她只知道是危险的，具体有多危险，她没经历过。

　　何菲菲来得比较晚，顺便带来了一个八卦："今天的主持临时换掉了，不是咱们报社的，是个特有名的女主持人，刘晚夏，听过吗？"

　　她愣住。

　　刘晚夏忽然来一个大学主持个非营利活动……是因为他吧？

　　那天的活动，纪忆犹豫再三，还是没去会场。

　　她在食堂里吃饭的时候，听到有去参加这个活动的师妹说，最想看到的男记者没有来。晚上何菲菲就在电话里证实了这件事："他是临时缺席，大家都不知道是因为什么，主编也不知道。阿曼达倒是说了句，说他刚从战场上捡了命回来，估计又不知道在哪家医院的病房被关禁闭了。"

纪忆攥着手机，半晌都没出声。

她安慰自己这些都是玩笑话，却没想到后来紧接着两场，他也缺席了。

最后一站是在政法大学，这也是四所学校里唯一不在学院路的一所，校址在郊区昌平。纪忆推掉了院里的活动，坐何菲菲的车，从报社一路开车过去，加上路上堵车的时间足足用了一个半小时，险些迟到。

纪忆走入会场，嘉宾们刚刚落座。

四周也渐渐安静下来。

外边在下雪，室内却是暖意融融，她鞋上的雪很快就化成水，弄湿了脚下的地面。而她的心也慢慢地落回到原位，最右边座位上已经坐了人，他没有缺席。纪忆悄悄挤入最后一排的学生中，没有去后台。她都说不清自己为什么要来，是为了确认他没有如别人玩笑中所说的是身体问题，还是……怕他忽然又彻底消失？

场内坐满了人，这些后进来的人都热情地站着，等待着听这些让人尊敬的记者会如何给出一场精彩的即兴演讲。

刘晚夏这几年也有自己的访谈节目，对于这种和嘉宾面对面的谈话很熟悉。尤其台上这几位虽然国籍不同，却都曾有过交流的同行们彼此也很熟悉，很快气氛就热烈起来。

"说实话，会不会怕？"刘晚夏笑着看各位嘉宾，有意多看了季成阳一眼，这也是她几年来第一次见到这位老同学。

"怕，当然会怕，千万不要以为所有的战地记者都是肾上腺素上脑，眼中没有死神，"报社副主编刘凯丰先笑了，坦率地说，"我觉得上战场不怕的人才不正常。不过我也碰到过真不怕的，人和人不同，记者和记者也不同。"

刘晚夏笑了："你可真坦率，"她转头去看阿曼达和另外一个意大利记者，用娴熟的英文继续问道，"战地记者被绑架、伤害，甚至是杀害的事件一直不断，不知道你们有没有遇到过，或者自己身边人有过这种经历？有没有对那些想当战地记者的人，有好的建议？"

"很多，屡见不鲜，"意大利男记者略微回忆，"我报道过一些同行被喝得烂醉的穷大兵当街杀害的事件。所以，很多记者身上都会携带大笔金钱，能在关键时刻保命。"

阿曼达接话："现在很多地方都有战地记者的培训，很专业，可以让你躲过很多生死危机，"阿曼达笑了笑，无奈地说，"是不是，Yang？"

纪忆的心被收紧，不知道为什么这个外国女人忽然将话题丢给他。

像是他真的曾经经历过，很有发言权一样。

季成阳倒是没什么特别的反应："培训很重要，当然，运气也同样重要。如果真倒霉碰到一个嗑药上头的大兵举着AK-47一定要爆你的头，就只能听天由命了。"他说得很轻松，底下的一些学生忍不住笑了。

他们都见过数不清的死亡，言语有着超出一般人的诙谐和淡然。尤其吸引这些最容易热血的大学生。

不知不觉就过去了两个小时，已经接近尾声。

季成阳说得并不多，或许是事先就他的身体情况打过招呼，刘晚夏也并没有过多地将话题引向他。

最后，刘晚夏率先起身："让我们向这几位足迹遍布伊拉克、阿富汗、以色列、前南斯拉夫、安哥拉、索马里、苏丹、安哥拉、利比里亚、塞拉利昂等国家和地区的记者们，致以敬意，谢谢你们。"

在满堂掌声里，纪忆仍旧在他不可能看到的角落里站着。

在这一分钟，她很清楚地知道，纵然和他的感情早已结束，他所在的精神世界仍在吸引着自己。

到活动结束，她就不得不去后台，去帮何菲菲一起安排各个嘉宾离开。

因为最后这一场在郊区，交通并没有市区那么便利，报社提前安排了车接送记者们。

她到后台时，何菲菲正在和学校负责这次活动的几个学生闲聊，她看到纪忆，很快交代："我一会儿开自己的车，你和那些老师坐一辆车，等到了三环我们找个地方吃顿晚饭。"

纪忆怔了怔："我要和他们坐一辆车？"

"是啊，你就不要坐我车了，要不我们两个人都不在那辆车里，显得我们多没诚意啊。"何菲菲推了推她，"快去，雪越下越大了，还不知道高速会不会堵车呢。"

纪忆找不到理由推脱，硬着头皮走出礼堂，看到报社用来接送记者的大巴就停在礼堂右侧，低头走过去，雪的确比来的时候更大了，走到车门前，她用来围住下半张脸的围巾上都被覆了层白。

"晚报的？"司机例行公事问。

纪忆点点头，走上两级台阶，拉下了自己的围巾。

"那你看看人齐没有，齐了我们就走了。"

"好。"她回头。

四十多个座位，只坐了十个人，都零散坐在前半车厢。

根本就不用清点，一眼就能望到所有人的脸。

七个记者，两个这次协办活动的学生骨干，还有一个女主持刘晚夏，她就坐在季成阳的身边，很惊讶地看着自己。

"人齐了，师傅。"纪忆很快收回视线。

她话音落下，车就已经开动，向着校外而去。她扶着走道两边的座椅靠背，经过前半车厢，经过季成阳和刘晚夏的身边，一直走到车尾最后一排，坐在了靠窗的最角落里。可就在坐下的时候，已经看到季成阳从座椅上站起来，走向自己。

她有些慌，低头，想要塞上耳机去听 MP3 里的歌，发现已经没电了，可还是在慌乱中将耳机塞到耳朵里。

他在她身边的位子坐下来，就这么挡住了她出去的唯一通道。

她低头，把玩着自己手里的 MP3，唯恐他和自己说什么。季成阳却意外地，只是把帽檐压低，很快就在她的身边安静地睡着了。

大巴在京昌高速上行驶着，很快雪就积起来，司机看着苗头不对，征求大家意见，将车开下了高速路，这样一来，四十五分钟车程就延长了两三倍。再加上这样的暴雪，很可能就此堵到天荒地老。

幸好，司机是个懂得变通的人，他知道车上的人大部分是去颐和园和学院路方向的，索性就改了路线。直接避开了高速辅路。

等季成阳醒过来，车正开在不算宽敞的僻静公路上。

外边路灯少，两边是大片的树、运河、农田，明显不是三环内的路。

"司机换了路线？"他忽然出声。

这辆车的后半截都空着，就只有他和她，没法逃避，她不得不回答他的问题："司机说，怕大雪堵车，从那条主路走半夜也到不了二、三环，所以直接绕道阳坊，走颐和园那条路。"

这个地方，她是第二次来。

上一次是在很多年前，他带她来吃号称最正宗的涮羊肉，然后在无人的火车铁轨边，让她感受过与疾驰而来的火车迎面而过的刺激……

她说话的时候，眼睛就盯着自己手里的那个 MP3，没看他。

"以前我们来过这里，还记得吗？"

她点点头。

他的视线越过她，落到了窗外的荒芜的雪景中，像是看到了那个夏天。他第一次开车带她开过这条路，路边是农田树木，他记得他下车问路，还为了表示感谢从菜农那里买来了很多新鲜的蔬菜……

时间被无限拉长，从阳光明媚到大雪纷飞。

此时两侧道路上望不到尽头的一棵棵白杨树都已枝干光秃，落满雪，运河的冰面上也是雪，到处都是。他忽然什么都说不出来了，这个城市有她从小到大的记忆，又何尝不是记录了他最意气风发的几年。2001年，他第一次开车带她来这里时，自己也才二十几岁。

纪忆忐忑着，以为他会继续说什么。

季成阳却没有再说一句话。

那晚，车到颐和园附近已经是八点多，路上足足耗费了四个小时。何菲菲因为走的京昌高速路，被困在车海里，只能打电话拜托纪忆招待这些前辈在颐和园附近吃一顿。"我带他们去？"纪忆拿着手机，低头小声确认，"可我不熟这里，不知道要去哪里……还有，我没那么多钱结账啊。"

"那些记者熟，你征集下大家的意见，看他们有没有特别想去的地方，"何菲菲仍旧乐观，"放心，等买单的时候我差不多也到了。实在不行……你和那两个负责招待的法大学生凑一凑，等我明天还给你们，反正都是报销。"

乐观开朗的何菲菲觉得事情交代清楚了，到纪忆这里却成了大难题。

她挂断电话，从季成阳身边站起来，轻声说："我去前面，找人说事情。"季成阳很快站起来，将她让出去，两个人的身体离得很近，她甚至会有错觉已经贴到了一起。就这么恍惚着，走到座位前排，找那两个学生商量了会儿。

算上纪忆，他们也就是三个学生，加一起凑不到三百块钱。

她觉得不太够，犹豫了很久，终于再次回到季成阳的身边，轻声问他："你知道颐和园附近有什么吃饭的地方吗？请你们这些记者吃饭。我同事堵在高速路上，估计赶不及过来了，让我帮忙招待一下你们。"

"是不是身上钱不够？"季成阳不答反问。

"嗯。"她不得已承认。

车子颠簸了几秒。

她扶着座椅靠背，试图站稳。

季成阳已经再次站起来，右手放在她的肩头，稍微用力让她坐在了身边的位子。他稍微摘下帽子，重新戴好，走到那几个记者的身边，低声交谈起来。

虽然说话声音不大，又都是英文交流，但纪忆还是听清了一些重点内容，他在说，他很久不见这些老朋友，想请大家稍后下车吃饭。众人笑，当然乐得有这样的安排。

于是这一晚的工作餐就变成了一个小范围的私人聚会。

可能是他难得露面，公开组织这种聚会，到两个小时后，聚会的酒店包房里已经多了不少人。黑色的长沙发，围着玻璃台子，足足有一圈。

那一圈坐满了人。

季成阳的身体因为沙发的软绵而沉入其中，去倾听身边人说话，整个人安静得像是不属于这个空间。她觉得这个画面很熟悉，强迫症一样在脑子里搜寻着，渐渐记起，在他脑肿瘤失明的时候，面对着电视台的那个女主播，就是这样的感觉。

他那时二十几岁，她崇拜他，觉得这样的安静很吸引人，很有魅力，让人移不开视线。现在，他三十岁，她二十几岁。

仍旧差了那么多年。

"我看宣传册的时候，就很喜欢这个季成阳，"身边的两个政法学生低声聊着，随口问纪忆，"可资料写得不多啊，学姐你还知道不知道什么特别的资料？"

"他……是个挺有名的驻外记者，"纪忆有些走神，"我了解得也不多。"

几个学生很遗憾，继续讨论回去查查季成阳资料，看看有没有什么个人访谈。

纪忆就这么听着，手轻握住背包的带子，感觉胃里翻腾着，有很不舒服的焦灼感。

好不容易等到何菲菲赶来，她马上就起身说："我回学校了。"

何菲菲看她这么着急，倒是奇怪了："今天不是星期五吗？学校还有急事？我看时间也差不多了，一会儿等这里结束了，开车送你回去。"

"不用这么麻烦，"纪忆感觉到季成阳走过来，很快说，"我去坐公交车。"

她拿起背包，快步离开包房。

门外的女服务员给她指明电梯的方向。

来的时候她就发现这里布局像迷宫，还有意记了来的路，可走了会儿，还是没找到电梯间。她站住，想要往回走，看到身后不知已经跟了多久的季成阳。他似乎知道她遇到了什么难题，没有多说什么，偏了偏头，示意她跟着自己往右手边的走道去。

- 247 -

两个人就这么一先一后走着，进电梯间、上电梯、到楼下，到真正走出这家酒店大门的时候，纪忆停住了脚步，轻声说："我走了。"

　　"可以给我你的手机号吗？"季成阳低头看着她额头那微微分开的齐刘海儿，压抑着想要用手去拨开那层短短的头发，看看她眼睛和脸的冲动。

　　她茫然，不解他为什么会没有，毕竟他连她宿舍楼都知道在哪儿。

　　"我答应过你，"季成阳看透她的心思，"不会再通过第三人了解你的任何信息，所以我没有你的手机号码。"

　　纪忆低着头，手在羽绒服的口袋里，紧紧攥着手机。

　　她想说：你答应过很多事，都没做到。

　　可话就在喉咙口堵着，说不出来，最后从喉咙堵到心口，胸口像被人狠狠压住，吸不进任何氧气。她忽然这时候才后知后觉，从最初的震撼到麻木，近半个月的时间她只用来消化了这个事实，季成阳真的回来了。

　　他真的就在自己面前。

　　伊拉克和中国隔着几千公里，在地图上却有着相近的纬度。

　　她在等待他的那一年，很多次研究世界地图，幻想他在地图上的哪个位置，也会将手指摸一摸那个地名，好像这么做就会离他很近。

　　后来，他连这种幻想的权利都剥夺了。

　　季成阳站在她面前，感觉到她整个人的情绪都在剧烈波动着，想要伸手抱抱她，终究还是没有动。"不方便的话，也没有关系，"他低声说，"能不能记下我的手机号？"

　　纪忆沉默站着，过了好一会儿，拿出手机："你说吧。"

　　他报了一个新的手机号。

　　纪忆有点慢半拍地输入，存了下来。

　　到最后，两人之间的气氛尴尬到了极点，幸好有姗姗来迟的副主编刘凯丰打断了僵持的局面。纪忆看到刘凯丰，立刻说："我和何老师打过招呼了，要先回学校。"

　　"没问题，放心走吧。"副主编很痛快地答应着。

　　纪忆匆匆告辞，走出饭店。

　　她从酒店的旋转门走出去的时候，季成阳的视线就始终跟随着，没有离开。

　　"眼神太有戏感了啊，"刘凯丰笑起来，勾住他的肩，"成阳，我说你总这么着，也不是个事。"对方最近半个月始终充当着告密者的角色，随时给他转达这个小实习生的工作状态，"这大雪天怎么不送人家？这男女感情啊，从学生时代就很容易开始在接来送往的过程里,你这么一送,再没事去接一接吃个饭什么的,就死灰复燃了。"

"最近身体不好,不方便开车,"季成阳保留了真实答案,"先进去再说。"

这晚,这些经常世界各地飞,只能在去同一地点出差、遇到相同的采访任务才能遇到彼此的老友玩得很尽兴。季成阳离国这几年的经历,对所有人都是个空白,他似乎也没有欲望讲什么,只是自我调侃地说了句:

"我亦飘零久,十年来,深情尽负,死生亲友。"

众人笑,嘲他人帅抢资源就算了,竟还学会了故作沧桑,真是不给广大单身男人活路。唯有知道他早年感情经历的刘晚夏,还有纪忆的上司刘凯丰听懂了他想说的话。

那晚,季成阳这个做东的人因为体力不支最早离开,幸好都是圈内的老朋友,又没有牵头的人在,到后半夜都能自嗨起来,也就没有引起公愤。

几天后,他回来的消息才算大范围地在圈子里传开。

他这次回来得很突然,没有任何预告,自然引来了无数抱怨,其中也不乏多年老友、同事等带来很多岗位邀约。很少有人知道他还在治疗期,连面谈时间都帮他约好了,季成阳不得不一而再再而三地推掉。

将近农历新年时,他终于出院。

刘凯丰特地提前给他打了个拜年电话,顺便告诉他小姑娘最近工作情绪很稳定,工作也吃苦耐劳,差不多快要签正式合同了。

"新年快乐,希望2008年是个好年啊。"对方显然意有所指。

"新年快乐,希望2008年是个好年。"

他挂断电话,又进来了一个电话,他看到来电显示的名字,有些意外。

"回来了?"电话接通后,这是王浩然的第一句话。

"回来两个月了,"季成阳简单解释,"一直有私事,还想着过年后再找你聚聚。"

"别啊,别过年后,我现在开车去找你,小年夜应该是回院儿里吧?"

"差不多六点到院儿里,"他答,"你直接过来吧,吃晚饭。"

"饭就不用了,"王浩然说,"等着我吧,我要早到了,就在你家楼下等你。"

季成阳答应了。

等出院手续办完,他和自己的主治医生又聊了很久,真正坐上家里的车时,天已经黑了。一路上路灯连着路灯,开到院门口,看到正门一排红色灯笼,才真感觉到了稍许过年的氛围。

车开到转弯处,他已经看到王浩然的车,驾驶座上的人也看到了他,解开安全带,走下来。司机猜到这是他朋友,直接把行李先拿上了楼。季成阳则在楼与楼之间回旋的冷风里,走过去,还没等说话,迎面就狠狠挨了一拳。

沉默的,冷冽的,下足全力的拳头,让他眼前一黑。

王浩然抓上他黑色外衣的领口:"两年前就想揍你了,这几年在国外可过得舒心惬意?季成阳?"他自喉咙涌出血腥的味道,强行压住,几乎是反射性地问王浩然:"为了西西?"

"你俩一起的时候她才多大?真想让你亲眼看看,你把她甩了的时候,她是什么样。"

季成阳僵在那里。

此时的王浩然,话里透着替天行道的意思,却再也没有下一拳挥出来。他们两个自青少年钢琴比赛相识,二十多年从没翻过脸,刚才那一拳虽然是恨不过他当初真的就对个小姑娘下手,还毫不留恋地将人家弃如敝屣,但也有他自己的私人感情在里边。

起码在两年前,在纪忆还没从王浩然的世界彻底消失时,他是有私心的。

而现在,他的那些私心也被岁月磨没了,只剩下对好友做人不地道的谴责。

"还打吗?"季成阳忽然出声。

声线里有一种疲惫和无力的感觉。

王浩然被他的平静唬住了,松开手:"本来想狠狠揍你一顿……"

"好,来吧,"季成阳看着他,"趁现在没人。"

他双臂放下来,就这么将全身的弱点都袒露着。

王浩然倒是真尴尬了,说到底,他还真没立场这么做。他被季成阳的态度逼得讪讪低语,揉了揉自己的手:"得了,大过年的,就放过你,也放过我的手了。"

四年时间,说长不长,但也足以改变很多人的一生。

沧海桑田,物是人非,王浩然看着他,怒火慢慢消退后,竟也生出恍如隔世的感觉。

两个大男人就这么在刺骨的寒风里,都失了语。

这安静终究还是被季成阳打破了。

他伸手,拍了拍王浩然的肩:"谢谢你帮我照顾她,过了年再找你。"说完,就头也不回地转身,上了楼。

第二十章 故梦外的人

走过纪忆家的大门,季成阳的脚步明显顿住。

二十几的他,经过这个大门时,有多少次停住脚步?

现在想起来,已经很遥远了。

漆黑的楼道里,季成阳安静地站着,从口袋里摸出烟盒,抽出一根,轻放在鼻端。月光里,他竟然看到窗台角落里,白色墙壁上有黑色的印记。

这是他留下来的。

在纪忆高二那年,她在一面墙壁内被众人指责,他曾站在这里,那时候他因为脑肿瘤暂时失明,就在这里听着那场闹剧。

走了几万公里的路……

他的心却已被困在原地许多年,在这个和她感情开始的地方。

回到家里,二嫂刚从英国回来,正在收拾着行李,拿出来许多给家里人带的礼物。她在看到季成阳之后,慢慢站直了身子,仔细端详这位多年不见的弟弟:"看样子,瘦了不少,怎么?洋太太做的饭不合胃口?"二嫂取笑他。

季成阳避重就轻,绕开了这个话题:"暖暖呢?今年不回来?"

"回来啊,不过要晚几天,和她男朋友去玩了,"二嫂很乐意谈及现在的季暖暖,"你今年会在中国过年吧?一定要看看她,估计你都快认不出她了。也不知道她男朋友跟着一起回来不回来,要是回来的话,你也能见一见。"

季成阳在二嫂的言谈中,能感觉到季暖暖应该已经成熟了不少,她动荡惨烈的青春期只是生命里一个印记。他还记得清楚,那天是如何从那个男孩子家里,把季暖暖抱出来,送回家,让她被迫面对全家人的责难。

而现在,那些过去的、不堪的、年少轻狂的过往早就过去了。

二嫂又说了两句，忽然想到什么，马上回到自己的房间，拿出来了一个信封，招手到厨房里避开众人，将那个信封交给他："这是你拜托我的东西，去年回来的时候，听说西西已经不回来了，我去过她读的大学，毕业了，人也找不到了。所以还是没有给到她。"

二嫂是个很有原则的人，这个信封从交给她起，她就没有拆开过。

所以原封不动还给季成阳时，她依旧不知道这里面装着什么。不过季家每个人都对纪忆很好，在二嫂的眼里，纪忆也算是季成阳看着长大的，猜得到里边应该是送给纪忆的一些东西，比如一些长辈给的生活费、压岁钱什么的，多半是不忍看纪忆如此被家庭冷落的补偿。

季成阳看着这个信封，意外安静了会儿，这才接过。

2008年农历新年前的那段时间，新闻行业始终很忙。

就在大家都在为8月的奥运会倒计时，南方却迎来了百年罕见的雪灾。

在这之前，南方从没有过如此大范围的降雪，那一场突如其来的、毫无征兆和准备的雪灾。从1月10日开始，截至1月底，受灾人数已经超过800万。

纪忆原本是实习生，并没有直接被派出去采访。

但是因为雪灾，中国南方公路运输近乎瘫痪，很多社里的记者都滞留在外，不能按时返京。在2月初，纪忆主动要求和何菲菲去重灾区安徽，走之前，头儿还问了句纪忆："何菲菲本来就是南方人，去了，说不定就能顺便回家过年了。你家在北京，都快过年了，还不如留下来。"

她坚持己见，当天晚上就坐上了南下的火车。

灾害已近尾声，但交通枢纽仍旧受很大影响。

两个人仅在安徽境内，就数不清多少次被困在了公路上。

"前面路面结冰得厉害，估计又有车祸了。"何菲菲困顿地说着，打了个哈欠。纪忆一晚上也没怎么好好睡，枕着自己羽绒服的帽子，眼睛红红地看着她："要不要下去看看？"何菲菲摇头，很快又睡着了。

纪忆看向窗外，冰天雪地，都是车，还有车上焦急等候的人。

这个时间段正是春运，每个人都归家心切……

身后有小孩子的哭泣声，似乎是坐得太累了，在和母亲撒娇。她看了眼手机上的时间，发现了几个相同的手机号码，没有记录，是陌生号码。

想要拨回去，手机已经因没电关了机。

只得作罢。

等到了芜湖市区，天已经彻底黑下来。

办好手续，进到酒店房间的时候，两个人已经累瘫在床上。何菲菲很快洗澡睡了，纪忆一边给手机充电，一边在电脑上敲打着今天的稿子：

"记者今日从安徽省林业区获悉，该省受1949年以来经济损失最大、影响程度最深的特大雪灾，雪灾给安徽省林业造成惨重损失……"她停下来，翻了翻自己本子上的数字，继续一边看着，一边在电脑上敲着，"截至二月五日……"

最后的数字还没敲完，忽然，所有的灯熄灭了。

她吓了一跳，手指在键盘上颤了下，慢慢吸口气，安慰自己，没关系，反正屋子里还有一个人。她回头看了眼仍旧熟睡的何菲菲，怕打扰她，就没打服务台电话，只是悄悄起身，拿上桌上另一张门卡走出去。

果然，走到走廊上，也是漆黑一片。

不只是她一个住客，好几个房间都有人探头出来，在黑漆漆的楼道里，看着走廊和附近房间的情况。很快，有个服务员从楼梯间出来，很抱歉地告诉他们，是紧急拉闸限电。

雪灾的影响之一，大家都能理解，也就没说什么，纷纷关了门。

纪忆回到房间，看看唯一亮着的电脑，走过去，看了看电池仍旧满着，索性把稿子一口气写完。不过想要摸黑洗澡就没戏了。

她到洗手间想用湿毛巾擦擦脸和手，决定先睡觉，等明天再清理自己。没想到刚浸湿手里的毛巾，就听到了手机铃声。

忙不迭丢下毛巾，拿起手机，竟然还是下午的陌生号码？

她拿手机走出房间，在漆黑走廊里接通电话。

"你好？请问哪位？"她压低声音。

电话那头沉默了几秒，竟然传来哽咽的声音："西西。"

熟悉的声音撞入耳中，像飓风一般，将这里宁谧安静的氛围冲散。一瞬间，纪忆只觉得鼻酸，眼泪险些就掉下来："嗯。"

声音仿佛就闷在胸口。

"西西，你在哪儿？我去找你。"

"我在安徽，"纪忆说着，眼前已经水雾浓重，"你在哪儿？"

"啊？去那么远干什么？你不会不回北京了吧？"

"不会，是出差，"眼泪落下来，掉在白色的拖鞋上，止不住，"我还住在北京。"她如此回答季暖暖，声音像是回到小时候，温柔的，柔软的，没有任何杂质。

这是她彻底离开家，断绝和过去所有人关系后，真正的第一次和过去记忆里的人通电话。两个人从拿起电话，就一直都在哭着，断断续续问一些问题。季暖暖也根本来不及指责、抱怨她为什么会忽然消失，就只顾着哭，追问她特别琐碎的事。

季暖暖哭到最后，终于慢慢恢复本性，开始表现出她对纪忆失踪这件事的气愤："我告诉你！别以为我哭了就是原谅你了！真过分，不就是失恋吗，失恋不该来找我哭吗？你给我打电话啊，你告诉我我小叔结婚了啊，甩了你啊，我肯定立刻就飞回来把那个女的轰出我家，有我你怕什么啊，你干什么要走啊……"

季暖暖又气又哭，却因为怕家里人听到，声音还刻意压制着。

纪忆听着，听着，刚止住的眼泪又掉下来。

她甚至能想象到，高高的季暖暖在自己面前，挥手教训人的模样，一副除了我能欺负你，别人都不能把你怎么样的不讲理的神情。

"你听没听到？不会断线了吧？"

"嗯。"纪忆轻声应着。

"那就好，继续听着，我还没骂完呢，"季暖暖哽咽着，气哼哼地继续说着，"我告诉你，我听到季成阳和我爸说他已经离婚了，离婚你也不许理他，听到没有？这个烂人，渣男，必须要好好教训，不能轻易便宜了他。"

像是有人用针，在她心里迅速扎了下。

季暖暖听不到她的回应，似乎察觉到她的心理变化，将口气也软下来："可说到季成阳和你……我还挺矛盾的。西西，你知道吗？我昨天回来看到他，几乎和他打起来，还想着要是在家里看到那女的，一定大闹一场。可今天听到他和我爸说离婚了，第一个就想到你，想到你俩还有没有可能。我就觉得，他就该是你的，好不容易被人还回来的感觉。"

纪忆没吭声。

她没有告诉季暖暖，季成阳曾经告诉自己他根本没结过婚。

"你的手机号，就是我问他要的，他竟然有你现在的手机号，就说明什么？说明他心里一定还有你，"季暖暖继续说着，"不过不着急，等你回来我们先见一面，再来谈谈他的问题。"

季成阳的话题就此告一段落。

纪忆告诉暖暖，自己大概会在春节前后回去，不过要看交通是否恢复顺畅。说不定再来一场大雪，就又要耽搁了。

电话挂断时，刚充好的手机又只剩下不到10%的电量。

她回到房间，仍旧在停电，仍旧漆黑一片，床上的同事也仍旧睡得很沉。

时间像是定格在一个点上，空间的变化都停止了，只有和暖暖通过电话后的感动，仍旧存留着。

纪忆走到窗边，钻到厚重的窗帘后，看着窗外的月色，和月色照耀下冰封的城。

脑海里反复的是暖暖的话。

自己的手机号一直在季成阳的手机里，他却装作不知道，始终等着自己去联系他。只是这么一个小念头，就让她像是回到少年时代，因为他给的一张旅行物品清单，他给的一个拥抱，甚至是他的一句话就暗暗地开心着……

她将手贴在冰凉的玻璃上，按出了淡淡的水印，再眼看着水印迅速消退。

再拿起手机，低头，慢慢输入了一条短信：睡了吗？

想了想，又删掉，改成了：各位同学、同事，纪忆远在安徽芜湖提前祝大家新年快乐。

她将这条短信伪装得像是群发短信，最后终于找到他的号码，发了出去。

可真成功发送出去，她又瞬间后悔了。

怕自己会等他的回复，可这种群发短信，一般人根本不会回复……

悔意尚未维持一分钟，手机跳出来一条回复。

打开来，真的是季成阳：

安徽雪灾严重，如果赶不及回来过年，就等到交通顺畅了再说，安全第一。新年快乐，西西。

季成阳将手机放回口袋，走出布满尘埃的教室。

这个小学就这么空置着，占据了家属区的一个角落这么多年，始终没有接下来的拆除，或是改建的安排。黑板上的名字不知被谁擦掉了，画上了整面墙的粉笔画，画的是灌篮高手，他之所以认得，也是因为纪忆小时候喜欢看这部动画片。

就在收到她短信前半个小时，他刚结束了一个电话，拒绝了旧日好友的采访邀请。对方似乎猜到他一定在那场战争中有不同寻常的遭遇，希望能整理出来，做个主题，甚至提出帮他联系出版社，出本回忆录、自传什么的。

季成阳却果断否认了这个推断，告诉对方，自己只是在国外耽误了一些时间，并没有什么惊心动魄的事情发生。

对现在的他来说，那些会让亲者痛的经历，只适合被掩埋，被彻底遗忘。

他随手带上教室的门，听到锁咔嚓一声闭合，感觉到自己的眼睛有些发酸。

去年，在国外接受一系列精神和身体治疗的日子里，不知道纪忆下落的那段时间，当他看到年纪轻的华人小姑娘，总会多看两眼，想要在脑海里能有更具体的想象空间，想象她的变化。其实，她什么都没变。

而他变了。

起码在身体上，他成了当下择偶观里很不适合结婚的一类人。

因为票务紧张，纪忆的归期延了又延，整个2008年的春节都在安徽度过了。

何菲菲并没像领导说的那样，南下回家，而是和纪忆一起在年初五返京。两人在路上聊起年后的工作安排，何菲菲很高兴地告诉她："等春节回来，你抓紧时间办一下港澳通行证，我带你去香港。"

纪忆愣了愣："香港我就不去了。"

"为什么？公务出差，飞机票、酒店都报销，你和我吃在一起就行，到时候我自己填单子给报了，"何菲菲匪夷所思，"除了你自己买东西需要花钱，余下的都不用担心。"

"办通行证很麻烦。"她找了个不是理由的理由。

"不麻烦啊，"何菲菲笑，"那你以后出国怎么办？护照签证不是更麻烦？"

"那就不出国了。"

纪忆低头，打开面包，笑咬了口。

何菲菲惊讶，很少见对公务出行不喜欢的人，尤其是现在的大学生都很热衷出境游，像纪忆这种人更是少见。她只当纪忆是懒，怕麻烦："别怕麻烦，马上就要正式工作了，护照和港澳通行证都是必备的，要不然临时让你出去，你怎么办？"

纪忆支吾着，搪塞而过。

这是她最尴尬的问题，她护照办得早，已经到期了，港澳通行证也是。可要续办这些都要回爷爷家拿户口本，她甚至已经开始担心身份证到期以后该怎么办，这对普通人来说很简单的一件事，对她却是大难题。

列车里，仍旧有着浓厚的过年氛围。

大家都在说着年初五是迎财神的日子，如果不是在火车上，此时应该鞭炮震天响，到处都在请财神。何菲菲家乡那里没有这种说法，听得有趣，问纪忆是不是这样。纪忆也茫然摇头，小时候每年在大院里，都是年三十晚上有整个广场的礼花,对年初五一点印象都没有,包括赵小颖妈妈那么喜欢说这些,都没提到过。

赵小颖……季暖暖……

好像这些过去的记忆,都随着季成阳的归来,被强行揭开了沾满尘土的封条。

火车一路上被强制停了几次,两个人到北京站,已经是初六的凌晨三点多。

初七是报社开工的日子,纪忆估算了一下路程远近,觉得自己马不停蹄赶到学校,估计没睡一会儿就要爬起来,再赶去报社,索性就拖着行李箱,直接回了报社大厦。上次因为加班,她也睡过办公室,所以这次轻车熟路,顺便把从酒店带回来的没开封的一次性牙刷牙膏都拿出来,用上了。

等她洗漱完,躺在长沙发上,盖上自己的羽绒服时,忽然想到了一件事。

在下午的时候,季成阳曾经给她发了个短信,问她是否安全到了北京。她没有回。

此时在格外安静的休息室里,她忽然觉得内疚了。

也许他一直在等自己的消息,等到很晚,可现在回是不是又太晚了?她纠结了会儿,还是给他写了很简短的消息,告诉他自己到了。

未料,电话铃声就在深夜,这么响起来。

她猛地从沙发上坐起来,看着手机,心剧烈跳动起来。无数个问题让她紧张得不行,他要说什么,该不该接,接了说什么?在一闪而过的"拒接"念头里,她鬼使神差地选择了接通:"你好。"

"西西,是我,季成阳。"

"我知道,"她回答,"我知道这是你的号码。"

季成阳略微沉默。

她靠在沙发上,听着电话另一端,忐忑等待这短暂沉默后的内容。

"顺利吗?"他问出了最寻常的问题。

纪忆应了声,又怕回答得太简短而让两人更尴尬,只能继续沿着这个话题说下去:"就是交通不太方便,很多公路都封了,火车在路上也停了几次,所以才这么晚到北京。"

电话那侧安静着。

她也就毫无头绪地继续说下去:"这次雪灾真的很严重。我去的时候,雪早就停了,可是还有很厚的冰,很多人加班加点地给高压电缆除冰。在长沙采访的同事说,还有几个电力公司的员工因为除冰,从高空摔下来,抢救无效死亡……"

这些内容，都能在新闻上看到。

可除了这些话，她也找不出能和他谈的话题。此时此刻，就像过去的境况忽然反过来了，小时候是她胆战心惊地拿着电话，追问他是否安全，再听他说一些时事。而现在，是她来告诉他这些话。只不过听起来，没有那么惊心动魄。

"平安回来就好。"季成阳终于在她无话可说时，出了声。

"你……为什么这么晚还没睡？"她问。

"我在等你的回复，"他说，"怕你出什么事情。"

纪忆马上找了个借口："我一直忘了看手机，到办公室才看到……"

"你现在在办公室？没有回学校？"他抓到了重点。

"明天要工作，这个时间回学校就太晚了，所以就来办公室睡一会儿。"她说着话，目光毫无焦距地落在墙角，好像他就在自己面前，让她不敢直视。

"安全吗，自己一个人在办公室？"

"嗯，这个大厦保安很好，而且报社有专门的休息室，有时候同事熬夜加班，都会在这里补觉。"

"我记得你小时候很怕黑，自己一个人，害怕吗？"

她回答："已经习惯自己了，寒暑假我都是一个人在宿舍睡的。"

在大年初六的凌晨四点，他们两个人竟在说着不痛不痒的事情，没有什么中心思想，漫无目的。而这往来对话中，始终有着一种让人尴尬的气氛。

到最后，季成阳终于告诉她："去睡吧。"

纪忆意外，没想到对话如此简单。好像回到两人感情没开始的时候，他从美国打来电话，只是问自己的一些近况，如此而已。

"好，晚安。"她说不出是什么感觉，轻声回答他。

就在手机离开耳畔，要挂断时，季成阳的声音忽然又叫她："西西？"

她忙又拿起来："还有事吗？"

"元宵节有没有安排？"

怎么会有安排？那是家人团圆的日子。

她有些黯然："没有。"

"我去学校接你，我们一起吃饭。"

元宵节吗？

纪忆仍旧在想着这个日子，季成阳已经低声追问了句："好不好？"

她回神，轻声说："好。"

"睡吧，晚安。"

"晚安。"

- 258

通话结束，已经快五点。

纪忆抱着自己的羽绒服，坐在沙发上继续出神，过了好一会儿猛地惊醒，很快就翻开手机里的日历，查看日期。

元宵节，正月十五，星期四，2008年2月21日。
还有九天。

在正月十五这天上午，季成阳回了一次台里，和过去的老领导在办公室见了一面。老领导希望他能接任新闻中心副主任，主管海外节目中心。他没有立刻答复，老领导笑："怎么，还想往外跑？"季成阳略微苦笑："身体条件已经不允许再到处跑了，硬要出去，只能耽误工作。"

"那就考虑考虑吧，"对方拍了拍他的肩，"留在北京，有个稳定工作，再成个家，也算让你家里长辈安心了。"

等谈话结束，他离开办公室，正巧撞上几个刚吃过午饭的同事。众人看到他出现，都围拢过来，热情地叙旧，直到刘晚夏出现，大家马上就很识趣地散开来。这位知性美丽的女主播都过了三十大关了仍旧单身，也不知道是眼光高，还是仍惦记着季成阳。

反正按照过去的习惯，撮合这两位都快成惯性了。

"怎么样？答应了吗？"刘晚夏倒是依旧大方自然，很直接就问他对这个职位的意向。

"还在考虑。"季成阳言简意赅。

"上次见得仓促，没有机会问你，听说你在国外结婚了？需要我补个红包吗？"刘晚夏问出这句话后，很快就补充说，"我也是偶然碰到你家里人，听说的。"毕竟曾经是高中同学，又是多年同事，两人之间总会有交集。

不像刚才那些起哄的同事，并不知季成阳的状况。

季成阳早就习惯了应付这个谎言，摇头，告诉她："不用，已经离婚了。"

刘晚夏毫不掩饰惊讶，看着他。

这位名嘴一时无言。

季成阳不想多在这个话题上停留，找了个借口离开，虽然他也不知道，在五点去学校接纪忆之前还能做什么。

从中午开始，纪忆也像个无头苍蝇一样，独自在宿舍里不知道做些什么。整个寒假，只有她一个人住的宿舍，显得冷清极了，整幢宿舍楼也没有几个人。

越是安静，她越紧张，只能将邮箱里的工作邮件都翻出来，看还有没有什么没做完的。

鼠标符号最终停在了几封相同标题的邮件上。

是那次高校巡讲活动的照片。

收到这组照片的时候，还是在过年之前。她还能记得清楚，有哪封邮件里是最后一天的照片，里边有几张有季成阳的身影。

这么回忆着，打包文件就已经下载完毕。

她打开，按照印象打开一张，是众嘉宾坐在台上的正面照。季成阳在最边上的位子上，将帽子摘下来放在自己的右腿上，拍照的距离远，看不清五官，只是轮廓就让她移不开视线。她抱着膝盖，蜷着腿坐在椅子上，静静看着照片里的他。

所以，今天吃饭是为了什么？

每临近一天，她就多一分紧张。

等到季成阳来了电话，告诉她快要到的时候，她才惊觉自己竟然连衣服都没有换，于是原本很充裕的准备时间，被她完全浪费，最后只能狼狈地从衣柜里拿出最习惯穿的衣服换上，再跑到洗手池旁的镜子前，快速用梳子梳理头发。

系起来？不系起来？

她一手攥着自己不算长的黑发，慌乱地看着镜子里的自己。

他以前是喜欢系起来的⋯⋯还是喜欢披肩的？

好像没有说过。

她的手忽然顿住，开始有了让自己害怕的想法。

如果他找自己，完全没有和好的意思，只是道歉？只是想要弥补一些当初的伤害？或者他没有结婚，但是真的已经有新的女朋友了怎么办？这些猜想都一个个冒出来，每个都显得很合情合理，毕竟过了这么多年。

他已经是三十一岁的男人了。

她刚才雀跃的心慢慢地沉落下来，不敢再想下去，草草梳理好头发，离开了宿舍。

季成阳换了新的车，她没有认出来，直到他从驾驶座上走下来，才后知后觉地发现他已经到了。两个人上了车，很快就开离学校，当眼前的道路越来越熟悉的时候，她反应过来，慢慢地看了他一眼："我们是去北二环吗？"

季成阳打着方向盘，随着前方的车开入转弯道："我们回家。"

熟悉的小路，熟悉的小区，甚至是再熟悉不过的地下车库。

当纪忆跟着他一路而行，走出电梯，看着面前的大门时，脚步就这么停了下来。季成阳站在她面前，将手中的银色的钥匙插入钥匙扣，开锁，推开了大门。

纪忆仍旧举足不前。

直到季成阳弯腰，从柜子里拿出拖鞋给她，她这才走过去，蹲下来，慢慢解开自己运动鞋上的鞋带。她就这么蹲着，低着头，好像永远也换不好鞋，走不进去。

季成阳终于察觉她的异样，伸手，从她的手臂下把她抱住，让她站起来。

"西西？"

她抬起头，眼睛已经红得吓人。

"西西，"季成阳叫她的名字，声音很低、很慢地说着，"对不起。"

好像除了说对不起，根本没有任何语言、字眼能在这时候说出来。虽然她没有哭出来，也没有说什么，但他记得，自己回国后第一次踏进这个家的时候，这里的样子。客厅和卧室是如何被她用床单盖好，落了满满的一层灰。

而本该属于她的钥匙，就放在鞋柜上，也落了很厚的灰尘。

虽然两个人都是第一段感情，但他毕竟在失去她时，已经是个二十七八岁的成熟男人。而她，当时二十岁左右的她，是如何在失去感情后，在这个房间里将一切都料理好，留下钥匙离开的？

他曾经无法想象。

而现在，更不敢再想象。

"这里好像没什么变化。"她声音沙沙的，眼里的泪水仿佛一碰就会流出来。

想憋回去，可都被他看到了，怎么办？

她窘迫于自己的失态，弯腰想要继续换拖鞋。

季成阳的手握住她的手臂："不用换了。"

纪忆身体微微僵住。

"昨天好像忘了买菜，家里没什么东西能做给你吃。"季成阳说着显而易见的谎言。冰箱里早就放满了事先备好的半成品，但他已经改变主意，不想让这顿难得的两人的晚餐变成如此尴尬的相对，或许换个地方会好很多。

一切源于他太急功近利，想要让她在今天感受一些家的感觉，可忘了这里虽然承载过她最大的欢乐，也同样存放了等量的痛苦。

"那……出去吃吧。"她轻声说。

刚才一路来她都在不停给自己做着心理建设，既然已经答应了要和他吃饭，那就不要做出让两个人太尴尬的事。而且今天是正月十五，元宵节，是过节。

结果还是被自己搞砸了。

这晚两人吃过饭，他送她回学校。

车走的是一条比较安静的路，纪忆不太认识。她一边看着四周的路，一边猜测季成阳为什么会这么熟悉这里，直到视线被路边阴影里的一辆车所吸引。

"怎么了？"季成阳察觉到她惊讶地回头去看后边。

但是从后视镜里看，根本没什么人。

"我看到那辆车在动，是不是有人偷车？"纪忆小声说。

季成阳慢慢踩了刹车，倒回去了一段距离，在确认她说的是哪辆车后，难得地沉默了会儿。纪忆回头看他，他这才有些不自然地清了清嗓咙，搭在方向盘上的右手，改为攥握的姿势："应该不是偷车。"

那是……

她恍然，解惑一样地又去看了几眼，确认了想法后，马上就坐直身子，眼睛一眨不眨地看向前方。因为这样的一个偶遇，让车内更尴尬了几分。不只尴尬，还有些让人无法忽略的桃色氛围。

结果，本就对话不多的两人，就此一路沉默着，直到抵达终点。

季成阳看着一栋栋在黑暗中的宿舍楼，因为是寒假，亮着灯的窗户并不多。纪忆解开安全带时，听到他问："你住的那一层楼，留校的人多吗？"

"不是很多，"她顿了顿说，"我走了。"

隔着车窗，能看到外边狂风大作。

就连这么看着，就觉得冷。

他侧过头去看了看她的羽绒服，这件衣服看起来太单薄了，感觉不太挡风的样子。而且上一次、还有上上次见面，她似乎都是穿着这件，不知道还有没有更厚的。他如此想着，纪忆已经又说："我走了，寒假人不多，宿舍楼阿姨关门早。"

其实现在才九点，远不到门禁的时间。

"我有件事，想要问问你的意见。"他忽然说。

纪忆茫然看他。

他想说什么？

整晚都没有谈过正经的话题，反倒是现在，要告别了，他却忽然开了口。纪忆下意识避开他的视线，呼吸已经有些慢，很怕接下来的话就是关于那几年的。但潜意识里，又想听他说，说他过去四年在哪里，做什么，为什么会想和自己分手。

"这次回国之后，我应该不会再做驻外记者了，"季成阳说，"目前有几个工作还在考虑中，一个是回台里主管海外节目中心，一个是去环球报业……"

他继续说着，都是她熟知的地方和她听得懂的工作职位。

"我还没做最后的决定，"他给自己的话做了最后总结，"你有没有什么意见？"

"我？"纪忆被问蒙了，"我不知道。"

她一个还没毕业的研究生，虽然听得懂这些职位名称，而它们之间的区别，所要做的事，还有之间的利弊，她都一无所知。

"我不太了解，肯定没你了解，"她声音有些发涩，还有没来由地紧张，"这么重要的事，还是不要问我了。"

"不了解没关系，随时可以告诉我你的想法。"

季成阳看着她。

车里的暖气很热，将她的脸烘得有些微微发红。

面前的人触手可及。

这是曾拥有过的，失去过的，也以为不会再有机会得到的人。

车内忽然就安静下来，毫无征兆。纪忆还想说什么，嘴微微张了张，没有发出任何声音。有什么从内心深处疯狂地滋长出来，蔓延开，紧紧地缠绕住她的心脏。

好像他的手随时会抬起来，碰到自己。

又好像，这些都是她的一厢情愿。

"我送你到楼下。"季成阳的声音有些低。

"嗯。"她点点头，看着他解开安全带，下车，再看着车门关上。直到最后，看着车窗外他站在风里，几乎要融入黑暗中的身影，才猛地惊醒，后知后觉地跟着下了车。

回到宿舍时，家在外地的两个舍友正在收拾行李，顺便用家乡特产把每个人桌上都堆满了。"今年寒假放得可真巧，"其中一个还在抱怨，"21号元宵节，22号就要回校报到了。可怜我们这些人，来不及在家过元宵，就要赶来报到了。"

舍友看见纪忆走进来，手里还拎着刚才吃饭时，季成阳特地给她打包作宵夜的小点心，自然问她："刚从家回来啊？"纪忆含糊应了声，把装点心的几个盒子分给两个人吃。

吃了没几口后，另外一个忽然想起了什么："对了，纪忆，刚才回来的时候，我碰到赵老师，她说明天报到后让你去办公室找她，"说完还猜测地问她，

"是工作的事儿吧?"

她奇怪:"我工作早就找好了啊,都快签正式合同了。"

"肯定比你现在那个更好啊,"舍友继续说,"一般咱们学校出来的研究生,怎么也要去外事部门、银行啊,你找得有点偏,怎么就去做记者了。"

怎么忽然想去做记者了?

这个问题,第二天赵老师见到她,也同样问了出来。谈话的内容,果不其然就是和工作有关:"我看了外事部门的公务员考试成绩单,英语笔试线过了三百多个人,我记得他们今年计划招82个,四比一的比例,你觉得面试把握大不大?"

她愣了愣:"我马上要和报社签正式合同了,应该不去面试了。"

当初考国家公务员,也是为了多做个准备,毕竟那时候工作的事还没正式敲定,同班同学大多参加了公务员考试,都是抱着这种想法。

学校里本来就有很多学生,不管是家庭教育,还是成绩,都远比她来得更显眼。

老师又说了两句,大意是如今这个年代,还是国家公务员的工作比较适合女孩子,更何况,自己学院的学生比别的学校录取几率大很多。

老师格外热情,甚至已经谈到了学院推荐。

"而且你很多师兄师姐,或者本科的学生,不少都在那里,工作起来环境肯定也更好,"老师笑,"媒体嘛,还是人大、中传什么的比较多,各个学校的就业领域不同嘛。好好考虑一下,我听说你家人也很支持你去外事部门。"

这是她离开前,老师说的最后一段话。

这段话,在她脑海中始终挥之不去。

下午,她和季暖暖约了时间见面。过年那几天她一直在安徽,而等她终于回来,暖暖却回了四川,两个人时间错开来这么久,终于在元宵节之后有了交集。

她本来想和暖暖约在校外的某个商业中心见面,可暖暖坚持来找她。

等季暖暖的车停在了宿舍楼下,先是眼泪汪汪地扑过来给了她一个长达半分钟后的拥抱,随后就低头,用手比了比她的高度,破涕而笑:"你怎么还这么矮,下次见你不穿高跟鞋了,我忽然就感受到呵护一个人的感觉。我穿鞋一米八,你……"暖暖看了看她的运动鞋,"一米六有吗?"

纪忆眼圈才被她的拥抱逼红,马上就推开她,也被气得笑了:"干什么一见面就嫌弃我矮，我又不嫁你。"

"你不嫁我，可你可能还会嫁我家的人啊，"季暖暖乌溜溜的大眼睛，舍不得离开她，就这么盯着她感叹，"可怜我家人这么好的基因了。"

她知道暖暖暗指的是什么，避开她的话，问她想去哪里。

"先把东西都搬上去再说，"季暖暖打开后备厢，"和你说，为了不让别人打扰我们，我才没让别人送我来，所以咱俩彻底没人帮忙了，做苦力吧。"

后备厢被塞得满满当当。

从饮料到水果，甚至还有礼盒装的营养品。

纪忆被眼前所看到的震撼到了："……拿这么多东西啊，吃不完都坏了。"

"不多啊，反正你们宿舍那么多人呢，当人情给人分也好啊。"季暖暖说着，就把姜黄色的呢子大衣脱下来，挽起袖子，开始催促她搬起来。

两个人就为了这一后备厢的食物，上上下下折腾了五六趟，幸好宿舍里还有两个人，在暖暖热情的招呼下，都跑下来帮忙，才算彻底搬完。等季暖暖回到车里，坐上驾驶座，连抬手臂都没什么力气了："失算了，小西西……我们去近点的地方坐会儿吧。我让人来帮我开车，载我回去……"

纪忆应了声，没有异议。

"要不，我们轮流开也行。"

"啊？我不会开车啊。"

"怎么还没学？"季暖暖奇怪地看她，"多方便。"

"学车费用很贵，我实习的钱一直攒着，等工作了要付房租，"她低头系好安全带，"有闲钱的时候再学吧。"暖暖没有什么回声，就这么瞅着她，伸手帮她理了理有些乱的刘海儿，像是小时候一样的动作："头发被吹乱了，都不好看了。"

季暖暖太了解她，有两个问题，从不会主动追问：

一个是关于她和家里人的事，另外一个就是她和季成阳的近况。

两个人整个下午，话题更多的是关于季暖暖，甚至还提到了赵小颖。前者的学业、感情都在纪忆的意料之内，而后者，却出乎了她的意料。赵小颖从南京毕业后回了北京，找不到什么理想的工作，竟然做了决定，闷头在家自学德语，从来没什么主见的姑娘这次下了狠心，学了一年半后，成功申请去德国读书。

"我听我妈说的时候，真的吓了一跳，这丫头太有毅力了，"季暖暖说到这里，初次对赵小颖表现出了由衷的钦佩，"最让人佩服的是，这次不是她妈去找，是她自己去找她爸借了钱。我记得小时候，她和她妈提到那个狼心狗肺的爹，都咬牙切齿的。果然啊，真正能改变人的永远是现实生活。"

265

"真好。"纪忆由衷感叹。

隔天,她再次接到赵老师的电话,说服她去面试的事。

纪忆接电话的时候,正在报社的资料室找东西,等电话挂断,却像是短暂失忆,忘记自己要找的是什么了。她站在暗红色的书架旁,背对着窗口,想了会儿,还是决定问一问季成阳,这件事是否与他有关。

电话拨过去,她不知如何铺垫,真就直接问了出来。

季成阳也不是一个喜欢铺垫的人,给了她很肯定的答案:"我能做的不多,等你真的走入社会,能帮到你的地方会越来越少。这次只是希望你能在就业方面多一个选择。而且,西西,"季成阳很肯定地告诉她,"一切都是你应得的。公务员考试是你自己去考的,外交学院这种外交部嫡系高校,也是你自己考上的,所有的路你都已经走得很好。"

他在告诉她,她是值得骄傲的。

纪忆听懂了。

而且她也明白,两个工作相比较,哪个更有保障,更适合现在自己的状况。可是她仍旧固执地坚持自己从小到大的想法:"可是,我真的想做记者。"

他意外地安静着,过了很久,回答她:"选你想要的。"

对话就此告一段落。

谁都没先说再见。

她以为他会挂断,季成阳却忽然问:"在报社,还是在学校?"

"报社。"

"好,工作结束后,等我去接你。"

第二十一章 何用待从头

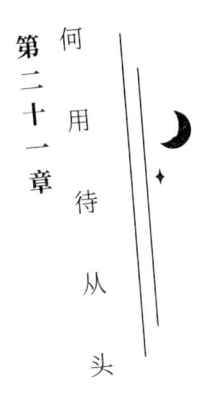

她本打算下午回学校，因为季成阳的这句话，就留在了报社，继续整理并不急着要的资料。一页页旧报纸，被她翻阅得哗哗作响，这些都是很难在网上查阅到的新闻，因为年代久远，照片和措辞都显得很有年代感。

不知怎么回事，看着这些，总能让她想起很小的时候，坐在客厅沙发上，翻阅爷爷的报纸。《参考消息》《北京晚报》，她印象最深的就是这两份报纸的名字。

现在仔细想想，她从没读过什么适龄的东西。

除了繁体版的《格林童话》。

那是遇到季成阳之前的童年。

遇到他之后，所有的一切都开始和他有关。

时间分秒滑过，快到五点的时候，有人打电话到资料室，让纪忆出去一趟，有访客来找。她很意外，没想到季成阳提前到了，于是匆匆在借阅登记上签字，抱着一沓报纸走出去。因为走得急，也没来得及回办公室放好报纸，就这么抱着，去了大厦二层。

这里是报社员工专门用来休息，或是招待外来访客的。

她走进去，就碰到好几个同事和各自的朋友，招呼着，走过玻璃门，脚步猛地顿住。

不只她是如此反应，基本进出的人，都会在看到身穿军装的人时，脚步停一停。纪忆不太敢过去，脑子里一片空白，愣愣地戳在门口。

直到，坐着的两个人看到她。

三叔微微点头，对她招手。

她这才走过去，将报纸放在玻璃桌上，坐在了三叔对面。

"西西，恭喜你，"三叔看着她，"最近刚听说你通过了国家公务员考试，进入外交部的面试。"从小到大，她和这个叔叔的交流不多，只是逢年过节时会见一两次。乍听这句恭喜，她不知如何回应，好像只能说："谢谢三叔。"

接下来的对话，主要围绕着这件事展开。

大意是，最近也是有二叔的好友提起，偶然看到面试名单，发现纪忆也在其中。当时听到这个消息，家里人都很惊讶，毕竟纪忆自从高中毕业后就很少回院儿里，各人所知的近况也不过是她在外国语大学读书。

细算起来，也是数年前知道的消息了。

纪忆父亲和这几个兄弟并不是一个母亲所生，大家自然不亲近。从纪忆爷爷那里来说，老人家也认为，帮着养孙女养到高中毕业已是仁至义尽，总不能读大学还要老辈人去供，所以这几年，也默认了她的疏远。

当然，听到她近况还算不错，也都表示很高兴。

所以就主动获知了她的一些近况，按照三叔的话就是，"顺路"经过她的实习单位，来看看她。"你是今年大学毕业？"三叔回忆。

"研究生毕业。"纪忆轻声纠正。

"哦，很不错。"三叔对这些地方大学并不熟悉，只是口头上这么赞颂了句，其实并不知道那是个什么学校，"我听说，你小学同学有好几个在清华和北大读研究生。你们这些孩子都很不错。"

她低头，喝着自己的矿泉水。

她小学同学大多念的是军校，不过她想，三叔对这些并不会感兴趣，也就没解释。

很枯燥的谈话，维持了半小时。

她忐忑等待着，接下来还有什么内容，是今日真正的话题。

三叔在准备离开前，终于："还有，我偶然听说这件事季家也对你有帮助。你从小到大麻烦了他们不少，如果有什么困难，还是尽量向家里人开口，外人终归是外人。"

纪忆似乎听懂了，却又存着侥幸心理。

甚至到现在，她还不知道自己和季成阳究竟算什么。曾经有过那么一段不被外人所知的隐秘的感情，被深埋在四年前，然后呢？他忽然归来，重新进入她的生活，她不舍得避开，就这么有些自我放任地和他见面，偶尔吃饭。

算不算和好，她都不知道……

就在她仍旧侥幸地想要给自己找借口，像是小时候回避二婶的善意提醒一样应对时，三叔却很直接地说出了最终要说的："有些事会造成很差的影响，在我们这种家庭绝不允许发生。你也是个很懂事的孩子，我认为，点到为止就够了。"

说完，三叔颇有深意地看了她一眼，起身离开。

她愣住，不及反应，失措地站起来。

就在门推开时，有个穿着一身黑衣、戴着黑色帽子的高大身影走进来。三人错身而过，三叔和季成阳却又都同时停下脚步，认出了彼此。他们本就只相差三四岁，是同辈人，也算得上是同龄人。

两家如此交好，年少时在一个大院儿里也曾有过不少交集。

甚至学生时代，坐过相同的校车，在篮球场上较量过，也在长辈的饭局里闲谈过。

此时突然重逢，又是在这个地方，在和纪忆经过一段暗示性的谈话后，三叔显然有些不快，但还是保持着基本礼貌，和季成阳寒暄了两句，有意提到了他的那场婚姻："怎么，不打算在国内补办一场婚礼？毕竟已经回来了，算是对各位长辈有个交代。"

季成阳说："私人事情，不必如此麻烦。况且，我已经开始办理离婚手续。"

三叔很快地看了站在不远处的纪忆一眼，勉强笑："好，我先走了，有时间见。"

说完，重重地拍了拍季成阳的肩膀。

季成阳像是什么都没有发生一样，和她离开报社，正是下班高峰时段，在地下停车场还先后遇到了开车离开的主编和何菲菲。主编是明显揣着明白当糊涂，嘻嘻哈哈地问季成阳怎么就这么把报社新好员工拐走了？

何菲菲倒是见鬼了一样，不停说着："季老师好，真是好久不见了，不知道最近老师忙不忙……"眼睛却滴溜溜转着，一个劲往纪忆身上跑。等纪忆坐上季成阳的车，很快就收到何菲菲的短信：这怎么回事儿？明天如实汇报啊！

纪忆心乱如麻，没有一点力气应付这种调侃式的追问。

刚才发生的事，仍旧那么清晰。

那种感觉，像是多年前站在爷爷家的客厅里，被很多双眼睛盯着，质问着，怀疑着。眼前的二环路已经拥堵不堪，她隔着车窗，看着窗外那车灯汇聚成的灯海，甚至都忘了问他要带自己去哪里，就坐着，左手无意识地拧着自己的右手指,用了很大力气。

手指关节都被她拧得发白,她却不自知。

只是茫然地,沉浸在自己的思绪里。

忽然,左手被强行拉开,她惊醒,视线从窗外的车海移向他。季成阳已经握住她的那只手,放在两人之间的自动挡上。

"今晚我带你见一个人,你应该会很高兴。"季成阳没有问她任何问题,反倒将话题转到轻松的地方,手却没有松开的意思。

他就这么左手扶着方向盘,右手握着她的手。

"我认识的吗?"她的所有感知,像是都汇聚到了被他握住的手上,不敢动,声音也变得轻悄悄的。"是我们两个都认识的人,"他回答,"不过我怕你可能会认不出他。"

她哦了声,见他不再说什么,闭上眼睛,靠在副驾驶座上装着镇定。

手心慢慢地发热发麻,有种从未体会过的异样情绪,让她无所适从。

等到了餐厅,她面对桌边穿着白色厨师服的男人时,用了足足一分钟,才从对方的五官里看到了熟悉的地方。

有什么从记忆深处涌出来,可暂时想不到,究竟在哪里见过。

直到对方换了一个地方的方言,说,我是阿亮。

她这才恍然。

这是当初她和季成阳去看姨婆的时候,那个说自己想要走出贫穷的家乡,多赚钱,改变自己命运的男孩。她还记得清楚,季成阳曾和他说过什么话,而那些话也同样给她带来了很大的影响。此时的纪忆和阿亮比起来,显得小了很多,五官仍旧保持着少时的模样,所以对方根本没有犹豫,一眼就认出了她。

"阿婆去世之前,还提到过你,"阿亮说,"说到你怕黑,还在笑,说应该让你多在她身边住几天,这坏毛病就改掉了。"

纪忆不好意思地笑笑。

那时候真是怕黑,在院子里上了厕所出来,看不到季成阳就险些被吓哭。

"一会儿我亲手给你们做点心,虾饺,萝卜糕……还有什么?唉,我这一激动,连自己会做什么都忘了。""没关系,"纪忆指了指单子,"都点了。"

季成阳似乎也是初次见他。

从两人的交谈中,纪忆听出来,阿亮去年到北京后就一直通过姨婆留下来的联系方式,想要找到季成阳。直到这次他回国,终于有机会见了这一面。阿亮趁空坐下来,对着他们说着自己初中毕业后,就出来打工,一路从宁夏,到广州，最后到北京，学历低就一直专心学做点心，竟也做出了自己的小事业，也由此带出来了十几个堂兄弟。

阿亮说着，激动着，脸有些发红，眼睛也越来越亮。

到后来想起自己还在上班时间，忙拿起餐单去张罗给他们添菜。

纪忆看着他的背影，忍不住笑："他肯定很高兴。"她说着，抬头，发觉季成阳的目光在自己身上。莫名地，她就想起两人一路在车上的情景，脸不自然地红起来。

她没料到，在这样的一天，两人之间比元宵节还要融洽许多。

晚上，纪忆躺在宿舍的床上，难以入睡。

室友们也在各自床上躺着，闲聊着，从工作说到了感情，又毫无限制地蔓延开来。忽然有人问纪忆："纪忆，那天来找你的女孩家里条件肯定很好吧？我听她说毕业的学校，再看车和包，都绝对让我辈仰望啊。"纪忆嗯了声："她家里挺好的。"

室友忽然翻了个身："那让她给你介绍男朋友啊，她身边肯定好的一抓一把。"

纪忆趴在床上，脸贴着枕头，笑了声。

离季成阳送她回来，已经过去了两个多小时。

她忍不住猜想，他在离开后，会做什么，会去哪里，会不会也在想自己。

对于职业的选择，纪忆并没有丝毫的动摇。那是她年少时在白色写字台上，在深夜台灯下做着一份有着浓重油墨味道的试卷时，就已经做的决定。

季成阳在几天后去了美国，他告诉纪忆，是去参加他一个朋友的葬礼。

听到他的理由，莫名有种很难过的情绪涌现出来，让她想起那年高中班长走时的情景。

三月中旬，何菲菲换了住处。

她询问纪忆是否想要租房子："我那个是两居室，我租了一间，另外一间还空着，这几天估计房东就要找人了。不如你搬过来，和我合租？"

纪忆刚开始想租房的事，没想到就来了这个机会："我六月底离校，想五月再找房子。"

"找房子哪有那么容易，"何菲菲继续游说，"女孩子更麻烦。我就和不认识的人合租吃过亏，就只想和认识的人合住，正好那房子一间大一间小，我住大的，付三分之二房租，肯定比你以后自己找便宜。"

纪忆想，何菲菲说得没错。

宿舍几个同学有毕业去上海、回广州的，也有直接出国的，余下的两个就是北京人，没有租房子的需求。所以她一直也在找五月的合租室友，现在忽然出现这么好的机会，房租又这么实惠，她没怎么犹豫就答应了。

搬家这天，天气不错。

纪忆的行李不多，一个行李箱，一个行李袋，这就是她所有的财产，何菲菲的一辆小车就搞定了。租住的地方在和平里附近，僻静的住宅楼群，都是旧式楼房，没有什么所谓的小区和保安。她把行李搬到房间里，何菲菲将新配的钥匙放在厨房餐桌上，交代她："晚上我还有事，不回来了。这是你的钥匙，随便你折腾去吧。"

于是，快接近晚饭的时间，她就如此被室友抛弃了。

这是个不到五十平方米的小居室，因为空间有限，厨房是开放式的，没有客厅，只在厨房旁放了四人的玻璃饭桌作饭厅。她的房间就临着厨房，很小，只容得下最常规的配备家具，床、书桌、椅子，还有个瘦窄的衣柜。

何菲菲住的那间是这里的两倍，连着阳台，宽敞许多。

之前，她来过一次，已经将房间收拾得差不多了，唯一加了的家具，就是在床头上方装了个几层的书架，反正她个子小，也不会觉得碍事。

等将今天搬来的衣物整理好，算是彻底安了家。

她站在房门口，对着里边发了会儿呆。

虽然只有8平方米左右的房间，却是她真正付了房租，可以自己做主的空间，终于可以对别人说出"我家"这两个字，而不是爷爷家、妈妈家，或是学校。

她凭着来时的印象，七拐八绕走出住宅楼群，解决了晚饭后，又找了找路边有什么公交车站，再去超市买了些生活用品。走回来的时候，倒是有些迷了路，三十几幢外形相同的楼，在深夜里猛看过去完全分不出差别。

晚上九点多，又是冬天，小区里已经没什么人走动，也没人可问。

她只能停住脚步，就着路灯的光仰起头，去仔细看楼牌号。路灯显然已因用得久，光线差了很多，看得有些费力。

还没等看清楚，手臂被人撞了下，紧接着就是一声倒地的轰然响声。

纪忆手里的袋子被撞，她反射性回头，正看到身边跌跌撞撞爬起来的醉汉，在离自己不远处扶起一辆破旧的自行车。漆黑深夜，碰到这种人，总不是好事。

她捡起袋子，转身就走，以为能立刻离开这种危险人物，却没想到醉汉竟然扶着自行车，嘴里骂骂咧咧、嘟嘟囔囔地跟了上来。

这里没什么人，离马路也有段距离，根本找不到有人的环境。

纪忆心里发麻，快步走进离自己最近的楼门。

木质楼门，敞开着，没有任何防盗措施。

身后明显有车扔到地上的碰撞声，还有男人的脚步声，她心乱如麻，很快跑到二楼。

身后的人依旧锲而不舍，紧随着。

似乎是怕她家里有人，不敢跟得太紧，却又舍不得放弃。

纪忆背后发冷，紧紧攥着自己手里几个大塑料袋，胆战心惊地扫了一眼身边的三户，从右手边传出来的人声更大一些。

她马上就伸手去拍门："开门，我回来了！"

喝醉的男人明显停在了楼门口，退后几步。

"快开门啊，累死了，买了好多东西，拿不动了！"

纪忆继续拍着门，起初是壮着胆，最后有些急了，怕自己听错了，其实里边没有人。

直到防盗门被从内拉开来，屋内的光照亮整个楼道，也照亮了她因紧张而苍白的脸。

楼门口很快有自行车响动的杂音，她听到有人骑车离去，堵在胸口的一口气这才慢慢松下来，可还是后怕得不行。

打开门的女人很奇怪，和身后的男人一起打量他："你找谁？"

她神色歉疚，看着开门的女人，还有她身后的男人："对不起……请问这里是32号楼吗？"她声音有些哑，心剧烈地跳动着。门内的女人笑了："不是啊，你找错了，吓我一跳，还以为是什么骗子，在猫眼看了半天。这是28号楼，32号在这个楼东面，和我们这儿就隔着一幢楼。"女人有些奇怪，但还是好心告诉她位置。

"谢谢，"纪忆呼出口气，"我今天刚搬来这小区……天太黑就找错了。"

"刚搬过来啊？找不到很正常。我刚搬过来的时候，也熟悉了两天呢，"女人回头看了眼自己老公，"要不你去送一下吧，反正很近。"

男人痛快答应了，拿起外衣，直接走出来。

她没想到碰上这么好心的人，被人送到自己家楼下，连连道谢，快速跑上了楼。

- 273 -

确定锁好大门后,纪忆草草吃饭、洗澡、吹干头发,收拾从超市买的东西。怎么算,都少了一袋子,她一边心疼花出去的钱,一边又安慰自己:"没关系,破财消灾,破财消灾。"这么念叨着嘀咕着,好像就听到了敲门声。

声音不大,却吓得她不轻。她凑到门前,透过猫眼去看楼道,因为外边没有灯光,什么都看不到。

忽然,门又被敲了两声。

她正趴在门前,被敲门声震得立刻松开手,有些怕,隔着门问了句:"请问你是谁?"

"西西,是我,"好像怕她听不出来,门外的人很快就补了句,"季成阳。"

他回来了?

纪忆愣住。

季成阳曾和她说过归程日期,她还记在了手里,并不是今天。

他提前回来了。

她的心有余悸变为了手足无措。虽然在搬家之前,她告诉过他新家的地址,也猜想他会来看自己,但没想到就在这个有些特殊的深夜,他就这么毫无预兆地出现了。

"你回来了?"她打开门,看到他就站在门外,站在黑暗里。

"刚刚到。"季成阳走进来。

她胡乱应对了两句,始终在回想,刚才吹头发的时候,好像忘记用梳子梳通了,应该挺乱的,思绪就这么超然在头发是否乱得影响形象的问题上,身体却已经先行动起来,拿出干净的玻璃杯:"要喝水吗?有咖啡,不过没有咖啡机,是速溶的,还有橙汁和酸奶。"

如此忙乱。

甚至忘记请他进自己的房间。

季成阳就站在厨房的那个玻璃餐桌旁,漆黑的眼睛里只有她。这样狭小的开放式厨房间,站着如此高瘦的他,显得拥挤极了。

而他的沉默寡言,让人更加局促。

纪忆察觉出异样,轻声问他:"坐了那么久的飞机?是不是很累?"

他的声音有些喑哑:"有一些。"

纪忆忙把他带进自己的房间,想要拉出椅子让他坐,马上又自己否决了,坐在书桌前更不舒服。她指了指床,低声说:"坐床上吧。"

不知道为什么,说完这句话,他更安静了,整个人都静止在那里,仿佛像是电影里被定格的画面。她心虚地拿着空的玻璃杯,又喃喃了句:"太累就睡一会儿吧,我室友今天不在,我可以睡她房间。"

也不知道季成阳听没听到这句话,总之,她说完就逃离了那个房间。

在厨房整理完,又去阳台上将下午晾晒的被子拿下来,抱着回到房间,季成阳竟真的和衣而眠,那么高的一个人,躺在她的加大单人床上,几乎就占据了整张床。她的眼睛从裹成团的棉被后露出来,看着他,悄悄走过去,将整团棉被摊开来,盖在他身上。

动作很轻,怕吵醒他。

在棉被覆上的一刻,他握住了她的手腕。

季成阳将她拉向自己,紧拥在怀。

她的拖鞋掉在床边,他靠近她的身体,很慢,面前是纪忆近在咫尺的眉,紧闭的眼,微微颤抖的睫毛。眼前的一切都在告诉他,纪忆也在挣扎抵抗着内心的情绪。

可她的身体忠诚地顺从着。

他去摸她的脸,已经全湿了,纪忆整个人都意识涣散,就是无声哭着,哭得胃和心都拧成了一团。他去抹她的眼泪,用沾满泪水的手指去摸她的头发,她的侧脸弧度,手指从耳骨到耳垂,滑下来,停下来:"不哭了,西西,不哭了……"

他用嘴唇去亲吻她的脸,鼻梁,还有眼睛。

她视线晃动着,模糊着,茫然地看着他。

季成阳从没有像现在这样觉得自己是个彻头彻尾的浑蛋,是什么能让所有的爱都被打回原形,不被相信,让她坚强的外表下如此不堪一击,只是一个吻就让她像是回到了十几岁的时候,不停哭着,因为错过爸妈回来探望的时间而崩溃地哭着……

还说什么情有可原,还说什么对和错。

他现在心口一阵阵发紧,看着她根本止不住的眼泪,真想要彻底回到过去,在情难自已和她开始爱情前就狠狠揍死自己,二十几岁的季成阳,不管有什么原因,都让自己最深爱和唯一深爱的小姑娘,深受伤害。

忽然,他脸上一凉,感觉到她的手,慢慢摸上自己的脸。

那么仔细,像是在触摸一碰就碎的回忆。

他的心脏被重重击中,甚至不敢动一下,任由她摸着自己的五官。

直到纪忆慢慢靠近,用自己的嘴唇去触碰到他的,试着,让他吻自己。她在用行动告诉他,她在重新相信他,虽然会怕再次失去,却还是想要把所有他想要的都给他。

漫长的安静里，两个人都像是在用身体接触来感受彼此。

"西西，谢谢你。"季成阳将手臂撑在她身体一侧，亲吻她的眼睛，看着在自己的影子下的姑娘，看着她因短暂缺氧而变得异常红晕的脸颊。

他的声音很低，重压在心口："谢谢你，原谅我。"

她去摸他的脸，眼泪就在眼眶里，模糊着视线："就这一次，以后别再这样了……"再有一次，她估计撑不下去了。

她的鼻音浓重，说不出的委屈。

四年多的委屈，很多，多到她能哭上几天几夜。

季成阳沉默着，温柔地吻了吻她的眼睛："不会，除非我已经死了。"

他从不会说这么直白的话，她被吓到了，抓住他的手："快说，呸呸呸，童言无忌。"

在纪忆严肃紧张的眼神里，他压低声音，顺着她重复了那句话。

"快拍下木头，就拍书架。"她指了指两人头顶上方的书架。

季成阳很听话，拍了拍书架下层。

……

那晚，两个人就躺在床上，轻声聊着天，纪忆像是忽然回到了过去，不厌其烦地给他讲着琐碎的事。她会选择性跳过难过的事情，比如班长的去世，还有和家人的不愉快等，讲述的都是一些有趣的、贯穿她四年来生活的事情。

"大四的时候，大家都在找工作，我要攒钱读研究生，就去旅行社找兼职，"纪忆回忆着，告诉他，"那时候人家不肯要我，说我没经验，我就说，我可是免试读的研究生，英文和法语都很棒。"

她从小到大，从没这么自夸过，甚至被人偶尔夸奖时，也多半是羞涩地默认。

现在回想起来，果然生活是最能改变人的。

纪忆说完，特意看了看他，轻声重复："真的是免试。"

他有些打趣地揭穿她："是想要我表扬你吗？"

"……没有，"她别扭地移开视线，额头压下来，抵在他胸前，闷声说，"比你差远了。"

季成阳是真的累了。

他的身体远不如从前，甚至远不如医院大厅里候诊的病人。

可他舍不得睡。

他看得出纪忆很开心。

究竟是多久之前了，看到她羞涩的幸福的样子，满含期盼地笑着，靠着自己。微微发烫的小身体，就挨在自己身边，缩在自己身前，毫不掩饰地依恋着自己……

"你没有比我差，"他低声，缓慢地说着，"我的西西，从小到大都是最优秀的。"

在这么漫长的不同寻常的成长岁月里，仍旧能保持最初的良善，能在一波又一波的逆境里，走到现在，仍旧能毫不掩饰内心感情，义无反顾，愿意相信。

他何德何能，得她如此。

后来他还是先睡着了，纪忆悄悄下床，将灯和房门关上，又轻手轻脚地爬上床，钻到被子里，慢慢贴到他的胸前，找了个舒服的姿势，也睡着了。

深夜，季成阳醒过来。

长期失眠，让他得了梦魇的恶症。

在那段频繁行走各国战区的日子里，认识很多同行，有看似将自己置身事外的记者，也有重度抑郁症患者。最初的他，认为这些心理问题对自己都构不成威胁，甚至从这次获救以后，折磨他的也是身体上的创伤和危险，并非心理问题。

但事实证明，他高估自己了。

后来他发现，亲眼见证了、经历了屠杀和虐杀，甚至亲眼看见好朋友死在自己身边，这种惨象是不可能被忽略的。噩梦从被救开始，延续至今，到现在，他只能选择与这些记忆共存。有时午夜恍惚醒来，周围不见光，就还会看见那些事情。

怀里的纪忆不自然地呼吸着，越来越剧烈，甚至还发出细微的压抑的声音。

季成阳猜想她在做噩梦，将她拍醒，果然小姑娘醒过来的时候，仍旧不受控制地低声抽泣着，喘了很久的气，才慢慢地平复下来。"我做噩梦了。"她轻轻的、仍有余悸的声音，从他胸前的地方传过来。

"梦见什么了？"他低声问。

她摇摇头，不太愿意说。

只是将手慢慢伸到他腰后，紧紧搂住他。

第二十二章 时间的长度

翌日，纪忆醒来，时针指向下午三点三十六分。

她从棉被里爬出来，轻手轻脚地下床，想要趁他还没醒快去洗澡，身边和衣而睡的季成阳似乎还没有醒来的征兆。

在她少年时代的印象里，从没见过表现出这种疲倦和虚弱的他……

她洗了个澡，头发湿湿地走出洗手间，在思考是不是要现在把他叫醒吃点东西，还是让他再多睡会儿，索性晚饭一起解决了？

她如此想着，就听见身后有声响。

同一时间，大门那里竟然也有声音，纪忆眼瞅着何菲菲掂着钥匙走进来："出事了——"声音戛然而止，说话的人被从房间里走出来的季成阳吓住了。

何菲菲脸上成功出现了惊悚的表情，惊悚之后是发傻、猜想、恍然、尴尬……"季老师啊，真巧……"何菲菲干笑，"那什么，我昨晚都没睡，特别困，你们继续，我先去睡了。"何菲菲丢下一句话，落荒而逃，掩上自己的房门。

季成阳倒是很坦然。

他昨晚就穿着衬衫和长裤睡在她身边，睡了整夜，衬衫已经有了些褶皱。不过，他人高，身材也好，撑得起衣服，也不会显得邋遢，反而有些慵懒。头发还是那么黑，可是比以前软了很多，刚睡醒还有些乱……

他似乎想对她说什么，终究没有选择在这个时间，这个早晨说出来。

纪忆忽然被同事兼室友撞到这种事，有种尴尬混杂着甜蜜的感觉。她用手轻轻给他扯平了一些衬衫的褶子，喃喃着说："昨天应该脱掉衣服睡的……"余下的话都没说出来，因为连她自己都察觉出了这话不妥在哪里。

"是啊，"他低声笑了一下，"应该脱衣服睡的。"

纪忆知道他是故意的，轻轻咬住下唇，僵硬地转开话题："睡这么久，还累不累？"

"累，"他继续笑，"床太小了，长度和宽度都不太适合我睡。估计房东从没考虑把房子租给男人，尺寸定得这么小。房间的面积也太小，"他伸手，摸了摸门框上方，"感觉在你的屋子里走路，总能撞上什么。"

你那么高，当然会觉得小……

纪忆倒是很满意自己的新家，环视四周："挺好的，我也不需要多大的空间，我东西很少，有个小角落就能放了。"

东西很少，有个小角落就能放了。

相似的话，她在两年多前曾想说，可没说出口。

和所有大四的学生一样，她在没得到准确消息能进入外交学院之前，也在努力找工作。面试一个接着一个，从学校里的各大宣讲会到网上招聘，还有面对大学生的大型招聘会，她都没有放过。那天中午，她和同学从国展的大学生招聘会走出来，接到爸爸的电话。

她和爸爸一直是最疏远的，一年也说不了几句话。忽然看到来电号码，紧张得心怦怦直跳，不知道发生了什么要紧的事。很期待电话接起来，能听到一句最近工作找得怎么样，可又很怕接听……

她记得自己当时看着手机十几秒，这才鼓起勇气接起来。

"最近在找工作？"爸爸是很公事公办的语气。

"嗯，"她想像身边的同学一样，拿起电话给父母就能抱怨，今年找工作的人多，这种大型招聘会特别不靠谱，那些大企业的招聘要七八轮，简直折磨死人，可挣扎了会儿，还是简单地说："我觉得快找到了……"

"哦，那就好。我这里的房子马上要卖了，这几天把你的行李搬一搬。钥匙有吗？"

她愣了愣，眼圈马上就红了。

那是她从季成阳家搬出来的一些东西，因为宿舍空间有限，暂时寄放在了父母家。忽然被告知需要搬走，竟有种从此再没有家的感觉，茫然地，不知道未来的路要怎么走。

"西西？"

她恍惚着应了声，说："没有，搬家以后就没有钥匙了……我下午就过去拿，您把钥匙给邻居，或者把我的行李放在邻居家，我去拿……"

纪忆在电话挂断后，仍看着手机，大拇指不停抠着手机上的粉色贴纸。很快就闷着声和同学说，要去买瓶水喝，还没等同学回答，就跑到马路对面的书报亭。等把眼泪憋回去了，才随便拿了瓶矿泉水，将钱递给忙碌着整理报纸的老阿姨。

……

就在那年的春末夏初，她在网站上查到了录取结果。

当时的感觉是松了口气，总算有了下一个落脚的地方。

刚念研究生的时候，宿舍的人知道她是北京人，却从不见她周末回家，总有些奇怪，会好心询问几句。纪忆都草草带过，后来大家习惯了，也就不再追问。

纪忆和季成阳说着话，打开冰箱门，将昨天买的三元牛奶的大纸盒拿出来，想要给他喝一些垫垫肚子。未料，她再回身，季成阳已经从口袋里摸出了一把钥匙。

银色的防盗门钥匙，是他家的，钥匙的尾巴上还有个很新的钥匙扣，是一个手工玩偶，点缀着一颗颗水晶，搞怪又可爱。

纪忆的眼睫毛慢慢忽闪着，安静地看着那把钥匙。

他说："我猜，你会喜欢这种钥匙扣。"

她没吭声。

"把手给我。"他的声音，如此告诉她。

她慢半拍地伸出了手，手心向上，看着钥匙落在自己的掌心。

"这里有没有新的牙刷？"他低头，用下巴颏去碰了碰她的额头，"不洗漱，很不舒服。"

"啊，有。"

纪忆回到房间去翻昨天买回来的备用品，然后就听到他继续说："我今晚回家收拾些东西，可能要在医院住一段时间。"他的措辞听起来稀疏平常。

"住院？"她慌了，手里握着没开封的牙刷，转过身。

"西西。"他低声叫她的名字，想要用这种方式来安抚她。

纪忆脑袋嗡嗡的，冒出了各种不好的猜想，却不敢问，也不知道先问哪一句："你怎么了，为什么要住院……"

"西西。"他低声叫她的名字，试图让她冷静一些。

"很严重吗？"纪忆紧盯着他。

他短暂沉默，思考着要说到什么程度："我去年做过手术，最近复查的情况不太好，需要入院观察一段时间，"最后还不忘加上一句，"人吃五谷杂粮，生病很正常。"

季成阳低声又劝了她几句，告诉她，给自己做手术的主治医生也在北京，那个医生对自己的身体状况最为了解，不会出什么大问题。

纪忆心乱如麻，但知道自己不能这么不懂事，让一个病人反过来安慰自己。她努力让自己放轻松，告诉季成阳，要先回校和导师见一面，然后就去医院陪他。

大概七点多，纪忆从学校到了医院，在门口的餐厅打包了两个人的晚饭。

她按照他所说的楼层找到病房，刚想敲门，就隔着门上的竖长形的小玻璃，看到里边还有一个客人。很熟悉的一个背影，没等她想到是谁，那人就已经站起了身。

她愣住，是暖暖的父亲。

她看着暖暖父亲在季成阳的肩上，轻轻拍了拍，看起来是要告别离开的样子。果然，就在她退后一步，不知是该迎上去打招呼，还是该躲开的时候，季成阳已经打开了病房的门。

被一道门隔开的两个空间，就如此融合了。

她愣在那里。

暖暖的父亲也愣住，明显很意外："这不是……西西吗？"

她有些局促："季叔叔。"

小小的个子，穿着蓝色的牛仔裤、白色的薄毛衣，站在长辈面前乖巧地抱着自己的外衣。在暖暖父亲眼里，她还是当初那个和女儿很要好的小女孩。

"最近几年一直在忙学业？都没来看看暖暖？"暖暖父亲随口这么说完，略微顿了顿，记起纪忆的特殊情况，转而换了话题，去看季成阳，"怎么这么巧，你们就碰上了？"

季成阳还没来得及说什么。

纪忆已经脱口而出："碰巧遇上的。"

她说完，察觉到自己还拎着盒饭，越发不自然，将饭盒往身后藏了藏。

季成阳低头，看了眼她。

"噢，是这样。"暖暖的父亲也没多问，倒是以兄长的口吻，最后劝了劝季成阳："你已经离婚的事先不要在家里说，老人家身体不好，年纪也大了，就喜欢听喜讯，不太能接受这种消息。成阳，你应该知道，你在我们家的位置很特殊，父亲他最希望你能过得好。"

季成阳一言不发，将暖暖的父亲送到电梯口。纪忆就站在病房门口等他回来，刚才听到那段话的一瞬，她有些发傻，但很快就明白了这句话背后的原因。

她倒背着手，两手无意识地互相攥住彼此。

然后就在空无一人的走廊里，来回慢慢踱步，等着季成阳。

远处服务台的护士在低声闲聊着，很远，听不到她们在说什么。过了会儿，季成阳就从走廊转角处走回来，她竟然才注意到，他穿着病号服，黑色的外衣披在身上，初春的天气里，显得那么单薄。

刚才上楼的时候，她还特意留意，想知道这里是什么病区的病房，但他住的地方比较特殊，看不出什么究竟。

"为什么不进去等我？"她恍惚着，他就走到了面前。

她也不知道为什么，就是习惯了，在一个固定的地方等他。

季成阳推开门，他有随手关灯的习惯，哪怕是离开很短的时间："怕黑，没找到开关？"他随口问着，摸索开关的位置。

她嘟囔着："没有，都告诉过你了……我没那么怕黑，又不是小时候。"

啪嗒一声，病房里亮了起来。

季成阳的眼角微微扬起："你在我眼里，一直都很小。"

"都二十几岁了。"

"噢？是吗，"他轻拧了下她的鼻尖，"我已经三十一了。"

桌上扔着书和打开的电脑，他随手收拾齐整，她就跟在旁边，从塑料袋里拿出饭菜。季成阳接过，一一在桌上摆好，而她就这么束手在一旁站着看他劳动。

像是以前在他家暂住的情景，他也从不让她插手家务，每次都把她赶走："事情又不多，不用两个人做。"虽然他做饭不算十分可口美味，衣服全仰仗洗衣机的帮忙，房间也收拾得马马虎虎，仅是对待书房和藏书室才会认真整理……但这些都是他亲力亲为，不会交代给她来做。

他关心她的，是读书、成绩、身心健康，从某种程度上来说，过去的季成阳更像是她的监护人，比父母和亲人更加在乎她的成长，完全将她娇生惯养。

她去洗干净手，从金属架子上拿下毛巾，在温热的水流里揉搓着，拧干，想要去给他也擦擦手。关上水龙头时，她发觉季成阳已经靠在门边，在看着自己。

是那种不太想说话，就想安静看她一会儿的神情。

纪忆被看得有些窘迫，不知道他在想什么，随便找了个话题，想要填补这突如其来的安静："我回学校，听老师们说了一些事。"

"2008年是奥运年。"他很平静地说着自己了解过的情况，有一些回忆，悄然出现。

他想起9·11那天，自己在费城接到她的电话，那时候小姑娘紧张得不行，叮嘱他千万不要乱跑。他答应了，但结束通话后，就离开费城，独自开车前往出事的纽约。

这就是男人的口是心非。

"希望别再出事了，"纪忆攥住他的手指，将他的手臂拉近，去给他擦手，"天下太平多好啊。"季成阳衬衫的袖口没有系好，隐约露出了一道暗红色的伤疤。

纪忆忽地一慌，想要去看清楚。

他捉住她的手，没让她再撩自己的衣袖。

"是在伊拉克受的伤吗？"她更慌了，仰起头。

季成阳垂眼看着她的脸和紧攥住毛巾的手，轻描淡写地解释："有些弹片擦伤，还有在战壕躲避炮弹时，被金属刮伤的。"他并没有说谎，有些外伤确实来自初期的采访。

"让我看看，"她怔怔地盯着他的手腕，看着袖口深处，"迟早……要看到的。"

这种事的确避不开。

"看可以，别被吓到，"季成阳的声音有些低，声音轻松且平静，"也不许哭。"

她胡乱答应，将毛巾随手放在水池边。

季成阳挽起了衬衫的袖口，拉到了手肘以上，从手腕开始，暗红色的伤疤横跨了整个手臂内侧，这样的位置太触目惊心，轻易勾勒出一个鲜血淋漓的画面。余下的都是不规则的伤疤，盘踞在手臂外侧、手肘。

这还仅是右臂。

纪忆想压住鼻端的酸涩，却得到相反效果，眼泪一涌而出。她不敢抬头，就这么握着他的手指，肩膀微微抖着，无声哭了出来。

她忍不住，完全控制不住。

季成阳能看到的只是她柔软的头发，还有其中露出的小小的耳朵。耳垂很小，单薄，和他一样，照老一辈人的说法，耳垂越是轻薄小巧的人越是没有福气，命运多舛。可他并没有流过多少眼泪，好像都双倍加注在了她的身上。

季成阳将自己的衬衫袖口拉下来，伸手去扶住她的脸，手心马上就湿了。

真哭了。

这恐怕就是……女人的口是心非。

"男人又不怕受伤，"他拨开她的头发，吻住她的小耳尖，"就是难看了些。"

根本就不是难看的问题……

她想追问，耳朵忽然有些热得发烫。

小小的耳廓被他含住，轻轻在牙齿间折磨着。

想躲，没躲开，他的唇就沿着她的耳垂亲吻到脖子一侧，还有毛衣领口露出的小小锁骨上。她胸口剧烈起伏着，仍旧在低声哭着。季成阳的动作起初有些激烈，后来慢慢就停下来，看着她红红的眼睛，忽然笑出来："小泪包。"

沙哑的，无奈的，也是温柔的。

纪忆被他的温存迷惑，和他对视。

"遇到什么事，都要先哭一鼻子……"季成阳再次靠近，想要吻她。

纪忆躲开，鼻音浓重地追问："还有、还有多少伤……"

何止泪包，只要一哭就哽咽，喘不过气，说话断断续续的。

这些倒是从小到大都没变。

"还有多少？"季成阳陷入短暂的沉默，他没想过要欺骗或是隐瞒，只是想挑个合适的时机讲出来，是什么让她忽然想要如此探究事情的真相？因为刚才暖暖父亲说的那段话刺激了她？纪忆看着他的眼睛，看不到漆黑眼眸后的任何情绪波动，更慌了："你一定要告诉我实话，不能骗我……"

"我切除过部分肝脏，大腿重复骨折过三次，免疫力比一般人低，也不能多走动，"他将无可避免的身体所遭遇的创伤，尽量用最简短的表述方式告诉她，"所以别说战场，连普通国内采访都很难完成。"

"还有……"他略停顿几秒，说出了让他始终犹豫不决的原因，"根据医生的诊断，我以后有孩子的概率非常低，几乎是不可能。"

她的心彻底沉下来，已经哭肿的眼睛，很快又红了："为什么这么晚告诉我……"

"这次去美国，又做了一次彻底检查，这是最后的结论……我知道这对你很不公平。"

她躲开他的目光："我说的是你受伤，不是……那个。"

他沉默良久，说："你还不够成熟，不知道孩子对一个家庭的重要性。"

"我是要和你在一起，又不是为了要……"她抽泣着，紧紧咬住嘴唇，厚着脸皮去争辩，"要生孩子，才和你一起。"

从他回国到现在，自己究竟都在想什么，她恨极了，恨极自己的犹豫。

真是越想越哭，越哭越想。

季成阳将她搂在怀里，无论是冷声制止，还是温声安抚都毫无作用。

在他年轻的时候，身边就有个小姑娘，总喜欢哭。开始他觉得小姑娘真娇气，后来知道了很多事，就理解她需要有个发泄的出口，哭已经是对自己和别人最没有伤害的方式了。

他最不想看她为自己哭。

可事与愿违，她的很多眼泪都是为了自己流的。

最后还是幸亏好友来访，打断了让季成阳都束手无策的场面。那位曾在国外为他切除肝脏的医生推开门，看到这一幕有些愣怔，脚步停住，尴尬地站在门口。

季成阳听见门的声响，回头。

主治医生用口型问他：纪忆？

他没回答，算是默认了。

医生的眸子里有着笑，很想要看看这个季成阳挚爱的姑娘究竟会是什么样子，就在季成阳用眼神示意他离开的一刻，很不识相地重重咳嗽了声。

凭空出现的陌生声音，将她惊醒。

纪忆从他怀里逃开，抹了抹眼泪，茫然看门口站着的陌生男人。

呃，还是个小女孩嘛。

这完全出乎医生的意料，他以为季成阳的女友肯定也是和他惺惺相惜，比肩而立的女性。"抱歉，打扰，"医生欲露齿笑，低声说，"嗨，小美女，我是Yang的朋友，也是他的医生，他的肝就是我切的。"

"你好，"她轻声说，"谢谢你。"

哭得太久，嗓子有些发不出声音。

"谢我什么？谢我切掉他的肝脏吗？"

纪忆心里沉甸甸的，没回应这个玩笑："你们有事情要谈吗？"她轻声问季成阳。

"现在是休息时间，不需要谈什么事情。"季成阳如此告诉她，看了医生一眼。

后者识相地嘻哈着："没事，没什么事，我就是想找他聊聊，你们继续、继续。"

这医生本就是为了季成阳回国，短期住在北京，顺便做做学术交流。今晚拿到所有的报告，想和季成阳吃个饭，顺便聊聊病情，没想到看到了传说中的季成阳的昔日恋人。

想来，女孩子这么小的年纪，能和季成阳一起那么多年，应该有不少故事。

医生在脑子里设想了一个画面，按照他对自己这位好友兼患者的了解，这个故事应该发生在至少六年前，伊拉克战争开始之前……他脑子里继续勾勒这个美妙的爱情故事，嘻哈了两句，告辞离去。

被外人这么一打扰，倒是有了出乎意料的效果。

纪忆眼泪都被压了回去。

"我和家里人说，我回国前已经办了离婚，他们还不能接受这件事，"季成阳告诉她，"再给我些时间，问题都会解决。"

她点点头："我知道。"

刚才暖暖的父亲说的话，她听得很清楚。

纪忆离开后，季成阳和医生打了个长时间的电话，睡得很晚。

凌晨三点十四分，他醒过来，忽然有种非常强烈的欲望，他很想要抽烟，用另外的一种方式去打散脑海里那些灰白电影般的记忆回放。

那天在纪忆家里睡着的夜晚也是如此，睡不着了，不敢惊醒她，就躺着去看她，安静地看了整个晚上，直到天开始有亮起来的征兆，才闭上了眼睛。

严重的时候，药物助眠也很难。

现在好了很多，可为什么今晚会这么严重？

季成阳离开房间，经过值班的护士台。

那里有个小护士正在强打着精神，敲打键盘聊天，看到他走过去，忙站起身喊住他："季先生，您怎么出来了？"这位是特护病人，医院从上到下都打过招呼，可不能疏忽。季成阳告诉她，自己想出去抽烟。

他说话的时候，没有什么额外的表情，让人感觉距离很遥远。

护士也因此没太拦着他，千叮咛万嘱咐一定不要离医院太远，最好保持在五百米之内，这样要出了什么事情，也方便被人紧急送回来。季成阳也没有欲望走远，答应下来。

他离开住院大楼，随便在医院门口的便利店买了一包烟，站在老旧垃圾桶前，撕开塑料薄膜和封口，扔进垃圾桶，然后就这么敲了敲烟盒的尾端，拿出根白色的香烟。

面前是灯火通明的急诊大楼，有进进出出的陌生病人。

不停有车停下，也不停有车离开。

他站在夜幕里，看着这些车和人，努力去想很多事，和她有关的事。

他想起自己曾在香港的某个酒店里，在还没和她真正开始时，想过要顾虑她的健康和感受，放弃多年养成的抽烟习惯……这么想着，烟就被慢慢放回了盒子里。

那些与生命共存的灰色记忆无法忘记。
但他必须强行将深陷在无望情绪里的自己拉出来，与黑暗剥离。
他想要，再活一次。

季成阳住院后没几天，纪忆的实习期正式结束，根据之前填写的工作意向和内部考核，她正式进入了国际新闻编辑部的综合组，和正式员工一样开始排班工作。

上午班从 8:00 到 13:30，下午班从 13:30 到 19:30 结束，夜班是 19:30 到 24:00，没有双休日，这比以前忙得多。因为国际部的特殊性，夜班工作更多。

这样，能见季成阳的时间就被立刻缩减了。

这天夜里，她夜班的最后十分钟，还在校正实习生翻译过来的外电，内容有关巴以冲突。前方记者尚未有稿件过来，她就只能援引多家外电编写消息："……巴勒斯坦民族权力机构主席阿巴斯和以色列总理奥尔默特同意重启和谈进程……"

手顿了顿。

记忆里，有个画面和此时重合了。

2000 年年底，大约 8 年前，她偶然在午夜的电视新闻里看到他：深夜在滂沱暴雨中，穿着沾满泥水的黑色雨衣，背对着爆炸袭击后的废墟，面对镜头做现场介绍……她记得很清楚，那时她听到"爆炸袭击"，慌慌张张跑到电视机前，仔细去看他有没有受伤。

当时，他就在巴以冲突现场。

而现在，她就在编辑巴以冲突的新闻。

因为这个巧合，让这条新闻都有了温度……

墙上的几个时钟，分别指向不同的时间，东京、纽约、巴黎……北京时间的那个时钟的指针已经过了十二点。她关掉电脑，迅速离开办公室，跑过楼梯间时正好有几个外国员工也下班，在闲聊着什么。纪忆从他们身边下楼时，明显脚步快了很多，倒不像是疲惫地下班，而是出了什么大事，引得几个外国同事纷纷侧目。

季成阳住的病区特殊，人少，因此格外安静。

每次夜班结束，她到这里，都要经过寂静的走廊，和值班护士打个招呼，就能直接进入他的病房。她今天并没有提前告诉他，自己要过来，猜想他应该睡了，没想到护士告诉她，季成阳没在病房："季先生说要出去透透气，应该快回来了。"

听护士的语气，应该不是第一次。

对方看她有些担心，又补了句，几乎在她不来的时候，每天都如此，不用太担心。

纪忆听护士这么说，勉强安了安心。

他的手机就丢在房间里，她靠在沙发上，等了会儿，就迷糊着睡着了。睡梦里，不知道过了多久，就感觉有人在黑暗中拍了拍她，低声问："要不要去床上睡？"

"嗯。"纪忆意识飘忽地应着。

在感觉自己被抱住时，猛地惊醒。

她已经被他两只手臂环住了身体，仍旧轻轻挣扎着，低声说："我自己过去……"季成阳听出她话里的意思，是怕他抱她，会觉得吃力。

"我抱你过去，"他的声音在黑暗里，显得很平静，"在我走得动的时候，多抱抱女朋友，比较不吃亏。"

淡淡的自我调侃。

可也有着让人心酸的感觉。

纪忆怕他心情不好，没再多说什么，感觉身子一轻，就被他抱了起来。她脸就贴在他颈窝的位置，默默数着每一步，祈祷距离能再近一点，等身子落到床上，终于放下了悬着的一颗心："你去哪儿了？这么晚出去。"

"睡不着，在四周随便走走。"

"心情不好吗？"她脱掉自己的鞋。

"习惯性失眠。"他简单地说。

这间病房本来就有陪床，她也不是第一次睡在这里，只是没想到刚拉过枕头，季成阳就侧身，也躺了上来。虽然是加宽的床，可两个人还是很拥挤，纪忆安静着，往他怀里靠了靠，摸摸他的手，有些凉，是刚从外边回来的温度。

"我刚才在编写巴以冲突的简讯，想起一件事，"她额头靠在他肩膀的位置，小声说，"你还记得，你去过中东吗？"

他略微回忆："是去过几次。"

"我第一次在电视上看到你，就是你在巴勒斯坦的时候，2000年吧，如果没记错……"

"2000年爆炸袭击现场？"季成阳的记忆力惊人。

"嗯……"她轻声嘀咕，"记性真好。"

他不置可否。

纪忆想要分享的其实是一种感觉，可真想用语言说出来又困难了，她总不能很直白地表达，当初自己小花痴一样地站在电视机屏幕前，慌张地端详他是否有受伤，甚至傻傻地伸手，想要碰一碰屏幕上的他的脸。

在她心潮起伏的时候，他也没出声。

过了会儿，她想，他应该是累了，睡着了。

给个晚安吻吧……

悄悄的……

她慢慢仰起头，还没等找到自己想要亲吻的目标，就感觉唇上有柔软温热压了下来。明明是一个人的临时起意，倒像是两个人事先商量过，她不知道是不是每个人接吻都是如此，每次只要是被他吻住，就有种灵魂出窍的感觉，所有的感官意识都变得很模糊。

季成阳的手滑下来，握住她的腰，那里很瘦，有一个凹陷的弧度。

"痒。"纪忆低声求饶。

他的身体今晚对她有着出乎意料的敏感和渴望，毕竟已经是个三十一岁的男人，虽不再有二十几岁时的那种迫不及待的冲动，但身边躺着的是他爱了很多年的姑娘，这完全是对意志力的考验。

他不进，却也难退。

她被动着，在他的亲近里生疏地配合着。

过了一个小时，这近乎折磨的纠缠才算告一段落。纪忆的胸口因为被他亲吻过而有些隐隐的胀痛，剧烈起伏着，身上被细密的汗浸湿了。

她就这么在黑暗里，在他怀里，热乎乎、汗涔涔地睡着了。

周五，季成阳预约了PET检查。

因为检查的结果始终不好，几个专家会诊下来，参照他过往的病例，甚至怀疑他有淋巴癌的危险。所以医生推荐他做个PET检查，看看身体里其他部位是否存在着肿瘤，以防有什么判断失误。

结果出来了，她都不知道这算不算喜讯。

他需要进行手术，摘除脾脏。

面对这个手术建议，季成阳倒是接受得挺坦然，就连那位季成阳的好友也跟着安慰纪忆："你知道，脾脏切除没那么可怕。我见过很多病人，从几层楼摔下来，或者聚众打架什么的，脾脏破裂，都会做脾脏切除，你看，生活就是这么无常……"

任凭那个医生说得如何轻松，纪忆丝毫不觉得轻松。

等病房里没人了，她很心疼地靠在病床旁，用脸挨着他的手腕，越想越是觉得心里钝钝地疼，将脸正过来，去看他手腕上的那条伤疤。

看了几秒，又不忍心。

将脸贴上去，像是小猫一样用自己的身体挨着他，好像这样就能分担他的痛苦。

在阳光里，她感觉季成阳用手在抚摩自己的头发。

"医生不是说手术前可以出院吗？我们回家住几天吧。"

季成阳没说话，反倒拍了拍她的脑后。

纪忆有些奇怪，抬起头，视线里，病房门口已经多了几个人。纪忆匆忙从床边的椅子上站起来，因为站得太急，就这么将椅子撞翻了。

哐当一声巨响，在安静的房间里显得特别突兀刺耳。

暖暖的父母相互对视一眼，迅速且镇定地用眼神交流着这个让人震惊的情况，季成阳倒没有被撞破的窘迫和意外感，从病床上下来："刚才二嫂给我打电话，我就说不用过来了。"

暖暖父亲神色极严肃，似乎还在思考这个状况，以及会造成的一系列影响。

暖暖母亲已经很快反应过来，拍了拍身侧比纪忆还要胆战心惊的季暖暖的后背："我们大人有事要谈，你和西西出去逛逛街，不是要去试礼服吗？一起去吧。"

季暖暖打了个愣，很快就意识到要保护纪忆，马上装着什么事都没发生一样，挽着纪忆的手，匆匆和父母告别后，离开了奸情被撞破的"案发现场"。

等坐到出租车上，季暖暖稍许找了点儿魂回来，低声安慰纪忆："没关系没关系，有我妈呢，她从小就喜欢你。在英国的时候我试探过她几次，如果你能嫁给小叔也不错，就能一辈子和我在一家里了。她除了说我白日做梦，也没什么特别大的反应，她这次一定站在你这边。"

暖暖劝说着，纪忆心里乱糟糟的，不断回想暖暖父母刚才的神情、动作……

他明明知道他们可能要来的，怎么不提醒自己呢？

她胡乱想着，有些懊恼自己的不小心，更多的还是忐忑，不知道这件事被季家人知道后会是怎样的结果。

两人说了会儿话，季暖暖为了转移她的注意力，开始说起自己忽然而至的婚礼。没想到，她的男朋友一周前忽然飞来北京和她求婚了。据说季家除了季爷爷，别人都很满意这个不会说中文的华裔男人，季暖暖在意外惊喜中答应了结婚，开始筹备自己的婚礼。

"怎么一直没告诉我？"纪忆疑惑看她。

这么大的事情，还是喜事，按照季暖暖的性格肯定会第一时间告诉自己。

"我当时是有些傻了，现在想想……还不知道该不该结婚，"季暖暖言辞有些闪烁，"你说，我会后悔吗？答应得这么快。"

纪忆不太听得懂。

而这不太懂，在两人到了定做礼服的门店，就被解惑了。

她看着面前五官没太变化，整体气质却像变了个人的肖俊。他坐在休息区，一边翻看着自己手边的杂志，一边询问季暖暖婚期。无论是手势、表情，还有言谈，都像已经过了三十五岁的沧桑男人，唯一能让纪忆感觉到熟悉的，是当季暖暖对礼服样式诸多意见时，他所表露出来的耐心。

纪忆记得高中时，自己经常会陪着季暖暖在这儿附近的仙踪林吃饭，等着肖俊来接。

那时候肖俊还会抱怨季暖暖不会过日子，明明很简单的黑胡椒牛柳却要花那么多钱来吃，抱怨完又心甘情愿去给暖暖买单。

后来……

"西西，你看着……"肖俊仔细端详她，"还和以前一样，不太爱说话，是不是感觉陌生了？这么多年没见？""没有，"纪忆笑笑，"就是有点儿意外。"

季暖暖在店主和裁缝的建议下，挑了几件成品去试颜色，纪忆心神不宁地看着一面面落地镜，猜想那场谈话的结果，深怕季成阳会和暖暖父母起什么争执。

对于两家的关系，她不是没有想过，可完全没有任何主意。

也就是这种关系，让她想像个鸵鸟一样把自己埋起来，避免去直接面对。毕竟现在最重要的是季成阳的健康问题，其他的……都显得不那么重要了。

她出神地盯着镜子里自己脚上的运动鞋，直到肖俊轻拍了拍沙发，才察觉手机已经响了好一会儿，屏幕上很明显的是季成阳的名字。

纪忆站起身，走到角落里接听电话，声音自然而然低了一些："你好了？"

"结束了，"季成阳略微停顿，转换了话题，"你刚才说周末想回家？"

"嗯。"

"我刚才已经办好了临时出院的手续，早些回来，我在家等你。"

第二十三章 时光最深处

季暖暖对礼服很挑剔，最后还是没有满意的。离开时，她忽然对身后跟随而出的肖俊说，好久没有和小叔吃饭，忽然想去季成阳家，临时取消了肖俊约好的晚餐。

季成阳这个名字对肖俊来说并不陌生，甚至对季暖暖的每一任男朋友来说，都是出现概率非常高的一个人。只不过，对肖俊更特殊一些。

大约五年前的那个深夜，他是亲眼看着那个高大的年轻男人，在季暖暖父亲的面前将被打得浑身是血的暖暖拦腰抱起，带离他的生命。

也是从那一天开始，他才真正认清季暖暖和自己的距离：云泥之别。

回家路上，纪忆旁敲侧击地问暖暖是怎么又联系上肖俊的，暖暖含糊其词，随口说："就是偶然碰到的。今天才第一次约吃饭，还是因为带了你，他说想要见见老朋友。我说吃饭没问题，但要先去试结婚的礼服，没想到他就先来了。"

接下来的话，暖暖没说。

纪忆大概猜到，她想要试的是肖俊对她即将结婚这件事的态度。

显然，被试的男人表现得很寻常，好像两个人没有过任何关系，只是昔日好友。纪忆想到季成阳，想到如果今天换作自己和他，会是怎样的场景？

她们到家时，客厅的灯是暗着的，餐桌上已经摆了些凉菜，还有外卖送来的烤鸭。季暖暖不让纪忆出声提醒他，蹑手蹑脚地跑到厨房门口偷看。

这是季暖暖从不曾见过的画面。

这位宾夕法尼亚的哲学博士，季暖暖从小的偶像此时就站在银色不锈钢水池边，右手握着一柄很寻常的窄长小刀，在削着个土豆。

一个土豆和一个一米八七的男人拼凑成的画面，实在违和。

"小叔……"季暖暖即便已经过了二十四岁，身高也算出挑了，却还像小时候一样，看到季成阳就说话声音弱弱的，有种撒娇的感觉，"你还会做饭啊？"

不只是她，在季成阳过去的生活里，年轻的女孩子们碰到他，通常都会是相同的反应。好像他就是这么一种人，会让女孩子们不自觉地温柔起来。

季成阳眼皮都没抬，嗯了声。

只是用余光，找到了季暖暖身后的纪忆。

季暖暖没话找话地和季成阳闲聊了几句，有些觉得自讨没趣，于是拖着纪忆的手，将她拉到卧室，用夸张的神情表达不满："我小叔竟然给你做饭吃啊……"

"嗯，"纪忆小声争辩，"我做饭挺难吃的，他不喜欢，就自己做了。"

其实也不算难吃，只不过那时候自己年龄小，又没有认真研究过烹饪，当然不会有他这个一直在国外自力更生的人熟练。

季暖暖见她一副得了便宜还卖乖的幸福表情，直接将她按到床上，手脚并用地折腾了半天，两个人裹着棉被里，大汗淋漓，喘着气，笑着与对方对峙。

暖暖忽然靠近，凑在她耳边轻声说："小婶婶……我小叔是不是各方面都很能满足女人的虚荣心？包括在床上？"暖暖的语气低缓暧昧。

在床上……

纪忆挣扎着想要坐起来，脸憋得通红。

暖暖乐不可支，索性将手绕到她胸前，试着大小："嗯……比看着大多了，我小叔艳福不浅。"她惊叫一声，手忙脚乱地从床上爬下来，逃出卧室。

这种闺蜜之间的对话，季成阳当然不会知道。

可自从季暖暖问出那个问题，她整晚都心底发虚，甚至在季成阳将碗递给她，让她帮忙盛饭的时候，都刻意保持距离，避开他的手。季成阳有些奇怪，多看了她一眼，视线很顺利地从她的脸滑到了衣领下……

"小叔，你炒的西葫芦真好吃，就放花椒、盐和味精吗？"暖暖美滋滋地吃着面前热腾腾的素炒西葫芦。

"差不多，"他故作正经地收回了目光，问暖暖，"听你爸妈说，你准备结婚了？"

"啊，是啊，快了……"季暖暖无惊无喜地回答，"我妈说让我五月回成都，带他去见见外公，如果外公不喜欢……再说吧。对了，我妈说你也要一起回成都？"

"估计会，不出意外的话。"

这样的安排，倒真在纪忆意料之外。季成阳虽不是马上就要进手术室抢救的急症，但现在各项检查都已经出来了，医生也说是尽快手术比较好。

没想到他还准备去一次四川。

晚上季暖暖离开后，她问到这件事，季成阳才说，想要回去有两个原因。一是因为姨婆去年去世，那时他在国外治疗，只能拜托镇上的人帮忙处理丧事。现在他人已经回国了，还是需要回去一趟，做一些后续的安排，顺便感谢那些非亲非故的邻居。第二个原因……

季成阳摸摸她的头发，告诉她，要再带她回去一次。

至于为什么，他没说得很清楚。

去成都的行程定在了五月。

十天后，纪忆向综合组的主任请假，主任一边签了她的休假单，顺手给了她另外一份东西，她匆匆扫了一眼，是申请驻外记者的文件。

主任是学德语出身，也是她的本科校友，挺和蔼可亲的一个人，在看到纪忆错愕的神情时，特意解释了一下："这次国际部有十七个名额，要人的都是很不错的国家，我们综合组推荐的是你和佟向海，在驻外之前，你们两个要到各个组、室轮岗工作一段时间，摄影部也要去。"纪忆将文件攥在手里，没吭声。

身边有好几个同事在，她总不能立刻就回绝。

看上边的时间安排，从成都回来再和主任谈还来得及。

临行前，她趁着回家收拾行李的时候，将接下来两个月的房租给了何菲菲，后者哭笑不得地看着信封里的钱："你这一个月都没怎么住这里，我都不好意思问你要房租了，"又趁机逗她，"你要是感情挺稳定的，索性就闪婚算了，也省了房租钱。"

纪忆自从转去国际新闻编辑部，就一直很忙，先是报社、医院两头跑，后来又换成了报社、季成阳家两点一线的生活。有时候她都觉得租这个房子真有些浪费。

这个问题，她想过，但也只是想想。

季成阳好像也从没问过这个合租房的事情。两个人现在相处的情景，倒像是回到了大学时代的那段非典暴发的日子，她虽然住在季成阳那里，两个人日夜相对，却也不会做到最后那一步……"等下个月再说吧。"她回答。

去机场这天，正好碰上特殊情况，道路禁行了很长一段时间。季暖暖的男朋友看着车窗外维持秩序的交通警察，低声用英文和暖暖交流着，两个人窃窃私语，本来气氛还挺融洽，没想到最后演变成了冷战。

纪忆坐在暖暖身边，用手肘撞了撞她："怎么了？"

反正这位纽约律师听不懂中文，她也就没刻意压低声音。

"三观不合，"季暖暖气哼哼地回答，然后凑上前，对着副驾驶座上的季成阳问，"小叔，你有没有什么特别好的朋友，介绍给我算了，我觉得我还是喜欢你这类人。"

纪忆扑哧一笑。

季成阳连眼睛都懒得睁开来："我的朋友？估计也会嫌你三观不正。"

"我哪儿三观不正了？我根正苗红啊，和纪忆一样，都是革命家庭出身，老一辈子都是扛过枪负过伤的……"暖暖说了半天，最后叹口气，"西西，刚才听到没？这假洋鬼子每次和我聊到中国，就有种被洗脑了的感觉，总觉得他知道的才是真相。"

"我没听到你们说什么，声音那么小。"纪忆坦白。

暖暖气哼哼又控诉了两句。

"国外媒体对中国有偏见的不少，没有外媒在现场，却出现了大量相关报道，都严重失实，"季成阳的声音冷且静，"没有在这片土地上生活过，了解渠道少，很难看到每件事的真相。你男朋友生在国外，环境造就观念，我以前在美国的时候也经常会和人争论这些。"

"是啊，"季暖暖有些沮丧，"他们从小到大看到的就是那些新闻，根深蒂固了。"

于是，车内的话题，就从小情侣的观念争执，讨论到了新闻报道的客观标准……

司机也是个标准的爱国好青年，听季成阳讲这些，时不时也会义愤填膺地表达一下自己的愤慨。季暖暖的男朋友听不懂，还以为几个人说着和自己无关的事，低头把玩着自己的黑莓，收发公司的邮件。

那边，被女朋友控诉着的男人，在飞速打字，回复着工作安排。

这边，季成阳已经说到了记者工作的重要意义。

"就像没亲历过南京大屠杀的外国人，没看到史料照片，是无法相信有这种残忍行为的。

"Jack Picone。"季成阳说出了那个战地记者的名字。

"嗯。"纪忆也记得是这个名字。

季暖暖看这两人说着自己不知道的事，有种被抛弃的感觉，忍不住抱住纪忆的肩膀，连连抱怨："不带你们这样的……我和你们是一国的啊，我们把这个假洋鬼子踢下车吧。"

纪忆笑，轻轻推她，让她收敛点。

司机听热闹听得都快不会开车了……

他们坐的这辆车，因为特意绕道接了纪忆和季成阳，并没和暖暖母亲的车走一条路，等众人先后上了飞机，纪忆站在飞机的走道上，终于看到了正坐在位子上翻阅着报纸的暖暖母亲。

自从上次在医院之后，这还是她第一次见到这位长辈。

"西西，"季暖暖的母亲察觉到他们上了飞机，抬头，略微笑了笑，"刚才我还在想，好像你第一次去成都，也是和我们一起？"

相同的机场，甚至机舱里的场景都似曾相识。

季成阳在纪忆身边，正礼貌地和几位已经退下来的长辈们寒暄，他见纪忆有些回不过神，将手搭在她的后背上，不动声色地抚了抚。纪忆恍然惊醒："嗯……高一的时候。"

"快坐吧。"暖暖母亲笑。

"妈——"季暖暖迟登机了几分钟，火急火燎地赶过来，"看什么呢？"说着，她拿过报纸，话却不肯停下来，"有什么新闻吗？好玩的？讲给我听听。"

显然，她是怕自己母亲做什么，或者说什么为难纪忆的话。

暖暖母亲识破她的意图，好笑地斥了句："好了，你什么时候关心新闻了，快去坐好。"

直到飞机起飞前，季成阳才摆脱长辈的关心，回到她身边。

季成阳坐下来，感觉纪忆的手悄悄环上自己的左臂，那种毫不掩饰的依赖感让他有一瞬的恍惚，微微侧过头去，低声问："怎么了？"

纪忆摇摇头，笑着轻声说："没怎么。"

她很开心。

自从家人去报社找她谈过以后，就没这么开心过。

"那怎么笑得这么高兴？像捡到金子一样。"季成阳如此聪明，怎么可能不知道她是为什么而笑，又是为什么如此依赖地黏住自己？

可他就喜欢如此旁观。

旁观她微微皱了皱鼻子，轻声回答："不告诉你。"

每个字，每个表情，都和他猜想的一样，分毫不差。

这次再到成都，纪忆的身份微妙了很多，幸好季成阳不是个性格特别外放的人，从不会在外人面前做些亲昵的动作，说什么亲密的话，也没多引起暖暖外公的注意。

这和季暖暖的男友完全相反，那位绝对是个浪漫主义者。

"和我小叔谈恋爱是什么感觉？"季暖暖深夜躺在床上，边和睡客房的男友用手机闲聊，边好奇地问纪忆，"我怎么就没见过你们特亲密的时候？"

纪忆想了想："没什么感觉……大家感觉都差不多吧。"

好像真的是这样，季成阳绝对不是个会说情话的人，她能想到的特别煽情的话也没有几句。他在外人面前确实挺正经，拉手只有一次，在电视台的走廊上，还是她十几岁时候，估计牵着她就和牵个小侄女没什么两样，拦腰抱她也仅有一次，还是出于很特殊的原因。

所以在两人离开成都，去往小镇的路上，司机闲聊间隙，还问纪忆是不是大学刚毕业出来旅游，怎么没和男朋友一起。当时季成阳正在车下透气，她怕车里人都是暖暖外公那里的人，不知道该不该说得很清楚，就这么含糊着将话题带过去了……

2000年来这里，还是深冬。

转眼过去了八年。

纪忆透过车窗，看这个不大的镇子。车沿着平坦的土路转了几个弯，停在尽头，那个姨婆曾经住的院子前。

她悄悄看了眼季成阳，被看的人倒是没什么特别大的反应。

两个人连带着跟来的司机、医生等人下了车，走进院子里，有个坐在屋前洗衣服的女孩子站起来，局促地看着他们，对着身后说了句什么。很快有个中年女人挑开塑料珠帘走出来，看着这些陌生人中的季成阳，用当地话犹豫地叫出了他的名字。

季成阳点头："是我。"

中年女人毫不夸张，真是立刻眼眶就红了，走上来，不停上下打量着季成阳，絮絮叨叨说着什么。这里的人，除了纪忆，都能听懂。

只有纪忆，边旁观，边猜。

最后和季成阳进了房间，到屋子的角落给姨婆的照片上了香，他终于翻译给她刚才的对话。姨婆终身未婚，独有季成阳这么一个亲人，他又在北京生活得很不错，所以也没什么特别牵挂的人。临死前，姨婆特地请来村长做证，将自己的房子送给了村里的特困户。

人家感恩戴德，所以将姨婆长年供在这里。

季成阳看着照片，说："姨婆，我给你把孙媳妇带回来了。"

纪忆才刚毕恭毕敬拿了香在拜，手顿了顿，傻了。

可他没有玩笑的语气，将点燃的香插好，莫名给她一种进祠堂认祖归宗的感觉……她还没回过神，身后忽然就热闹起来，村里有名的老辈都来了，很多都是带着小辈来见见这位名人的，季成阳转过身，陪着这些其实他已经早忘得差不多的长辈人说话。

纪忆在照片前多站了一会儿，总觉得自己要说些什么。

她还记得十四岁时，姨婆对着她说的那句乌龙的话，问季成阳自己是不是他的小媳妇。那时她还没开窍，对季成阳没什么男女感情，只是被这句话问蒙了。可现在想起来，像是冥冥中注定的事情，先被老人家讲了出来。

她认真想了很久，举着香再次拜了拜，轻声说："姨婆，我们会好好的，放心吧。"

这刚说完，还想再补几句，身后就有他的声音，忽然问："好好的什么？"

"啊？"纪忆没察觉他过来，"就是平平安安啊。"

"这么简单？"他笑。

"……还要说什么吗？"她第一次给故去的人上香，完全没经验。

季成阳佯装思索："比如，说我对你有什么不好的地方，希望老人家日后多监督。"纪忆茫然："……你对我挺好的。"

季成阳原本想说的是，那四年的别离，显然是他的错。

可看她的样子，明显将这件事都忘记了。

他摸了摸纪忆的头发，没再说什么。

好像每次季成阳回来，这里都会来很多人，晚饭时，院子里竟然摆了四五桌，女人少，男人多，老老少少的吃喝了很久。那些跟来的人都是部队出身，最不惧喝酒，可喝到深夜也都醉得七荤八素了。

纪忆早早吃完了，和这家的两个小女孩边聊天，边去盯着被众人围追堵截的季成阳，生怕他出什么问题。幸好，季成阳这次来带了医生，对方连连发誓，不停解释季成阳真的是身体不适合饮酒，他才侥幸只喝了两三杯，医生倒是被灌得分不清东南西北了。

到最后，也不管谁和谁，对上眼了就喝……

总之一句话，这晚能喝的最后都没站着。

季成阳最后的挡箭牌都趴在桌上睡着了,他也带着纪忆暂时消失,两个人趁着众人未留意,出了院子,沿着土路一直走到了村边。不远处就是河,没路灯,只有干净的月光落在河面上,水波荡漾着,就连远处也能看到这种月色的反光,都是水田。

"你有没有不舒服?"纪忆跟在他身边,慢慢走着,问他。

季成阳笑,食指抵在唇上,比了个噤声的手势,然后抬头,示意她看头顶。

不知不觉已经走到了路边。

远近有很多老树,但纪忆面对的这棵最粗,即使有两个她,伸臂环抱怕也抱不住。季成阳凭着印象,找到能顺利供攀爬的地方,帮着纪忆爬上树干,自己也随后跟上。五月的天气,这里树叶已经很茂盛,很容易就遮住两个人。

季成阳怕树上有虫子,吓到她,将自己的外衣脱下来,垫在树干上。

"你小时候经常爬吗?"纪忆处在这样的环境里,怕被人发现,自然而然轻了声音,"不会压断吗……""对,经常爬,"季成阳告诉她,"这里再坐几个人也不会有危险。"

纪忆哦了声,轻拍了拍树干,觉得好玩。

"我就生在这里,"季成阳的声音,也轻下来,"母亲在我一岁多去世,五岁的时候,我被从北京来的人接走。"

"那……之前呢?季爷爷为什么不来接你?"她轻声问。

"那之前父亲工作变动比较大,他又不想搞特殊化,所以家里所有的孩子都在原籍居住,都是1981年、1982年才先后到北京团聚,"他简单地告诉她,"我父亲,也就是你季爷爷,之前有过一个妻子,后来去世了。我母亲是他第二任妻子,和他年龄差很大,所以我和季暖暖父亲,还有几个你见过的叔叔、阿姨年龄相差也大。"

纪忆恍然。

年纪那么小,独自在这里和姨婆在一起,肯定会觉得自己是被抛弃的。

她没有季成阳的记性这么好,但还是记得,很小的时候,每次爸妈来看过自己再走,自己都哭得不行,觉得下一次见面好遥远。

"上次和你来,是想带姨婆去经济条件比较好的地方养老,"他继续说着,"虽然她一直有收到生活费,但这里毕竟不太发达。"

"她没同意是吗?"纪忆猜测着。

"对,她从没离开过这个地方,也不想离开。"

月光透过树叶的缝隙,在他们身上落下斑驳的影子。

简单的对话就如此结束了。

纪忆猜，他肯定很遗憾，没有做一些实质的事情来报答养育之恩。她从小就不会安慰人，习惯倾听，尤其现在对着的是季成阳，这个她从小到大都认作精神依靠的男人，更是无措。

于是，就这么安静坐着，陪着他。

坐了大概十几分钟，又觉得太安静了，绞尽脑汁想了个不痛不痒的话题："我昨晚又做噩梦了。"昨晚落脚的地方是个挺干净的小旅店，她自己睡一间房，半夜被吓醒了，想要去找季成阳，却又怕被人撞到，只能可怜巴巴地睁着眼睛等天亮。

季成阳笑了："最近怎么总做噩梦？"

"不知道，估计不习惯外边的床吧……"

他低声问："梦见什么了？"她回忆，简单描述了几句，反问他："你不会做噩梦吗？"

"会，"他不觉笑道，"有时候也会做些很不错的梦。"

她好奇："什么梦？"

他轻描淡写："关于你。"

她更想问了。

季成阳没打算给她一直追问的机会，开始慢慢亲吻她的耳后和脖颈，这些都是她最敏感的地方。尤其在这里，脚还悬在半空中，虽不高，却是户外。

万一有喜欢玩的小孩子跑到树下，很容易能看到他们……

她这么想着，越发心虚，可惜季成阳并不在意这些。他一只手撑在旁边，用身体将她压在树干上，存心逗她："西西？"

"嗯……"

他耳语："是不是很好奇，我会梦到什么？"

"嗯……"

"梦到——"他颇不正经，轻吐出了两个字，"这样。"

手就如此顺着她的衣服下摆，滑了进去。

深夜两人回到院子，悄悄推门进了东面小房间，开了床头灯，她看到他身上有大大小小七八处虫子咬的红肿块，很快又跑出去，随口说是自己被虫子咬了，问那家小姑娘有没有什么涂抹的药。小姑娘拿了药膏给她，还心细地送了盘蚊香过来。

这个院子房间不多，那些跟来的司机和医生，四五个人在北房睡了大通铺。这间小房间就让给了季成阳和纪忆，单人小床和沙发，都放了枕头被子。

小姑娘点了蚊香离开，纪忆马上锁好门，就坐在单人床上和季成阳盘膝相对，给他一处处抹药："看着挺吓人的……"纪忆抹药的力度很轻，一处处摸过去，让人有些痒痒的，倒像用指尖在轻挠着他的掌心，让人不得不浮现出一些遐想。

季成阳笑了一声，瞟了眼她的锁骨附近："的确很像被虫子咬的，不仔细看的话。"

"什么像？不就是咬的吗？"她将药膏盒子扣上，没懂他说的。

季成阳靠在叠起来的被子上："不是咬，而是……嗯，说起来可能有些复杂。"

纪忆不解，直到他的手指碰到她的脖子，还有锁骨。

她顺着去看，终于懂了。

那些小小的瘀紫，光是这样看就有两三处，这种私密的印记是怎么留下来的她完全没印象，不痛不痒的……纪忆低头摆弄手里的小金属圆盒，耳朵开始发红、发烫，小声道："我困了。"

床头灯的光线有些暗，显然灯泡已经用了很长时间。

他靠在那里，看着她的脸一点点变红，看到她手指轻轻转着小盒子，掩饰自己的情绪波动。隔着一扇窗，能听到外边有狗在低声吠着，不知道是看到了野猫，还是看到了上厕所的人影，狗叫声越来越大，直到女主人用本地话呵斥了一声，才渐安静了。

纪忆奇怪他为什么没有回应的声音，抬眼的一瞬，屋内的灯熄灭了。

两天后，季成阳和纪忆离开这里。

众人上车前，阿亮的母亲赶来，拉着季成阳的手说了很久。纪忆在这里住了两三天，勉强能听懂一些简单的对话，大概知道这也是表达感谢的谈话。

虽然季成阳最后还是告诉对方，他并没有做什么实际的事情来帮助这个走出山村的少年，但对方还是不停道谢，顺便将家里做的一些腊肉和牛肉都硬塞给了他们。

半路上，纪忆饿了，季成阳直接就拆了一包给她吃，把她辣得眼泪花直转，不停吸着舌头，口齿不清地告诉他："很好吃，就是太辣了……"

她小声说着，车忽然颠簸，咬到了舌尖。

咬破的地方马上被辣刺激，眼泪哗哗地流下来。她眼睛红着，疼得根本说不出一个字，可怜兮兮地看季成阳。季成阳手臂撑在前排座椅上，头枕着手臂，忍不住笑出声："小泪包，让我看看。"他伸手，捏住她的下巴，纪忆乖乖张开嘴巴，将舌尖探出来，刚想要用手指出被咬伤的地方，就被他凑过来，将舌尖含住。

他们坐在后排，又有他的手臂遮挡，完全做得神不知鬼不觉。

他慢慢吻了会儿，放开她，不得不承认："是太辣了。"

纪忆苦闷看他，更可怜了。

何止辣，现在连嘴唇都被亲吻弄得火辣辣的、滚烫烫的……

这不是她第一次经过这种盘山公路，那时候年纪小，又不太习惯这里的海拔，多数时候都在睡梦中度过。这次，她更喜欢凑在窗边看风景。

不断有180度的急弯，司机却开得游刃有余。

季成阳要赶回成都见几个临时来出差的老朋友，所以他们的行程比来时紧凑得多，到晚上，已经进了成都。纪忆从下午开始腰就不舒服，到吃过晚饭，只能抱着季暖暖不知道从哪里找来的冬天用的电热水袋，趴在床上，缓解着突如其来的痛经。

这晚，就这么和暖暖在一张床上，睡着了。

翌日清晨，她醒过来，慢慢蹭下床，打开房间门去洗手间。

季成阳正和暖暖妈妈在客厅低声交谈，听到声响，他站起身，走过来："还疼？"

"嗯……"纪忆面对暖暖妈妈，和他交流这种事仍忍不住心虚，轻声说，"好多了，一般就第一天比较严重……"

暖暖妈妈似乎看出来她的不自在，笑着离开了。

"据说结婚后会好一些。"

纪忆一愣："真的？"

"不知道，"季成阳坦言，"暖暖妈妈说的，我猜她的意思是，有过夫妻生活会减轻一些。"

"……"她完全无法想象，暖暖妈妈是如何和季成阳讨论这件事的，闷了好几秒，才轻声嘟囔了句，"那就是假的了……"季成阳笑，用掌心去摸了摸她的小腹："今天好好休息，明天再去成都附近逛，我们后天才回北京。"

"定了后天？几点？"

"后天下午，一点的飞机。"

"那四五点就能到家了？"她推算时间。

"差不多，"他说，"我朋友在成都附近有一组采访，路途不远，我跟着去看一看，明天中午回来。"

她点点头："好，"很快又轻声说，"不和你说了。"

再说下去可就洪水泛滥了，必须马上换新的卫生巾……

季成阳看她这么着急去洗手间，不太清楚是什么原因，看着她的背影消失后，站在原地琢磨了会儿，这才离开了客厅。

她冲进洗手间，迅速解决完紧急问题，将水龙头调到温水，慢慢在水流下洗手，擦干后，不觉就将手按在小腹的位置，这是他刚才掌心摸过的地方。那种感觉，特别温情。

这个动作似曾相识。

记忆里的这个重合点就来自那个她看了很多次，甚至可以背下每句台词的老电影。

当 Mathilda 说，自己已经爱上 Leon 时，她这么形容爱情的："我的胃里，感觉很温暖，以前总觉得它有个结……但现在没有了。"

她鬼使神差地，悄悄将手移上了一些，轻轻放在自己的胃上。

那时听不懂这句台词的真正含义，现在，好像还是说不清楚，但又有种共鸣感。

纪忆从洗手间出来，季成阳已经走了。

下午纪忆陪暖暖逛商场，还在默默内疚，自己竟就这么狼狈跑开，忘了和他说再见，也没来得及问他什么时候回来。

她怕季成阳在工作，就没打电话，给他发了条短信：早上忘了问，你什么时候回来？

"西西，这个好不好看？"季暖暖拍她的肩，"好好逛街，不许一直看手机。"

"蓝色的好。"她将视线从手机屏幕挪开。

"蓝色？"季暖暖说着，伸手去拿蓝色的裙子。

忽然，脚下一阵剧烈震动。

两人不知道发生了什么，对望彼此，惊呆了。

时间就在这一刻静止了，所有人都慌了。

"是地震！"有人大喊一声。

连续的剧烈震动，真是地震！

远近的售货员和愣住的顾客都马上扔下手里的东西，落荒而逃。纪忆和暖暖同时抓住对方，暖暖眼明手快，将她拉到商场角落，蹲在那里。

这是四楼，震动非常厉害，感觉整个商场都在剧烈晃动。

噼里啪啦不停有货物掉落，摔碎。

仍旧有人在跑，也有少部分人和她们一样，蹲在商场的各个角落里。

她和暖暖彼此靠着，贴着墙角，以为这场震动很快就会结束，没想到根本没有停止的征兆。很快，两人脑子里都乱了，彻底慌了。

"没关系……我在日本也遇到过地震……"季暖暖念叨着，不停安慰自己和纪忆，"现在最强烈，等一会儿，等减弱了，我们就从楼梯跑下去。"

可显然，这比她那次遇到的严重……

过了会儿，震感小了些。

大家都抓住机会，离开各自躲避的角落，纷纷从楼梯间跑下去。两人也拉着手，用最快速度跑出商场，四处都是惊慌失措的人，绝大多数人都没有过地震的真实经历。等两人跑到楼下，空地上聚集了很多人。街道上有很多人，有房屋破裂，石灰撒得到处都是……

纪忆脑子蒙蒙的，茫然地看着暖暖。

暖暖也有些没了主意，两个人就紧握着对方的手，站了会儿，感觉到地面又开始震动起来，但没有刚才强烈。身边的人群骚动着，议论着是不是还有余震，纪忆在这些嘈杂的声中，还听到小孩子吓哭的声音。

她攥紧暖暖手："我们走回去吧……"

暖暖胡乱点点头，两个并不熟悉这里的人，开始凭着印象，往住的地方走。凡是走过的街道都站着人，还有很多穿着睡衣、裹着被子的人在街上站着。

这样的场面，她从没见过。

在过往的认知里，最近的一次地震也是只看过文章记录，没有真实感受的唐山大地震。听上一辈的人说起来，会说当时住在北京的人也不敢回家，晚上纷纷住在户外。

她紧紧攥着手机，和暖暖不停避开人群走着，不停拨打季成阳的手机号码。

一遍遍，都是无法接通的提示音。

应该没事。

不会有事。

纪忆手有些抖，连暖暖都感觉到了："别怕啊，西西，就是小地震，你看，现在不是没事了吗？"暖暖说着，又有余震袭来，她也打不通各种电话，好像一下子整个移动网络在成都就这么崩溃了。

两个人连问带走，过了两个小时才到家。

进门时，暖暖妈妈始终在用座机和北京通电话，看到纪忆和暖暖走进来，一下子就从椅子上站了起来。两人从没见过暖暖妈妈这样子，包括家里人看她们的眼神，也有十足十的万幸感，让刚放松下来的纪忆，不觉紧张起来。

　　暖暖外公从沙发上站起来，连连说："没事就好，没事就好。"

　　铺天盖地的新闻已经出来，公布震级里氏8.0，距离成都仅一百多公里的汶川就是震中。

　　而此时此刻，没人能找到季成阳。

第二十四章 相连的脉搏

暖暖的男朋友两天前离开了成都，恰好就避开了这场地震。

当天晚上，暖暖妈妈提醒她们，千万不要睡得太沉，随时要做好应付余震的准备。这种叮嘱并没有什么实际作用，因为纪忆完全无法睡着，闭上眼睛，就想到季成阳，他的手机已经从无法接通，直接进入关机状态。

深夜，再次有了强烈余震，房间里的人都转移到了院子里。

她抱着膝盖，坐在小椅子上，和暖暖相对无言，一个字都不想说。无能为力，此时的纪忆深刻体会到这四个字，灾难在你的身边降临，和在新闻报道里看到的感受完全是两种概念。

不远处，暖暖妈妈在陪着暖暖外公闲聊，在说着今年的事情格外多……暖暖妈妈和季成阳关系始终不错，也一直揪着心，最后倒是要年过八十岁的老人反过来安慰她宽心。

一楼客厅的电视机是打开的。

直播着救灾画面，纪忆看得目不转睛，特别怕他出现在镜头里，从哪个角落里抬出来的人就是季成阳，可也期盼着他出现哪怕一个背影，是平安的……

"西西，"暖暖也是忧心忡忡，可看她这样免不了心疼，想要去分散她的注意力，"我这次回国，去看过徐青，是他姐姐陪着我去的。"

暖暖的话，将她拉回到现实。

那个少年早逝的热心班长，是每个高中同窗心中的遗憾，同龄好友的去世所给人带来的震动，只有经历过才能明白。纪忆轻声说："我没去过，不敢去，我只在他去世之前和班里同学去他家里看过，那时候他看上去还挺好的。"

"我也不知道为什么要去，开始也不敢，后来站在他墓前看他的照片，总觉得这个人应该还活着，完全感觉不到他真不在了，"暖暖将下巴放在膝盖上，低声说着，"那时候怕耽误学习，现在想想，还挺可惜的，他要一直和我在一起，再去念军校，他带他的兵，我做军人家属也不错。估计我爷爷最开心了，我家里人都喜欢我找穿军装的。"

这是一个假设。

纪忆看着季暖暖的侧脸，想，如果暖暖当初没和肖俊分手呢，又会是怎样的生活轨迹。如果……自己从小到大最好的玩伴不是季暖暖，那么季成阳也不会有机会出现在自己的生命里，又是怎样的成长过程。

最初，大家都以为只是开始了一段感情，可往往被影响的却是整个人生轨迹。

季暖暖只是想倾诉，并没有什么中心思想。

纪忆边看着新闻，边和她小声聊天，时不时去拨季成阳的手机，仍旧是无休止的关机提示音。客厅的电话铃声也始终没停过，都是从各个地方打来问平安的，每次响，纪忆都会激灵一下，去仔细听是谁打来的。

一次两次，十几次，二十几次……

到最后，她已经数不清到底来了多少电话，仍旧在电话铃声响起时，眼睛一眨不眨地看着季暖暖妈妈拿起听筒，然后忽然叫了电话那边一声："你在哪儿？安不安全？离成都有多远？"

纪忆猛站起身。

暖暖妈妈对着电话，听了几句后，神色渐放缓，终于露出了从昨晚到现在的第一个笑容，转身，对纪忆招了招手："西西，来。"

她跑过去，接过听筒："喂？"

心跳得很急，胸口闷闷的，甚至有些看不清眼前的东西。

"西西，"季成阳的声音从听筒里传出来，"我现在很安全。"

"你在哪儿？"

"在达州，"季成阳知道她一定不认识这个地方，很快又补充了一句，"在四川省内，但不是重灾区。手机昨天在地震的时候丢了，又一直在忙着帮忙转移病人，这里很乱，现在才有空给你打电话。"他一段话解除了所有的疑问。

"你在医院？"纪忆抓住重点。

"是，"季成阳并没有避讳这一点，更加清晰地解释，"有一位采访对象住在这家医院，地震以后，这里很混乱，就留到了现在。"

她的心稍稍放下来。

季成阳就站在医院保卫处的小窗口外,握着电话听筒,听着纪忆的声音,这一刻的安稳感将过去十几个小时的高度紧张情绪都消散了。

地震来得太突然,当时的他正在病房里和朋友一起陪着两个一百多岁的老人家闲聊,忽然而来的震动让所有人都惊住了,护士跑进来,猜测是氧气房发生了大爆炸,不停安慰这些病房内的老人家,说马上会查明原因之类的话。

后来猜到是地震,大家都慌了,急忙疏散病人。

这个科室的病人很特殊,都是七八十岁到一百多岁的老年人,家属大多不在,都是女性的陪护工作者,疏散起来根本背不动病人,只能用轮椅一个个往下抬⋯⋯

季成阳和两个朋友,帮着背那些行动不便的老人,用了近一个小时,才算将可以离开病房的人转移到楼下。

下午四点,汶川地震的消息被确认。

有赶来的家属,开始将草坪上休息的病人带离医院。

所有的电话线路都出现了故障,移动网络也陷入瘫痪,直到一个小时前,医院的电话才能对外通话。所有固定座机旁,都有护士拿着名单,在一个个联系患者家属。

他始终在一旁等着,等到拿起听筒,听到她的声音,才算是安了心。

"等道路畅通了,我会立刻回成都。"季成阳告诉她。

此时此刻,有很多身体健康、头脑冷静的记者在陆续进入灾区,而他这种身体状况,真正要做的是不成为别人的负累。电话另一端的纪忆答应着:"好,只要你在那里安全,可以多等几天⋯⋯你真的在达州吗?"她怕他会骗自己。

"真的,相信我,西西,我很安全。"他言简意赅。

旁边的两个记者朋友也在等着给家人电话报平安,季成阳很快结束通话,将听筒递给身后的好友。

这晚,三人也没离开医院。

余震的危险让整栋住院楼里的病人都走了八九成,留下来的都是脑梗、心衰等离不开病床的病人,还有没有任何家属的孤寡老人。留下来的医护人员并不多,从晚上八点多开始就不断有医生、护士组成的救援小分队,离开医院,连家都来不及回,直奔汶川救灾。

三个人就睡在病房里,和他们下午的采访对象在一起。

深夜,护士来查看病房的时候,发现季成阳的状况也不是很好,给他也安排了吸氧。被采访的两个抗战时期的老兵,看到季成阳这样的身体,反倒去关心起了他。

慢慢地,他们几个人又聊了起来。

下午因地震而中断的谈话,在这样笼罩着灾难气氛的夜晚,重新开始。

这是两个没有家人的抗战老兵。

出身黄埔军校15期和17期,参加过长沙会战、衡阳保卫战等各大战役。

当老人知道他曾是战地记者时,更告诉季成阳,在半个世纪以前,他也曾接受过西方战地记者的采访,这个话题反倒引起了他们三个记者的兴趣……就这样,话题连着话题,不知不觉就聊到了凌晨三四点。

护士来查房,很严肃地让众人不要再谈,中止了这场谈话。

接下来的两天里,纪忆虽没了最初的恐慌无措,却仍忧心季成阳的处境。

电视机里播放着不间断的救灾报道,死亡的人,还有因救灾而牺牲的军人,不断攀升的伤亡数字刺激着每一个人的心脏。

这天吃午饭的时候,暖暖中途出去接电话,忽然在楼梯间尖叫了一声。

那种充满喜悦的惊呼,让纪忆马上放下筷子,完全忘记了同桌吃饭的几个长辈,从椅子上跳起来,跑出了饭厅。

一楼,季成阳将自己的背包放到地板上。

他的上衣袖口划了一道挺长的口子,隐约露出了手臂皮肤,鞋底也都是泥土。

就如此风尘仆仆,抬头望来。

纪忆穿着拖鞋,急切地跑下去,噔噔地踩过每一级木质台阶,明明只是二楼,却显得路途如此漫长,漫长到她完全没有了任何耐心,跳下最后两级台阶,扑到了他的怀里。

扑鼻而来的是多日在外的尘土气味,让人鼻酸的陌生气息。

可手臂的力度是最熟悉的。

季成阳将她整个人都抱在胸前,慢慢抚着她的后背,低声和她说着话。

声音太轻,除了纪忆没有任何人听得到。

饭厅里走出来的长辈们,暖暖外公更是看出了这个拥抱里的一些情感端倪,惊讶地问询着暖暖的母亲。而被众人关注的两个人,一个是忘记了身外环境,一个则是镇定坦然地面对众位长辈的目光,向楼上的暖暖母亲轻点头,示意自己平安回来了。

"小泪包,"他继续轻声劝着,"我身上很脏,你再哭,一定会蹭得满脸都是泥……"

"还很难闻。"纪忆小声说着。
"让我先去洗个澡，再来找你。"季成阳笑了。
"嗯。"她松开他，从他怀里脱离开来，终于发现自己处于什么样的环境里。季暖暖在楼上一个劲地做着好棒的表情，一面挽住自己外公的手臂，将老人家拉进饭厅继续吃饭。

季成阳太累了。

回程不算顺利，很多公路和桥梁都在抢修，他和两个记者朋友分开的时候，步行了七八个小时终于找到交通尚未中断的地方。

过去的他，常为了新闻报道如此奔波，这还是第一次为了赶回"家"而想尽办法。

当他洗完澡，躺在书房的沙发上时，纪忆就靠在他身边，也躺着。她身子小，对他来说倒像个加大号的抱枕，软软的。"你是不是困了？要睡吗？睡还是去客房睡吧？这里不舒服。"接连几个问题，倒像是个唠叨的小妈妈。

"不困，就是累。"他低声回答。季成阳此时全身上下每个关节都酸胀疼痛，就这么安静躺着最舒服，胜过再费力挪到另一个地方。

他握了握她的手："你怎么就忽然长这么大了。"

"啊？"纪忆有些紧张，将头扬起来，"我老了吗？"

季成阳嗤地一声，笑了："是长大了，不是老了。"他不太懂她怎么会联想到"老"这个字，按年龄算，她也算是长大成人了，可在他眼里还是个小姑娘。

只是这么攥着她的手，想到她小时候的手掌大小，觉得有些不可思议。

季成阳一时有些感触。

纪忆不知道他在想什么，只当他累了不愿意说话，过了会儿，将身子坐直了，用右手的手心一遍遍从他的大腿滑到脚踝。这么反复一个动作，虽然隔着裤子的布料，倒是让整个人都放松了不少："在做什么？"他问。

"以前赵小颖累的时候，她妈妈就这么给她一遍遍摩挲，她也给我试过，挺舒服的。"

是挺舒服。

季成阳将两只手臂舒展开来，交叉起来，枕在脑后。

在去往达州的路途中，那两个记者朋友一个已经做了父亲，另外一个老婆也在怀孕待产。两人聊天时的话题都很有趣，做了父亲的会对小孩子的成长、教育，甚至对住宅区附近的幼儿园如数家珍，还有奶粉、尿布……这些经验都被一一传授给准爸爸，准爸爸兴起，拿出了记事本。

最后那个做父亲的，还感叹了句："没生下来的时候，不知道这么喜欢，过了两年，真是看到她就心情好。真正体会了别人说过的，以后哪个男人敢欺负她，我可真会拼命。"而且一个大男人，会很自然地用"可爱的小公主"这么肉麻的话形容自己的女儿。

他估计是没机会体验这种感觉了。

不过身边这个小姑娘从几岁开始，就出现在自己的生活里，起初的时候，他也是充当着半个家长的角色，甚至还会抱着她去找护士包扎手指、打破伤风针。这种体验也很奇妙。

想那些年，他觉得自己是个不适合婚姻的人。

人品、家境还能说得过去，但思考太多。人的精神世界一旦太贪婪，就会变得不满足，不愿被困在现实的柴米油盐里。如果没有纪忆，他应该会是个很坚定的不婚主义者。

现在依旧如此。

倘若不是纪忆，他这样的经历和健康程度，也不该去耽误别人。

地震伤员从彭州、什邡、绵竹、都江堰、北川、汶川、青川等地，不间断送往各类医院，重伤员不断增多，大批救援力量前往救灾前线救灾……

起初，是外来的电话多，关心老人家的状况，后来是家里打出去的电话多，老人家无时无刻不在从昔日老部下那里了解情况。

暖暖的外公本来要和他们一同回京，但因为地震改了行程。

暖暖和母亲也决定暂时留下来，陪着外公，所以最后返京的只是季成阳和纪忆。在季成阳离开的前一夜，两个人在书房里聊到了深夜，季暖暖奇怪地问母亲："外公和小叔有什么好聊的？"暖暖母亲说了句话，很有深意："你小叔这个人，未来老丈人不一定喜欢他，会觉得他会耽误女儿的幸福生活，可隔辈的那些经过战争动荡的老人都喜欢他，会觉得比较有共同语言。"

季暖暖将这句话转述给纪忆。

第二天，纪忆在飞机上翻着报纸，好奇地问他，和一个老人家会聊什么？

"聊……天灾人祸，聊国际形势，聊民生，聊往昔岁月，"季成阳的头微微偏过来，低声告诉她，"也会聊爱情。"

纪忆的睫毛忽闪了两下，毫不掩饰目光中的探究。

"他给我讲了讲战争年代的风花雪月，我无以为报，就只能把我和你的故事告诉他，"季成阳佯装无奈，叹口气，"别看暖暖外公平时很严肃，他想要探听小辈的感情生活，还是很有一套的。"

"你都说了？"纪忆的手紧张地攥着报纸，"怎么说的？"

会说什么？

他们的故事，在季成阳的眼里是什么样的？

女孩子总是这样，不厌其烦地想要知道，在对方的眼里、心里，自己是什么样的，两个人的感情是如何被定位的……

当然，季成阳不可能了解女人到这种程度。

他只是知道，纪忆很喜欢听自己说这些。

"我说……我一个三十多岁的男人，身体不好，脾气也一般，有时候又挺自我，缺点不少，优点也都让自己挥霍完了。可你还小，如果你不是从小就认识我，如果你能聪明点，会发现其实季成阳这个人也就一般般，很不适合结婚。总的来说，我们能在一起，是我的运气。"

意外的答案。

纪忆有些回不过神："你真这么说的……"

"真的，"他笑，"前后会差几个字，不是100%还原，但意思就是这样。"

老实讲，他不是一个特别擅长剖析自己的人，更难得将这种想法转化为语言，表达出来。恰好，空姐来询问两人的午餐，将短暂的谈话打断了。

没想到，空姐走后，纪忆仍旧眼睛一眨不眨地看着他。

"飞机上的东西不太好吃，稍微吃一些，等下了飞机我们再找地方吃午饭。"他说。

"季成阳。"

"嗯？"他察觉出她的异样，印象里她几乎没这么叫过自己。

"暖暖让我做她的伴娘。"

"她和我说过。"

"我在犹豫……"

"怎么了？"他合理推断，"你不喜欢她那个男朋友？"

"不是，"这误会可大了，她根本想说的不是这个，可憋了半天，还是没说出想说的，仓促结束了对话，"她想要初秋结婚，太晚了。"

还有四五个月，还要很久。

可她想要在这之前就和季成阳结婚，已婚的人怎么能当伴娘呢？

312

季成阳明显没有领会她的意思，看她有些发小脾气，不乐意再继续说下去的样子，也就笑了笑，没再深究。

纪忆回到报社，想要主动和主任谈一谈关于驻外记者的事情。毕竟这种占了名额的事，她要不去也该趁早表明心意，免得耽误了另外的候选人。

可还没等她找机会开口，主任就约了她吃午餐，吃饭时大多是问问她在成都的情况，感慨下这种突然降临的天灾。午餐接近尾声，主任忽然说："之前不熟悉你家里的情况，听说你在这里工作也只是历练历练，很快就会出国读书？"

她没来得及反应，愣了。

主任继续热情地说着："在我们这里工作是一段很好的经历，以后你需要什么推荐信可以直接找我，完全没问题。还有，之前和你说的驻外记者的名额，就肯定要给别人了。"

主任也一副"听说"的表情，她无从追问，只能说："我也正打算找您谈，短期内我不想驻外的事情，因为家里有病人需要照顾。"

结果不谋而合。

但过程……

她隐隐有不好的感觉，但没敢告诉季成阳。

他这次回来的检查结果不是很好，手术已经安排好时间，就在下周一，七天之后。

在这之前，什么事都不重要。

午饭后，她将何菲菲要的资料送到国内新闻编辑部。

"听说你们主任推荐你驻外了？不错啊，纪忆，准备去哪儿？"何菲菲翻了翻是这些资料，扔到自己的文件架上，一拉她的手，"别去叙利亚就行。"

"我推了，"她说，"不想出去。"

"哦，哦，"何菲菲立刻心领神会，"这是喜事将近的节奏。"

这么轻的音量，还是被临近的人听到了，这些都是在她实习期就熟识的人，立刻凑过来追问着。纪忆被问得窘迫，偏何菲菲觉得自己就是她和季成阳的媒人，每次提到这件事都格外热情，她几次想拦住都没成功。

之前社里做的那个战地记者的讲座活动很受欢迎，而这些嘉宾本就是大家一起利用各种关系联系的，名单众人也一起筛选过，自然对季成阳这个人的履历熟得不能再熟。此时听到是他，都很惊讶，于是纪忆就这么在各种八卦的逼问下，匆忙逃出。

她离开国内新闻编辑部，沿着木质楼梯一路走下去，脚步忽然停下来。

不远处，那个背对着她，西装革履的身影……

她从没见过他穿西服，险些以为自己认错了人。

季成阳站在那里，和三个社里的同事说话，英语、法语、西班牙语、粤语，多种语言混在里边。四个人聊得热火朝天，节奏紧凑，毫无交流障碍。

她也曾和自己部门的外籍同事聊过，纪忆是英文专业，西班牙语是第二专业，可对方偏就是法语母语，英文很弱，倒是会几句中文，于是两人交流时就是各个语种胡乱穿插着，聊个天像是一场蹩脚又憋屈的争吵……

在这方面，作为一个语言专业的人，倒不如一个哲学博士。

纪忆蹙了蹙鼻尖，丝毫不觉得自己丢人。

她站在楼梯上偷偷看了会儿，被他察觉。季成阳将她叫过去介绍给那几个人。虽说都在同样的地方工作，但这里光在北京总部就有十一个管理部门、十个采编部门，员工数千人，就连人事部门的人想要对每个人都脸熟也很难。

大家经季成阳介绍，才知道这小姑娘也是社里的同事。于是她刚逃离被围追堵截的国内编辑部，就在这里，再次被"围观"了。

幸好，季成阳原本就是来接她的，也就没再多留。

"我带你去看赈灾晚会，"他看时间差不多了，告诉她，"能提前几分钟走吗？应该还来得及吃个饭。"她点点头，跟着他离开。

季成阳早年工作时，来这里的次数不少，很熟悉每个部门的位置。她实习期在这里乖得不行，从不四处乱逛，反倒没他熟。他边走，边告诉她哪条路通向哪里，哪里好打车，哪里的小饭馆更好吃。

纪忆抿嘴笑，点头，再点头。

这画面太像学校入学时，住校生的家长们从如何打饭、买饭票，到最后如何洗澡、洗衣服，都要事无巨细地先弄明白，然后再给孩子一一交代清楚。

自始至终，她都会时不时偷看身边的他，这样不同的季成阳。

她习惯了他的轻便衣着，从未想象过他会穿正装。季成阳始终能感觉到她的目光，有些好笑，却没有戳破。直到吃过晚饭，两人在地下停车场取车，他俯身过来替她系上安全带，终于若有似无地在她耳边问："为什么一直看我？"

"没看你，在看你的衣服。"纪忆嘟囔着，用手指摸了摸他西服领子，又去摸摸领带结。这怎么打的？回去要去网上查查，好好练习练习。"领带是你自己打的？"

"不是。"

不是？

"我买了几条，一次性让暖暖妈妈帮我打的，"他笑，还觉得自己这个做法非常不错，一劳永逸，"从没拆开过，要用的时候直接戴。"

她哦了声，疑惑散去，手指还是摸着他的衣领。

这种动作没有任何目的，有撒娇的成分，就这么黏着他。他甘之如饴，这才是被爱的感觉。在过去，无论是面对少年读书时代收到情书、礼物，或者是表演厅、排练厅久候不去的女孩子，还是成年后接触到或含蓄或直接表达相处意图的女人，他都会觉得麻烦，甚至抵触。而换成了纪忆……他自始至终从未排斥过。

"喜欢看我穿衬衫西装？"

"嗯。"她笑。

"以后在家，穿给你看。"季成阳的手肘搭在她的座椅靠背上，看着眼皮底下的人，视线落在她嫣红的嘴唇上，想到了一些不合时宜的画面，所以话里的内容也有了些暗示。

"在家穿？"

"单独穿给你看。"

季成阳看着她的嘴唇，微微张合，开始认真思考这个车位是否足够隐蔽。车所在的位置是车库的东北角，离出口最远，很少有车会开过来。他差不多确认被偷窥的危险很低后，坐直，拍拍自己的腿，示意她坐过来。纪忆有些不放心，他说："右腿没事，骨折的是左腿。"她手脚并用，有些费力地爬过去，在他腿上找了个比较舒服的位置，坐好。

车里放的是她去四川前换的CD，全都是英文经典老歌。

现在这首叫《Right Here Waiting》，中文译名《此情可待》。音乐渐入高潮，她轻拽他的手臂："快听，快听。"季成阳有些莫名，说实话这些歌都很老，七十年代的人一定都听过，但作为一个男人，他还没心思细腻到去认真听每一首歌的歌词。

此时在她的提示下，还是初次留意这首歌的高潮部分。

他听了会儿，按了歌曲循环："刚才没注意，再听一遍。"

纪忆不自然地瞥别的地方。

等待的时候，他自然地低下头，慢慢地吻她。两个人在这安静封闭的空间里，也不着急，就这么重新听着这首歌，慢慢接吻。他始终睁着眼，看她，也顺便留意车外有没有人经过。

歌曲渐入高潮，终于等到了她想要让他听的话：

Wherever you go, whatever you do, I will be right here waiting for you.

Whatever it takes, or how my heart breaks, I will be right here waiting for you.

无论你去哪里，无论你做什么。我会一直在这里等你。

无论命运怎样变迁，无论多么心碎，我会一直在这里等你。

小姑娘表达感情的方式一直很含蓄，当初他在伊拉克的时候，她用钢琴弹奏的那首《Angel》就是如此。季成阳的目光变得很温柔，透过车窗看到外边有车经过，似乎在寻找着车位，却没有提醒她。

纪忆看不到，仍旧窝在他怀里，仰着头，和他一下一下地、漫无目的地亲吻着。

当晚的赈灾晚会就在台里的一号演播大厅。

季成阳将车停在了电视台外，和她步行从西门走进大楼，途中经过数道安保人员的检查，七拐八绕地走进了大厅。此时，距晚会开始还有不到半小时，演播大厅里都是准备的工作人员，两人走进去，还没找到位子坐下来休息，就有个女人迎着走过来。

"我记得你，"那个女人和季成阳笑着说了两句话，转而去看纪忆，"你还记得我吗？"

纪忆点点头，有些腼腆。

季成阳第一次带她来台里，就拜托这个主播照顾过自己，就是她告诉自己季成阳被选为"台花"的故事，还有1998年洪水时，季成阳做实习记者因拼命而出名的事。

"我记得那时候你还穿附中校服呢，小小的一个丫头，哎，我老了，老了，"女人很怅然，顿觉自己上了年纪，随手去拍季成阳的肩，"老季啊，我们都老了。"

女人好像有说不完的话，和当初一样。

等差不多快开始了，才起身而去。

灯光暗下来。

纪忆看着远去的背影，倒是想起了另外一个人，装着随口问："今天没看见刘晚夏？她不来吗？"季成阳哑然而笑："应该来了。"

"来了怎么不找你打招呼呢？"她在黑暗中，低声问。

"不知道，"他的一双眼睛，黑得发亮，有笑，"估计是看到你在，就不过来了。"

她噢了声，嘟囔着："为什么看到我，就不过来了？"

这种明知故问的问题，明显属于拈酸吃醋。

季成阳对她的小情绪洞若观火，故意没回答，小醋怡情，对于这点他倒是无师自通。不出所料，几分钟后纪忆绷不住了，靠过来："反正……你不能让她再来我们家了。"

原来数年前刘晚夏深夜来访的醋，她还没吃完。

他笑，仍不说话。

纪忆又去扯他的衣袖。

他侧过头，低声在她耳边说："她一个月前结婚了，放心了？"

结婚了？

她顿时无言，觉得刚才的行为很丢人，坐直身子，眼睛一眨不眨地看着正前方。季成阳这才去看她，看着她眼睛里懊恼的情绪，很想告诉她：在这个世界上，能不去考虑现实的择偶条件，能理解他的所作所想，甚至在被伤害后还能如此坚定地重新开始，如此包容、等待一个叫季成阳的男人的女人，自始至终只有一个人。

这种事不是嘴上说说，脑子里想想就能完成的。

别人，做不到，也没机会做到。

所以，她是何等重要。

杜拉斯曾说，爱之于她，不是肌肤之亲，不是一蔬一饭，它是一种不死的欲望，是疲惫生活中的英雄梦想。

而对他来说，对于爱的解释就简单了很多：爱情，就是纪忆。

第二十五章 Right Here Waiting

纪忆以为，和主任的那顿午餐只是一个预警，没想到是鸿门宴。

赈灾晚会的第二天下午，她被叫到了人事部门。她来这里的次数不多，也就是签署实习和正式合同的时候，需要本人过来。

走进去的时候，大家正在聊昨晚的晚会。

在这种轻松的闲聊氛围里，她用目光搜寻给自己打电话的人。

"纪忆？"有人看到她站在门口，招了招手，"来，主任本来想和你聊聊，临时有事出去了，她交代我让你办停薪留职手续。"

她蒙蒙的，一时没听懂。

有两三道目光投过来，好奇，探究，还有其他情绪。

一瞬间，焦点就从万科的捐款门，到了她这里。

"我所有表都给你填好了，只需要每份文件上签名。"那个人办过她的实习手续，认识她，边低头继续说着，边将一个薄薄的纸质文件夹递给她。

还有一支笔。

这么突如其来的消息，让她无所适从。

纪忆蒙蒙地接过文件夹和笔，在旁边空置的椅子上坐下来，攥住笔的手指因为太用力，关节都有些发白。强制性的停薪留职，没有任何后续安排。

她从当初决定彻底离家，到面试录取研究生，然后经过七八轮面试笔试得到实习机会，开始每天计算公交车费、伙食费，计算如何定期存下房租的生活，到最后顺利通过实习期，成为留下来的两个实习生之一，这个过程整整用了三年时间。

而现在，家里不用正面交流，就让所有都退到原点。

走出办公室的一瞬，她有些茫然，看看门两边的走廊，不知道往哪里去。身边有人走过，或脚步匆匆走过，或是两三个在一起，边低声说话，边在笑。直到身后有人走出来，提醒她可以回去收拾东西，回家先好好休息，她才明白要去整理东西，离开这幢楼。

纪忆在这里的私人用品不多，整理进个小纸箱子就都解决了。

抱着箱子走出大楼，她想起来，后天是季成阳的生日，被叫到人事部前，自己还在研究要送什么礼物，能让他在手术前，过一个特别温暖的生日。

四年前，和他在一起的最后那个生日，他在伊拉克。

他们通了个国际长途，挂断后，所有的事情都开始变坏。从此以后，每年的5月21日都变成了一个心结，好像每到这个时候，就会发生一些事，让两个人的关系变糟……

纪忆满脑子都想着，接下来要怎么办。

这条马路尽头有个很大的公交车站，这个时间还不是上下班高峰，没什么人等车，她抱着自己的东西站在站牌下，努力让自己冷静。

没事，她现在自力更生，这个工作没有了，还能再找。

无论如何，她都不会离开季成阳。

就这么想着，她鬼使神差地选择了一条久违的回家的路。当她看到大门上的五星标志时，忽然就想到一个重要的东西：她没有通行证。

纪忆在考虑，要不要求助季暖暖时，已经先有电话打进了手机。

她将箱子放在脚边，接通电话。

"西西，"季成阳的声音传过来，"你在哪儿？"

"我在……"她犹豫，要不要说。

"不在社里？"

她沉默几秒，说了实话："嗯。"

电话的另一端也意外沉默。

然后，她听到他说："我在你爷爷家，现在愿意过来吗？今天可能要正式谈一些事情。"

季成阳站在纪忆家的阳台前，握着手机，在等待纪忆的回答。

他已经知道发生了什么，这些都比他预料的早了几天，打乱了他的安排。在地震发生时，当他背着那些病人到草坪上，发现自己手机丢掉，整个地区的电话线路出现故障，与外界失去联系时，他就已经考虑清楚，等灾难结束，要如何彻底解决纪忆家里的事情。

幸运的是自己家里的人都很坦然。

季老在得知后，最先表达的也是："很好的一个女孩子，不要被你耽误了。"

季成阳的视线里，能看到这里阳台的衣架上晾晒着男孩的衣服，有大一些的，也有小一些的，角落里堆积的是玩具箱、自行车、电动汽车。

刚才走来时，他看到纪忆原来住的房间，已经改成了小书房。

他还能认出在沙发的哪个角落里，陪她看过电视，替她包扎摔伤的伤口，还有在这个阳台上，帮她做风筝。可惜，这个家已经没了她居住过的痕迹。

如果不是需要彻底解决两人之间的阻碍，他不会让她面对这一切。

但如果她不愿意来，他也有别的方法。

纪忆没想到他也在这里，听着他的话，大概猜到他来做什么。原本就在胸腔里失去控制的心脏，跳得更加急了，"我就在院门口，"她说，"但没有通行证。"

"把电话给警卫室。"

纪忆将电话递过去。

季成阳在电话里报出了一个军线号码，让对方可以打电话过去核实。

很快，卫兵放行。

纪忆就这么抱着小箱子，走进大院。从主干道左转，疾步走了二十多分钟进入家属区。等她站到爷爷家的大门口，已经是一身汗。

她盯着黑色的大门，看了两三秒后，按下了门铃。

很快，门被打开。

开门的是三婶，显然是知道她来了，没有多余的意外表情，低声让她换鞋，快些进去。纪忆将箱子放在角落里，自己换了拖鞋，走进格外安静的房间。

客厅里，有爷爷，还有季爷爷和季成阳。

余下的家里人都在客厅，或是书房，避让开主厅。

她没料到是这种阵势，依次叫过去："爷爷、季爷爷。"

最后视线落到他身上，没有出声，可始终忐忑的心也因为和他的对视，慢慢地安定下来。

"西西，"三叔从书房里走出来，"你三婶想先和你谈谈。"他很快对着三婶看了一眼，后者从餐厅的椅子上站起来，将纪忆带入她曾住的房间。

虽然不知道来之前，大家已经谈了什么，但纪忆能猜到三婶会说什么。

果然，当她在小书房的椅子上坐下来，三婶就开始告诉她院儿里的风言风语:"你爷爷很生气,你知道院儿里一些老阿姨,知道这件事,都对自己家孩子说:'和你从小玩的那个纪忆,现在和季家那个叔叔在一起了。'西西,你从小就特别听话,是让家里最省心的一个孩子,怎么忽然就在感情上面这么把握不住方向呢?"

纪忆没说话。

三婶也是被交代了任务,说的话都是事先想好的,很有逻辑。

从两家的关系,说到两人的辈分差,最重要的还是纪忆这么好的年纪,感情还不成熟,没必要这么早就选择。"更何况,西西,你还没吃过真正的苦头,"三婶的话倒是符合普遍的价值观,"你季叔叔……季成阳的身体不好,这才三十岁出头,以后的日子还长着呢。我们也都是为你考虑,这些你都必须知道实情。"

"我知道。"她终于出声。

三婶顿住,看得出她基本属于油盐不进的态度。

最后,话题终于转向了另一个方向,要送她出国念书。

这也被她摇头拒绝了。

谈话以劝说失败结束。

纪忆走出房间,当三婶对三叔摇头时,纪忆的爷爷也看到了,微微蹙眉,说了句:"西西,按道理,爷爷不该再管你。都是儿女赡养父母,哪里还有父母为儿女管一辈子孩子的?你三叔也没义务一直帮你爸爸管你。"

话里有很重的情绪。

可能是从小跟着爷爷长大,纪忆被说得鼻子有些发酸,完全不像刚才在小房间里那么冷静。从刚才进门,她就有种再也没有家的感觉。以前念书住校,周末回来,还有个自己的房间遮风挡雨,现在她没有了这个地方。

视线里仍旧是熟悉的书房、卧室和洗手间,仍旧喜欢穿着深绿色军裤的爷爷坐在棕色的座椅上:"上次你爸来,我把他骂走了,不知道孝顺父母,连女儿都不管,"爷爷继续说着,做了最后的表态,"虽然你爸妈这么对我,但我对你还是有感情的,希望你能过得好。"

所有人都听着这段话。

她不知道季成阳会怎么想,这整个屋子里只有他是外人,这些话就是在直接否认他,他却还坦然坐在这里。

"我已经独立了,有很好的工作,以后也绝对不会花家里任何人的一分钱。"纪忆低着声音,再次重复了自己的想法。

这是她和家人说得最重的一句话。

她年幼时，曾在这里躲风避雨，在成年以前，家人也从未在经济上亏待过她。只能说，做亲人的缘分薄了些，所以她仍旧感恩，当初爷爷能将自己抱回来抚养照顾，给她良好的教育环境。

而季成阳……

在爱情没到来之前，那些给予她的无私照顾，都不是他的义务。

在她追着父母的脚步，想要换回一个微笑的时候，这个叫季成阳的男人送给自己的却是不计回报的袒护和爱护。没有他，她的人生从十几岁就会偏离轨迹。所以那四年的分开，还有今后可能遇到的事情，对她来说都不重要。

"我不想出国读书，"纪忆顿了顿，去看季成阳坐着的那个地方，"我要和他结婚。"

她的话转折太快，虽然声音很轻，却字字砸到最深处。

直接的表态，让整个客厅又陷入了死寂。

很快，有人打破了这短暂的让人尴尬的安静。"纪叔叔，"季成阳从沙发上站起身，"就像我刚才当着我父亲的面所说，我会为纪忆的未来负责任。"

他说完，弯腰将一个文件夹打开，放到众人面前的茶几上。

"老纪啊，"季爷爷淡淡地笑着，开了口，"如果两个孩子之间发生这种事，非要说谁有错，也是我儿子的错。怎么说呢，两个孩子年纪差得也不多，算是有缘，我这里表个态，西西我很喜欢，如果你舍得的话，不如送我个人情，让她到季家来。"

她感觉自己的脸很烫，烫得发疼，好像是发烧了一样。

纪忆爷爷始终沉默，纪家的人也没敢出声。

过了好一会儿，老人家终于叹口气，摇了摇头："不知道还能说什么。"

季成阳在纪忆来之前，就已经告诉两位老人，自己这个文件夹里都是些什么。此时见纪忆爷爷算是松了口，将别在文件夹上的黑色钢笔拿下来，让纪忆过去。

交到她手里的，一共有四张手写的纸。

签署的日期都不同。

2001年，2003年，还有两份是今天的，每一份都签有他的名字。

2001年，他脑肿瘤手术前，她因为赵小颖卷入了一场校园暴力事件。当时出面去斡旋的季成阳，从受害家庭到学校，最后平息了一切。这张纸是他亲笔写的，这是给她留的第一笔钱，用来完成她的学业。如果他手术失败，这笔钱由季爷爷交给她。

2003年，是他离开中国前，将所有个人财产都留给了她。

现在的两份，是高额的人身意外保险，受益人是纪忆；还有一份是季家给她的承诺，如果季成阳有任何意外，不管两个人是否是婚姻关系，属于季成阳的所有财产，包括他日后会得到的季家所有的遗产，都会留给纪忆。

最后一份，需要她的签字。

这就是季成阳今天带来的所有诚意。

在纪忆重新踏入这个家门之前，他就已谈过了一切。

纪忆拿着笔，看着手里的东西，低头看了很久，再抬起头，视线早已模糊。她从没签过这种东西，尤其是这种以他的死亡为前提，保全她个人利益的东西……

季成阳看着她，微微颔首，示意她不要犹豫。

她蹲下来，像是小孩子一样蹲在茶几前，将纸放在面前。笔下就是自己需要签名字的地方，旁边是行云流水的三个字：季成阳。

这一瞬的落笔，脑海里浮现出很多画面。

那些过往、分离，还有很多两个人说过的话，毫不留情地席卷而来。

她没有过同龄人的恋爱经历，包括那种最大众的恋爱方式。季成阳从不会像身边的普通人一样，会在女朋友的逼问下，自愿或是被迫地讲述当初是如何心动，如何爱上。即使是再不善言辞的同龄男生，也总会有表白心迹的时候。

他不一样，他永远冷静，永远都事先考虑好一切。

包括这一次，或者说，是从她十五岁那年起，他就开始为她考虑好了很多东西。

笔尖落在纸上，她签下名字。

"纪忆"和"季成阳"并列在一起，就像当初在小学黑板上写下来的"纪"和"季"。

这就是这件事最后的结局。

季成阳用从2001年起开始的一份份文件，证明了自己对纪忆一辈子负责的态度。虽然这样的方式有些强势，但这是他能想到的最快的解决方法。最幸运的是，季成阳的父亲自始至终都在支持他，甚至陪他登门，让所有的影响都降到最低。

他开着车,带纪忆离开家属区。

道路两边的杨树树叶都开始茂盛起来,丝毫不像他回国时的样子,灰突突、光秃秃的。纪忆坐在他身边,心里始终突突地跳着,后知后觉不断回忆刚才自己是如何说出要和他结婚的话,而又是如何在众目睽睽下签了那样的文件。

车开过巨大的花池转盘,开上了通往大门的主干道。

主干道一路向东,就是离开这里的大门,向西一路开到底就是游泳馆,再右转,进入军事区、军营、教学楼区、野外喷火、轻武器射击和侦毒训练场……

她脑子里迅速描绘着这里的地图,忽然想哪里都走一走。

她好像忽然就有了资格,能重新回到这里,重温小时候的每个记忆角落。

"我们去哪儿?"她看着车窗外的景色,问他。

"随你高兴。"他笑,看了眼她手扶着车窗的样子。

"那我们去开车吧?"她忽然回头,眼睛亮晶晶的。

季成阳倒是没什么异议,他看了看时间,打了几个电话,确认那里此时已经没有了正式活动,就这么掉转头,一路开着车,向着她想去的地方而去。

车就这么一路从柏油路开进泥土路,颠簸着穿过一个个训练场,最后停在了两人曾经来过的地方。

夕阳西下。

纪忆跳下车,看着这个虽然来过却因为是夜晚而看不到全貌的地方。

远处看不到围墙,只是大片的灌木丛绵延开去,红黄色的日落阳光洒在灌木丛上,算不上什么美景,却有着军事训练场的独特氛围。

纪忆自己溜溜达达走了两步,转过身,去看他,心情好到无法形容。

季成阳似乎是看出来了她的意图,看了看空无一人的四周环境,对她伸出手臂,示意她可以随意发挥。

然后,白色的人影就这么扑过来,撞到他怀里。

"上一次你带我来,是不是已经开始喜欢我了?"她乌溜溜的大眼睛透过他的手臂缝隙去继续看落日,有些不好意思地问他。

上次?季成阳算了算时间:"如果是,那我就真的是道德败坏了。"

那时候她差不多十四岁,对他一个二十多岁的男人来说真的算是个孩子,会怕黑,爱哭,总是小心翼翼想要对身边的人友善,换回一些回应的小孩子。当时为什么要带她晚上来这里看他开车,他自己也说不太清楚,但至少还不算是爱情。

"在惠灵顿呢?"

"惠灵顿?"季成阳继续算时间。

在那里发生了一些事,他倒是记得清楚,小姑娘是如何在深夜的海边,在自己抱她躲开海水的时候,隐晦地用一首歌来暗示她喜欢自己。那应该是他第一次察觉到她对自己除了对长辈的依赖,还萌生出了一些连她自己都不知道有多严重的感情。

也是那晚,当他抱着她走在无人的楼梯间时,他也能感觉到她的脸轻轻靠在自己锁骨上的温度。所以他提前离开了惠灵顿,没有按计划带她去看维多利亚山。

后来他回到美国,就发生了举世震惊的9·11恐怖袭击事件。

她听不到他的答复,有些摸不准地抬头,去看他。

这个角度只能看到他的下巴和微微弯起来的嘴角,可是从这笑容里,也完全推测不出问题的答案。不过看起来,还是太早了⋯⋯

季成阳到最后也没一个准确的答案。

太阳彻底落山后,空气里还有着白天的余温,五月中旬的天气已经有了些燥热。风吹着灌木丛,瑟瑟作响,她继续抱着他,给了自己一个假设的答案。

就让一切的感情都从2001年开始。

那个他从天之骄子变成失去光明的普通人,前途未卜,命运难见,而她也是初次直面所有家人的冷漠,在黑暗中,是失去光明的他给了自己所有的支持⋯⋯

回去时,已经接近晚上九点。

车按照来时的路,开出训练场,一路沿着无人大路往回开,和那天晚上一样,只是身边人已经不会一边开车一边对着窗外抽烟。

纪忆开了车窗,暖暖的夜风不断地吹进来。

"你还记得你那个好朋友王浩然吗?"她忽然想起了一些事。

"他现在在德国交流演出。怎么了?"

"苏颜呢?"她又问。

"苏颜?"季成阳想了想,"我记得王浩然说,他和苏颜是三年前结婚的。"他还记得刚刚回国后,在纪忆家楼下被王浩然狠狠揍了一拳,后来过了几个星期,王浩然才有些别扭地告诉他,自己和苏颜结婚了。

他还记得和王浩然、苏颜初相识的时候,是几个人一起在比赛里获奖。

三个人的友谊维持了很多年，所以知道这个消息，他还送了一份很大的厚礼。人到了一定的年纪，会发现身边不管是什么样性格的人，经历过多少的事情，大家最后谈到彼此的现状，都会以家庭话题为标志：结婚，或是生子。

他脑海里浮现出王浩然曾说过的话："几年前看见西西，我就觉得每次见她，都特想宠着她，男人想宠女人的那种心情……"
或许也就是因为这句话。
他大概从那时开始就知道王浩然对纪忆有着一些想法，当时的他嗤之以鼻，可最后绕不开纪忆这个名字的是他自己。

纪忆本想说一些季成阳离开这四年，有关于王浩然的事，却被苏颜和王浩然结婚的事吓到了，忘了自己最初提问的初衷……是想看看他是不是也会"吃醋"这个技能。
她手撑在车窗边，托着自己的下巴，沉浸在物是人非的情绪里。
显然以她的年龄，这些事还看得不够多，有些不解和疑惑。比如为什么曾经那么喜欢季成阳的苏颜，可以嫁给王浩然……
在她的逻辑里，爱过季成阳，就再也没办法爱上别人了。

尾声 一生有所爱

纪忆很快接到社里的电话，催促她回去工作。

她到办公室，从同事那里接手一些资料，翻了翻，是5月初缅甸中南部遭飓风"纳尔吉斯"横扫后，最新的照片。一场飓风，死亡人数可能超过十万。

身边站着实习生，送来译好的外电，关于南非的排外冲突，超六十人死亡。

……

一切都没有变化。

每分每秒都在发生着各种天灾人祸，而她就处理着这些信息，筛选编辑后，发布出去，这是她的工作。

可她的生活……

纪忆在电脑前坐下来，打开电脑屏幕，按下开关的一瞬，想到了几天前那尴尬一幕。

当她和季成阳、季爷爷离开家属区的时候，她对着黑色轿车内的季爷爷犹豫了半天，也没说出告别的话。"现在就叫爷爷，"他这么聪明，将她那些小纠结、小犹豫都看得清清楚楚，"等以后该换称呼的时候，再慢慢适应。"

当时的季成阳如此告诉她。

那晚，季暖暖来了电话，一面恭喜她终于打破所有阻碍，成为半个季家人，一面又低声抱怨，自己从小到大的结婚愿望就是纪忆能做伴娘，为了达成这个愿望，暖暖甚至已经将伴娘礼服悄悄预订好了，可现在算是彻底泡汤了。"我妈说，这像什么话，未来的小婶婶做你伴娘？"暖暖嘟囔着，在电话的另一端长吁短叹，直到电话挂断。

辈分彻底错乱了。

如果时光倒退回去，她第一次叫他小季叔叔的时候，根本不可能想象得出，当时面对这个比自己高了几十公分，能将她抱起来放在手臂上也不会感觉吃力的年轻男人，在十几年后，自己不会再叫他这个称呼，而是简简单单的三个字：季成阳。

她终于理解，那些现在已经知道、未来即将知道她和季成阳感情的人会怎么想，连她想要对季家人改口称呼的时候都这么尴尬，更别说外人了。

可季成阳永远能做到坦然面对。

他对命运，对那些不间断的挫折，总有着超乎自身年龄的坦然，而同样，对内心确定的感情，也有着完全漠视世俗的坦然。

因为季成阳即将做手术，复职的第一天，主任只给她排了上午的工作。她中午回到家，听不到任何走动的声响，就换了鞋，在各个房间里转悠着找他。因为怕他在做事情，就没有出声喊他，等进到书房门口，就看到门是虚掩的。

她走过去。

透过不到五公分的缝隙处，看到他。

他坐在悬挂窗台的羊毛毯上，舒展开穿着运动长裤的腿，闭着眼睛，靠在那里休息。他的腿很长，横跨了整个窗台，这个角度，甚至能看清阳光是如何照过他的发梢。

照亮他的侧脸。

她看到他身边放着卷起来的卷轴，走过去，展开来看，是她曾经买来想要记录他去了哪里的世界地图。这张图她在他去伊拉克之前买回来，之后就始终放置在书桌上，闲置了很多年，现在，那上面贴着一张张便笺，很详细地标注出了他去过的每个地方，还有时间。

"上来。"他将她抱上窗台，用手臂圈在身前，像抱着个软绵绵的小抱枕一样拥着她。

"你1997年就去叙利亚了？"她低头，用手指轻划着，摸了摸那个自己没去过的地方。

"夏天去了叙利亚，就是带你去跳舞的那年。"

季成阳的手腕碰到她柔软的前胸，却没有什么多余的动作。他将刚才充斥脑海的那些想法，那些万一手术失败之后，对她未来的规划都暂时忘记。

她一句句问着，一年年地过去，最后停在了2003年。

然后，是2007年。

"去年……你去过约旦？"

他告诉她："我在伊拉克运气不好，遇到了绑架，大概是2007年被救出来，最先是送到约旦的一家医院进行治疗。"

季成阳在国外接受一系列精神和身体治疗的日子里，找不到纪忆的那段时间，当他看到和她年龄相仿的华人小姑娘，总会多看两眼，想要在脑海里能有更具体的想象空间，想象她的变化。长发还是短发，脸上的婴儿肥是否都褪掉了，是不是还动不动就哭。

老一辈的人总喜欢说，经历过大的挫折，才会改变一个人对生活的态度。

让他现在想过去的那么多年，一九八几年，从山区进入北京算是一次，改变的是他的世界观，他看到了超出想象的世界，他要变得融入这个世界，甚至要做少数的那部分杰出者。

2001年是第二次，没有那场大病，或许，他不会冲破自己的心理阻碍和纪忆在一起，那场大病也让他更坚定了自己的人生价值观，"时不我待"，做一切想要去做的事，这是那时的季成阳……二十五六岁的年纪，遭遇大挫折后，重获新生和爱情，正值男人最好的年华。

现在的他，不再是那个用语言告诉纪忆"我不是一个完美的人，谁也不要把我想得那么完美"，而是真的意识到，自己终归是一个寻常人。

他确实做不到完美。

他的思绪停在这里。

纪忆挪动身子，转过来，让自己能看到他。没有任何多余的话，她已经心疼了，所有的颠沛流离她都不忍心听，他又是如何经历的？

"你刚回国的时候，我和同学出去，喝过啤酒。"她忽然忐忑。

"然后？"季成阳没猜到她想说的是什么。

"你做脑肿瘤手术那年，我去雍和宫，许愿只要你能康复，我就再也不喝水以外的东西了……"她不知道怎么往下说，这件事担心了很久，都快成心病了。

"噢，封建迷信。"他笑。

"……宁可信其有，不可信其无。"

"放心，不会有问题，"他低头，用额头碰了碰她的，"绝对不会有任何问题。"

这就是两个人关于这场手术的最后一次谈话。

手术那天，纪忆拿了本厚厚的字典。

低头，狠狠地背单词。

在季成阳2003年去伊拉克之后，这就是她唯一安抚自己的方式。

她一直告诉自己忘记昨晚医生和他的谈话内容，还有今天手术开始前，医生对门外人例行公事的交代。不知道暖暖父母知道多少，当时的暖暖已经听得脸色煞白，而她，就这么看着暖暖父亲手握着笔，在那些纸上签下自己名字。

字典被翻过去十几页。

时间也在分秒消逝。

她感觉暖暖想和自己说话，却又什么都没说。

手中的字典忽然被抽走。"西西……"暖暖叫她，却在一瞬间摸到页脚，那里都被她的指甲抠破了，皱皱巴巴，叠起了厚厚的一层。

"你帮我拿一会儿，我去洗手间。"她站起来，发现腿都是软的。

又怕被身边的季家人看出来，强撑着，向前两步，这才找到走路的感觉。这一层的洗手间并不大，虽然人不多，但还是等了好一会儿。等她再出来，发现手术室的灯已经灭了……心就这么忽悠一下，险些停跳。

医生走出来，告诉他们手术很成功，季成阳已经直接被送到了VIP重症监护室。

所以这些等候在外的人，此时是看不到他的。

因为是VIP监护室，可以允许有一名家属陪护，护士问询是否需要家属陪床时，暖暖父亲没有说什么，倒是暖暖母亲视线偏了偏，落到纪忆身上："西西，吃得消吗？"

她点头，生怕会不让自己陪在他身边。

暖暖母亲微微笑，叮嘱她："这里都是护士负责照顾病人，不是护工，让她们照顾他，你可以轻松一些，只要陪着就可以。"虽然她还是不知道，以后的日子是该叫面前人阿姨，还是跟着季成阳换一种称呼，但本质不会变，暖暖母亲还是将她当作孩子一样叮嘱。

她答应着，送走季家人。

深夜，纪忆穿着特意给她准备的绿色衣服和拖鞋，在他床边陪着。医生说过，以他的身体情况，应该会在术后四五个小时后苏醒过来，大概就是晚上一两点的时候。她就守着这个时间，因为不想去洗手间离开这里，渴了就抿一小口水，润润喉咙。

可过了凌晨两点，季成阳还没有醒来的迹象。

时钟跳过两点整，就像是跳过了最后的心理防线，她开始害怕起来。护士在一旁做着检查，记录数据，她忐忑地寻找医生在哪里。很快，医生就进来，看过他的情况后，告诉她不要担心，并再次解释像季成阳这样本身身体就不太好的人，苏醒缓慢也很正常。

她点点头，脸色已经有些不好。

医生很快离开，这里又只剩了她和两个护士。时间好像被无限拉长了，每一秒都走动得很清晰，她不知道自己数了多少秒，多少分钟。

他到底会不会醒过来，如果醒不过来怎么办？

越是慌，越是去猜想。

喉咙像是被压了重重的一口气，只是想哭。身后，忽然有一只手拍了拍她的肩膀。

她恍惚着，清醒过来。

"醒了。"护士的声音提醒她，然后立刻去叫医生。

视线被泪水模糊，可还是能看到他眼睛睁开来，在寻找着自己。

纪忆凑过去，不敢说话，就直勾勾看着他。

手足无措，碰也不敢碰，动也不敢再动。

最后，还是季成阳的手先抬起来，似乎想要摸到她的手，她忙将手递过去。季成阳起先是紧紧攥住，很快松开，顺着她手背摸到了无名指的位置。

然后，用两根手指圈了圈。

这是他苏醒后，所做的第一件事。

纪忆本来拼命憋住的眼泪，唰地流下来，怎么止也止不住。

完全看不清面前的任何东西，医生是什么时候进来的，说了什么，然后围住他去做了什么，她都恍惚着，不知道辨认了……

似乎只看到季成阳的嘴唇微微张合着，叫她："小泪包。"

季暖暖的婚礼如期举行，定在奥运会开幕式当天。

喜宴很热闹，季成阳也已经恢复得差不多，在暖暖的坚持下做了她的证婚人。纪忆坐在热闹的宾客中，想到暖暖在上午离开家之前，给肖俊的最后一个电话，告诉他自己今天结婚了。很简单的内容，而肖俊的答复似乎更简单，只是告诉她，要好好过。

整个通话像是一个简单的告别仪式，就此山高水远，不再相见。

这个插曲只有她知道。

下午三点多，婚礼结束，季成阳带她离开，并没有说要去哪里，可明显车是开向大院的。

一路上，到处都是奥运的氛围。

所有人都在期待着被宣传已久的开幕式会是怎样。

车驶入大门。

"我们去哪儿?"她本来想等惊喜,没有追问,可还是忍不住好奇心。

"去电影院。"

"电影院?"

季成阳不置可否。

他将车自主干道右转,停靠在电影院前的空地上,然后带着她沿着白色的石阶一路向上而行。空旷的影院大厅,除了两个负责放映的人在,没有多余的人。

纪忆从走入这里,就觉得一切都变得特别不真实。

像是被扯入时间的旋涡。

她能记得,那些学员兵是如何排着队列,鱼贯而入,又再散场后,保持着相同的秩序离开。这里不像院儿外的电影院,两侧会有宣传海报,商业氛围浓郁,这里就是简单干净的,走进玻璃大门就是大理石地板的大厅,穿过去,推开那两扇暗红色的木门,就是千人放映厅。

放映的人似乎真在等他们,看到季成阳来了,打了个招呼,很快进入放映室。

而她和季成阳,就推开门,走入漆黑的放映厅。

电影已经放了一会儿,是《大话西游》的第二部:《大圣娶亲》。

很多年前,他陪她看的是第一部:《月光宝盒》。

大屏幕上,周星驰一把推开想要吻上去的紫霞仙子,后者正一脸不敢置信地看着他……在主角们的对话里,纪忆转过身,打量四周真的没有一个人后,将手臂伸过去,抱住季成阳的腰,脸蹭了蹭他的衣服,小声说:"你特地带我来看《大话西游》?"

季成阳在黑暗中,眼角微微扬起,很喜欢这种安排带来的效果。

"开幕式前也没什么事做,就带你来看完它。"

纪忆的心飘乎乎的,说不出地开心。

这可是他第一次这么浪漫,陪她追溯小时候的记忆。季成阳式的浪漫。

她想着,听着电影的声音,就笑了。

"那时候我这么高,是不是,"她用手比画自己十一岁时的身高,轻声问,"小季叔叔?"

真是久违的称呼。

季成阳笑了:"我都忘了,你上一次这么叫我是哪年了。"

哪年?

很久了吧。

她喜欢上他的时间，实在太早了。

她靠在他身前，看到他身后的红色木门露出了一条缝隙，有阳光投入，落到影院的地面上。很细的一道光，约有一厘米的宽度，不耀眼，不刺眼，只是安静地将门缝的两侧染成了浅金色，将地面的黑暗分割开来。

"小季叔叔？"她再次轻声叫他。

"嗯？"他倒也乐意配合他。

"你知道这个电影的主题曲叫什么吗？"

"不知道，"季成阳倒是答得痛快，"是什么？"

"《一生所爱》。"她告诉他。

第一次看《大话西游》，是他送给她的"影院包场"，那时她年龄太小，看不懂这里边的爱与遗憾，也听不懂粤语版的主题曲。后来出了同系列的第二部，她记住的是紫霞仙子的那句话："我的意中人是一个盖世英雄，有一天他会踩着七色彩云来娶我。我猜中了这开头，却猜不中这结局。"

而对她来说，季成阳就是这样的一个理想式的存在。

她自喜欢上他的那一天开始，就没敢去猜想两个人的未来。

而他，给了她结局。

也是她最想要的那一个结局。

番外一 黑暗尽头的光

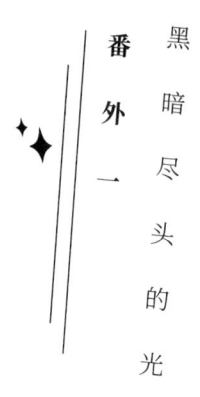

2003年5月21日

季成阳

"我爱你，特别爱。"电话的另一头传来纪忆的声音。

他的手有那么一瞬顿住。

这一刻，他觉得自己不是在伊拉克，而是在北京，在北三环的家中。小姑娘无比认真地弹完一曲《Angel》，有些不好意思地回过头，看着自己说："我爱你，特别爱。"

然后，一定有个可爱的蛋糕，插着足够数量的蜡烛。

烛火会映着小姑娘的脸和那双让他魂牵梦萦的眼睛。

忽然有人叩门："Yang。"

室友在叫他的名字，也就此打断了他的短暂走神。

他匆匆挂断电话前，告诉纪忆："我可能越来越少给你电话，方便的时候，会通过邮件和你联系。"很快，他听见她回答："嗯，生日快乐。"

"挂了。"他说。

因为来不及了，他必须马上离开这个房间，去工作。

他们来了这里很久，却始终没有机会采访到美方的人，这是让人很沮丧的现状。虽然从5月1日开始，布什已经宣布对伊拉克的主要作战任务结束，季成阳及他的室友却清楚，这场战争刚刚开始。

而他们要做的还很多。

季成阳随手拿了自己扔在床上的外衣，开门走出，室友很快告诉他，找到了机会采访美方。"今晚，我们连夜去巴格达，那里有我的朋友。"室友说。

他忽然看到室友的外套里，竟穿着大学时的衣服，上边还有大学校徽："这么恋旧，还留着这衣服？"室友笑："是啊，恋旧，保持学生时代的热情嘛。"

季成阳也没多说什么，两个人用五分钟收拾完，背上自己的行李，与另外两个来自英、美的记者离开了这个小酒店。

这里距离巴格达有七个小时路程，路上随时都能遇到武装冲突，很危险。四个人找了很久，才终于找到一个五十多岁的伊拉克男人肯带他们上路。季成阳迅速和男人谈好价格，众人跳上车，就这么在漆黑的夜晚出了城。

很快，车驶入更加漆黑的城外。

他从车窗看出去，只能看到远近的路、河沟、战争废墟。

身边的两个外籍记者在低声交谈着："今天还没吃过饭？""是啊，胃有点疼，包里面包昨天吃完了，等到了地方，要好好吃一顿。"

这就是伊拉克战争开始后，记者们的状态，时刻跟踪战场动态，一熬就是二十几个小时，再加上为了应付随时可能发生的危险，始终要绷紧神经，忘了吃饭自然就是常事了。

颠簸中，就这么行驶了两个小时，他有些疲惫，在和室友商量了轮流休息的时间后，将自己的衣服拉上来盖住脸，很快进入了睡眠状态。

耳畔骤然传来轰然巨响，机枪扫射声、爆炸声、人的尖叫和恐惧嘶吼的声音从四面八方袭来。车猛地刹住。

纪忆

她将钢琴上的白布放下来。

不知道这架钢琴季成阳用了多久，看起来很新。想来也是，他从开始做战地记者，就一直到处跑，没什么机会长期住在这个家里，即便回来了也应该没什么时间安静坐下来，弹奏一曲。

纪忆想象不出，八岁的季成阳是如何弹奏钢琴的，又是如何在万众瞩目的比赛里折桂……她站起来，长长呼出一口气。

接下来做什么呢？

真可惜，本来想着能和他多打一会儿电话，多说几句。

她来回溜达了两步，就拿起手边的书，取出书签，下边刚好压着一句话是：

"……战地摄影大师卡帕的经典名言：如果你拍得不够好，那是因为你靠得不够近……"

2003年5月23日

季成阳

昨晚，他和几个记者来到这个医院。

因为忽然爆发的局部冲突，那个伊拉克男人退缩了，无论他们出多少钱，都不愿再前行。四个人只能下车，徒步走了整整一夜，才找到一家有医生的医院。

在战地，医院是能让人感觉安全的地方。

"我来自中国。"季成阳一边调整自己的相机，一边笑着和身边几个小孩子聊着。

"我知道，几年前这里来过几个医生，其中一个就是从中国来的。"一个十三四岁的男孩子回答，笑着哼唱了几句歌，隐约歌词是："遥远的东方有一条龙……"

季成阳不太听流行歌曲，虽然不知道这首歌是谁唱的，但知道是唱的祖国。

"这也是那个医生教你的？"

"是，医生唱得很有趣。"

两个人说着，身边另外三个小孩子忽然爆笑起来。原来是有一个人学着迫击炮的声音，模仿得太像，让进来的护士信以为真，紧张地让病人们疏散。当护士发现大家都盯着她笑的时候，这才反应过来是被骗了。

正是一天中阳光最好的时候，整间病房都装满了笑声。

季成阳拍下刚才唱着"遥远的东方有一条龙"的少年，镜头里，少年的侧颜如此清晰，眼睛里有阳光的印记。

这时候，室友在门口对他招手。

他看到了，拿着相机走出去，两个人走到院子里抽烟。

打火机连续打了七八下，都没有火苗出来，看来是油用尽了。"不知道附近哪儿有卖打火机，"他将打火机在手心里掂量了两下，用英语说，"顺便买点午饭。"

室友也没反对。

两人就这么走出院子，还没走出两步，季成阳的手臂已经猛地被室友拽住，拉向新挖的战壕，同一时间，引爆的炸弹碎片已经落到他们面前五米的地方。

没等喘口气，又是迫击炮的声音。

两个匍匐在战壕里的人慌忙对视一眼，都听出这个声音来自医院，那里还有医生护士、很多孩子，还有两个外籍记者在午休……

炮弹接二连三落下，都在距离两人不远的地方。

不断有沙土被掀起来，撒向他们。

季成阳在震耳欲聋的声响中，感觉自己整个人都被沙土埋住了，眼睛、衣服，甚至嘴里都有沙土。下一分钟，他就有可能葬身此处。

这是他进入伊拉克以来，第四次如此近地接近死神。

不会是第一次，也不会是最后一次。

他清理着脑中思绪，尽量让自己冷静，整个人在沙土里等待着，不敢挪动身体，怕被当作下一个攻击目标。直到五分钟后，再没有炮弹声，身边的室友终于稍微挪动下身体，不停吐着口水："Yang，怎么样？"

"没受伤。"他简短回答，牙齿间还有沙砾。

"要被埋在这儿，连坟墓都省了。"

"免了，"季成阳吐出嘴里的沙子，"埋也要落叶归根。"

两个人浑身是土，从几乎被沙土填平的战壕里爬出来，视线所及，全部都是爆炸后的废墟，竟一时找不到回医院的路。

约莫走了两分钟，转过转角时，他肋骨处忽然袭来一阵剧痛，转瞬就没了知觉。

纪忆

大课已经结束。

纪忆懒得起身，现在这个时间去食堂正是人最多的时候，晚半个小时，虽然菜会少，但人也会少。反正她也不挑食，剩下什么吃什么就好。

她趴在桌子上，歪着头，有些出神地看着窗外的树叶。

绿油油的，被风吹得颤巍巍地抖动着。

折射着阳光。

阳光。

阳。

"季成阳……"纪忆自言自语着，换了种声音，小小声又念叨了一句，"小季叔叔。"

不知怎的，她就觉得后边四个字让人特别不好意思，脸有些热，耳朵也痒痒的，莫名地烫了起来。

2003年6月1日

季成阳

高烧不退，枪伤加上被虐打的伤口都在发炎。

季成阳迷糊中，感觉有冰凉的触感，从右手臂蔓延开。视线里，他隐约能看到有个少女娴熟地将装着消炎药水的塑料瓶挂在墙壁上，然后，低头看了他一眼。

纪忆

她发现季成阳已经十天没有联系自己了。

暖暖说，他过去都是这样。因为战区的不稳定，都是找到方便的地方再打电话给家里，或者是邮件，总之，只能等到他联系自己，要找他毫无办法。

2004年2月14日

季成阳

他不知道这些人想做什么，不要赎金，也不要与政府谈判。

自从被关在这里，他就再没见过和自己一起被俘的室友。

同在这一个房子里的，还有一个来自意大利的记者，那个人的英语并不好，季成阳只能用简单的英文单词拼凑成的句子和他说话。

算不出日子，不知道今天到底是哪天。

他只知道，在中国，应该是冬天了。

"我有个妻子，"意大利人忽然说，"大概有四个月没见了，你呢？"

"我？"他的嘴唇微微动着，大腿骨折处的伤痛，让他连说话都觉得吃力。

这些日子不知怎么了，想到西西，总让他觉得眼睛发酸。

他抬起手臂，挡了挡自己的眼睛。

just是这个动作，让他想起了很多年前的一个冬天，在四川山区里的某个深夜。他醒来，屋里竟然还有灯亮着，他因为眼睛尚未缓过来，也是如此用手臂挡了挡。而那时，灯下的小小姑娘正低头，一针一线、像模像样地缝着自己的外套。

"我也有个妻子，她比我小很多，"他回答，"从2003年5月开始，就再没见过了。"

纪忆

这天，她和班里的同学一起去看了班长。

那个家境贫寒的班长，因为肺癌而剃光了头，苍白着脸和嘴唇，却还在笑着和他们闲聊，不肯接受班里同学的捐助……

纪忆特别难过。

回到学校，她给季成阳写了封邮件，倾诉班长这件事。

她觉得命运不公，明明那么优秀的好人，什么坏事都没做过，怎么就忽然得了不治之症？

信的结尾，她仍旧这么写：

爱你的，西西。

很快，邮箱里就收到了他的自动回复。

纪忆看着满是他自动回复的电子邮箱，觉得空荡荡的难过，忽然觉得，季成阳离自己很远，远得几乎没有任何关系了。

2005年7月19日

季成阳

随着入夏，炎热的温度让伤口愈合更加困难。

伤痛伴随不退的高烧，让季成阳的思考能力迅速下降。他整个人都虚弱极了，不管是身体还是精神，奇怪的是，他能回忆起来的画面却越来越平静温暖。

难道是人之将死的原因？

他能想到的大多是零碎的、细枝末节的东西，比如西西哭的时候，总是抽抽搭搭，从没有什么大的声响；比如她靠在自己怀里看电视剧的时候，总喜欢给每集做个总结，好像总结完了，这电视剧才算彻底看完了……

这天夜里，这些人竟然破天荒地将他带出屋子。

在那个窗都封起来的房子里，他见不到什么光，猛地出了那个黑暗的空间，竟觉月光都陌生。

"这个人，你给他翻译。"身边举着枪的男人，用枪口去比画了一下前方空地上跪着的金发男人。季成阳看过去，还没听清楚举枪男人接下来说的话，整个人就彻底僵住了。

他能看到那个金发男人的身后，还有两具无头尸体。

其中一个，衣服胸口就绣着大学校徽……

纪忆

她抱着自己的膝盖，蹲在空无一人的走廊，哽咽着，用手指去抠着地面。眼泪落在她的手臂上，再顺着手背流到了地上，淋湿了一大片地面。

好想进去，今天特别想进这个家。

可没有钥匙，她再也进不去了……

2006年2月12日

季成阳

到处都是爆炸声，枪声。

有政府军在和这些人交火，企图救出被绑的英国人质……

季成阳被捆绑着上身，躺在墙壁附近，不停有沙土从墙面震落，落在墙角，落在他的身上。身体多处骨折，还有被殴打的内伤，早就让他不堪一击。他就连听到近在咫尺的枪击声，都完全没能力再向墙角挪动一寸，躲避子弹。

"突围的时候，杀了所有人。"

杀了所有人？

季成阳听懂了这句话。

端枪的男人被打得有些狼狈，为了泄愤，狠狠踢向季成阳重复骨折的大腿。

他眼前一黑，再没了知觉……

纪忆

元宵节，刚好是返校前两天。

宿舍里只有个提前返校的湖北人，正站在阳台和家里打电话。

纪忆有些无聊地坐在电脑前，开着网页不知道做什么，竟鬼使神差地上了他曾经工作过的电视台的官方网站……很快，她的手停下来，迅速关掉了网页。

2007年1月2日

季成阳

约旦某家医院的病房内，躺着一个昏迷不醒的病人。

这是个黑发的亚洲人。

听说是从伊拉克送出来的，送到了这里，病人只醒过一次，被问到名字后，还没来得及回答就又陷入了昏迷……

2008年某月某日

北京某家医院的病房内，躺着一个昏迷不醒的病人。

病房外，有个女孩子等他醒来。没有不安，满怀信心。她的背后，是万里阳光。

番外二 万里阳光

季成阳最近经常加班，年底事情多，她也忙，从耶路撒冷风尘仆仆赶回来的时候，直接打车去了台里。拎着箱子在会议室外，隔着玻璃看他来回来去走着，在和一堆记者开会，俏皮地对忽然看到自己的人，吐了下舌头。

没想到，他立刻停住脚步，挥挥手，好像说句什么，就走出来了。

拉起她的手，回了办公室，她还没来得及将行李箱放好，就被他整个人都抱起来，靠在墙上："晚回来三天。"他投诉。

"嗯嗯，因为刚好等到重要人物啊……"她兴致勃勃，还想给他说自己碰到了谁，就感觉他的整个人俯过来："迟到的人是需要惩罚的。"

他的脸已经贴上她的，温热碰触冰冷。

"嗯……"一个月没碰触的体温，让她身体软下来，轻声讨饶，"我认罚。"

"吻我。"他低声诱导她。

……她听话地闭上眼睛，找寻想要的地方，慢慢地，温顺地，从他长出新胡楂的下巴滑上去，碰到他的唇，压住，想要深入，却没想到他紧闭着，不肯放行。"张嘴……"她轻声讨饶，"张嘴，我错了，好不好……"

"好。"他答应。

下一秒就直接反压住她。

这一个月来所有的担忧和思念都倾泻而出，两人像是用尽全身力气在接吻，直到她真的喘不上气，忍不住去推他的胸口，一下两下，三下，终于推开，累得伏在他胸口咳嗽。

"下次还敢吗？"他笑着，拍拍她后背。

她咳嗽着，笑着："再也不敢了……"

随手后记

这个故事从2013年夏天开始,到2014年夏天结束。

当我2014年7月20日凌晨写下"完结"两个字的时候,还是和过去每本书结束一样,有种失落感。这个故事有我一直以来的风格,波澜不惊,淡化悲伤的成分,强调温暖的细节,但也有和过去不一样的地方。

开这篇文的初衷很简单,想要用言情来写一些回忆。

身为八十年代出生的我所经历的那些过往。

爱情不一定与我有关,但那段日子和我息息相关,很多细节、感触、事件、人物都曾活生生地出现在我的生命里,总怕随着时间推移,这些记忆都会变得模糊,成了一些无法记录的片段,也怕随着灵感枯竭,慢慢地就忘了写文的感觉,于是就有了这本书。

战地记者是我一直很敬佩的职业,从少年时代开始。

谨以此书,送给我自己,还有很多已经从我生命中离开的朋友。

这是我的阳光,也是我想分享给你们的阳光。

墨宝非宝

图书在版编目（CIP）数据

一厘米的阳光 / 墨宝非宝著 . -- 南京：江苏凤凰文艺出版社，2021.11
ISBN 978-7-5594-6251-0

Ⅰ.①一… Ⅱ.①墨… Ⅲ.①言情小说 – 中国 – 当代 Ⅳ.① I247.5

中国版本图书馆 CIP 数据核字 (2021) 第 180022 号

一厘米的阳光

墨宝非宝 著

责任编辑	张　倩
特约编辑	王　晶　彤　宇
出版发行	江苏凤凰文艺出版社
	南京市中央路 165 号，邮编：210009
网　　址	http://www.jswenyi.com
印　　刷	河北鹏润印刷有限公司
开　　本	700mm × 980mm　1/16
印　　张	22
字　　数	388 千字
版　　次	2021 年 11 月第 1 版
印　　次	2021 年 11 月第 1 次印刷
书　　号	ISBN 978-7-5594-6251-0
定　　价	49.80 元

江苏凤凰文艺版图书凡印刷、装订错误，可向出版社调换，联系电话 025-83280257